LE BLUES DU PÊCHEUR

ISBN : 9 781 791 920 883

Alan Alfredo GEDAY

LE BLUES DU PÊCHEUR

roman

À mon père Andréa

À ma mère Viviane

À ma sœur Anna Karina

Remerciements à Coralie Rolin

« Écrire un roman demande beaucoup de travail. », m'avait-elle prévenu lors de notre première rencontre. Cette première entrevue eut lieu dans un café du Quartier latin où nous nous revîmes quelques fois avant de prendre goût au changement. Nous avons fréquenté une bonne dizaine de cafés parisiens pour écrire. Juste assez longtemps pour devenir des habitués, mais trop peu pour nous lasser du lieu. J'ai aimé qu'elle me donne ces rendez-vous extérieurs, l'écriture m'accapare tant que je pourrais devenir rapidement un ermite sans m'en apercevoir. C'était une bouffée d'air frais de la retrouver et d'échanger sur mon travail. Si j'avais imaginé à quel point elle avait raison -écrire un roman est un travail titanesque- je ne me serais sans doute pas lancé dans cette aventure, mais elle a su m'accompagner à chaque étape et aujourd'hui mon ambition et mon inspiration n'ont plus de limites. « Je veux écrire jusqu'à la fin de ma vie », ai-je conclu au bout de deux ans de travail. Elle a souri, elle a compris qu'elle avait réussi à me transmettre son goût pour la littérature et la création. « Pouvait-on me faire un plus beau cadeau ? », a-t-elle répondu. Je n'aurai jamais rêvé d'avoir un professeur de lettres aussi doué. Je la remercie donc aujourd'hui de tout mon cœur.

Partie I

Livourne,
un port de pêcheur

1.

Sur les quais du port de Livourne, les enfants courent et s'éclaboussent. Leurs petits pieds glissent sur les pavés polis par le ressac de la mer et les algues qui les recouvrent. Les bambins frétillent comme des poissons et viennent se réchauffer dans les bras de leur *mamma* qui les enroulent dans des serviettes blanches ; la douceur et la chaleur les envahissent. Au loin, les portefaix du port rangent les tonneaux de mazout près des cafés du quai. Malgré l'odeur nauséabonde du mazout, les vieillards prennent le café à l'Aragosta, protégés du soleil par une large banne en toile rouge. Plus tôt dans la journée, les *vecchio* s'y sont installés pour palabrer sur le renouveau de la ville. Leur chère Livourne a peut-être été dévastée par les raids américains mais elle résiste à tout et on la voit se reconstruire encore plus forte. Le falotier du port s'amuse des considérations des *vecchio*. Il allume les réverbères à gaz éclairant la terrasse ; la devanture et les pavés du quai prennent une teinte violacée. Assis autour de petites tables nappées, certains jouent aux dés tandis que d'autres, pensifs, regardent l'écume se former à la surface de la mer et les marins qui chargent et déchargent les paquebots. Toute cette agitation les distrait. *Il fotografo*, déambulant d'un café à l'autre, fait des portraits avec son Sanderson. Il cherche à capturer le regard des vieux absorbés par le vide ou le sourire innocent des enfants qui rentrent à la maison au bras de leur mère. Les paysagistes peignent l'île de Gorgone et les passants viennent admirer leurs toiles. À côté des habituels paysages pittoresques, des portraits au fusain de Gina Lollobrigida, Valentina Cortese ou encore Anna Magnani sont exposés sur des trépieds en bois. Les pavés du port sont devenus un lieu de créativité pour certains jeunes, ils y dessinent au charbon des figures du Christ avec une couronne d'épines ou la nativité de l'Enfant Jésus. Ils offrent ainsi leur petite foi à l'infini de la mer, et le vent emporte leurs dessins. C'est ainsi, rien ne survit que la mer insensible.

Le père Valci et son fils Giovanni naviguent aux abords du port dans leur barque napolitaine. Cette petite barque galbée, couramment appelée *gozzo,* est l'apanage des pêcheurs de Livourne. Surmontée d'un œil protecteur, elle revêt un caractère sacré. Le nom du *gozzo* est alors soigneusement choisi. Celui-ci s'appelle Nina. C'est le prénom de la mère Valci. Encore bambin, Giovanni eut l'honneur d'aller faire baptiser le *gozzo* chez l'ébéniste. Il voulait que le nom de sa mère l'accompagne. Partout son réconfort, partout sa présence. Le vieil artisan confectionnait et vernissait une statue. En admiration devant les prémices de cette sculpture de la madone, Giovanni regardait l'ébéniste en aplanir la base avec son rabot. Ses mains rugueuses étaient habiles, tendres et précises. L'enfant admirait la poussière de bois en suspension dans un faisceau de lumière. Il était fasciné. Un instant sublime. Une odeur fraîche et musquée embaumait l'espace. Une odeur plus douce que l'âcre sel qui émane des eaux. Il était émerveillé par les scies suspendues au mur. Les lames brillaient, étincelaient. Dangereusement tranchantes, elles lui donnaient le goût de l'aventure, ces curieuses scies crantées. Elles ouvraient une brèche vers un autre monde possible. Pêcher n'était pas tout. Ailleurs des hommes construisaient des pays et des villes inconnues. Giovanni avait alors commencé à rêver. Ses grands yeux mélancoliques se perdent dans l'horizon. L'île de Gorgone absorbe les dernières lumières du jour. À côté de lui, le père Valci s'impatiente. Il peste contre cette satanée mer dont il est à la merci. La garce ne veut-elle donc rien lui offrir aujourd'hui ? Il a éclusé les eaux cent fois et n'a ramassé que des baudriers de Neptune et des laminaires, ces fichues algues qui viennent obstruer les mailles de son filet. Le vieux colosse donne de vifs coups de rames. Il faut trouver un nouvel emplacement. Giovanni ne semble pas prêter attention à la mauvaise humeur de son père.

- Arrête de rêver ! On n'a pas eu un poisson depuis ce matin !, maugrée le vieux pêcheur en toussotant.
- Est-ce ma faute à moi ?, répond nonchalamment le fils, les mains enfoncées dans ses poches.
- Donne au moins un coup de rame ! Fais au moins semblant de m'aider !
- On ferait mieux de rentrer, le vent se lève.
- As-tu peur du vent ? Comment veux-tu vivre de la pêche avec un tempérament pareil ?, s'énerve le père.
- Est-ce que je veux vraiment vivre de la pêche ?, soupire Giovanni qui saisit les rames à contrecœur.

Le père Valci observe son fils. Ce n'est pourtant pas un mauvais bougre mais il a la tête dure. Le garçon s'épuise à réfléchir au lieu de travailler et de noircir son front sous le soleil.

- Ne veux-tu donc pas devenir un homme et nourrir ta famille ?
- Il existe autre chose que ça. Tu ne comprends pas ?
- Si, je comprends que tu as honte de ton père, que tu ne veux pas devenir comme lui, grogne le père Valci.
- Je n'ai pas honte. Je m'ennuie, je m'ennuie tellement que ce n'est pas une vie.
- As-tu le temps de t'ennuyer ? L'ennui, c'est pour les bourgeois, c'est pour les gens qui ont de l'argent et qui n'ont rien à faire. Es-tu un bourgeois ? Es-tu un parasite ? Non ! Tu es mon fils et tu as de l'orgueil, tu as de la dignité et tu ne laisseras pas ta pauvre mère sans souper !

À quoi bon répondre ? Son père s'inquiète, sa maladie le tourmente plus qu'il n'ose l'avouer. Alors il crie. Ses remontrances sont épuisantes. Le pauvre homme a trimé toute sa vie. Lui si fort jadis, il n'est plus qu'un vieux chien malade qui aboie pour ne pas qu'on l'oublie trop vite. Giovanni se prend de pitié pour son père. Il terminera ses jours ici sans rien connaître du monde. Lui ne pense qu'à partir et regarde le vieil homme qui lance les filets rageusement.

- Rien ! Pas un poisson !, s'exaspère le père Valci.
- Nous devons rentrer, il commence à faire froid, se préoccupe Giovanni.
- Non ! Essayons une dernière fois !

Le vieil homme est obstiné. Il met un point d'honneur à ramener du poisson à sa femme Nina. Malgré les supplications de celle-ci, le père refuse de laisser Giovanni pêcher seul. Rester à la maison : il en est hors de question. Ce n'est pas cette petite tuberculose qui va l'accabler. On ne peut rien lui dire. Il ne veut pas entendre raison. Le père tousse. Giovanni lui donne affectueusement des tapes dans le dos. Il enroule une couverture autour de ses épaules pour le réchauffer.

- Ça ira ! Ça ira ! Je vais bientôt guérir, s'impatiente le père.

Giovanni se rassoit à la proue. Les filets sont lancés, il ne reste plus qu'à attendre. Un grand silence s'installe. Un vide pesant. Le vieil homme somnole. Sa chevelure blanche ruisselle sur son front brun. Giovanni s'occupe à compter les sillons entre ses deux sourcils. Ce sont les rides d'un homme préoccupé. Son père n'a jamais eu de quoi se reposer un seul jour de sa vie. Tout à coup, la barque cahote. Le père Valci se réveille en sursaut.

- Ça bouge ! Retire le filet !

Le jeune pêcheur se dépêche :

- Deux rougets !, s'exclame-t-il.
- *Ouffa* ! Et une saupe aussi !

Le père Valci est satisfait. Sa femme Nina sera heureuse. La joie lui fait recouvrer ses forces et il manœuvre la barque vers le port. Giovanni profite de cette allégresse temporaire pour sortir son harmonica. Il a envie de blues, de quelque chose qui le fasse rêver.

Le père n'aime pas voir son fils mélancolique mais il est trop occupé à ramer et ne le rabroue pas. Giovanni se plonge dans ce monde sensible qui l'aide à vivre. Un monde où se rejoignent espoirs et souvenirs. Mais il sait que cet intermède sera de courte durée, que sur la terre ferme il devra revenir parmi les siens. En attendant, il laisse ses pensées divaguer. Le vent siffle dans ses oreilles comme dans un coquillage. Le souffle du blues s'échappe dans le clapotis des vagues. C'était Benjamin, que Giovanni appelait Ben, qui lui avait appris à jouer du blues. Pendant que les Américains reconstruisaient le port, Giovanni aimait à se baigner en leur compagnie. Ce jour-là, il avait laissé son harmonica sur le quai, caché au fond d'un mocassin. Mais alors qu'il goûtait la mer tiède de cette fin d'après-midi, nageant parmi les poissons et les algues vertes qui lui chatouillaient les jambes, il entendit s'élever une mélodie suave. Qui aurait pu lui faire une telle chose ? Lui prendre son harmonica ! Il rebroussa chemin avec empressement et aperçut un rassemblement qui cachait le mystérieux musicien. On était émerveillé, le marine jouait quelque chose de différent et d'envoûtant. Il portait une veste kaki, un pantalon couleur moutarde et des bottes à lacets. Les gamins scrutaient avec envie le couteau qu'il portait à la cuisse droite. C'était l'Amérique à Livourne. Le jeune marine afro-américain leur faisait découvrir Chicago et ses cabarets. Giovanni s'avança vers l'homme qui s'amusait de l'enthousiasme des pêcheurs : « *è mio, è mio* ! ». Le soldat leva les yeux vers lui et s'arrêta de jouer :

- *Hey man ! It's yours ?*

Giovanni ne comprenait pas mais il pointa l'instrument du doigt et le marine continua :

- *I am Benjamin. I am from Chicago. Do you like blues?*

L'adolescent acquiesça et le soldat en fut amusé. Jusqu'au retour des Américains au pays, Giovanni vint apprendre de Ben le rythme du blues, un rythme lent et sulfureux. Chaque soir après la pêche, il courait jusqu'à la caserne des marines et venait interrompre les parties de cartes. Pour lui qui ne connaissait que les chansons de marins et les tarentelles napolitaines, le blues c'était l'Amérique, la grandeur des gratte-ciels, un rêve ! Benjamin était flatté de tant d'assiduité et lui montra quelques chansons de Sonny Boy que Giovanni prenait plaisir à jouer dans son *gozzo*. La musique adoucissait l'humeur du père qui se demandait pourtant d'où venait cette fantaisie. Il ne posa aucune question à son fils, ce n'était pas son genre. « Qu'est-ce qu'il joue ton fils ? Ce n'est pas de chez nous ça ! », lui disaient les curieux. Le père Valci esquissait un sourire amusé. Cela soulevait une certaine fierté en lui. Son fils n'était pas un adolescent comme les autres. Giovanni lève les yeux vers le phare de Livourne qui s'allonge majestueusement. Le père Valci manœuvre son *gozzo* entre les barques de ses confrères. On se salue de la main. Le *gozzo* Nina amarre et Giovanni serre la corde autour des pontons. Le père Valci repousse nerveusement les mouettes qui s'approchent de la barque pour saisir les poissons à la volée. Pas question qu'elles chapardent leur butin du jour. Giovanni le regarde se démener ; le vieil homme chancelle debout sur son *gozzo* et bat l'air comme un moulin à vent. Un chant s'élève sur le port : « Ô capture ! Ô pêche miraculeuse ! Ô millions d'étoiles prises aux mailles de mon filet ! ». C'est un pêcheur qui déploie plaisamment son filet en chapelet de liège sur les pontons. Giovanni et son père saluent le raccommodeur qui plonge de ses larges mains rugueuses les filets détériorés dans un seau d'eau bouillante parfumée d'écorces de pin et de chêne broyé. Le tanin de la mixture rend les mailles imputrescibles. À côté d'eux, un plongeur alpague les écaillers qui cherchent des crabes et des langoustes pour leur étalage du lendemain. « Crustacés vivants ! Crustacés vivants ! », s'égosille-t-il en levant sa bourriche remplie de crevettes et de crabes verts. Le père Valci et Giovanni s'acheminent vers le vendeur de citron. Ils étreignent une rondelle dans leur doigt afin d'enlever l'odeur persistante du poisson. C'est la fin du labeur. Ça pique mais ça sent bon.

- Mon ami Valci !, l'interpelle un pêcheur assis sur le quai.

- Marcello ! Ta femme se plaindra si tu sens le poisson ! Que donne la pêche du jour ?
- J'ai eu quatre daurades à moi tout seul ! Un vrai miracle ! Viens fêter ça à l'Aragosta avec moi !
- Marcello, je ne peux pas... Tu sais que je suis malade.
- Allez Valci ! Ce n'est pas un verre qui va te tuer !

L'Aragosta, c'est un lieu intemporel et sans mystère où l'on se sent bien. Même les vieux de la vieille ne sauraient dire depuis combien de temps il existe. Tout y est d'une banalité rassurante. On y décèle une sorte d'italianité folklorique dans les photographies épinglées au mur et la musique grésillante du comptoir. On y boit surtout du café mais on peut aussi goûter du vin et quelques apéritifs de la péninsule. Le patron est un brave gars qui semble être né entre les murs de l'Aragosta, faisant partie du décor et du plaisir du lieu. Les *vecchio* sont les principaux clients mais les pêcheurs viennent souvent les rejoindre à la fin de la journée. Marcello et Valci entrent. Ils saluent les habitués du café et s'assoient à côté de deux vieillards qui discutent :

- Le café est un breuvage qui fait dormir quand on n'en prend pas !
- *Ma daaaai !* Est-ce que tu dis que si j'en prends, je vais dormir ?
- Non je n'ai pas dit ça ! J'ai dit que si tu prends du café tu ne dormiras pas de la nuit !
- Moi, le café me fait dormir !
- Comment peux-tu dormir quand tu bois du café à cette heure-ci ?

Marcello lance un sourire complice à son ami. Il enlève ses bottes en caoutchouc et étend ses jambes paresseusement :

- Comment va Nina ?
- Elle ne dort pas de la nuit avec mes toux incessantes. Et Valentina ?

- Bien ! Bien ! Merci ! Elle attend toujours ses cadeaux des États-Unis.
- Tes fils lui envoient des colifichets par la poste ? Cela doit leur coûter cher.
- Oui et ils ne nous arrivent pas toujours, et quand ils arrivent, ils ont été ouverts et pillés par les agents.
- Marcello ! Je ne comprends pas comment Valentina et toi faites pour vivre sans vos enfants !, s'emporte soudainement le père Valci.
- Mais enfin Valci, les Italiens sont un peuple d'immigration, nous sommes partout de par le monde !
- Marcello, la famille prime sur tout. On ne laisse pas ses parents, on s'en occupe jusqu'à la fin, c'est le devoir des enfants de s'occuper des ancêtres, c'est le devoir des parents d'apporter leur sagesse aux jeunes générations. Sans cela le monde ira de travers. Les jeunes gens auront des idées folles, ils auront l'énergie d'agir sans avoir l'esprit de bien agir et les vieux, comme nous, n'auront plus qu'à ressasser leurs idées sans avoir de bras pour les accomplir. La politique, c'est vivre ensemble, ce n'est pas chercher ailleurs son bonheur.
- Tu n'as pas des idées très progressistes, toi qui dis t'occuper de politique et qui lis le journal chaque jour. Je suis heureux que mes enfants accomplissent leur destin, même si c'est sans moi.
- Il faut dire que tu n'as pas eu le choix !
- On a eu maintes fois cette conversation et ça s'est toujours mal terminé ! Je préfère ne pas en parler !, conclut Marcello avant de faire signe au patron de leur resservir un verre de *Limoncello*.

Marcello n'a pas le cœur patriote et il a toujours été bien tolérant envers ses enfants, pense Valci qui n'aime pas qu'on lui coupe la chique de la sorte. Mais après tout, il a raison, argumenter est vain, leurs opinions sont irréconciliables, se rassérène-t-il en buvant son verre. Mais Giovanni a intérêt à rester fidèle à sa famille et aux traditions ! Il l'a élevé selon les principes du parti démocratique chrétien, chaque homme est un être de Dieu qui doit servir les siens. À Livourne, on est fier des deux fils de Marcello Creci qui se sont bien implantés dans la *Little Italy* de New York. Mais lui Valci, il n'est pas un de ces idiots qui ouvrent les yeux grands comme des soucoupes dès que l'on parle des Amériques.

- La lire ne fait plus le poids face au dollar, se désespère-t-il.
- Eh oui, un chapeau se paye mille lires, un manteau quinze mille lires et une paire de chaussures cinq mille lires. C'est incroyable.
- Marcello, de quoi tu me parles ? Moi, j'ai à peine de quoi m'acheter des tomates pelées pour le *cacciucco.*
- Quelles tomates pelées ?
- Les tomates San Marzano ! Ça coûte cher.
- À combien se vend la boîte de conserve ?
- *Ma daaaai* ! La boîte de conserve est à deux cents lires.
- Ne t'inquiète pas, la lire va reprendre de sa valeur très bientôt.
- Ah oui ! Ce n'est pas une question de temps ! Je suis très énervé. Je n'ai pas de quoi m'acheter du pain et les politiciens ne font rien ! Notre maire pense plus à surveiller sa femme qu'à prendre des décisions.
- Ne crois pas ça, j'ai lu dans le *Tirreno* l'initiative du maire de placer cinq cents barils d'huile d'olive vides dans les rues de Livourne pour en faire des poubelles.
- *Ma daaaai* ! Il était temps de faire quelque chose. Les rues de la ville sont encore plus sales que pendant la guerre.

2.

Le père Valci est resté à l'Aragosta pour parler politique et Giovanni quitte le port. Il s'engage dans la *via* Grande, l'avenue principale de Livourne qui traverse la ville d'est en ouest selon le modèle romain. Les commerçants remballent les marchandises et rentrent les étalages. Giovanni regarde avec réjouissance la diversité des couleurs du marché qui s'éteint. Il se sent l'âme d'un artiste, l'âme d'un enfant qu'un rien inspire. Son œil décompose les couleurs en nuances, les lumières et les ombres, les formes et les textures. Il s'engouffre dans les petites choses pour y voyager, lui si avide d'ailleurs et de nouveauté. Le jeune garçon sort de ses rêveries et distingue au loin l'enseigne de la chambre de travail qui se balance au vent. Il espère y retrouver son ami Luca. Les prolétaires qui s'amassent dans la rue signalent un désœuvrement général. Les syndicalistes n'ont pas dû placer grand monde aujourd'hui. Les ouvriers en bleu de travail regardent amèrement les affiches placardées sur le mur du bâtiment vétuste. Les slogans poussent au courage et à l'espoir mais attendre est un supplice. Les hommes se lèvent le matin le cœur lourd, sans besogne et sans projets. Puis ils viennent là s'entendre dire on ne sait quelles balivernes sur la crise qui va bientôt finir. On leur dit que quelques-uns ont eu de la chance. Mais ces quelques-uns, on ne les connaît pas. Ils auraient été envoyés dans les grandes villes de la péninsule. C'est bien pratique, personne ne peut en témoigner. Dans cet attroupement, un homme en costume dénote par son allure de bourgeois. Il reste à l'écart, il se morfond en silence. Il n'ose pas se mêler aux conversations. « J'avais un bon travail, des ouvriers sous mes ordres… », bredouille-t-il en s'assoyant sur le trottoir. Giovanni aperçoit Luca. Le gaillard, la casquette nonchalamment portée de travers, sort des cigarettes de la poche de sa veste en cuir de style aviateur.

- Fume-toi une sèche, l'ami !, dit-il au pauvre homme.
- Merci non, je ne fume pas.
- Tant pis pour toi, c'est un réconfort que tu perds.

Giovanni s'approche du voyou qui se retourne avec un sourire :

- Ciao Gio ! Tu as trouvé de la poiscaille pour ta chère *mamma* ?
- Oui, de quoi souper et de quoi revendre au marché.
- Ah oui ! Joli ! Tout ce poisson crevé, ça m'ouvre l'appétit !, le taquine Luca en plongeant sa main dans le seau.
- Viens dîner avec nous si le cœur t'en dit.
- J'ai promis à la mère de lui tenir compagnie, elle boit trop quand elle est seule et je n'ai pas envie d'aller la chercher ivre morte dans on ne sait quel bouge… Il faut bien que je dorme, ne rien faire me fatigue !
- Toujours pas de travail ?
- Peut-être quelque chose dans un garage du nord de la ville.
- Comme mécano ?
- Oui, qui sait, j'ai peut-être ce talent-là ! À propos de bagnoles, j'ai vu la berline noire des Palomi qui traversait la ville cette après-midi.
- Stella doit revenir pour l'été !, s'exclame Giovanni qui ne sait pas dissimuler sa joie.
- Sans doute…, lui répond Luca avec un sourire moqueur. Mais qu'est-ce qu'on en a bien à faire de cette petite bourgeoise ?
- C'est mon amie.

- Ton amie ? Moi, je suis ton ami. Elle, c'est juste une fille que tu as envie de tripoter, plaisante le gaillard en ébouriffant les cheveux gominés de Giovanni.
- Arrête de faire ça ! Tu sais bien que je ne le supporte pas ! Et on ne parle pas comme ça d'une jeune fille. Et surtout pas de Stella, s'agace le garçon en se dégageant.
- Fais pas ta mijaurée !
- Elle a de la classe, elle a du caractère, elle a de l'instruction. Mais toi, tu ne respectes rien.
- Moi, je préfère me lever une paysanne, une fille fraîche qui sent les fleurs et le purin, une poupée bien en chair qui ne fait pas de manières et qui m'embrasse goulûment.
- On ne chassera pas le même gibier, je te laisse ces filles-là !
- Te voilà parlant ma langue, on finira peut-être par faire de toi un homme finalement !

Giovanni reçoit une grosse tape sur l'épaule. Ce crétin l'énerve. Décidément, il ne comprend rien de ce qu'il peut ressentir. Il joue les durs, il fait son Don Juan, son Casanova à la petite semaine. Ce n'est pas qu'il soit insensible mais il est trop chatouilleux sur sa virilité.

- Mon Gio, je te laisse là, j'ai quelques affaires à régler avant de rejoindre la vieille.
- Quelles affaires ?
- Des combines, des petites malices qui peuvent rapporter gros. Je ne vais pas me laisser abattre que diable !, s'exclame le jeune homme.

Luca ne lui confie pas grand-chose. Que peut-il manigancer ? On l'accusait de recel, de trafic de cigarettes, et même de proxénétisme pendant la guerre. Il avait mauvaise réputation. Giovanni sait son ami prêt à tout pour survivre. Lui ne peut juger, sa famille s'était réfugiée à la campagne durant les quelques années qui ont vu Livourne sens dessus dessous. Il ne veut pas prêter l'oreille aux rumeurs de l'après-guerre. Il se fie à son intuition. La loyauté n'est pas l'apanage des naïfs. Luca est un débrouillard mais il n'est ni un lâche ni un escroc. Et puis c'est son seul ami. Il ne s'agit pas d'être idéaliste mais l'amitié authentique n'est pas monnaie courante. Un Luca, c'est un frère un peu voyou, ça ne vous remplit pas de fierté mais ça vous reste dans le cœur malgré tout. Éreinté par la chaleur du mois d'août et en sueur, Giovanni arrive enfin devant la cathédrale San Francesco. Les enfants visent les oiseaux aux lance-pierres. Luca avait transpercé un vitrail de l'église avec ça ! Le curé furieux était sorti de la paroisse pour attraper le petit diable par le col. Giovanni sourit. Ils étaient prêts à tout pour passer le temps. Aujourd'hui, les enfants confectionnent leurs jouets à partir des débris provoqués par la guerre. Le foyer des Valci n'est plus très loin.

Nina sort avec plaisir de sa corbeille des anchois marinés et une botte de persil. Elle ouvre les petits poissons et les étale sur un torchon pour qu'ils dégorgent. L'huile pimentée dessine une auréole rougeâtre. Elle hache menu le persil du bout de son couteau. Elle aime cuisiner. C'est son talent à elle. Elle transforme, elle associe, elle relève le goût et les saveurs de la moindre chose qui passe entre ses mains. Elle prépare du *cacciucco* pour le souper. C'est le repas du pauvre, mais la pauvreté la rend magicienne. Les gens riches ne savent pas créer. Ils n'ont pas la valeur des choses. Ils se laissent servir et ne profitent de rien. Il faut faire pour savourer. Ses deux hommes ne vont pas tarder à rentrer de la pêche. Ils seront fatigués, ils auront faim, et l'odeur suave du *cacciucco* les enveloppera comme une grande caresse. On peut croire que cette vie est routinière et insipide mais, quoi qu'en pense son fils, elle est pleine d'habitudes charmantes qui soutiennent l'amour de cette famille. Elle ne s'ennuie jamais, elle Nina, elle met toujours du cœur à l'ouvrage, et le cœur c'est à la fois le courage et la tendresse. Elle entend la porte s'ouvrir dans un grand fracas. Giovanni a pris l'habitude de l'ouvrir à grand coup de pied. Elle ne se retourne pas, elle sait que son fils va venir la prendre dans ses bras. Le voilà qui l'enlace et Nina dissimule pudiquement sa joie de sentir son fils contre elle.

- Mon Gio, tu n'es plus un enfant !
- Et alors ?
- Et tu sens le poisson ! Va te laver les mains !

Nina jette un coup d'œil à la pêche du jour, elle enroule les poissons dans un tissu et les range sous l'évier. Elle les revendra le lendemain au marché. Elle regarde ses mains rugueuses et craquelées ; les lessives quotidiennes au lavoir ont desséché les mains si blanches et si douces de sa jeunesse.

- Que tu es beau mon fils, profite, le temps passe en un éclair, soupire-t-elle en lui caressant la nuque.

Giovanni lui sourit et ne répond rien. Il tourne la louche dans le creuset pendant que sa mère y verse les tomates confites San Marzano. L'odeur des anchois le met en appétit.

- Mets-toi à table mon garçon, laisse-moi finir, le *cacciucco* est bientôt prêt.
- Je suis fourbu, j'ai faim, lui répond-il en s'assoyant et en posant sa tête dans ses bras.

Nina apporte le creuset sur la table, on mangera avant le retour du père, on ne va pas faire attendre son fils.

- Ton père est à l'Aragosta avec Marcello ?
- Oui, je n'ai pas pu l'en empêcher.
- Il n'écoute que lui, il ne sait pas se ménager, soupire la mère. Commençons sans lui.
- Marcello lui fait oublier sa maladie, il faut bien qu'il se distraie un peu.
- Marcello, c'est son Luca à lui. Vous deux, quand vous avez un ami... vous ne jurez que par lui.
- Ah ! J'ai vu Luca à la chambre de travail !
- Calme-toi ! Tu vas avoir mal à l'estomac !, s'amuse-t-elle en le voyant avaler sa soupe goulûment.
- Il cherche du travail depuis des mois.

- Je sais bien, j'ai croisé sa mère sur le marché, elle m'a raconté leur situation. La pauvre femme était déjà alcoolisée que l'église n'avait pas sonné midi ! La misère appelle la misère… Depuis la mort de son mari, tout va mal pour eux.
- Luca ne le regrette pas beaucoup, il dépensait tout leur argent dans le jeu.
- Ton Luca fait le dur ! Crois-tu qu'on oublie un père comme ça ? Tu as bien de la chance d'avoir le tien !
- Pour l'instant… il est bien malade papa. Il peut à peine sortir les filets de l'eau.
- N'attire pas le mauvais œil ! Il est encore vivant à ce que je sache ! Il est plus fort que tu ne le crois ton père. Il s'est toujours battu, il n'a jamais baissé les bras. Il ne nous laissera pas tomber.

Elle ne veut pas entendre raison. Cela fait vingt-cinq ans que les époux Valci se serrent les coudes, affrontent la pauvreté, les peines et tous les obstacles de la vie. Elle ne peut pas se retrouver seule, elle n'y arriverait pas, elle ne tiendrait pas. Son mari est invulnérable, il le faut, si Dieu existe. Giovanni ne veut pas la désillusionner, être le messager d'une aussi mauvaise nouvelle : le père va bientôt mourir. C'est une fatalité pour le jeune homme. Sa vie lui échappe avec une minutie diabolique. L'étau se resserre chaque jour davantage. Toujours pêcheur, bientôt orphelin. Une existence plate et triste comme un pavé poli par les vagues. Les politiciens ne prennent pas d'initiatives pour la jeunesse italienne, et encore moins pour ceux des petits villages. Beaucoup de discours pour ne rien dire, de démarches pour ne rien faire. Ici, on lit le journal et on écoute la radio, on veut être au courant de la marche du monde mais le monde avancera sans eux. Qui s'inquiète des petites gens ? Qui s'occupe des pêcheurs ? Avec l'arrivée des gros chalutiers, leur travail disparaîtra. La plupart des morutiers et des sardiniers ont d'ailleurs fui Livourne. On ne veut pas être pris au piège.

Allongé sur son lit, Giovanni souffle dans son harmonica. Le blues résonne et le jeune pêcheur continue de rêver à des horizons lointains. Peut-être même à une providence qui le mènerait ailleurs. Tout à coup, une pierre percute la fenêtre. Ce doit être Luca.

- Qu'est-ce que tu veux ?, lui demande-t-il avec humeur en ouvrant la fenêtre.
- Tu réagis vite ! Un peu plus et tu te recevais un caillou en pleine face !
- Et ta mère ?
- Elle ronfle ! Descends, on sort !

Giovanni hésite. Mais après tout, qu'a-t-il d'autre à faire à part s'ennuyer ferme entre quatre murs et attendre le lendemain ? Il enfile ses mocassins et sa vieille veste râpée et rejoint le gaillard qui s'amuse à cracher sur le mur.

- Qu'est-ce que tu fais ?, s'indigne Giovanni dégoûté.
- *Je pleus*. Je suis Dieu ! Regarde ce raisin qui va pousser, réplique-t-il avant de diriger un gros postillon sur la vigne.
- Tu as bu ?
- Bien sûr ! L'ivresse me fortifie et me donne de la chance au jeu. Allons jouer quelques billets !

Les deux amis partent ainsi à la recherche d'un café où ils pourraient miser. Ils s'enfoncent dans le dédale des rues vaguement éclairées par le halo jaunâtre des réverbères. Les pavés et les pierres des maisons rendent leur chaleur. Un vagabond s'est endormi à moitié nu sur le trottoir. Giovanni se prend de pitié pour le pauvre bougre qui pourtant sourit aux anges à côté de sa bouteille de vin. « Voilà comment je veux finir ma vie ! », plaisante Luca. Les quelques cafés du centre-ville sont fermés. Les deux garçons effraient les rats qui grouillent devant les établissements.

- Cette vermine-là ne mourra jamais de faim. On pourrait crever la dalle nous, qu'eux ils trouveraient de quoi manger comme des rois !, philosophe Luca avec grandiloquence.
- Tu as l'âme d'un poète ce soir !

- Et pas seulement ce soir, j'ai le vin des grands penseurs antiques !

Giovanni rit aux éclats et donne une tape amicale au gaillard qui regarde maintenant les étoiles en les comptant du doigt.

- On va où maintenant ?
- Mais où la vie nous portera ! Ou alors… allons demander à ces deux vieux qui prennent leur café dans cette gargote.

Les deux ouvriers qui finissent leur repas en terrasse ont l'air bien au courant des activités nocturnes de la ville. S'ils veulent jouer aux dés ce soir, les garçons n'ont qu'à aller voir au tripot du nord. Les deux amis s'y acheminent d'un pas accéléré. La nuit moite leur émoustille les sens, Luca ne tient plus en place et Giovanni le suit joyeusement en sifflant une tarentelle. Le jeune pêcheur se sent libre tout à coup ; il sautille dans les rues désertes, à l'abri des regards souvent écrasants de cette petite ville. Personne pour le juger, personne pour lui faire la morale ou l'exhorter à bien se tenir. « Tu es à la traîne garçon ! », s'exclame Luca qui court comme un dératé. Le gaillard s'arrête brusquement. Il reprend ses façons viriles et nonchalantes à la vue du tripot dont le néon lumineux clignote de sa lumière rose. La cigarette aux lèvres, il ouvre la porte à son acolyte qui s'engouffre dans la fumée. L'atmosphère est empestée par les relents acides du vin rouge épais qui se boit ici par litres avec des olives. Giovanni enjambe un homme qui rampe par terre pour récupérer son dé. Luca s'est déjà mêlé à l'attroupement qui se forme autour des joueurs. Giovanni salue le pêcheur, un habitué du tripot, qui boit son cognac dans une flasque qu'il apporte sans scrupule dans le café. Pour amuser le jeune homme, le voilà qui fanfaronne et plaisante avec les prostituées. Il tend ainsi sa flasque aux deux filles accoudées au comptoir : « Cul sec ! Cul sec ! », leur lance-t-il de sa voix éraillée avec un gros clin d'œil. Elles le regardent avec mépris et détournent la tête sans lui répondre. Embarrassé, Giovanni rejoint l'attroupement où Luca bouscule les hommes en demandant :

- C'est combien la mise ? C'est combien la mise ?

- C'est écrit sur le tableau. Tes yeux ne peuvent pas lire la craie ?, lui répond l'un des spectateurs.

Luca lui lance un regard noir. Pour qui se prend-il ce maigrelet ? Une bonne droite lui apprendrait le respect. Mais ce n'est pas le moment de se battre, il a envie de jouer. La partie se termine. C'est un vieux barbu déjà bien imbibé qui remporte la mise. « Au suivant ! Qui veut m'affronter ? », crâne-t-il. Luca roule son billet de dix lires et le jette lestement sur la table. L'attroupement applaudit le nouveau défi. Giovanni observe le déroulement du jeu, il veut s'assurer que son ami ne se fasse pas avoir. Il a bu et l'ivresse lui donne un excès de confiance. Il se ferait dépouiller qu'il ne réagirait même pas. Ce qu'il cherche, c'est la montée d'adrénaline. Peu importe de perdre ou de gagner.

- Alors la jeunesse, on est prêt à perdre ?
- Je n'ai pas encore joué à ce que je sache, réplique Luca en toisant son adversaire.
- Joue ! Joue qu'on rigole !
- Tu ferais mieux de te retirer, suggère Giovanni en prenant son ami par l'épaule.
- Laisse-moi tranquille fiston !, s'agace Luca.

Les hommes s'esclaffent. Giovanni se sent humilié. Ça lui apprendra à vouloir raisonner Luca. Qu'il se débrouille, qu'il perde tout son argent, ce n'est plus son problème ! Il reste cependant là, à attendre la fin de la partie, les bras croisés. Le barbu dévisage Luca d'un air goguenard. Les dés sautillent dans la main du gaillard. Le petit ne va pas faire long feu. Il est déjà tout blême. Luca ne se démonte pas et lance les dés sans prêter attention aux ricanements de son adversaire. Il obtient une suite de deux chiffres. Quelle poisse !

- Tu ferais mieux de te retirer maintenant petit gars, lui lance le vieil homme avec une fausse bienveillance.
- La partie n'est pas finie.

Luca garde son sang-froid. Il ne veut pas donner ce plaisir à son adversaire mais il peine à récupérer ses points.

- C'est à ton tour jeune homme !
- C'est ta dernière chance !, l'informe soucieusement Giovanni.

Luca regarde son adversaire avachi sur sa chaise comme si elle prolongeait son corps amolli et son esprit brumeux. Ce bon à rien doit perdre. C'est son destin comme c'est le sien de gagner. Il ne va pas se laisser abattre, il préférerait tout perdre que de déclarer forfait. Il croise le regard inquiet de Giovanni et le rassure d'un sourire. Il fait sautiller les dés dans sa main, comme à son habitude. C'est un rituel qui lui porte chance. Il compte dans sa tête, un deux trois, et lance les dés. Cinq dés se sont posés, le dernier s'immobilise une fraction de seconde plus tard. Une suite à six chiffres. L'attroupement hurle et Luca reste calme. Le barbu est interloqué. Il a perdu. Luca se met à hurler, transporté de joie et d'incrédulité. Il ramasse les billets sur la table d'un revers de bras : « Deux cents lires ! Rien que pour moi ! ». Il donne une tape sur l'épaule de son adversaire et se retire du jeu. Giovanni se réjouit de la victoire de Luca sans pour autant le lui montrer. Ce dernier veut célébrer sa chance et se dirige d'un pas triomphal vers les prostituées.

- Toi là avec ta veste en cuir ! Comment tu t'appelles ? Tu es vraiment mignon. Viens par ici !, l'interpelle la grande blonde qui se remet une couche de rouge à lèvres.
- Je n'ai pas de quoi te payer un verre de vin, réplique Luca.
- Toi là, tu veux partager cette victoire ?, demande la deuxième femme à Giovanni en ouvrant son manteau.
- Il est encore trop jeune pour ce genre de choses !, taquine Luca.
- Je ne suis pas si jeune mais je ne jette pas mon argent comme ça !, s'énerve dignement le jeune pêcheur.
- Je suis très offensée ! Vraiment j'avais envie de toi !, réagit-elle en lui lançant un baiser.

La grande blonde saisit la main de Luca. Giovanni rebrousse chemin quand la femme au manteau le retient : « Tu ne veux pas attendre que ton ami finisse mon amour ? ». Le jeune pêcheur s'assoit au comptoir et commande un verre de *Limoncello*. Luca et la fille de joie montent l'escalier en colimaçon qui mène à une petite chambre dont les passages sont dûment surveillés par le patron qui lave les verres. La porte s'ouvre, la prostituée le fait entrer dans un réduit insalubre où grouillent souris et blattes. Elle allume la lampe de chevet et les nuisibles effrayés viennent se réfugier sous le lit en ferraille.

- C'est immonde ici.
- Ne t'inquiète pas, je vais prendre soin de toi.

Elle s'étend lascivement :

- Tu as mon petit cadeau ?

Luca sort de sa poche un billet de cent lires encore tout imprégné de sueur. La prostituée glisse l'argent dans son soutien-gorge. Le jeune homme retire sa veste en cuir et la jette au pied du lit avant de fondre sur celle qui l'attend. Il lui faut s'oublier, se perdre. La petite mort couronnera le plaisir de sa chance au jeu. Les doutes s'évaporeront dans l'instant dense et compact de cette jouissance. Les joueurs écoutent avec amusement la ferraille du lit qui grince au-dessus d'eux. On a de la vigueur à cet âge-là. Au comptoir, Giovanni reste pensif. Il ne sait pas vraiment ce qui le retient ici à attendre. Est-ce de la loyauté ? Est-ce de l'inquiétude ? Il lui semble qu'il s'agit plutôt d'une dépendance qui reste en partie inexplicable. L'ennui le pousse à se distraire dans la lumière de son ami. Luca a la rage de vivre et Giovanni a besoin de cette énergie. Mais cette amitié lui coûte quelquefois, quand il se retrouve seul face à lui-même et quand l'écart qui le sépare de Luca devient flagrant. La prostituée continue de déblatérer sur les potins de Livourne. Giovanni ne l'écoute pas, il ne saurait même pas dire depuis combien de temps elle lui parle, depuis combien de temps il attend Luca. Il acquiesce par politesse, la prostituée a l'air satisfaite de cette réponse. Elle a seulement besoin de parler, Giovanni est un prétexte. Pourquoi ne coucherait-il pas avec elle ? Elle est plutôt jolie et elle a quelque chose d'émouvant. Non, il est encore prisonnier des sermons de sa mère. Elle verrait sur son visage qu'il a pêché. « Qu'as-tu fait pour avoir cette mine-là ? », lui demanderait-elle avec un regard suspicieux. Et lui ne saurait que répondre. Il ne sait pas mentir et il s'arrange pour ne pas avoir à le faire. Il craint le jugement de sa mère autant que le jugement de Dieu. Il n'est pas si croyant mais il a peur du jugement dernier comme certains ont peur de la maladie. Il regarde les jambes nues de la fille de joie qui se croisent et se décroisent sous le comptoir. Non, il ne sera pas un débauché. Il relève les yeux, leur regard se croise. Elle lui sourit : « Tu n'es pas insensible à la beauté des femmes mon garçon. Tu peux lorgner mais tu peux aussi toucher… » Il ne dit rien mais ses yeux en disent long. « Tu n'es pas d'humeur, n'est-ce pas ? Tu as l'air si triste et si pensif… Ce n'est pas grave, je vais continuer mes histoires. Je sais que tu ne m'écoutes pas, j'ai bu mais je reste lucide. Mais peut-être que ma compagnie ne t'est pas si désagréable… ». C'est vrai qu'il est triste, ou plutôt mélancolique. Stella est à Livourne et son image ne le quitte pas. Il voudrait pouvoir s'abandonner, se distraire et profiter de l'ivresse qui l'envahit. Il commande un autre *Limoncello*. Il regarde le cafetier qui ouvre la bouteille et verse le liquide jaunâtre qui emplit son verre peu à peu. Jusque dans son verre, il voit Stella. Son amour n'est pas si chaste et parfois il se surprend à rêver d'elle dans les bras d'un autre. Mais ce soir, il ne pourrait pas, ce serait trahir ses sentiments. Luca se fait attendre. Giovanni ne se sent plus la patience de rester là. « Au revoir madame ! », dit-il à la fille de joie qui lui répond par un large sourire. Le voilà dans la rue, sa soirée est gâchée comme le ciel barbouillé.

3.

Jeune fille, Nina a reçu une éducation visitandine. Portant une dévotion particulière à la mère de Dieu, qu'elle prie et vénère comme la bienfaitrice de son foyer, elle allume un cierge à côté d'une icône de la madone. Elle jette un œil par la fenêtre. Le vol silencieux des mouettes présage une journée particulièrement solennelle. C'est aujourd'hui, le quinze août, que l'on célèbre l'ascension de la Sainte Vierge. Elle se prépare pour la cérémonie religieuse. Giovanni la regarde faire avec tendresse. Sa mère est loyale et constante. Chacune de ses habitudes le rassure. Elle est prévisible et c'est un réconfort. Le père Valci lit de vive voix le grand titre du *Tirreno* : « Le Premier ministre s'adressera à la nation dans un discours ! ». Nul ne l'écoute. Nina prête peu d'importance à ce qui dépasse les frontières physiques et symboliques de sa chère petite ville. Giovanni semble absorbé par ses rêveries. Valci lève les yeux vers sa femme et son fils, on ne lui répond pas. Il épie Giovanni du coin de l'œil. Giovanni lui ressemble mais il a le cœur doux de sa mère. Ce sont ces cœurs innocents qui grandissent dans les villages de la région. Le jeune homme ne connaît pas l'atrocité du monde. Il ne sait même pas qu'elle existe. Il boutonne sa chemise et le père Valci continue de le regarder à son insu. Giovanni lui rappelle sa jeunesse. Les tourments, les préoccupations quotidiennes, la politique n'existaient pas. Il ne pensait qu'à se divertir et avait de grands idéaux. Giovanni rêve d'ailleurs mais où pourrait-il aller ? Il est bien trop crédule. S'il ne se satisfait pas de sa vie de pêcheur, il est loin de se rendre compte de la brutalité des grandes villes.

- Il rêvasse ! Il rêvasse ! Il n'est jamais présent ce garçon !, s'agace-t-il.
- Je t'en prie ! Laisse-le tranquille, réplique Nina.
- Il ne prend même pas la peine de lire le journal.
- *Ouffa* ! Cela ne l'intéresse pas. Vous et votre politique !
- Ce journal..., interrompt Giovanni.
- Attends Nina le garçon veut parler !
- Arrête tes taquineries. Laisse-le tranquille.
- Ce journal, on ne le lit qu'à l'Aragosta. C'est pour les vieux.
- Ah ! Nina ton garçon réagit. Il pense. Il a peut-être de la jugeote.

Pour amuser son fils, Nina lance une fleur au visage de son mari et d'un air faussement outré :

- Mon fils est très intelligent. Il a autre chose à faire un jour de fête qu'à lire ton *Tirreno* !
- Vous les deux, vous jouez toujours contre moi mais je n'ai rien à craindre, ajoute-t-il avec un grand sourire, je suis le plus bel homme de Livourne.

Giovanni croise le regard de sa mère et leur complicité se transforme en un éclat de rire.

- Trêve de plaisanteries, nous devons nous dépêcher pour la procession, reprend Nina qui voit l'heure avancer sur le pendule.

Elle ne veut pas faire attendre Valentina et Marcello. Et que penserait le curé s'ils arrivaient en retard ? Le père Valci se replonge dans son journal. Ils ne pensent décidément qu'à leurs bigoteries, qu'à leur curé ! Toute cette mascarade religieuse l'énerve. Rester une journée sans pêcher ne semble pas lui plaire. Scrutant avec jalousie son fils qui arrange soigneusement ses épais cheveux bruns au peigne fin, il se lève avec humeur de son fauteuil pour se mettre une giclée de parfum. Toutes ces mièvreries ne vont pas apporter du poisson sur la table ! Nina regarde avec amusement cet homme qui n'a pas l'habitude de s'apprêter et lui réclame le parfum pour son fils. Qu'il est élégant Giovanni aujourd'hui ! Se mettant autour du cou l'ambre et la lavande, Giovanni oublie vite sa condition de pêcheur et les odeurs fétides du poisson. Tout semble le réjouir aujourd'hui et en particulier la venue de Stella à la procession.

Pendant ce temps-là, dans les hauteurs de Livourne, les frères de Stella l'attendent impatiemment au salon. Les deux riches héritiers ont sorti un cigare du coffret de leur père et boivent un cognac bien frais, *on the rocks*, comme on dit à New York. Stella finit de se préparer dans sa chambre. Assise devant la coiffeuse, elle pose quelques gouttes de parfum derrière son oreille et ajuste sa mantille. Elle est parfaitement élégante, parfaitement bourgeoise, parfaitement à marier. Son père ne pense qu'à lui trouver un bon parti. Il faut bien penser à l'expansion des affaires. Une fille, ça se marie, ça ne travaille pas. C'est ainsi chez ces hypocrites de bourgeois qui semblent pourtant vénérer le travail. Elle va se retrouver mariée au fils Montini, ce petit maigrelet prétentieux, elle en mettrait sa main à couper. Les garçons d'ici sont bien plus simples, ils n'ont pas d'argent à étaler. Eux seuls peuvent connaître l'amour. Elle aime bien Luca, ses manières franches l'amusent. Elle pourrait l'aimer. Elle pourrait être une de ces filles qui se plongent à corps perdu dans l'amour. Devenir l'héroïne d'un roman. Elle pourrait vaincre les convenances, ne plus obéir, ne plus subir. Luca, pense-t-elle, ou un autre. Qu'importe le nom, du moment qu'il est inconnu. Cet été sera décisif, c'est le dernier avant de mourir d'ennui. Elle songe à ces femmes qui ont été tondues pour trahison en caressant sa belle chevelure charbonneuse et luisante. Qu'elle aimerait être humiliée, elle aussi, devant ses persécuteurs. Elle les regarderait avec provocation et leur lancerait comme une effrontée : « Et alors ? Il fallait bien vivre avant de mourir ! ». Ses yeux noirs s'emplissent de larmes. Elle n'oserait jamais. Elle est condamnée.

Les Valci arrivent à la cathédrale San Fancesco et se joignent à la foule. Giovanni suit son père qui avance en maugréant, son chapeau vissé sur la tête. Il a hâte que tout ça se termine, où est donc Marcello ? Giovanni le regarde se faire bousculer et fendre la foule tant bien que mal, portant son mouchoir à sa bouche par précaution. La tuberculose lui a enlevé de sa superbe. Nina, quant à elle, marche d'un air béat, absorbée par la religiosité ambiante. Son petit pas pressé et enthousiaste la balance comme une joyeuse cloche. Son amie Valentina l'interpelle. Les deux femmes s'accueillent avec effusion. Giovanni les écoute distraitement, bien décidé à montrer son désintérêt. Sa mère lui jette un regard désapprobateur. Giovanni hausse les épaules en soufflant. Il n'est plus un enfant, il fait bien ce qu'il veut ! Il n'est pas d'humeur à faire la conversation. Il n'a toujours pas trouvé Stella. Serait-il venu ici pour rien ? Sans Luca, il s'ennuie. Son ami doit encore dormir à cette heure-là, il a bien de la chance. « Arrête de faire ta mauvaise tête, on dirait ton père ! », le réprimande Nina avec un coup de coude. Le jeune homme est en réalité préoccupé. Stella à Livourne est un évènement. Il attend de la voir depuis si longtemps, et elle n'est toujours pas là. Stella, c'est une femme comme un pays à découvrir, c'est un mystère, elle est si différente de ce qu'il connaît. Il a besoin de rêver à nouveau, ses souvenirs de la jeune fille se sont estompés. Il regarde le curé qui mène le cortège vers la *Fortezza Vecchia.* Sa solennité l'amuse et l'interroge. Comment peut-on ne vivre que pour Dieu ? Comment peut-on être si convaincu, avoir tant de certitudes ? À côté de lui, Valentina chante des louanges pour ses deux fils à New York et sa mère jette un bouquet d'aconits sur la statue. Soudain, parmi la masse mouvante et agitée, une silhouette se distingue par sa grâce. Vêtue d'une longue robe noire qui enveloppe son corps sublimé par la jeunesse, la belle femme relève délicatement sa mantille pour dévoiler ses yeux. En retrait, Giovanni est attentif aux moindres gestes de la jeune femme. C'est elle, son idole, sa divinité. Il s'approche, il veut respirer son parfum sucré et délicat. Elle lui semble comme une fleur qui ne peut se cueillir, inaccessible, immaculée, parfaite. Il espère lui arracher un regard. Qu'elle le fasse exister, là, maintenant. Qu'elle embrase son corps. Qu'elle le sorte du monde et de sa platitude. Qu'elle l'élève, qu'elle l'inspire. « Retourne-toi », implore-t-il. Il voudrait plonger en elle, en sa lumière, en sa beauté. Stella joint ses mains couvertes de dentelles en une prière. Autour d'elle, les villageoises s'agitent et lorgnent les deux beaux messieurs en costume florentin qui l'accompagnent. Qu'ils sont raffinés ces hommes de la ville, qu'ils ont de belles manières ! Avez-vous vu comme le tissu de leur costume est fin ? Nina pose une main sur l'épaule de son fils. Il sursaute. Il est comme tiré d'un rêve qu'il ne voulait voir finir et tout à coup il prend conscience de cette distance qui le sépare du faste florentin. Son parfum lui paraît grossier, ses mocassins passés de mode et son costume mal ajusté. Quel sot il fait ! À quoi bon supplier qu'on le regarde ? Il est si laid de pauvreté. Mais alors qu'il ne l'attendait plus, la jeune femme lui lance un regard bleu. C'est un ange qui vient le visiter. Giovanni esquisse un sourire maladroit et serre frénétiquement son harmonica dans sa poche. Il aimerait jouer des symphonies entières et chanter comme un oiseau fou. Derrière lui, Valentina ne manque pas d'apercevoir celle qui occupe les pensées du jeune pêcheur :

- Nina ! Tu vois la fille en noire ?
- Non ! Quelle fille ? Je ne vois pas. De qui tu parles ?
- De celle qui tient un bouquet de roses.
- Ah oui ! Je la vois !
- C'est la fille des Palomi, la riche famille florentine.
- *Ouffa* ! Ce n'est pas mon fils qui peut y prétendre. C'est vrai qu'elle est distinguée.
- Elle n'est pas plus belle que la fiancée de mon fils.
- Mais elle est plus riche, ajoute Nina d'un ton amusé.
- Pour l'instant du moins.

La foule traverse le portique pour se réunir autour du bûcher. Giovanni entre à son tour et espère qu'il pourra encore regarder

Stella à son insu lors de l'homélie. Le curé se tient fièrement face à la foule, son bréviaire à la main. Un enfant de chœur dépose délicatement l'étole sur ses épaules. L'homme de Dieu demande le silence. Dans la chaleur suffocante, les hommes défont leur cravate et les femmes sortent leur éventail pour s'aérer. Les bambins se faufilent entre leurs jambes pour se rassembler autour du bûcher sous le regard bienveillant du curé. La famille Palomi pose au milieu des gerbes du village leur imposant bouquet de roses rouges. Les enfants de chœur embrasent le flambeau et le curé commence son homélie :

- *Sœurs et frères dans le Christ, la fête de l'Assomption est sans doute l'une des mieux célébrées en l'honneur de la Vierge Marie, car en ce temps beaucoup se rassemblent dans les sanctuaires. En Italie, les pèlerinages rappellent combien nos ancêtres ont confié, voire consacré le destin de notre pays à Marie, invoquant sa protection dans les heures difficiles de la guerre, la priant de conjurer leurs incertitudes face à l'avenir…*

Les veuves de la dernière guerre pleurent leur mari disparu. À travers le voile noir qui couvre leur visage et s'étend jusqu'à leurs pieds, elles entrevoient les flammes du divin qui s'élèvent vers le ciel. Ce sont des ombres parmi les gens, des âmes errantes qui attendent la mort patiemment. Elles ne sortent de chez elle que pour se rendre au cimetière ou à la messe et ne parlent que lorsqu'elles en sont obligées, emmurées dans le silence de leur piété et de leur tristesse. Les deux vieillards philosophes de l'Aragosta ne peuvent s'empêcher de commenter le spectacle :

- Les femmes trouvent toujours l'occasion de pleurer !
- Est-ce que tu me dis que les hommes font pleurer les femmes ?
- Je n'ai jamais dit ça ! Ce que je dis c'est que les femmes trouvent toujours l'occasion de pleurer pour les hommes.

- Et toi quand tu as perdu ta femme, n'as-tu pas pleuré ?
- Pas à ce que je sache, je vais la rejoindre bientôt au paradis.

Les tronçons éclatent, des brindilles crépitent et lancent des étincelles. Les parents s'empressent de retirer leurs enfants, la flamme devient de plus en plus impressionnante. On s'écarte, on s'émerveille. Le curé termine son homélie :

- *... le pardon et la grâce. C'est cette fidélité radicale que Dieu assume, qu'il couronne en cette fête, pour donner à Marie sa gloire, je veux dire la plénitude de son espérance. Amen.*

La foi unit les Livournais qui dans un écho solennel répètent : « Amen ». Les résistants remercient la force divine de les avoir gardés vivants, mais ils ne comprennent plus la raison de leur existence. La foule implore la fin de la pauvreté et la protection du très haut pour les années à venir. Lassés d'attendre, les bambins s'agitent et pleurent. La vive émotion des habitants les inquiète. Giovanni, rêveur, admire les façades de l'imposante forteresse ; le soleil incendie les meurtrières de ses feux ardents. Un espoir, peut-être un signe, un oracle. Un jour, songe-t-il, on dira de lui qu'il a réussi. Le petit pêcheur, on l'admirera. Il jouera du blues et on l'applaudira. Debout, seul, sur la petite scène d'un cabaret clandestin des bas-fonds de New York, il sentira le plancher de bois craquer sous ses pieds, la lumière aveuglante d'un projecteur illuminer son visage et l'odeur âcre des cigarettes se mêlant aux effluves de l'alcool. S'élever parmi les hommes lui paraît plus honorable que s'élever vers Dieu. Il se fait tard, et la foule se disperse. Les Florentins viennent serrer la main du curé avant de rejoindre leur voiture. Les *vecchio* se dirigent vers l'Aragosta avec grand plaisir. Les enfants courent sur le port. Il ne reste auprès du bûcher qu'une poignée de croyants. Le feu prend beaucoup d'ampleur et ne sera que cendres le lendemain. Giovanni s'est installé dans son *gozzo* pour rêver de Stella. Il se souvient de ce fameux jour où il se présenta devant la villa Palomi et attendit timidement dans le jardin que Stella finisse sa leçon de piano. Ravi d'avoir été invité, Giovanni se promena parmi les arbustes et les plates-bandes de fleurs chatoyantes. Puis assis sur le rebord de la fontaine, il se délectait de cet air de Chopin qui venait vibrer dans son âme de pêcheur. La symphonie éveilla son imaginaire. Les fleurs semblaient danser et s'épanouir sous ses yeux. Le frémissement des arbres et l'écoulement cristallin de la fontaine venaient parfaire l'harmonie musicale. Il aurait aimé faire jaillir de ce beau piano à queue, tout comme Stella, des mélodies enchantées. Stella l'aperçut à travers la baie vitrée et ses petits doigts furent de plus en plus rapides, elle était impatiente de le retrouver. Elle sortit enfin et lui lança un regard malicieux qui contrastait avec ses manières enfantines et sa robe fleurie. Elle vint à lui en sautillant joyeusement. Elle se pencha au-dessus de son visage et Giovanni, transi, espérait un baiser, mais la maline le poussa dans la fontaine. Apercevant au loin la Florentine qui se promène sur le port, il joue ce même air de Chopin avec son harmonica, au rythme du clapotement des voiles. Stella lui fait un signe de la main, elle a sans doute reconnu la musique de son enfance.

4.

Luca arrive devant le garage automobile du quartier nord. Des tenailles russes, des tournevis, des douilles, des mèches à carotter et de gros marteaux plats recouvrent le mur du fond. Trois techniciens opèrent deux Fiats rangées l'une derrière l'autre. Le premier retire un pneu et le fait rouler d'un geste leste. Un autre dépose avec fracas un moteur huileux sur la grande table en fer qui lui sert d'établi, à côté des boîtes à outils et des jeux de cales de réglages ouvertes en éventail. Le dernier soude un tuyau métallique d'où s'échappent des étincelles et de la fumée noirâtre. Personne ne semble prêter attention au jeune garçon qui observe et attend qu'on l'interpelle. Quel métier ! On essaye de s'organiser et d'être rigoureux. « J'ai besoin des grosses tenailles », lance l'un d'eux qui retire une bonbonne d'huile de l'étagère. Luca s'impatiente. Il a bien rendez-vous. À côté de lui, un client attend de récupérer sa voiture. Un technicien se manifeste enfin : « Pouvez-vous repasser demain ? Nous avons encore besoin de changer l'huile et de dégraisser le moteur. ». Le client accepte et se retire. Luca en profite pour accoster le technicien :

- Bonjour ! J'ai rendez-vous avec le mécanicien.
- C'est toi Luca ?
- Oui, c'est bien moi !, répond-il avec assurance.
- Tu ne vas pas aller très loin dans ce garage avec ta veste en cuir et ta gomina, constate le mécanicien les mains enfoncées dans ses poches.

- Donne-moi ma chance, je suis fort et j'apprends vite !
- Tu connais un peu les voitures ?
- J'ai déjà conduit une Jeep.
- Non je ne te demande pas si tu sais conduire. Les bougies, l'alternateur, la pompe à eau, le tuyau d'échappement, ça te parle ?
- Non monsieur, je ne connais pas tout ce jargon, mais je suis habile de mes mains.

Le patron dévisage Luca avec mépris. C'est peine perdue. Il ne sera pas embauché. Déçu, il quitte le garage et erre dans les rues de Livourne. L'odeur fondante de la mozzarelle d'un four à pizza vient éveiller son appétit. Mais il n'a plus un sou en poche. Mince ! S'il y avait un rassemblement à Livourne, il aurait volé des portefeuilles et récolté quelques billets. Il est plutôt doué pour ce genre de larcins, il est entraîné. Une bousculade, une main introduite dans le revers de la veste et le tour est joué. Il n'aurait aucun scrupule. Lui donne-t-on sa chance à lui ? Et l'argent, c'est fait pour circuler. Chacun devrait pouvoir manger. Ce devrait être une loi universelle. Dépité de ne pouvoir nourrir cet estomac qui gronde depuis son réveil, il se dirige vers le marché. Peut-être que le fromager aura du boulot pour lui. Il ne peut pas se morfondre devant la chambre de travail tous les jours. Mais avec cette fichue réputation qui lui colle à la peau… Cela dit, rien ne le retient de s'amuser dans les jours à venir. Il a vu la berline noire des Palomi circuler en ville. Stella a dû venir avec ses deux frères pour la procession du Quinze-Août. Il lui faut la revoir. Il prendra Giovanni comme acolyte, c'est un piètre rival et un bon compagnon. Et Stella ne se méfie pas de Giovanni, il venait même chez elle pour jouer du piano et personne ne les surveillait. C'est dire comme il est inoffensif. Comment peut-il espérer bécoter avec Stella ? Il peut bien attendre. Lui est plus viril et assuré. Stella ne flancherait jamais pour Giovanni. Il est trop attaché à sa chère *mamma*. Il regarde Stella avec des yeux comme des soucoupes, c'est à peine s'il ne bave pas. Qu'il reste dans les girons de sa mère, qu'il laisse la place aux hommes. Lui saurait s'y prendre. Même s'il ne connaît pas le latin et les bonnes manières, il a un charme qui ne s'apprend pas. Pourquoi ne la séduirait-il pas ? Le voilà qui arrive au marché. La cigarette aux lèvres, il lance des regards provocants aux jeunes filles qu'il croise. Il ne porte aucune attention au mouvement général de la foule. Il entre dans la fromagerie en bousculant les *mamma* qui font la queue.

- Ciao Luca ! Cela fait longtemps que je ne t'ai plus vu ! dit le fromager en tranchant son bloc de parmesan.
- Je suis toujours dans le même pétrin !
- Je n'ai rien pour toi ! Pas de travail mais je peux te donner une lamelle de parmesan.
- Merci. Je te le revaudrai un de ces quatre.

Les *mamma* s'impatientent et s'offusquent. Quel homme grossier ! Elles attendent leur tour depuis belle lurette. Elles lui lancent des regards réprobateurs et Luca sort en les insultant. L'agitation du marché est à son comble. Luca ne sait où donner de la tête. D'un côté, le boulanger pétrit inlassablement la pâte blanche et malléable, laissant échapper des nuages de farine. Les effluves du levain sont piquants et acides. Les *mamma* attendent la dernière fournée qui blondit dans le four à charbon, leur corbeille à la main. De l'autre côté, le boucher donne des coups de hachoir sur la carcasse ensanglantée d'un porc éventré aux grands yeux ronds écarquillés. Son apprenti aiguise les couteaux sur la meule d'affûtage qui lance des étincelles et fait crisser les lames. Sur le trottoir d'en face, les sacs de jutes débordent de polenta, de lentilles et de haricots comme d'inépuisables cornes d'abondance. Un peu plus loin, le poissonnier verse un seau de glace sur son plateau où s'étalent les bars aux reflets bleutés, les rougets chatoyants, les grandes carpes visqueuses et les effrayants loups de mer dont la mâchoire entrouverte découvre de longues dents pointues. « Deux rougets, quatre cents lires, deux rougets, quatre cents lires ! », lance-t-il aux passants. Sur sa droite, le maraîcher ajuste ses herbes aromatiques ; il assemble les branches du thym sec qui s'effrite entre ses doigts et dépose sur le devant de l'étal des bottes de menthe odorante et de persil plat pour attirer les nez les plus fins. Cinquante lires la botte de menthe ! Depuis la guerre, les prix ont bien augmenté ! Les vendeuses font dégorger sur des serviettes blanches les larges tranches d'aubergines et les tronçons de courgette à huile sous le soleil brûlant qui attendrit leur chair brunie. Une voiture à cheval chargée de tonneaux de chianti surgit au milieu de la cohue. Le voiturier hèle les passants : « Poussez-vous, poussez-vous ! ». Le fruitier coupe les pommes en deux, elles se vendent par moitié aux habitants qui souhaitent plus de variété pour peu de sous. Un jeune homme en salopette balaie la rue et jette les épluchures et les têtes de poisson dans le caniveau. Des garçons volontaires aident les habitants à porter leur sac pour quelques dizaines de lires. Plus bas dans la rue, les *mamma* servent des plats cuisinés toscans comme les pâtes aux lièvres ou la *ribolitta*, soupe traditionnelle à base de chou, de haricots et de pain. Cinquante lires la louche ! Mieux vaut acheter cuisiné que de préparer chez soi ! Une vieille femme malvoyante demande : « Quels sont les légumes de saison qui ont été utilisés pour faire le *pinzimonio* ? ». La vendeuse lui répond : « Des poivrons rouges, des poivrons jaunes, des choux-fleurs, des concombres et du céleri. ». Elle rajoute avec fierté : « Et surtout de l'huile d'olive de Florence. ». La vieille femme acquiesce : « J'en prendrai une portion. ». Un peu plus loin, un petit chien s'assoit devant la rôtisserie, fasciné par le mouvement hypnotique des poulets qui tournent sur la broche. Le volailler lui jette une pomme de terre imprégnée de graisse pour l'éloigner.

Au milieu du brouhaha incessant du marché, Nina et Valentina papotent en travaillant. Elles veulent tout savoir, des derniers commérages aux mauvaises nouvelles. Nina a noué un foulard sur sa tête mais la sueur de son front lui coule sur les yeux. Elle se rafraîchit le visage et en profite pour arroser ses poissons étalés sur un tissu blanc. Elle regrette parfois de ne pas avoir un instant pour se regarder dans le miroir le matin et de devoir s'attifer comme une poissonnière sans égard pour cette beauté voluptueuse qui faisait son succès d'autrefois. Un vieil homme vient déposer ses vêtements dans sa corbeille à linge. En ces temps difficiles, elle repasse quelques heures par jour pour les plus nécessiteux. Un client s'arrête devant son étalage : « Combien coûte la boîte de San Marzano ? ». Elle récolte un billet de deux cents lires qu'elle remettra à son mari en fin de journée. Habillée d'un pantalon et d'une chemise blanche comme au temps où elle travaillait à l'usine, Valentina sert des portions de *cacciucco* de sa marmite aux clients fidèles. Après avoir servi son client, elle s'adresse à Nina avec un large sourire :

- On a vu la femme du maire se promener sur le port avec un étranger !
- Dis-moi bien que ce n'est pas vrai !, s'étonne Nina.
- En même temps celle-là, ce n'est pas le mariage qui l'a assagie. Toujours à faire des manières avec les maris des autres.
- D'ailleurs, ce maire n'a toujours pas organisé le bal de l'été depuis la fin de la guerre.
- Je pense qu'il a peur que sa femme ne danse pas avec lui, dit Valentina avec un petit sourire narquois.
- Tu n'as pas tort !
- J'ai vu quelques préparatifs sur la Grand-Place. On aura sans doute droit à un bal cette année. L'occasion pour ton Giovanni de faire danser les filles.
- *Ouffa* ! Si c'était en notre temps, il aurait certainement été marié depuis belle lurette.
- C'est vrai, les mariages étaient plus faciles quand on était jeunes et le bal était la meilleure occasion de faire des rencontres.

Nina se souvient. Revêtue de sa plus belle robe, la jeune femme aux yeux perçants et au chignon débordant de larges boucles noires s'était timidement assise sur le rebord de la piste de danse, cette esplanade de bois construite la veille par quelques hommes du village. Elle aimait la musique et se balançait au rythme du misérable orchestre composé de quelques pêcheurs volontaires. Une tarentelle napolitaine débuta et un jeune homme vint lui tendre la main, on l'invita à danser pour la première fois. Malgré l'attention qu'il portait à chacun de ses gestes, il était maladroit et manqua de lui écraser les pieds à plusieurs reprises. Nina fut pourtant charmée par ce pêcheur un peu gauche dont le regard n'était pas dénué de poésie. Nina sourit, les souvenirs de la jeunesse sont inaltérables. Elle sursaute soudainement quand un homme vient poser ses deux mains sur ses épaules. Elle se retourne, c'est Luca.

- Que fais-tu ici à cette heure-ci ? N'as-tu pas autre chose à faire que de draguer les filles du marché ?, lui demande Valentina en lui esquissant un sourire.
- Des jeunes filles ? Voilà deux femmes qui en savent trop sur moi ! Je les aime fines et élancées comme toi Valentina !
- Arrête tes badineries !, intervient Nina. Sois sérieux pour une fois. Tu dois avoir faim ?
- Les tomates San Marzano me sortent par les oreilles, se plaint Luca en lançant un regard furtif sur l'étalage de Nina. Je rêve d'un plat de pâtes aux fruits de mer.
- Approche que je te serve une portion de *cacciucco* ! Au moins, tu auras le ventre plein avant de retourner voir ta mère..., propose Valentina.
- Comment se porte ta maman ?, demande Nina.
- Depuis la mort de mon père, c'est de pis en pis.
- Dis-lui de venir chercher du *cacciucco*. On aura toujours un petit quelque chose pour elle ici.
- Nina, tu es un ange, un ange de Dieu ! Le sais-tu ma beauté ?
- Arrête un peu ton baratin ! Ça marche peut-être avec les jeunes filles mais moi j'en ai fait du chemin. On ne m'attrape pas avec ces balivernes.
- Quelles balivernes ? Ma Nina, tu es le soleil de ma vie.

- Tu n'es qu'un chenapan ! File donc voir ton Giogio et laisse-moi travailler. Dis-lui que je rentrerai tard, c'est le jour du lavoir.

Nina observe ses deux hommes qui mangent le *cacciucco*. Son fils a de l'appétit mais son mari regarde son assiette avec tristesse. Il n'a envie de rien. Les journées de pêche l'épuisent et il est incapable de recouvrer ses forces. Il tourne sa cuillère dans la soupe. Le cliquetis métallique résonne contre les tempes de Nina. Elle entend ce bruit, répétitif et grinçant, comme un signe funeste. Giovanni lève sur elle un regard étonné et lui sourit. Son Giovanni est un réconfort. Il ressemble à son père. Il a son large front rêveur, sa mâchoire téméraire, ses manières un peu rustres et maladroites. Ce sont de sacrés têtus tous les deux à leur manière. Ils ne savent pas s'entendre, chacun certain d'avoir raison, chacun voulant avoir le dernier mot.

- Tu m'as l'air songeur. Cette journée de procession était vraiment émouvante et magnifique, lance Nina à son mari pour briser le silence du foyer.
- Il y a des choses magnifiques qui sortent de l'ordinaire en effet. Ce ne sont pas des choses divines mais bien réelles. Je plains ces hommes qui n'ont jamais cherché à apprivoiser la mer. Ceux-là ne savent pas éprouver leur patience devant la mort, ils n'ont pas appris l'humilité. Alors oui, je n'ai rien accompli de grandiose ici-bas, mais il est plus difficile pour un riche d'entrer au paradis que pour un chameau d'entrer par le chas d'une aiguille, et moi j'ai toujours été bien pauvre et je ne m'en suis jamais plaint. J'ai creusé ma tombe dans la mer sans broncher. Alors je suis confiant, j'ai bien mérité le paradis. Je suis un homme simple. Comprends-tu cela Giovanni ? La fierté de mourir en homme simple ?

Giovanni le regarde interloqué. Que peut-il répondre à cela ? Il comprend l'honneur de son père, bien sûr. Il comprend mais il ne souhaite pas cette vie pour lui.

- Oui, je n'ai jamais dit que tu avais vécu sans dignité.
- Mais que racontez-vous ! Vous parlez comme si... Nina s'interrompt rattrapée par ses émotions.
- Nina, ne pleure pas, il n'y a pas de raison, la rassure son mari.
- Oui, il n'y a pas de raison ! Tu es encore là !, s'emporte-t-elle.

Le père Valci lui passe la main dans le dos. Ce geste tendre calme Nina. Le silence s'installe de nouveau autour de la table. Le père mange sa soupe pour apaiser sa femme. Giovanni s'échappe dans ses pensées. Il donnerait tout pour ne pas être là. Voir son père divaguer et sa mère pleurer l'affecte plus qu'il n'oserait l'avouer. Il pense à Stella, à son apparition lors de la procession. Le repas s'achève et le père Valci recommence à tousser. Giovanni lui donne des tapes dans le dos et l'accompagne jusqu'au lit. Nina fait signe à son fils de leur jouer un air. Le jeune pêcheur sort son harmonica et pose ses lèvres sur l'instrument. Le blues résonne pendant que Nina aide son mari à se coucher. Elle ouvre soigneusement le lit. Elle sait que ses attentions blessent sa dignité. Elle sait qu'il ne supporte pas d'être vulnérable, d'avoir besoin d'elle. Elle agit sans mot dire, sans un regard pour son mari. Elle craint de rencontrer ses yeux tristes. « Bonne nuit », chuchote-t-elle en se serrant contre lui. Il sent une larme couler sur son épaule. Il resserre ses bras pour l'étreindre. Il emportera son odeur, c'est certain, même à six pieds sous terre. « Bonne nuit ma femme ».

5.

Dans le jardin de la villa Palomi, Stella et ses deux frères sirotent une citronnade à l'ombre du tilleul. Stella observe les papillons blancs qui volettent comme un escadron d'anges au milieu de la lavande sauvage. Ses pieds nus goûtent la fraîcheur de l'herbe. Elle s'évente avec un éventail en dentelle de Burano. Elle voudrait que cet été ne s'achève jamais. Elle prend plaisir à vivre au rythme du soleil, dans l'insouciance et la sérénité de la campagne. Florence et son agitation lui apparaissent comme un bourdonnement incessant, maintenant lointain, absurde. À Livourne, elle peut se reposer, être oisive sans aucun remords. À Florence, il y a toujours quelque spectacle, quelque mondanité, quelque urgence futile pour remplir ses journées. Ne rien faire dans une grande ville est un sacrilège, un comportement inacceptable. Et pourtant, Stella aime à s'ennuyer parfois. Elle regarde ses deux frères qui jouent aux cartes. Ils ne savent pas admirer, comme elle, ce qui les entoure. La ville leur manque, elle fait partie d'eux ; ce sont des citadins et la villa de Livourne est un luxe mondain de plus. Elle aimerait être en meilleure compagnie, avec des gens qui se contentent de cette simplicité. Ses frères respectent la mode et le style florentin jusque dans leurs habits de vacances. Leur chapeau, leurs gants, leur gilet, tout a été choisi avec attention. Il s'agit d'avoir l'air de grands bourgeois et de marquer la différence qui les sépare des petites gens de la campagne. Avoir l'air, voilà tout ce qui leur importe, même dans la solitude et l'intimité de ce jardin. Son plus jeune frère la sort de sa rêverie avec l'un de ces traits d'esprit grinçants qu'il affectionne particulièrement :

- Madame Montini, voulez-vous encore de la citronnade pour abreuver ce joli gosier que le mariage fera taire ?
- Idiot, si j'ai le malheur d'épouser le fils Montini, crois-tu que je vais me taire ? Il est assez bègue pour me laisser parler.
- Qu'auras-tu à dire aux commerçants qui viendront vous rendre visite ? Si ces marchands-là adoptent de belles manières, ils ne pensent qu'à l'argent, ce qui les rend profondément grossiers et inintéressants.
- Tu n'as qu'à me faire entrer dans tes petits cercles privés. Ils se donnent des airs d'intellectuels et d'artistes mais je serais curieuse de voir ce qu'ils ont à dire tes bellâtres à moustache !
- Taisez-vous, si père vous entendait !, intervient l'aîné qui a suivi la conversation d'un œil réprobateur. Vous nous faites honte. Les affaires ne vont pas si bien et on n'a pas besoin de débauchés dans la famille. Tu es une femme maintenant Stella, tu vas devoir apprendre à tenir ta langue.

Stella se lève avec humeur. Son jeune frère la retient : « Ne me laisse pas seul avec lui ». Mais la jeune fille n'en peut plus, il lui faut quitter cette fâcheuse compagnie. Elle s'assoit au piano. Elle relève le clapet et fait glisser ses doigts sur le clavier. La douceur veloutée des touches lui électrise les mains. Elle se met à jouer une sonate qu'elle a gardée en mémoire depuis son enfance. Les leçons de piano de ses vacances avaient un goût bien différent de celles de Florence. Elle pense à Giovanni qui venait la rejoindre l'après-midi. Ses yeux tendres la réconforteraient, là maintenant, elle en aurait besoin. Elle ne connaît personne qui eût pu la regarder ainsi à Florence. Était-ce l'effet de la musique ? Était-ce de l'amour ?

Giovanni et Luca grimpent les escaliers du phare de Livourne qui pourfend le ciel depuis plus d'un demi-millénaire. La lumière vive du fanal s'est éteinte en pleine nuit lors des bombardements aériens. Son tournoiement n'est plus, il ne reste qu'une tour délabrée. À l'aube, lorsque le *gozzo* Nina déborde des pontons, Giovanni ne voit plus s'éloigner et disparaître sa pointe jaune sur le littoral. Les deux hommes enjambent les débris, les pierres, les poutres et les barres métalliques avant d'escalader l'échafaudage précaire qui flanque la tour. Les marches sont encombrées et les deux amis peinent à atteindre le sommet. Luca s'essouffle et tente de le dissimuler en sifflotant des chansons paillardes. Giovanni rit aux éclats. Enfin au dernier étage, Luca s'assoit contre le mur de pierre et Giovanni regarde l'immensité de l'horizon. Les paquebots disparaissent dans le mystère de leur destination. Le vent salé fouette son visage. Il aperçoit les oiseaux s'étendre en une nuée blanche et mobile entre le ciel et la mer. Il écarte les bras et inspire une grande bouffée d'air au-dessus des vagues qui se fracassent sur les rochers du phare. Luca sort son porte-monnaie et se plaint :

- Je n'ai pas un billet ! Que ces foutues pièces de monnaie qui ne peuvent même pas payer une *ciabatta* !
- C'est sûr que si tu jettes ton argent dans les femmes, il ne te restera plus rien en fin de journée. Que ferais-tu si tu avais un billet de deux cents lires ? Je suppose que tu le flanquerais dans le jeu !
- Calme-toi mon garçon ! Si j'avais un billet aussi gros, je serais un homme riche, ironise Luca. Je fumerais le cigare au lieu d'acheter des cigarettes !
- Crois-tu qu'il suffise d'un cigare pour avoir l'air d'un bourgeois ?
- Cela y contribue ! Je les connais mieux que tu ne le penses, les bourgeois.
- Chiche ! Fais-moi le bourgeois !

Luca se lève et rentre sa chemise dans son pantalon. Il la boutonne jusqu'au col et en détrousse les manches. Il lève son genou pour prétendre passer un coup de cire sur ses mocassins. Giovanni le regarde. Le voyou est un rêveur, lui aussi. Il est dans son personnage, ce n'est plus un jeu. Il repose sa casquette dans le bon sens. Son visage change. Il prend un air précieux et se tourne vers l'horizon :

- Monsieur *Di Valci*, ne trouvez-vous point ce panorama tout à fait exaltant ? Mais il nous faut considérer cependant qu'il ne vaut pas mieux que cette vue sur mes terres lorsque je monte dans ma montgolfière. Je vous y emmènerai tantôt mon cher ami, vous pourrez juger de ce constat que je vous fais et mesurer la comparaison.

Il prend un air pensif et se retourne comme si on l'interpellait. Il relève sa casquette à la manière d'un chapeau et l'envoie valser. Giovanni la récupère et l'enfonce sur sa tête :

- Vous m'en voyez ravi *signore Di Luca*, comment refuserais-je cette invitation ? Organiserez-vous un banquet avec de jolies demoiselles ?
- Les demoiselles pleuvront mon cher ! Il y en aura pour tous les goûts, mais surtout pour les miens.
- Y inviterez-vous Stella ?
- Tu me rabâches les oreilles avec ta Stella !, s'énerve Luca qui a repris son sérieux. Tu n'as aucune chance et ce n'est pas une fille pour toi !
- Qu'en sais-tu ?
- Qu'en sais-je ? Ça crève les yeux bon sang ! Regarde-toi avec cette casquette, on dirait un gamin qui essaye le costume de son père.
- Reprends-la ta casquette de voyou ! Tu as raison, elle ne me va pas, je ne suis pas un bon à rien.
- Non mais tu es un gosse subjugué par une bourgeoise. Tu crois l'aimer mais c'est seulement que tu n'acceptes pas ta condition, dit Luca en se radoucissant.
- Je la connais mieux que tu ne le crois.
- Je dis ça pour toi garçon. Tu la connais ? Ce n'est pas quelques heures à jouer du piano dans une grande villa...

- Tu ne connais rien à la musique, tu ne sais pas ce que ça peut produire !
- Mais Gio, bien sûr que je comprends. Tu étais là, dans un endroit magnifique avec une jolie fille pleine de dentelles et de bonnes manières. Ça t'a changé des poissons !

Ils ne s'entendront pas sur ce sujet, qu'importe, a-t-on vraiment besoin de parler ? Luca grille une cigarette et lance un sourire amical à Giovanni. Celui-ci sort son harmonica de sa poche et joue un air de blues dans le vent qui se soulève. Il commence à faire froid. Luca ferme les yeux. Le nez dans son col, il se laisse bercer. Giovanni l'observe dans son sommeil, il a le visage doux quand il dort, il n'a plus de colère, plus de défiance. Quand Luca a-t-il changé ? Giovanni essaye de se souvenir. Ce fut peut-être progressif. La vie n'a pas épargné son ami. Il a entassé peu à peu de l'aigreur et de la haine, il a construit un mur de pierre tout autour de lui. Et pourtant, il a gardé quelque chose de malicieux et de joueur. Il a toujours aimé faire les quatre cents coups. Il avait de la répartie à revendre qu'il avait à peine de la moustache. Giovanni, qui sortait tout juste du giron de sa mère, lui portait une admiration sans bornes. Il était fier d'être mêlé aux déboires de son ami. Il se souvient de cette fois où Luca lui avait demandé de faire le guet pendant qu'il fricotait avec la fille du boucher sur le *gozzo.* Giovanni avait pris ce rôle très au sérieux. Il faisait la sentinelle, arpentant les quais d'un œil attentif. Il entendait des gémissements et des chuchotements sans réellement comprendre ce qui pouvait se passer sous la bâche, à l'abri des regards. Il était encore innocent, il avait à peine dix ans. Pourtant, il sentit pour la première fois les effets de l'excitation. Son corps était encore un mystère et il ne comprit pas bien ce qui lui arrivait. Soudain, il aperçut le père de la gamine qui avançait vers le *gozzo.* « Luca ! Luca ! Attention ! », lui cria Giovanni qui s'était aventuré trop loin. Luca ne l'entendit pas et fut surpris sur le fait. Il s'échappa à toutes jambes, son pantalon sur les chevilles. Malgré cet inconvénient, il courait plus vite que le boucher, encouragé par la peur de recevoir une sacrée raclée. Les gamins qui rôdaient autour des pontons s'étaient bien amusés de la scène. « *Culo nudo, culo nudo !* » s'étaient-ils écriés. Giovanni sourit à Luca qui ouvre les yeux : « Tu te souviens de la fille du boucher ? ». Luca réplique par un clin d'œil et Giovanni entame un autre morceau de blues. Les amis attendent tranquillement que le soleil se couche. À l'horizon, l'île de Gorgone s'assombrit. Parfois, il suffit d'un rien pour faire passer le temps.

La nuit est tombée et les deux amis ont quitté le phare. Ils s'acheminent d'un pas nonchalant vers l'entrée du port. Luca observe les officiers de la marine navale qui font le guet devant la grille d'accès aux docks. Leur fusil sur l'épaule, les sentinelles inspectent tous les véhicules qui entrent et sortent de la zone réservée aux chargements et aux déchargements des paquebots. Luca fait signe à Giovanni de s'arrêter. Il s'agit de ne pas se faire repérer. Giovanni fait ensuite la courte échelle au gaillard qui veut voir ce qui se passe derrière le mur.

- Il y a un paquebot au port, dit-il, l'œil scintillant.
- Un paquebot ? Et alors ? C'est quoi ton plan ?, demande Giovanni qui flaire les ennuis.
- Qui dit paquebot, dit marchandises ! Il faut escalader ce mur. Tu fais la courte échelle, une fois en haut je te tiens ! Ça roule pour toi ?
- Ça marche !

Les deux amis ont les yeux rivés sur la grille. Les phares allumés, un véhicule klaxonne à l'entrée. C'est une Jeep. « Laisse la Jeep passer, puis on escalade le mur », dit Luca sans l'ombre d'une inquiétude. Ils escaladent. Ils ont passé le mur et se mettent à plat ventre. Des bergers allemands aboient. Les gardes tournent leurs regards mais ne semblent pas apercevoir les deux jeunes hommes.

- Enlève tes mocassins ! Nous devons courir jusqu'aux conteneurs !, chuchote Luca en enlevant ses chaussures.
- On va se faire attraper, s'inquiète Giovanni.

Luca compte jusqu'à trois sur les doigts de sa main et se met à courir comme un dératé. Giovanni le talonne comme il peut. Les deux se cachent entre les conteneurs et reprennent leur souffle. « Et maintenant, on fait quoi ? », demande Giovanni qui se tient les côtes. Luca sort son canif pour chatouiller les cadenas des conteneurs. Il manque de briser la lame sur un gros cadenas qui finit par céder. « Entrez mon cher », sourit Luca en ouvrant fièrement la porte à son ami. Les voilà bien cachés et leurs yeux s'adaptent peu à peu à l'obscurité. Ils distinguent mieux l'entassement des sacs de jutes et des caisses.

- Ouvrons cette caisse, chuchote Luca impatient de trouver quelque chose.
- C'est du vin !, remarque le jeune pêcheur qui a enlevé l'emballage. Rouge ou blanc ?
- Que m'importe ! On peut dissimuler une bouteille et la boire rien qu'à nous deux !
- Tu es un génie Luca !
- C'est du chianti de Toscane en partance de Livourne. Les Américains en raffolent ! On va pouvoir s'enivrer comme il faut !

Les deux amis s'apprêtent à partir. Il ne faut pas s'attarder. Soudainement, Giovanni entend une série d'aboiements. Luca range précipitamment la bouteille dans le creux de sa veste. Ils entendent les bottes d'un officier qui se rapproche. « Allez viens partons ! », dit Luca d'un ton sec. Une frayeur envahit le jeune pêcheur qui enfile ses mocassins. Les officiers sont encore loin. Les deux amis s'enfuient de l'autre côté des docks. Ils sont passés inaperçus, ni vus, ni connus.

Giovanni et Luca sont assis dos à dos sur les quais. Le premier regarde les passants qui admirent les dessins aux fusains et le falotier qui éteint les réverbères encore allumés à cette heure-ci. Le second observe le vide de l'horizon, les pieds dans l'eau. Le halo de la lune se reflète sur l'océan. Lui ne connaît pas la vie de pêcheur, peut-être lui aurait-elle plu. Ils entendent le clapotement des vagues et le crépitement de l'écume. Les deux amis se passent la bouteille de vin. Chacun une gorgée.

- À quoi rêves-tu ?, demande Giovanni pour briser le silence.
- Je suis en train de marcher sur le trottoir entre de très grands immeubles, de vrais buildings, de larges tours, enfin des gratte-ciels.
- Chicago ou New York ?
- Oui, c'est ça, je pense que je suis à New York. Je marche d'un pas appuyé pour laisser mon empreinte sur la ville, divague Luca en prenant une goulée de vin rouge.
- Tu portes un costume trois-pièces ?
- Oui, un costume trois pièces, un chapeau *Jaxon and James*, des boutons de manchette en or et une montre à gousset.
- Tu es un grand patron ?
- Je suis patron et chef d'usines à travers l'ensemble du territoire américain, un vrai magnat, un homme d'affaires très puissant.
- Que fais-tu en marchant sur la cinquième avenue ?
- Je viens de quitter mon bureau du dernier étage de l'*Empire State Building* et je me dirige vers la bourse de Wall Street pour investir dans des compagnies ferroviaires.
- Tu te prends pour Rockefeller ?
- Peut-être mais ce n'est pas sûr. J'ai investi dans la *Standard Oil* en Pennsylvanie et à Pittsburgh...
- As-tu ton propre avion ?
- Je n'ai pas fini mon cher Gio ! Et pour répondre à ta question, j'ai été voir le directeur de Boeing en personne pour acheter un avion privé dernière génération.
- Le directeur de Boeing ?
- Pas que lui, je fréquente les plus grands et les plus connus. Quand j'atterris à Los Angeles pour des mondanités, je séjourne à Hollywood. Le climat y est clément et l'eau de mer est tiède.

Giovanni ferme les yeux, la tête lui tourne mais il se sent bien. Il est pris dans le manège de ses pensées, dans ce lieu étrange, à la frontière du rêve. Comment vit-on dans tous ces pays dont il ne foulera jamais le sol ? Il ne connaît même pas le nom de toutes les terres du monde, il ne connaît qu'une langue, qu'une culture et encore, bien réduite par le cocon de Livourne. Il imagine la cour de ces rois d'Orient, le faste des plus beaux châteaux, la nature luxuriante des grandes forêts et les déserts brûlants. Il aimerait se reposer dans les dunes de sable, dans les montagnes rougeoyantes. Il aurait tout le loisir de penser et de se retrouver. Si les capitales l'attirent pour leur culture et leur mouvement perpétuel, il sent qu'il a besoin d'un ailleurs plus proche de lui-même. S'endormir, ne serait-ce qu'un instant sur le temps qui passe, c'est un luxe qu'il n'a jamais pu s'offrir.

6.

Luca et Giovanni sont heureux d'avoir le champ libre aujourd'hui et sont bien décidés à en profiter. Prétextant vouloir écouter le discours de Gasperi qui sera retransmis sur la place de la République cet après-midi, Giovanni a pu se décharger de ses obligations familiales. Luca plaisante gaiement :

- En me levant ce matin, j'ai appris que mes actions de la *Standard Oil* ont chuté ! Giovanni, les affaires vont mal en Caroline du Nord ! Il faut faire quelque chose !
- Tu es vraiment atteint depuis la dernière fois. C'est à la chambre de travail que l'on apprend la géographie des États-Unis d'Amérique ?
- Pendant la guerre, avant le départ des marines, j'ai eu l'occasion d'apprendre la carte du territoire américain. J'ignore pourquoi j'ai eu envie de les apprendre, mais c'est ainsi, je les connais tous !
- Tu veux partir ?
- À quoi bon ? Je n'arrive déjà pas à me faire une vie ici... D'ailleurs, j'ai besoin de fric. On va faire quelques poches si le cœur t'en dit, tu me suis l'ami ?
- Toujours ! Soyons prudents, ce n'est pas le moment de faire honte à ma mère...
- Ta mère, ta mère, sois un homme bon sang !

Les citoyens affluent sur la place de la République qui surplombe le canal principal de la ville, les pêcheurs arrivent par leur *gozzo*, les autres remontent l'avenue Grande. À côté de l'imposante statue de Ferdinand III, les techniciens mettent en place la grande radio par laquelle le Premier ministre Gasperi s'adressera indirectement à la nation depuis la conférence de paix de Paris. Il s'agit de défendre les intérêts des pays face aux quatre membres de l'ONU dans cet après-guerre constituant un tournant politique et économique majeur. Alcide de Gasperi s'est longtemps battu pour une Italie indépendante et libre, puis engagé contre le fascisme et maintes fois emprisonné, il est devenu aux yeux de certains un espoir, un sauveur, voire même un héros. *Il fotografo* se faufile à travers la masse mouvante et enthousiaste qui occupe la place et photographie les familles des provinces locales, les pêcheurs du littoral, les agriculteurs de la campagne alentour, les commerçants de la ville et les artisans. Ce sera un témoignage précieux pour les générations à venir. Cette population hétéroclite s'est assemblée, pleine d'espoir pour son pays. Les hommes des cités ouvrières sont venus avec du vin à foison. On boit au goulot, on fait circuler les bouteilles solidairement. Luca et Giovanni n'hésitent pas à en profiter. Ils essayent de garder la bouteille le plus longtemps possible. Giovanni a déjà le vertige. Des marins de l'école navale entonnent des chants militaires. Ils galvanisent la foule. On chante avec eux et les enfants admirent leur beau costume bleu et blanc. Giovanni et Luca viennent se mêler au chahut des marins. Luca lance des accolades et s'égosille sur les refrains patriotes. On le regarde avec étonnement, avec dédain, on est des militaires et pas des vauriens. Il n'est pas de l'école navale celui-là. Que leur veut-il ? Giovanni veut éloigner son ami qui ne l'écoute pas. Il a honte pour lui. Luca ne sait vraiment pas se tenir.

- Allez Gio, viens chanter avec nous les chansons de la patrie !
- Je n'ai que ça à faire !
- Toujours à faire ton timide.

- Tu ne vois pas qu'ils te méprisent, tu ne vois pas qu'on se moque de toi ?

Luca éclate de rire et tire son ami par la manche :

- Allez viens, la honte c'est pour les faibles !

Les techniciens effectuent les derniers réglages, on se tait et on écoute la voix qui s'élève à travers les grésillements qui se dissipent peu à peu :

- *Prenant la parole en cette assemblée mondiale je sens que tout, sauf votre courtoisie personnelle, est contre moi. Mon statut d'ex-ennemi me fait sentir comme amputé. Les plus influents d'entre vous ont déjà formulé leurs conclusions en une longue et périlleuse argumentation. L'Italie a subi des sanctions pour son passé fasciste mais je demande aujourd'hui une équité générale, de la nouvelle coopération internationale. Les pertes contre les Allemands, avant et après la déclaration de guerre, furent de plus de cent mille hommes, entre morts et portés disparus, sans compter les militaires et les civils victimes des nazis dans les camps de concentration et les cinquante milles patriotes tombés dans la lutte résistante. Cette seconde guerre qui dura dix-huit mois, durant lesquels les Allemands reculèrent lentement vers le nord, dépouillant, dévastant, ce que les avions n'avaient pas abattu...*

La honte du fascisme reste ancrée dans l'esprit des habitants, mais il faut sortir de la honte pour reconstruire le pays. En 1944, il ne restait plus une brique, plus un mur, plus une maison. Une ville fantôme. Délabrée. L'occupation et la libération sont deux faces d'une réalité qui alimente les rancœurs. Si les Américains n'étaient pas venus, la ville aurait-elle été détruite ? Mais s'ils n'étaient pas venus, les Livournais seraient encore victimes du fascisme. Giovanni n'aurait jamais pu apprendre le blues. Luca ne se sentait pas si mal pendant la guerre, on prêtait moins attention à ses activités. Livourne brûle de se retrousser les manches et d'effacer les souvenirs de la guerre : les tirs, les mines, les bombes, les évacuations des habitants par dizaines de milliers vers les communes voisines. Certains ont définitivement perdu la raison. Ils errent sur les routes, sans mémoire et sans attaches. Ils dorment dehors et parlent aux spectres de leurs amis perdus. On a vu ses proches mourir sous les bombes des alliés ou partir se réfugier à l'autre bout du pays sans jamais revenir. Que de familles brisées ! Cela n'arrivera plus jamais. La résistance, maladroite, à cause du territoire peu boisé et du manque de routes carrossables, s'était soulevée contre l'occupant allemand mais avait été vite réprimée. La cinquième armée américaine entra dans Livourne pour libérer le champ de bataille mais avant de fuir vers le nord les saboteurs du Troisième Reich firent sauter une grande quantité de mines sur le port. Les résistants ne pouvaient pas empêcher ces actes barbares. Ils n'étaient qu'une poignée et ils étaient peu armés. Un pêcheur demande un règlement de compte :

- Mon frère est mort pour l'Italie sans reconnaissance et sépultures.
- Qu'est-ce qu'il a fait ton frère ?, dit Luca en se retournant.
- Il a résisté au fascisme, aux chemises noires. Il a tout fait pour nous sauver !
- Qu'est-ce qui nous le prouve ? Ce n'est pas écrit sur sa pierre tombale, demande Giovanni pour enquiquiner davantage le pêcheur.
- Bande de vauriens ! ça vous fait sourire ! Vous ne savez pas ce que c'est de perdre un proche !, s'indigne le pêcheur enragé.
- Mon ami Luca a perdu son père !, le corrige Giovanni.
- Pendant la guerre ?, demande l'homme.
- Non à cause de l'alcool, ou plutôt d'une flaque d'eau, intervient Luca avec un sourire.
- Vous vous foutez de moi !, hurle le pêcheur.

- Bien sûr que non. Son père s'est noyé dans le caniveau en sortant du bar, réplique Giovanni avec tout son sérieux.

Les deux jeunes hommes continuent de le provoquer et Giovanni lui donne une tape dans le dos pendant que Luca le détrousse. On ne va pas avoir de scrupules pour un menteur. « Ciao l'ami, salue ton frère pour nous », plaisante Luca en tirant Giovanni vers la foule. Il va essayer de compléter de quelques billets son larcin du jour. Giovanni le regarde faire avec amusement. Les voilà juste à côté du poste de radio et Giovanni se laisse happer par la voix tonitruante de Gasperi :

- *Le problème aujourd'hui est économique et non politique. Il faut une compagnie, une administration internationale, non un état ; une entreprise avec des bases financières stables, pas une combinaison juridique ! En ce qui concerne les réparations, tout en étant disposés à supporter des sacrifices, nous devons exclure que des dépenses imprécises n'accablent les économies de l'Europe. En outre, au regard des territoires cédés ou libérés, il faudra tenir compte des énormes investissements pour les travaux publics. C'est dans ce cadre d'une paix générale et stable que je vous demande patience et réflexion.*

Un brouhaha s'élève parmi la foule. Les habitants ne semblent pas prédisposés à faire des sacrifices. Des investissements ! Lesquels ? Les plus sobres s'énervent. Nous ici, à Livourne, on ne voit rien. On aimerait bien partir du bon pied. Luca et Giovanni ont trop bu. Ils sont saouls. Voilà Luca qui saisit une bouteille des mains d'un paysan. Il boit six gorgées d'une traite et passe la bouteille à Giovanni. Les électriciens rangent les câbles électriques dans l'enrouleur. Le poste de radio s'éteint et le tumulte croît. Deux femmes qui sont venues assister au discours politique. Elles se font un point d'honneur à se tenir informées. Elles réagissent avec conviction :

- Je voterai toujours pour le Parti démocratique chrétien.
- Gasperi ne fait pas les choses à moitié, il saura nous défendre.
- C'est vrai ! Contrairement à Mussolini, il refuse de couper le gâteau seul.
- Je suis ravie mais mon mari et moi n'arrêtons pas de travailler et nous avons encore du mal à nourrir nos enfants. Vivement le changement.
- J'espère que les accords avec l'ONU ne vont pas nous étrangler. On est déjà sur la paille, il ne manquerait plus qu'on se venge sur de pauvres villageois comme nous.

« L'union fait la force », scande-t-on en chœur. Les bannières clapotent dans le vent, les bouteilles de vin circulent de mains en mains, les bousculades se font de plus en plus virulentes. Les ouvriers se rassemblent autour des chefs de coopératives qui lèvent haut leurs pancartes pour attirer de nouveaux membres. « Livourne manque de provisions, la pénurie des moyens de transport et des combustibles est à son comble ! », déclare l'un d'eux de sa grosse voix solennelle. On l'applaudit, on lui répond spontanément : « Il faut agir ! Il faut nourrir les familles ! ». « *Il Tirreno* est réédité, le service postal est réactivé, la gare de Florence Pise est maintenant ouverte, nous sommes sur la bonne voie mes amis, il faut continuer la lutte, il faut continuer l'effort, Livourne se relèvera », poursuit le chef de coopérative, sous les huées enthousiastes de ses confrères.

- Si Livourne ne se relève pas, je la relèverai, crie Luca en brandissant son poing.

Pendant ce temps-là, les Creci reçoivent chez eux le père Valci et sa femme Nina. Valentina aime recevoir son amie pour la faire rêver. Elle en a bien besoin ces temps-ci.

- Quelles merveilles !

Nina ouvre les écrins de velours, les boîtes à maquillages, les grandes malles en cuir, explore les armoires, furète dans les tiroirs et va même jusqu'à soulever le matelas pour y déloger les sacs stockés par vingtaines sous le lit. Elle déplie les étoles, examine les dentelles, dépaquette les robes, scrute les chapeaux qu'elle fait tourner dans ses grosses mains de lavandière. Elle déniche une belle robe en mousseline. « C'est quoi ça comme matière ? C'est léger. C'est délicat. C'est plus doux qu'une peau de bébé. ». Elle veut absolument l'essayer. Valentina s'amuse de l'excitation de son amie. Nina enfile avec difficulté la robe new-yorkaise. « C'est magnifique ce qu'ils nous font ces Américains ! Imagine-moi au lavoir habillée comme ça, la tête qu'elles feraient ces commères ! ». Valentina esquisse un sourire et aide son amie à fermer les boutons. À chaque fois que l'on soupe ensemble, nous assistons au même spectacle. Enfin vêtue, Nina cherche les bijoux.

- Que puis-je mettre avec cette robe Valentina ?

Nina est attirée par tout ce qui est clinquant, brillant ou scintillant. Comme une pie, son œil s'illumine à la seule pensée d'une pierre précieuse.

- Oh, j'ai bien quelques bricoles mais tu sais, ce sont des faux.
- Des faux ou des vrais, peu importe du moment qu'ils sont jolis !
- Tu peux essayer ce collier. Il vient d'un magasin qui s'appelle Neiman Marcus. C'est mon fils qui me l'a dit dans une de ses lettres, c'est très à la mode en Amérique.
- Parfait ! Je veux être très à la mode moi aussi. Je le mérite bien autant que ces Américaines. Moi, je sais faire du *cacciucco.*
- Tu ne vas quand même pas cuisiner avec ça !
- Dis tout de suite que mes tomates pelées ne le méritent pas !

Valentina pare son amie d'un collier doré serti de faux diamants. Nina se regarde dans le miroir d'un air satisfait. Elle est bien en chair et ce joli collier sied parfaitement à sa poitrine voluptueuse.

- Tu ne vas pas garder ces gros sabots Nina ? J'ai une belle paire d'escarpins de chez Bergdorf Goodman.

- Goodman ? Ce n'est pas juif ce nom-là ?
- Sans doute, mais il fait de belles chaussures. N'oublie pas de mettre des bas avant de les porter.
- Des bas en soie ? J'ai toujours rêvé d'en mettre !
- Et veux-tu un bibi ?
- C'est quoi ça un bibi ? Un bijou ?
- Non, un chapeau, mais il y a des perles dessus.
- Des perles ! Tu me gâtes ! Je vais ressembler à une princesse, à une duchesse, à une reine !

Au salon, le père Valci se sent mal à l'aise dans le fauteuil capitonné. On ne peut pas s'asseoir convenablement là-dedans. Et ses vêtements de pêcheur dénotent dans ce beau cuir. Marcello est fortuné et ses fils ne manquent pas de l'aider. Lui n'a jamais profité du soutien que Marcello souhaite lui accorder. Valci se lève enfin et se dirige vers la commode pour observer les photos de famille. La première est celle du mariage de Marcello et Valentina. Cette dernière était bien jeune mais elle n'a pas changé et a gardé sa force de caractère. Les fils se donnent une accolade sur la deuxième photo. C'était avant la guerre au parc Pontini. Ils passaient leur temps à frapper dans un ballon. Valci se souvient de la dernière photo. Marcello s'était fait photographier en train de soulever comme un trophée un poisson de plus de dix kilos. Les pêcheurs du port étaient venus admirer la créature qui tentait encore de respirer. Le père Valci se rassoit finalement à côté de Marcello et brise le silence :

- Des investissements, je n'en vois pas !
- Patience Valci ! Ne t'inquiète pas, l'Italie est assez forte pour se redresser. Elle vaincra la honte du fascisme. Elle ira de l'avant.
- Tu penses ?
- Ah ! Valci ! Tu ne vois pas les rues deviennent de plus en plus propres. L'élimination des décombres a commencé. Il ne faut pas s'impatienter.

- *Ma daaaai* ! J'en ai assez d'attendre !

Les femmes agrémentent les pâtes, le repas de Dieu, de thon et de cèpes. En Toscane, la mer et la montagne se retrouvent dans la même assiette, quand on peut se le permettre. On s'attable. Les deux épouses pressentent une nouvelle dispute entre leur mari. Quand ils parlent de politique, ça se finit rarement bien.

- Marcello, tes fils n'ont pas vécu la guerre ! Nous, ici, nous avons souffert.
- Valci, de quoi tu me parles ? De la guerre ? Si tu savais ce que mes fils ont vécu aux États-Unis !
- Oui, mais ce n'est pas la même chose.

Valentina essaye de calmer les hommes qui deviennent de plus en plus virulents.

- Valci, tu aurais dû voir ta femme essayer l'une de mes robes, elle était ravissante.

Marcello ne lui prête aucune attention et reprend avec humeur :

- Le gouvernement américain a interné les Italiens ! Mes fils ont été interrogés comme des fascistes, comme des malfaiteurs, comme des criminels ! Ils ont eu droit à des interrogatoires.
- Oui, mais ce n'étaient pas des bombes…
- C'était pire !
- Mais…
- Ici, on a collaboré en silence avec le fascisme, on était obligé mais on n'a pas tant souffert.
- Collaboré ! Collaboré ! Moi, je n'ai jamais collaboré ! Tu crois que j'avais peur des Allemands ? Et ce Mussolini, dès le début, je savais qu'il nous rendrait esclaves !

Les citoyens se dispersent dans les artères de la place de la République. On est déçu des propos du Premier ministre Alcide de Gasperi. « Tant de promesses et si peu d'actes », pensent certains. Les officiers de la marine navale surveillent les habitants qui rentrent chez eux. On reste calme et on évite toute altercation. Ce genre de rassemblement a déjà dégénéré en émeutes par le passé. Après la guerre, les chemises noires de Mussolini se sont éparpillées dans la péninsule. On ne les a plus revues. Certains ont rasé leur crâne en signe de repentance et d'autres sont restés cloîtrés chez eux le temps d'oublier la honte et la trahison. Les « *squadristi* », tels qu'on les appelait, ont eu peur d'être dénoncés et roués de coups par les opposants au fascisme. Giovanni et Luca rebroussent chemin. Plus loin dans la rue, deux hommes tiennent violemment un ancien *squadristi* par le col. Luca accélère sa marche pour arrêter vraisemblablement le début d'une bagarre.

- Je me demande ce qui se cache sous ton crâne d'œuf ! On va essayer de l'ouvrir !, gronde l'un des hommes en plaquant sa victime contre le mur.
- Sûrement un poussin fasciste !, s'esclaffe le deuxième homme en le giflant.

Luca les interpelle. Les deux hommes se retournent vers le gaillard qui relève sa chemise en montrant la lame de son couteau. À la vue de ce dernier, les deux hommes s'effraient et relâchent leur victime.

- Allez déguerpissez !, s'énerve Luca.

Il allume une cigarette d'un air amusé et supérieur. Il aime faire sa loi. Il aime qu'on ait peur de lui. Quelle bande de petits joueurs ! Incapables d'affronter un gars comme lui. Il siffle Giovanni qui le rejoint. « C'est bon la *ragazza*, la baston est finie ! ». Giovanni ronge son frein et ne répond pas. Il a honte. C'est vrai qu'il est resté en retrait, qu'il n'a rien fait, qu'il s'est comporté comme un lâche. Il ne sait pas ce qui l'a retenu. Peut-être est-il simplement plus rêveur et plus distrait que Luca qui est toujours aux aguets. Lui n'avait rien vu que son ami était déjà prêt à sortir son canif. Et puis les *squadristi* ne méritent pas de se faire planter. Luca avait simplement envie de chercher des ennuis.

- Ce n'est pas parce qu'on a le crâne rasé que l'on était un *squadristi*, lui dit Luca comme s'il avait deviné le fond de ses pensées.

- Tout de même ! Je ne veux pas défendre ces gens-là, ils ont mis le feu à nos maisons et n'avaient aucun scrupule à nous molester quand ils le pouvaient.
- La guerre, c'est du passé ! Maintenant l'avenir...

7.

Le père Valci regarde par la fenêtre, l'aube présente des lueurs brillantes et rosées. Il réveille Giovanni qui s'approche à son tour de la fenêtre pour constater le climat de la journée. Il donne une tape dans le dos de son père. Ça n'a pas l'air d'aller mieux. Nina prépare deux grands bols de café pour ses hommes. Elle ira au lavoir tout à l'heure rincer les draps de son mari. Il a encore beaucoup transpiré cette nuit. Giovanni enfile ses mocassins et son père ses bottes jaunes. Les voilà prêts pour une journée de pêche. « Prends soin de toi ! », susurre Nina dans l'oreille de son mari qui l'enlace. Elle reverra ses deux hommes en fin d'après-midi. Elle retourne se coucher quelques heures, les rayons de l'été la réveilleront. Sur le chemin du port, Giovanni et son père croisent les pêcheurs de Livourne qui s'acheminent tous vers les pontons.

- Valci, il faut chavirer vers l'est aujourd'hui !, suggère un pêcheur
- Je me méfie de ces « il faut ». La dernière fois, j'ai navigué là où tu m'as conseillé d'aller et nous avons terminé la journée avec des algues dans nos filets.
- Apparemment l'est promet.
- C'est une chance sur quatre mon gars, réagit un autre pêcheur qui les a rejoints. Soit l'est, soit le nord, le sud ou l'ouest.
- Parfois il faut se fier à son intuition, insiste le père Valci.

Le père Valci nettoie l'œil protecteur de son *gozzo* pour s'attirer la clémence de la mer pendant que Giovanni défait les filets. Les pontons s'agitent et les barques quittent les quais les unes après les autres. Giovanni défait la corde des pontons et agrippe les rames. « Allez mon fils, à l'est ! », l'encourage le père. La barque s'éloigne doucement du rivage. Le phare disparaît et l'atmosphère est calme.

Au café de la ruelle Serristori, les habitués se retrouvent pendant la pause déjeuner pour manger un morceau. Le patron propose chaque jour au menu une assiette de pâtes et un café. L'ambiance est simple et décontractée. Un gars accoudé au bar plaisante : « La femme du maire a couché avec un Allemand. Elle n'a pas pu résister au charme militaire ! » Un autre s'esclaffe en crachant de la fumée : « Elle ne résiste pas à tout ce qui porte un pantalon ! ». Les hommes s'amusent. Giovanni et Luca entrent dans le café. Le chahut s'arrête et un homme en marcel blanc et pantalon à bretelles salue les deux amis :

- Camarade Luca ! As-tu trouvé du travail ?
- Ne m'appelle pas comme ça ! Je ne suis pas un communiste !, s'indigne Luca. J'ai voté pour Alcide de Gasperi !
- Je pressens une grosse conversation aujourd'hui, intervient un homme du bar. Pas de dispute les amis ! Pas de dispute !
- Rejoins-nous, tu ne le regretteras pas, nous les communistes, on est bien plus solidaires avec les petits gars, insiste l'agriculteur avec un ton paternaliste.
- Laisse-le tranquille !, intervient Giovanni.
- De quoi tu te mêles toi ? On sait bien que ton père ne nous aime pas, il a des idées bien arrêtées.
- Attention ! Tu vas réveiller la bête..., plaisante Luca.
- Qu'as-tu à dire sur mon père ? Il a des valeurs, il travaille pour nourrir sa famille, s'emporte Giovanni.

- La famille, c'est le peuple, c'est nous tous qu'il faut aider. Il faut se serrer les coudes au lieu de trimer dans son coin sinon on va se faire exploiter, on sera les plus faibles et personne ne nous écoutera.
- Si tu me trouves du travail, je retournerai peut-être ma veste, le provoque Luca avec un grand sourire.
- C'est une affaire conclue, nous allons y réfléchir.

Un peu plus loin, deux marins sirotent un café crème. Ils sont fatigués. C'est un travail pénible que de charger et décharger les paquebots à longueur de journée. L'affiche accrochée au mur du local les fait rêver :

- Cette Fiat 500 pourrait-elle m'emmener dans les montagnes de Dolomites ?
- Qu'y a-t-il dans les Dolomites ?
- De la fraîcheur ! s'exclame-t-il avec émotion, les yeux écarquillés, sa moustache pleine de mousse crémeuse.

On l'écoute à la table d'à côté, on rigole de ses ambitions et on le questionne pour s'en amuser davantage.

- Où ça ?
- Dans un village comme Bolzano ! Avec un petit jardin, une jolie maison et même, les amis, une poule pour les œufs frais. Je serais bien heureux.
- Et pourquoi pas une vache et un âne ? Bolzano, tu as perdu la tête, il n'y a rien là-bas et tu ne sais même pas nourrir un chat et tenir une pelle.
- Ce sera l'aventure ! Je serai loin à bord de ma Fiat 500 pendant que vous trimerez à l'usine.
- Une Fiat 500 pour grimper les Dolomites, tu ne risques même pas d'arriver à Florence !
- Ne t'en fais pas mon ami. Avec la voiture italienne, je peux aller là où je veux !

Giovanni et Luca sourient. Finalement, tout le monde a un rêve et l'on pense toujours que c'est plus vert ailleurs. Mais à Livourne, après les bombardements, il n'y a pas eu grand-chose à faire à part ramasser les débris. Giovanni et Luca sentent qu'ils veulent provoquer leur routine. Luca se tourne alors vers Giovanni :

- À propos de bourgeoise, tu as vu Stella ?
- Je l'ai aperçue à la procession.
- Apercevoir, apercevoir. Ce n'est pas comme ça que tu vas la mettre dans ton lit ! Allez viens on va la voir !
- Mais comment ?
- C'est pas les vélos qui manquent... regarde ce couple qui pédale !, lui montre-t-il à travers la vitrine
- Il est hors de question que je prenne celui de la femme !
- C'est moi l'aîné, c'est moi qui choisis ! Grouille-toi !

Le mari et sa femme garent les vélos avant d'entrer dans la poissonnerie d'en face. Luca et Giovanni enjambent les bicyclettes et s'éloignent à toute hâte. La femme ressort enragée :

- Bande de voyous ! Bande de voyous ! Mon vélo !

Elle entame une course pour rattraper les deux lascars mais ils pédalent trop vite. Luca réplique en toute sincérité : « On les ramènera ! ». Ils bifurquent dans une étroite ruelle qui leur permettra d'esquiver l'agitation de la grande avenue pour sortir de la ville puis empruntent les routes sinueuses de la campagne. Giovanni fatigue. Le petit vélo de femme qu'il a pris par mégarde ne l'enchante pas. « Luca, doucement, tu vas trop vite. ». Luca, inconscient et heureux de cette escapade, avance de plus en plus vite. Il regarde derrière lui de temps à autre. « Allez pédale, on n'est plus très loin ! ». La villa n'est plus qu'à quelques mètres. Le son d'un moteur retentit. Mince ! Une voiture ! Ils jettent prestement leur vélo dans le ravin et viennent s'y accroupir. La belle voiture s'arrête devant le portail de la villa et le chauffeur descend pour ouvrir l'entrée du domaine. On l'a échappé belle ! Le portail se referme derrière la voiture qui s'éloigne dans l'allée et les deux garçons sortent discrètement du ravin. Luca commence à siffler, Giovanni l'interrompt. Décidément, rien ne l'arrête ! Les deux rôdeurs longent le mur qui encercle la villa pour trouver un emplacement à l'abri des regards. Qui fera la courte échelle ? Luca a des bras plus forts. Il va monter le premier pour hisser son ami en haut du mur. Ils inspectent le jardin et viennent se tapir derrière un buisson comme des lapins. Des chiens se mettent à aboyer. Où sont-ils ? À l'extrémité de la villa, ils aperçoivent la cage qui contient les deux molosses qui se jettent furieusement contre les barreaux. « Sales bêtes ! ». Luca leur jette une pierre et les deux cerbères aboient de plus belle. Intriguée par cette agitation soudaine, la gouvernante sort sur le porche et jette un regard suspicieux sur le jardin. Luca, qui est venu se cacher derrière un arbre, lance un sourire narquois à son ami accroupi derrière la fontaine. La vieille dame reste un moment à inspecter les environs et finit par claquer la porte. Les deux garçons rampent vers la villa avec des rires étouffés : « Tu as vu sa tête à la vieille ? ». Ils finissent leur traversée du jardin, la fenêtre de Stella est dans l'aile gauche. Luca saisit l'échelle du jardinier et l'appuie contre le mur. « Tiens-moi ça Gio et fais le guet. ». Il grimpe à l'échelle qui se balance dangereusement et manque de tomber lorsque son pied atteint un barreau cassé. *Ouffa* ! Il se serait rompu les os ! Il frappe au carreau. On ne lui répond pas. Il frappe de plus belle. Giovanni s'inquiète, il entend des voix dans le jardin. À la fenêtre, le rideau frémit. Le visage de Stella apparaît. Luca grimace et lui fait signe de lui ouvrir.

- Que fais-tu là ?
- Ah ! *Bella, Stella, Mortadella* ! Viens avec nous !

8.

Giovanni prépare le *gozzo* pour ses convives improvisés. Stella regarde les dessins des pavés. La craie et le charbon s'envolent peu à peu sous le vent. Les cheveux d'une madone à la tête penchée se dissipent avec poésie. Stella aurait aimé savoir peindre et elle se souvient de ce jour où ses parents l'avaient emmenée au Musée des Offices. Elle était restée en admiration devant la Vénus de Botticelli. Elle aurait aimé avoir tant de grâce à transmettre, avoir le regard des artistes et la technique des maîtres florentins. Elle n'est pas retournée aux Offices depuis la guerre. Les nazis en ont disséminé les œuvres aux alentours et tout n'a pas encore été rapatrié. Ces rustres d'Allemands, pouvaient-ils vraiment apprécier l'art italien, eux qui avaient le cœur corrompu par la violence fasciste ? Comment auraient-ils pu pleurer comme elle, devant le sfumato délicat d'un visage et le rehaut subtil d'un regard ? Luca interrompt la Florentine dans ses considérations en la bousculant joyeusement :

- Nous embarquons ! Vers un endroit parfait pour une femme raffinée comme toi !
- Mais où est-ce ?, demande Stella qui joue le jeu.
- C'est secret mais ça promet de te changer de tes habitudes de Livourne, lance Giovanni de son *gozzo.*
- Comme c'est romantique, on se croirait à Venise sur les pontons de Livourne. Une promenade en *gozzo* ? Non ! Je n'arrive pas à y croire.

- Partons, le *gozzo* est prêt !, s'enthousiasme Giovanni.

Il finit de ranger les filets et tend une main courtoise à Stella. Le trio s'installe dans l'esquif et le *gozzo* Nina prend le large. Les voilà en route pour l'île de Gorgone. Stella, adossée à l'œil protecteur, regarde le dôme de la cathédrale San Francesco diminuer et elle pense au dôme de Florence, symbole de la richesse et du savoir-faire de la ville. Pourtant Florence ne lui manque pas. Elle sent les coups d'œil furtifs de Giovanni qui se posent sur elle et fait semblant de ne pas les remarquer. Luca pousse sur les rames de toutes ses forces et remonte l'une des pelles pour éclabousser la jeune fille. Elle fronce les sourcils et lui ordonne de la laisser tranquille :

- Ça suffit comme ça Luca !
- Tu as peur de l'eau ? Tu as le mal de mer ? Nous ne sommes pas encore arrivés, s'amuse Giovanni.
- Mais où va-t-on ? Nous nous sommes trop éloignés du rivage, nous devons rentrer.
- Ne t'inquiète pas *Bella, Stella, Mortadella*, s'amuse Luca.

Sa moue boudeuse est celle d'une enfant capricieuse qui se sait adorée. N'a-t-elle pas été enlevée comme la Belle Hélène ? L'ombre de Stella se reflète sur la mer et le Giovanni y trempe sa main comme pour toucher un rêve impossible. Ils ne sont plus très loin de l'île montagneuse connue sous le nom de « hérisson vert » à cause de sa végétation luxuriante et variée. On aperçoit déjà leurs habitations précaires disséminées sur le rivage. Le *gozzo* Nina touche le bord caillouteux d'une petite crique et des hirondelles de mer prennent leur envol. Giovanni et Luca descendent et hissent la barque sur le rivage. Ils enroulent la corde autour d'un rocher. Luca, qui égaye Stella par sa galanterie excessive, soulève délicatement la jeune femme et vient la presser contre lui. Il la porte ainsi jusqu'au rivage, démontrant sa force et son habileté :

- Belle princesse de Pise, vous voilà à l'abri.

- Vous exagérez tous les deux ! Comme vous êtes galants ! Mais j'espère bien tremper mes pieds dans l'eau avant notre retour, avoue Stella.

Stella est flattée. Les attentions maladroites du jeune voyou la séduisent. Il ne sait décidément pas y faire, n'est-ce pas là le plus plaisant ? Si elle pouvait fréquenter plus souvent les deux garçons, elle se ferait un plaisir d'oublier les mondanités florentines. Ses séjours à Livourne prennent des allures d'escapades interdites.

- J'espère que l'on ne va pas marcher à travers les buissons, s'inquiète Stella.
- Ne t'inquiète pas, il n'y a que des loups !, la taquine Luca.
- Il en est hors de questions, nous restons sur le rivage.
- Allez, ne t'en fais pas, Giovanni te protégera !

Giovanni demeure discret et timide. Son amour est innocent. Les souvenirs d'enfance et les séances de piano lui servent de sujets de conversation pour discuter avec la jeune fille qui lui répond avec tendresse. Celle-ci aperçoit au loin la tour de la Pisana. « Si seulement on pouvait monter à la forteresse. Il me plairait tant de voir l'île d'en haut. ». Les deux garçons sont prêts à tout pour plaire à la jeune florentine. Luca fraye le chemin ; il sort son couteau pour impressionner la jeune fille et dégager le passage des branches. Derrière lui, Stella admire les grands châtaigniers, les aulnes noirs et les Blanches de Gorgone. Elle se ressource. Loin de Florence. Loin de cette bonbonnière de Rome. Elle prend soin de ne pas déchirer sa robe et ses petits pas maladroits attendrissent le jeune pêcheur, heureux de pouvoir la contempler à sa guise. Il est le dernier de ce convoi qui s'engouffre dans les montagnes. L'odeur musquée de cette végétation dense et sauvage vient imprégner les songes du jeune homme qui regarde la citadine comme une Diane chasseresse. Stella se retourne pour lancer un sourire complice à son ami. Elle aime son regard noir comme les abîmes de la mer. « Alors ? On flâne ? ». Luca, quant à lui, se prend pour Robin des Bois et continue de débroussailler et de montrer le chemin. Ils arrivent enfin devant la forteresse.

- Que plairait-il à notre reine ?, demande Giovanni avec un sourire.
- Je souhaite monter en haut de la tour. Et toute seule !, insiste Stella.
- Notre reine, a-t-elle besoin de se recueillir ?, plaisante Luca.
- Non, je n'ai pas besoin de me recueillir ! Non je ne suis pas une reine ! Je ne suis pas un objet précieux, une femme parfaite, un oiseau rare ! J'ai juste envie d'avoir un moment de tranquillité.
- Mais on plaisante la Florentine, ne monte pas sur tes grands chevaux !, s'excuse Luca.
- Je ne suis pas florentine et je ne suis pas une bourgeoise. Non, là maintenant, je suis juste une femme. Arrêtez de me regarder comme un trophée ou une friandise.
- Mais c'est parce qu'on t'aime !, s'indigne Giovanni.
- Ah ça !, rougit-elle.

Stella est montée en haut de la forteresse. Pendant ce temps-là, les deux garçons glanent du bois pour préparer un feu. Du haut de la Pisana, Stella regarde la mer frémir sous le vent. Un frisson de liberté l'envahit. Elle contemple le camaïeu de vert qui s'étend au fil des vallonnements et des montagnes. Elle voudrait pouvoir partager sa sensibilité avec un être cher. Elle voudrait que quelqu'un puisse l'accompagner dans ses contemplations, partager sa solitude et aimer le monde tel qu'elle le perçoit. Mais apparemment, ce n'est pas son destin. Elle est condamnée à être désirée autant que méprisée. Elle se sent prisonnière de son piédestal. Elle ne sait ce qu'elle avait espéré des deux garçons. Sont-ils si différents des autres ? L'amour, elle ne le connaîtra jamais. Elle essuie une larme qui coule sur sa joue. Il faut qu'elle se résigne. Après tout, elle est moins à plaindre que tant d'autres. Elle a de l'argent, un avenir confortable, elle est plutôt jolie et a de l'éducation. Mais sa nuit de noces… elle préfère ne pas y penser. Et toute sa vie, partager le lit de cet homme qui la dégoûte… elle aperçoit Luca en contrebas, dans une clairière dégagée au pied de la forteresse, et sort de sa poche quelques châtaignes ramassées en chemin. « Qu'est-ce que c'est que ça ? ». Une petite bogue piquante est arrivée miraculeusement sur son crâne. Stella est plus habile qu'elle ne le pensait. « Si je t'attrape, je te jette à l'eau ! », clame-t-il en levant le poing.

On s'amuse toute l'après-midi sur l'île de Gorgone. Stella regarde la mer avec envie. Si seulement elle pouvait nager. Le petit bûcher prend forme au bord de la crique. Luca sort son beau briquet métallique et enflamme les herbes sèches qui crépitent sous les brindilles. « N'est-ce pas beau ? Je suis le roi du feu ! ». Les trois amis viennent s'asseoir autour de la flamme qui grandit et Giovanni sort son harmonica. Stella le regarde, il semble inspiré, il joue les yeux fermés. Il doit trouver en la musique le même réconfort qu'elle mais ce qu'il joue n'est pas très harmonieux. Il faut dire que ce n'est pas un instrument délicat et que les notes lui paraissent nasillardes et grossières comparées aux volutes cristallines d'un piano ou d'un violon.

- Que joues-tu ? Ça ne me dit rien.
- C'est du blues de Chicago !, s'enthousiasme Luca.
- C'est beau, c'est différent.
- Tu aimes ? Ça te change de tes mièvreries de Florence ! Le blues, c'est de la musique des esclaves des champs de coton qui réclament leur liberté et qui chantent leur droit de vivre, lui explique Luca.
- Bien sûr, moi aussi j'ai de la sensibilité. Pour qui me prends-tu ?
- Pour une jeune fille un peu trop éduquée et qui a du mal à sortir de ce qu'elle connaît.
- Me traites-tu de menteuse ?, s'offusque-t-elle.
- Non, je n'oserai pas, lui répond-il avec un sourire malicieux.

On déguste le raisin que Luca a généreusement grappillé pour ses amis. Ils sont sucrés et tendres, ces raisins de l'île de Gorgone. Ils avaient même été offerts à Michel Ange en échange de précieux croquis. Réunis, tous les trois se divertissent et un rien les occupe. Le temps s'écoule, s'oublie, se vit à l'instant. La flamme du bûcher vient scintiller sur les vagues qui se brisent sur le rivage. Stella dessine rêveusement sur le sable et dispose çà et là des galets et des coquillages. Une idée lui vient et son visage s'anime tout à coup :

- Luca, combien de ricochets peux-tu faire ?
- Ça dépend du galet, répond-il avec nonchalance, en réalité bien sûr de son talent. J'ai à la fois la force d'une catapulte, l'esprit calculateur de Léonard de Vinci et la vue…
- Arrête de te vanter monsieur le philosophe, mathématicien enfin… galet ou pas galet, allez, montre-moi !
- Il me faut une fanfare pour me lancer. Giovanni, joue-moi un air, demande-t-il en claquant des doigts.
- Avec celui-ci, combien de ricochets ?, demande Stella en lui tendant un galet.
- Je pense bien six à sept avec une série de petits à la fin.

Luca se saisit du galet de Stella. Au son de la fanfare, notre athlète court et lance la pierre à la surface de l'eau. Stella compte : « Un, deux, trois, quatre, cinq, six… et le plongeon final ! ». Elle applaudit. Le feu crépite et la marée commence à monter. La timidité de Giovanni s'apaise et le désir de Luca s'attise. Le gaillard s'assoit sur un rocher et sort un cigare qu'il a roulé avec précaution la veille. Comme un grand monsieur, il l'allume avec son briquet. Stella s'approche d'un air narquois :

- Monsieur Luca, vos affaires vont-elles à merveilles ?
- Oh mes affaires ! Beaucoup d'affaires ! J'en discutais l'autre jour avec mon associé et *consigliere* monsieur Giovanni. Perché sur mon bureau de la cinquième avenue dans l'*Empire State building*, je vais investir dans mon pays d'origine, la Toscane. Du vin rouge ! Ma future femme en sera ravie ! D'ailleurs veut-elle fumer avec moi ce beau cigare ?

- Une femme ne fume pas. On ne t'a jamais dit ça !, répond Stella en s'amusant du jeu de Luca.
- Les femmes ne font pas de manières, elles boivent, elles fument et elles font l'amour comme des hommes.
- Quelles femmes ? Si tu me parles des prostituées !
- Jamais ! Je n'aime que celles qui ont de la classe !
- Et là ! J'en ai de la classe ?, dit Stella en ôtant le béret de Luca pour le poser sur sa tête.
- Tu ressembles à une artiste du port avec ta tenue !
- Je ne sais pas peindre.
- Mais tu pourrais facilement jouer au piano sur les quais !
- Ah ça ! Combien me donnerais-tu si je jouais du Chopin sur les quais ?
- Un baiser bien viril...
- Donne-moi ton cigare et cesse de faire l'idiot.

Stella s'assoit à côté de Luca et tire sur le cigare. Elle lève la tête et tente de faire des ronds de la fumée noirâtre. Giovanni, à l'écart, regarde le feu se consumer. Discret, il écoute le voyou chuchoter et les rires étouffés de Stella. Ils ont l'air complices. Que peuvent-ils bien se murmurer ? L'ambiance est apaisée. Les brindilles éclatent dans le bûcher qui reflète trois silhouettes sur la mer. Ce n'est pas le moment de jouer de l'harmonica. La marée monte. Le pêcheur prépare le *gozzo* pour rentrer au port. La journée touche à sa fin.

9.

Au café de l'Aragosta, les *vecchio* sirotent du *Limoncello* en cette fin d'après-midi. Ils attendent leur fils et leur petit-fils qui rentreront bientôt de la pêche et les ramèneront au foyer. Tous les vieux du café connaissent l'homme assis au fond de la salle, c'est l'un des plus âgés de Livourne. Un solitaire qui avait l'habitude de pêcher la nuit. Il se désintéressait tant des autres que l'on n'entendait le son de sa voix que lorsqu'il chantait. Autrefois chanteur dans un orchestre, sa voix de ténor a été abîmée par le temps et l'alcool, et il semble à jamais emmuré dans son mutisme et son isolement. Il se lève et détrousse ses manches. Ses voisins regardent cet homme au visage affaissé et aux yeux creusés par la mélancolie. Qu'est-ce qui l'anime tout à coup ? On avait presque oublié son existence. Le vieux bourru se saisit d'un tabouret et monte sur le comptoir. Le chahut s'éteint, les yeux s'écarquillent. C'est la surprise générale. Le vieillard frappe dans ses mains sèches : « S'il vous plaît ! S'il vous plaît ! ». Va-t-il faire un discours ? Que peut-il donc avoir à dire ? On l'observe avec attention. Le vieux pêcheur se racle la gorge et chante de sa voix rouée la « Tarentelle del Gargano ». Un rire étonné s'élève dans le café. Sacré vieux, a-t-il perdu la tête ? Mais très vite, cette mélodie, originaire du royaume des Deux Sicile, émeut les vieillards. C'est toute leur jeunesse qui leur revient. On se met à frapper du pied en rythme. La vieille chanson leur insuffle une énergie jusque-là insoupçonnable. Un homme s'adresse à son voisin : « Monsieur veut-il m'accorder cette danse ? ». Ce dernier hésite un instant. On n'a pas souvent l'occasion de s'amuser. Tous deux se mettent à valser et ouvrent le bal. Une joie de vivre s'empare des *vecchio* qui tournoient comme des ballerines en riant. Les passants regardent à travers la vitrine. Qu'ont-ils ces vieillards à se trémousser ? Ils sont ridicules, bien sûr, ils le savent, mais si le ridicule tue, ils ne sont de toute façon plus très jeunes. Un vieux chauve gigote tout seul dans son coin : « Tu as le rythme dans la peau ou c'est l'âge qui te fait trembler ? », lui lance-t-on pour le taquiner. Un aveugle assis sur sa chaise sourit aux anges. Ces vieillards qui virevoltent valent bien des anges ma foi. Un barbu à moitié édenté siffle entre ses quelques dents cette phrase qui semble ravir l'assemblée et donner le ton à la soirée : « À Livourne, ils font leur bal ces jeunes idiots qui ne savent pas s'amuser. S'ils nous voyaient à l'Aragosta... ».

La domestique ouvre grand les fenêtres de la villa Palomi. Les courants d'air dissiperont les odeurs de tabac ; les deux fils ont encore fumé le havane hier soir. Elle a de la tendresse pour ces deux jeunes hommes qu'elle a vu grandir même s'ils la regardent de haut maintenant. Elle aperçoit une poussière qui s'est logée sur le pendule et l'ôte du coin de son tablier blanc. Elle jette un regard au portrait du père qui orne le mur tapissé de soie. Il s'est fait brosser le portrait comme un aristocrate, ce n'est pas l'humilité qui l'étouffe celui-là. Sa pose est décidément ridicule, appuyé sur une canne à pommeau dans son salon de Florence et flanqué de son caniche préféré, il semble toiser le monde entier à travers ses lunettes à écailles. Il ne vient pas souvent à Livourne mais quand il vient, il fait changer tous les meubles de place et préparer le menu de la semaine à l'avance. Ce n'est pas un patron très indulgent et c'est un père autoritaire. Le pendule sonne six coups. Il est l'heure de réveiller Stella de sa sieste. Elle monte à l'étage et toque à la porte de la jeune fille :

- Mademoiselle veut-elle de l'aide pour se préparer pour le bal ?

- Non, laissez-moi un instant.

Que portera-t-elle pour le bal de la ville ? Les femmes et les hommes du village vont la regarder. Elle incarne pour eux l'élégance florentine, la richesse, la bourgeoisie, elle est un idéal et on aime à l'imiter et à l'observer. Elle se veut apprêtée avec naturel telle une femme de la Renaissance. Elle pose quelques robes sur son lit. Elle ne sait laquelle choisir pour cette fête populaire. Elle regarde une robe ornée d'améthystes. Elle réfléchit. Elle n'est pas assez souple, assez cintrée, elle lui tombe sur les jambes avec austérité. Décidément, elle est trop carrée, elle ne lui va pas. Celle-ci lui irait peut-être mieux ? Non, trop *candore*. Cette blancheur de l'innocence et de la pureté lui rappelle son éducation chez les sœurs. Elle est une femme maintenant. Elle essaye une robe bleue parsemée de sequins et de perles. Et pourquoi pas ? C'est très *sprezzatura*. Ce n'est pas affecté, c'est élégant sans en avoir l'air. Un chapeau ? Non, un bijou de cheveux. Elle forme une mèche à rouleau sur son front et passe du parfum autour de son cou. Ni bracelet ni collier. Un maquillage très léger. Elle sourit. Elle est parfaite.

La villa Fabbricotti, née de l'époque des Médicis, s'apprête à accueillir le bal de Livourne. On s'affaire à l'intérieur. Tout doit être reluisant, brillant, étincelant. À la lumière des larges fenêtres, des hommes lustrent les bustes de la salle principale. Les chiffons imbibés d'eau tiède glissent sur les visages de pierre. Les six bustes des grands-ducs de Toscane qui ornaient la façade de la villa ont été placés dans l'enceinte du bâtiment pour rendre les soirées organisées plus prestigieuses. « Il n'a pas l'air commode celui-là avec son air guindé. Cinquante ans de règne et il n'a pensé qu'à s'en mettre plein les poches ! », plaisante un domestique qui couvre la statue avant le commencement du bal. L'homme en charge des préparatifs s'approche des deux escaliers monumentaux qui surplombent l'entrée et inspecte le travail des femmes agenouillées qui nettoient le marbre. Un peu plus loin, deux soubrettes, montées sur de grands escabeaux, astiquent prudemment les cristaux des lustres. Sur le porche, un jeune garçon bat les tapis. Quelle poussière ! Ses gros bras s'acharnent sur les motifs floraux et géométriques subtilement intriqués à la façon sarde. Il a hâte d'aller prêter main forte en cuisine. Les cuistots préparent la réception avec minutie. Des petites bouchées de toutes sortes sont confectionnées pour la soirée. Ils placent sur des biscotins un coulis de tomate, deux anchois et une petite boule de mozzarelle de buffle. Les apprentis préparent les *conchiglies* farcies aux tomates, courgettes et basilic, les sablés à la ricotta et au pecorino, les croquettes d'aubergine au fromage et au romarin. Le pâtissier, quant à lui, élabore des tiramisus au chocolat noir. L'odeur des cuisines se répand jusqu'au jardin. Les jardiniers sont mis en appétit. Ils donnent les derniers coups de ciseaux aux ficus et aux cyprès qui longent la *via* Roma.

Les flambeaux se consument sur la *via* Roma. La nuit est tombée. Les dentelles frissonnent aux corsages, les colliers scintillent aux poitrines et les bracelets bruissent sur les bras nus. Les bourgeoises, qui sont venues estiver aux alentours de Livourne, discutent plaisamment à la lumière brûlante de la grande rue. Le taffetas, la mousseline et la soie de leurs robes ondulent et chatoient comme des feux follets.

- Regardez-moi ces jeunes, madame Tirroni, soupire une vieille bourgeoise aux cheveux blancs tressés dans des plumes de paon.
- Ils sont attendrissants, si timides et maladroits, réagit madame Tirroni en relevant sa robe de satin avec affectation.
- Ils ne sont pas peu fiers de leur piètre élégance.
- Mais ça va vite se regarder dans le blanc des yeux, s'amouracher en dansant et se bécoter en cachette.
- Ils n'ont pas d'éducation. Je crains qu'on assiste à un pitoyable spectacle.

- Oui dans ces villages, ça se conduit comme des lapins pour oublier la misère, dit-elle avec une moue méprisante.
- C'est faire œuvre de charité que de venir assister à leur bal. Ils nous regardent avec admiration, les pauvres gens.
- Ils n'ont pas l'habitude de sortir de leur campagne et de voir des gens du monde.
- Regardez-moi ces femmes qui se sont coiffées d'une salade.
- Comment peut-on être attifée de la sorte ?

Les femmes du village se sont coiffées toute l'après-midi pour l'évènement. Des chevelures en grappe serties de jasmin, en couronne piquée de myosotis et en rameaux ornées de fleurs de grenadier. Elles se sont embellies comme elles ont pu pour l'occasion. Dans l'ombre des bourgeoises, elles avancent en troupeau avec des murmures enthousiastes. Leur cœur se délecte. L'odeur rose et sucrée des magnolias les réjouit. Elles lancent des regards discrets et envieux à ces riches dames qui marchent avec assurance et gesticulent comme des oiseaux qui s'enorgueillissent de leur plumage. Derrière elles, les jeunes gens se dirigent avec une nonchalance affectée vers la villa. Ils jubilent. C'est tout un feu contenu. On s'observe, on se dévisage. Avec qui dansera-t-on ce soir ? Les bals sont à l'origine de nombreux mariages dans ces petits villages. On a hâte de fonder un foyer. On se marie jeune. On fait beaucoup d'enfants. Des contes de fées sans imprévus et sans éclats. Ces rencontres retiennent les jeunes gens dans leur ville natale. On ne va pas chercher le bonheur bien loin quand on a des bouches à nourrir. À quinze ou vingt ans, leur destin est déjà scellé. Les hommes, pêcheurs et bourgeois, achèvent le cortège. Depuis leur premier bal, ils ont bien changé. On se souviendra encore des glorieuses années d'entre-deux-guerres. On se ne souciait de rien, le malheur était derrière eux, pensaient-ils. Maintenant, on ne sait que croire, on ne sait qu'espérer, deux guerres, ça vous change une vie. Certains pourtant n'ont pas manqué de s'enrichir. Les pêcheurs regardent avec mépris ces gros hommes en costume qui semblent avoir si peu souffert. On sait à qui la guerre a profité.

Stella, adossée à la balustrade de la terrasse, jacasse avec d'autres bourgeoises de sa voix claire comme une pie frétillante. Elle dit les choses les plus inattendues et les plus stupéfiantes. Elle aime les paradoxes, les propos déraisonnables. Elle aime à choquer les bourgeois, à piétiner leurs petites certitudes. Elle veut heurter leur suffisance, leur amour-propre, elle veut dénoncer quelque chose qu'elle ignore elle-même, quelque chose de rigide et de superficiel comme un givre mortifère. Elle tourne ses grands yeux noirs vers Luca, cet être profondément vivant, d'une insouciance inouïe. Il ne la remarque pas, trop affairé à faire le joli cœur auprès d'une jeune fille fraîche et naïve de Livourne. Stella est piquée de jalousie. Elle ne va quand même pas en arriver là, à envier une petite sotte de la campagne ! « C'est un fardeau d'être une bourgeoise, on est en prison comme un joli bijou dans son écrin, tout est affecté, tout est imité, tout est imposé. ». Une bourgeoise en robe de mousseline rose, papillotée comme une friandise est heurtée par les provocations de Stella. Qu'est-ce qu'il lui prend à celle-là ? Une moue méprisante se fige sur son visage de porcelaine. Cette petite poupée blonde agace Stella qui cherche désespérément des yeux quelqu'un d'intéressant à qui parler. Son regard croise celui de Giovanni, laissé seul, les mains dans les poches, intimidé par tout ce beau monde. « Pourquoi donc suis-je venu ? », se dit-il. Pourra-t-il danser avec Stella ? Ce fichu Luca ne va pas l'y aider. Cet égoïste l'a planté là comme un sot. Il ne va quand même pas rejoindre sa mère qui discute avec Valentina, il aurait l'air d'un enfant. Il se donne des airs préoccupés, il perd volontairement son regard pour avoir l'air profond. Les petites Livournaises l'observent avec curiosité, ce beau jeune homme à l'allure poétique. Giovanni sent leurs yeux se poser sur lui, des yeux interrogateurs et admiratifs. Il esquisse un sourire amusé qui se transforme soudain en un air grave et triste. Pourquoi Stella ne le regarde-t-elle pas de la sorte ? Elle ne doit pas être dupe. Cette Florentine est bien trop futée pour se laisser berner. Une jeune fille s'approche de lui sous le regard de ses copines. Lui ont-elles lancé le défi de venir lui parler ?

- Giovanni, pourquoi ne viens-tu jamais avec nous ?
- Je n'ai rien à vous dire, bougonne-t-il sans lâcher Stella des yeux.
- Et pourquoi cela ? Te crois-tu si supérieur à nous ? Tu te donnes de grands airs mais tu n'es qu'un pêcheur.
- Je ne t'ai rien demandé à ce que je sache, s'agace-t-il.
- Pas la peine de me foudroyer du regard, je ne viens pas en ennemie, lui sourit-elle en passant la main dans ses boucles blondes.
- Excuse-moi, je suis grossier, lui répond-il vaguement charmé pas sa douceur et son joli minois.
- J'accepte tes excuses, mais promets moi de ne plus faire ton sauvage.
- Tu me fais promettre l'impossible, dit-il en riant.
- Que fais-tu en présence de la plus belle blonde de Livourne ?, intervient Luca qui a surgi derrière lui.
- Tu n'as pas le monopole du succès, plaisante Giovanni légèrement piqué par cette intrusion.
- Attends de me voir sur la piste ! Je danse comme un Argentin !
- Comment danse un Argentin ?, demande la jeune fille d'un air moqueur.
- Regarde-moi tout à l'heure, tu auras ta réponse !
- Tu crois que je n'ai que ça à faire ? Giovanni, ton copain est un arrogant, conclut-elle avant de rejoindre ses amies.
- Qu'est-ce qui lui prend à cette péronnelle ? demande Luca.
- Tu l'as fait fuir !
- Peu importe, il y en a d'autres.

On entend une ritournelle de violons s'élever dans la salle principale de la villa Fabbricotti. Les convives attendaient impatiemment ce moment. Giovanni et Luca se mêlent au rassemblement qui se forme peu à peu devant les grandes portes qui s'ouvrent sur la piste de danse. Ils aperçoivent, au milieu des coiffures et des chapeaux, le piètre orchestre composé de six *vecchio*. Ils ne boiront pas ce soir à l'Aragosta. Ils se sont portés volontaires pour distraire la jeunesse. Giovanni les trouve bien ridicules. Du classique et des tarentelles, c'est tout ce qu'ils ont dans le creux de l'oreille, et encore, cela ne sonne pas très juste. Ils savent à peine se tenir debout, ils ont l'échine courbée comme de vieilles bêtes et leur respiration sifflante lui rappelle les râles de son père malade. Le pauvre homme est cloué au lit. Et pourtant, il aime danser, faire virevolter sa femme, la faire rire aux éclats. Il aime faire remonter les beaux souvenirs, les souvenirs de la jeunesse, ces souvenirs dont il ne parle jamais mais qui l'ont rendu heureux. Giovanni lui jouera un air d'harmonica ce soir et ce sera du blues, pas l'une de ces vieilleries mornes et plates comme le cul d'une bouteille vide. Luca s'est déjà éclipsé. Quand Giovanni tourne la tête pour exprimer le fond de sa pensée, il n'est déjà plus là. « Ça s'annonce joyeux ! », allait-il ironiser. Tant pis, il gardera son cynisme pour lui. L'ennui le dirige vers les bustes exposés le long des murs, parmi les chaises qui se remplissent peu à peu de Livournais timides et fatigués. Il observe les pauvres gens qui se mêlent au bourgeois. Ils pensent être traités en égaux ? On les regarde comme des subalternes, comme des idiots. Où est Luca ? Il badine avec une jeune fille. C'est la fille du boucher. Elle a seize ans, des formes voluptueuses et de grosses joues rouges. Elle s'esclaffe bêtement. Luca lui prend le bras et l'invite à danser. Giovanni les regarde avec amusement. Il voudrait avoir le courage d'inviter Stella à danser. Il s'enivre, seul, à l'écart de ce beau monde qui a investi la piste de danse. Ce parquet, qui reluit sous les lustres en cristal, lui rappelle la vieille coque de son *gozzo*. Sera-t-il toujours un pêcheur ? Ne peut-il pas penser à autre chose ? Et pourtant, la mer lui manque, son infini tranquille et apaisant le rend nostalgique. Ici nul refuge pour ses pensées. Un jeune cavalier, dans un costume noir et cintré, s'approche élégamment d'une jeune fille : « Madame, m'accordez-vous cette danse ? ». Elle sourit, elle est flattée. Elle lance un regard amusé à ses amies et accepte. Pourquoi refuserait-elle ? Il paraît riche et courtois. Giovanni les regarde valser. Ils sont dans leur élément. Ils auront appris à danser avec un professeur particulier. Ils sont raides comme des piquets. Aucune émotion, aucune passion, ces gens-là sont si riches qu'ils ne ressentent rien de trop intense, ils prennent la vie avec légèreté. Leur insouciance ne ressemble en rien à celle de Luca, ce n'est pas la fureur, ce n'est pas la survie, c'est simplement l'endormissement du corps et de l'esprit, le confort. Il aimerait lui aussi que la vie glisse sur le temps avec douceur. Mais bon sang, il lui faudra se battre, se démener. Rien ne sera facile. Le jeune pêcheur s'attendrit devant cet époux qui enlève ses chaussures avant d'inviter sa femme à danser. Il doit avoir mal aux pieds. Bien sûr, ils ne savent pas danser. L'important, c'est de s'amuser. Ils observent le jeune couple. Ils les imitent piteusement. Les autres livournaises végètent sur leur chaise. Leur mari ne peut-il pas les faire valser au lieu de discuter ? Des couples se forment. On se regarde dans les yeux sans rien dire. On n'a jamais le temps de cette intimité. On en profite. On redécouvre le visage de son conjoint, ce visage que l'on ne voyait plus. Un mari est d'humeur poétique, il aime tant l'Italie, il a eu la chance de voyager dans son pays. Il murmure à sa femme dans un souffle de vin : « Ah ! Le colisée au clair de lune ! Le Vésuve ! ».

Giovanni ne regarde plus rien, des rêves l'envahissent. Il aurait embrassé Stella dans cette immense villa. Ils seraient seuls dans la grande salle, elle parfaitement gracieuse et élégante, lui un peu gauche mais enhardi par le désir. Son âme sensible brise les liens qui existent entre lui et sa mère. Il ne peut pas l'inviter à danser devant la jeune florentine. Sa pensée le pousse un peu plus loin. Ce n'est plus le réconfort d'une mère qui pourrait le combler. Une vie s'achève là. Une vie de respect, une vie irréprochable de dévouement irréfléchi et infantile envers ses parents. L'orchestre change de tempo et joue une tarentelle, c'était prévisible. Giovanni a un rictus amusé. Les femmes se lèvent, bien contentes de pouvoir se trémousser. C'est plus amusant que la valse. « Ah ! Enfin quelque chose pour nous ! ». Alors que les bourgeois s'éloignent de la piste de danse avec un mépris non dissimulé, on s'amasse joyeusement. Stella, contre toute attente, reste sur la piste. Pourquoi ne pourrait-elle pas rire un peu et gigoter avec les autres ? Luca s'approche de la jeune bourgeoise et lui fait la révérence : « *Bella, Stella, Mortadella*. M'accordez-vous cette danse ? ». Elle lui tend la main. Luca n'hésite pas un instant, ce n'est pas la timidité qui l'étouffe. Les voilà qui dansent. Luca ne cesse de faire tourner sa cavalière. Elle est merveilleuse. La gorge de Giovanni se serre. Il enfonce ses mains dans ses poches et reste prostré là. Ses yeux noirs frémissent de colère. Sa rage n'est pas tant contre Luca que contre lui-même. Il est trop doux, trop gentil, trop attentionné pour Stella. Il ne sait pas la faire rire, être spirituel, être insolent. Qu'il est sage ! Qu'il est mortellement idiot et ennuyeux ! La jalousie de Giovanni atteint des sommets quand Luca caresse le revers de la main qui lui semble offerte. Sa mine déconfite n'échappe pas à l'attention de Luca. Celui-ci prend d'autant plus de plaisir qu'il fait des envieux. À quoi bon conquérir si personne n'en est témoin ? Galvanisé par l'orgueil, il s'amuse de ses deux amis ; il flatte la jeune fille et tournoie comme un paon devant le pauvre pêcheur. Lui, le voyou, la racaille, profite de ce moment de gloire. Les bourgeoises sont vertes. Ces jeunes filles qu'on laisse flétrir d'ennui sur leur chaise voudraient bien d'un cavalier aussi ardent, pense Luca avec amusement. Leur tour viendra peut-être. Il se réserve ce plaisir pour la suite. Quand l'orchestre reprend le rythme doux et rigoureux d'une valse, Luca retient sa proie en entamant quelques pas qu'il a dûment observés auparavant. Stella se laisse emporter dans cette provocation, jouissant des murmures indignés de ses amies. Luca joue le gentleman mais il ignore les intentions de Stella. Elle est davantage séduite par son propre courage que par les manières de son cavalier.

Giovanni est sorti dans le jardin, loin des lumières de la fête et des flonflons de l'orchestre. Il respire l'odeur de l'herbe fraîchement coupée ; son parfum est sublimé par la rosée du soir. Il lève les yeux vers la cime des arbres. Il les regarde s'étendre vers le ciel, ces ancêtres qui ont vu passer tant de gens, qui ont vu l'histoire des hommes se faire et se défaire. Que peuvent-ils bien penser ? Leur sagesse doit être infinie. Sa tristesse doit leur paraître anodine. Il écoute le bruissement de leurs branches dans le vent et essaye d'y entendre une consolation. Il aperçoit au loin sa mère sur le porche. Elle regarde le ciel étoilé. Elle non plus n'a pas trouvé sa place dans la fête. Comment pourrait-elle s'amuser quand son mari a besoin d'elle ? Giovanni la rejoint. Elle l'accueille d'un sourire triste : « Mon fils, profite de ta jeunesse. Pourquoi ne danses-tu pas avec les autres ? ». Il lui répond par un soupir et lui tend la main. Il la fait valser doucement sur le porche. La mère et le fils se perdent dans les yeux l'un de l'autre. Leur tendresse n'a pas besoin de mots. Nina sent la déception de son fils. Elle a vu tout à l'heure ce qui se passait sur la piste. Si elle devait lui parler, elle ne saurait pas quoi lui dire. Elle est maladroite pour parler de sentiments, ces choses-là sont difficiles à exprimer. Elle essaye de lui transmettre son réconfort par la chaleur de ses mains et la douceur de son regard. Tout passe, aucun chagrin ne survit. C'est peut-être banal mais son fils ne l'a pas encore compris.

10.

À l'époque romaine, les cimetières étaient loin de la cité, mais à Livourne, au cimetière anglais, les morts se sont rapprochés des vivants. Au cœur de la ville, les tombes nouvelles s'entremêlent aux anciennes. Le marbre blanc côtoie la pierre et le bois. La mousse envahit tout. Peu importe la forme des tombeaux, des sépulcres, des cénotaphes, poussière n'est que poussière et les hommes retourneront à leur genèse : la terre. Une silhouette marche lentement sur la Grande Allée. Son chapeau noir enfoncé sur la tête, l'homme traîne au sol son parapluie et égrène son chapelet de la main gauche. Ce pêcheur est le premier à se présenter devant le grand portail vétuste et rouillé de la petite nécropole du port. Il n'y a personne à l'entrée. Le croquemort creuse la fosse du défunt du jour. Le pêcheur fait tinter la grille en la secouant d'un geste brusque. Le voilà enfin. Le vieil homme en imperméable gris s'approche et lui demande :

- Qui venez-vous voir ?
- Je viens pour l'enterrement de Valci. Une affiche dans le port annonce sa mort.
- Entrez mais ne faites pas de bruit, dit-il d'une voix caverneuse.

La lourde grille s'ouvre et grince en écorchant les graviers de la Grande Allée qui déchirent le cimetière de part en part. Le pêcheur s'avance sous les saules pleureurs qui ombrent de leurs grands bras tristes les stèles de marbre et les angelots de pierre. Le vent qui s'infiltre entre les branches leur donne une voix céleste. Des pleureuses vert-de-gris se lamentent çà et là auprès des tombeaux. Des caveaux s'élèvent pour honorer les grandes familles balayées par les guerres du siècle. Le pêcheur regarde pieusement les vieilles épitaphes de ses aïeux et tente de les déchiffrer. Mais le vent a effacé les noms, les dates et les hommages. Il arrive enfin devant les nouvelles tombes, la fosse de Valci n'est plus très loin. Il ôte son chapeau devant ces dernières victimes du monde. Ces hommes doivent avoir froid là-dessous. Ils ne connaîtront plus la joie de vivre, leur corps épouse la terre, leur âme rejoint le ciel, si celui-ci existe. Il observe longuement la fosse fraîchement creusée pour son ami. Absorbé par ses rêveries macabres, il ne voit pas arriver le couple qui le rejoint. L'époux tient sa femme dans ses bras. Ses yeux cachés derrière un voile noir, elle refuse de regarder aux alentours. Les arrivants se font de plus en plus nombreux et l'on attend en silence le cortège en provenance de l'église Saint-Pierre et Paul. La tristesse du sort de Nina les envahit. Certaines savent ce que c'est de perdre un proche. Veuves, elles viennent ici tous les dimanches déposer un bouquet et s'adresser au défunt. Tous les plaisirs bruyants, les tumultes de fêtes et les éclats du jour sont des remèdes impuissants face à la douleur éprouvée par la disparition de leur proche. Les jambes tremblent, les cœurs frémissent. Un pêcheur tourne la tête, le corbillard s'arrête devant le portail. C'est Giovanni qui porte le cercueil, aidé de Marcello et de l'ébéniste. Le poids du père s'enfonce sur son épaule. Nina est effondrée, ses jambes vacillent, sa vie semble se dérober toute entière sous ses pieds. Valentina lui tient le bras. Elle murmure quelques tendres consolations à la veuve assourdie par le chagrin qui ne lui répond pas. Le regard hébété de la pauvre femme s'enfonce dans le souvenir de cette matinée funeste qui lui enleva son mari. Il expectorait ses poumons, il toussait du sang, il crachait toute son âme. Elle avait dû le calmer en lui passant un chiffon mouillé sur le front et un morceau de tissu imbibé de *Limoncello* sous le nez. Qu'aurait-elle pu faire de mieux ? Aurait-elle pu le sauver ? Il tournoyait comme un lion en cage. Il souffrait comme un damné. Ses cris perçants et ses gémissements résonnent encore dans les oreilles de Nina. Elle s'écroule. Elle a devant elle le visage blême de son mari, image indéfectible de la mort, dernière image, derniers souvenirs. Est-elle devenue folle ? Est-ce un rêve, un cauchemar ? Ses yeux hallucinés ressuscitent cet homme qui se mourrait, inlassablement. Le cercueil est déposé dans la fosse. Le curé effectue un signe de croix :

- *Au nom du Père, du fils et du Saint-Esprit. La mort est une idée. La mort est un évènement, un évènement imprévu, un évènement attendu, mais un évènement incontournable. Je vois des gens présents ici, à cause de leur grand âge qui attendent cet évènement, certains avec crainte, d'autres avec la paix et la confiance. Valci a disparu paisiblement durant son sommeil. Diminué depuis plusieurs années dans sa santé, il s'est battu jusqu'au dernier jour pour sa famille. La vie de Valci vous est connue. La famille était importante pour lui…*

L'homélie résonne dans les pensées de Giovanni. Oui, son père s'est battu jusqu'au dernier jour. C'était un brave, il avait du courage. Il avait le regard dur et persévérant. Il n'a pas vieilli comme certains qui s'affaissent et courbent l'échine sous le poids du temps. Non, il a gardé la tête haute. C'était un intransigeant, un homme de principe, un homme résolu. Une larme lui monte aux yeux. Pourquoi a-t-il manqué de respect envers son père ? Foutu orgueil, foutue suffisance ! Il n'a été qu'un ingrat méprisant. Oui, ce n'était pas facile d'être à la hauteur d'un homme si fier et de gagner son estime. Giovanni avait peur de le décevoir. Il avait besoin d'encouragements. Il aurait aimé lui parler à cœur ouvert quelquefois. Son père, le connaissait-il vraiment ? Ce n'était pas un bavard, ce n'était pas un sensible. Lui son fils, il se devait d'être tout aussi fort et obstiné. Gamin, il admirait son père. C'était un colosse, un héros invincible. C'était un roc que la mer ne pouvait éroder. Giovanni se sentait entièrement protégé à ses côtés. Rien ne pouvait leur arriver sur le *gozzo*, le père pouvait tout affronter. Et puis, il ne sait pas pourquoi, un jour quelque chose a changé, quelque chose s'est brisé et son père est tombé de son piédestal. Giovanni l'a vu alors avec ses faiblesses et ses travers. C'était insupportable. Il l'a détesté d'être imparfait. La vie était trop dure et trop effrayante avec un père vulnérable.

- *Repos éternel O Seigneur, notre frère et tous les morts en Christ, par la miséricorde de Dieu, reposent en paix. Amen.*

Le curé secoue son rameau et asperge le cercueil d'eau bénite. Nina retire son voile. Certains effectuent un signe de croix en posant leur genou au sol. D'autres, plus discrets, se mettent en rang pour présenter leur respect final à Valci. Les femmes s'attardent en murmurant des mots de consolations aux oreilles de Nina : « Toutes mes condoléances Nina. ». Les hommes donnent une tape sur l'épaule du jeune garçon en signe de réconfort : « C'est toi l'homme de la maison maintenant, prends bien soin de ta *mamma*. ». Plus tard dans la journée, Nina les recevra au foyer pour les dernières condoléances. C'est au tour du prêtre de saluer les deux proches. « Qu'il repose en paix. ».

Giovanni se munit de la pelle et commence à remplir la fosse de terre. Plus jamais il ne verra son père. C'est abominable. L'homme des mers se retrouve sous la terre. Une terre qui l'étouffe. Giovanni n'a presque pas la force de soulever cette pelle. Dénué de tous sens, il n'entend que le son des pierres qui s'enfoncent entre le cercueil et la terre. Ses yeux se remplissent de larmes. Il cherche le regard de sa mère. Celle-ci semble stupéfaite, absente. Elle esquisse un sourire terne et insipide. Giovanni plante la croix dans la terre. Il observe les villageois qui quittent un à un le cimetière anglais. Il voudrait tant parler à Luca. Lui exprimer sa peine serait un soulagement. Peut-être est-il seulement en retard, il ne pourrait quand même pas lui faire ça, le laisser seul, l'abandonner.

Nina est allongée sur son lit. Elle ressasse les images du cortège funèbre. Elle entend encore l'hommage du prêtre. Cet adieu lui arrive et lui revient sans relâche. Elle ne peut oublier son fils plantant la croix au-dessus du corps de son père. Valentina la console par des mots tendres. Elle ne l'a pas quitté un instant depuis la fin de l'enterrement. La fureur monte en Giovanni. Il ne veut plus rien entendre. Les paroles inutiles de Valentina le désolent. Où est ce foutu Luca ? Il a besoin de son ami. Il ne veut plus rien savoir. Il sort du foyer avec empressement et claque la porte. Il devient fou. Fou de rage. Où trouver de la consolation ? Il court au marché de la rue Grande. Le boulanger pourrait le renseigner. Il a peut-être vu Luca aujourd'hui. Il ouvre la porte de la boulangerie d'un geste brusque et interrompt le boulanger qui s'adresse aux clients. Cette scène de la vie quotidienne lui arrache le cœur. Pour tous ces gens, cette journée n'a rien de particulier, ils attendent simplement leur pain.

- As-tu vu Luca ?
- Gio, mes condoléances…
- As-tu vu Luca, Luca ?, insiste-t-il.

On le regarde avec étonnement, on lui fait signe que non. Et les conversations reprennent. Il n'a perturbé ces petites gens qu'un bref instant. La mort fait peur. L'inquiétude fait fuir. On l'a regardé avec pitié. Le pauvre garçon qui a perdu son père. Et on s'est détourné. Giovanni les maudit tous. Bande d'insensibles, bande d'égoïstes. Il donne un coup d'épaule à cette bonne femme au teint rougeâtre qui jacasse plus fort que les autres. Il sort, furibond. Il passe devant l'étal des femmes aux plats cuisinés et questionne inlassablement : « As-tu vu Luca ? ». L'une d'elles lui réplique : « Qui ? ». Il a envie de crier, de cracher, de lui hurler à sa petite gueule fripée et bêta : « Luca ! ». Mais à quoi bon ? L'une d'elles reconnaît l'orphelin qui se trimbale d'un commerce à l'autre dans la grande rue. Pourquoi n'est-il pas avec sa mère ? La vieille femme lui attrape le bras pour lui parler de Nina, la pauvre *mamma* aurait besoin de son fils. Giovanni s'en dégage avec irritation. Qu'on le laisse tranquille. La vieille et sa morale, qu'elle aille au diable ! Il n'a qu'une idée en tête, une idée fixe qui lui donne l'énergie d'un forcené quand il devrait être abattu. Trouver Luca. Giovanni n'est même plus en colère, il est désespérément sonné. Il ne comprend pas. Pourtant des affiches annoncent la mort du père, placardées partout dans la ville. Pourtant les amis furent nombreux et nul ne semble ignorer son malheur. Se peut-il qu'il ait été retenu à l'usine ? Aurait-il eu un accident ? Giovanni imagine tout et ne croit en rien. Il se fait tard. La lune prend de l'ampleur. Une après-midi entière à chercher son ami. Une dernière chance se présente à lui. Luca pourrait être au café de la ruelle Serristori. Un ultime élan pousse le pêcheur jusqu'au café. À bout de souffle, étourdi à force d'arpenter la ville de part en part, Giovanni pousse la lourde porte. Il répète sa question, elle est presque vide de sens pour lui après l'avoir tant rabâchée :

- As-tu vu Luca aujourd'hui ?
- Nous l'avons vu avec une femme ! Ils ont pris deux *cannoncini* et ils sont partis !, lui réplique le barista.
- Où sont-ils allés ?
- Ça, je ne sais pas mais ils ne doivent pas être très loin.

Luca a dû l'emmener au phare. Son endroit préféré, un lieu privilégié. Il court à vive allure et s'empresse de monter les marches interminables du phare. Il entend des gémissements. Se peut-il que Luca tire son coup ? La porte entrouverte se balance sous le souffle du vent de la mer. Il passe la tête à travers l'embrasure. Il distingue des vêtements éparpillés au sol et un peu plus loin, deux silhouettes apparaissent. Ses yeux se dessillent et s'habituent à l'obscurité. Il voit de mieux en mieux ces corps qui se mêlent. Il se passe quelque chose de captivant. Le pêcheur reste là, fasciné, stupéfait. Un visage se blottit contre la poitrine d'une femme. Des muscles virils s'entrelacent à la chair tendre et ductile d'une jeune femme. Elle est tantôt sous lui, il est tantôt sous elle. Les cris de la femme montent en spirales, de plus en plus forts, plus amples, plus sauvages. La conscience de Giovanni lui revient en pleine face. Il est lucide tout à coup, sorti de sa torpeur. C'est Luca. C'est Stella. Il est trahi.

11.

Nina s'éveille aux premières lueurs du jour. Elle étend le bras, le lit est vide, froid, déserté. L'absence, ce sentiment du manque implacable, l'envahit. Elle se lève seule pour la première fois. Ce sera ainsi désormais. Elle prépare consciencieusement le café pour son fils. Il faut bien continuer à vivre. Ce sont les petites habitudes qui la maintiendront. Elle s'y raccroche obstinément, et la vapeur chaude et odorante du café la console. Elle tourne ses grands yeux las vers le duvet du fils. Il n'est pas là.

Giovanni écoute le silence. Quand on se rend compte que l'on a été engouffré dans le silence, on ne peut qu'en sortir. Et l'on a adouci certaines peines jusqu'ici non réconciliables. La colère s'est dissipée dans la nuit. La rancœur, l'amertume, l'âcre goût de la trahison se sont dilués dans la mer. Il n'a pu trouver le sommeil. Sa conscience s'est plongée dans cet espace interlope, entre le rêve et la réalité. De longues heures à ressasser, à réécrire le passé. Qu'en était-il de cette amitié ? Qu'en était-il de cet amour ? Le vent salé de la mer se lève et vient fouetter le visage du pêcheur étendu sur son *gozzo*. Le temps s'est arrêté. Les plaies cicatrisent dans cette longue contemplation des vagues qui vont et viennent. Tout part, tout revient.

Où est Giovanni ? Est-il à la pêche ? Nina aperçoit, mise en évidence sur la table, une feuille blanche soigneusement pliée. Ses jambes tremblent, son cœur frémit. Elle a peur de lire des mots qu'elle refuserait d'entendre de vive voix. Elle hésite un instant. Veut-elle vraiment savoir ce qui pourrait la blesser ? Elle déplie la feuille délicatement et s'assoit.

Giovanni surveille l'accès aux docks. Tout le monde décharge les camions qui s'arrêtent devant l'entrée : les officiers de la marine navale, les portefaix et quelques gaillards de Livourne qui viennent leur prêter main-forte. À l'intérieur des docks, les grues chargent les conteneurs sur le paquebot qui s'apprête à partir. Sans réfléchir, mû par un courage qu'il ne se connaissait pas, Giovanni s'approche d'un camion et saisit un sac qu'il pose sur son dos. Il se mêle aux porteurs et passe la grille, pourtant dûment surveillée par les gardes armés, sans éveiller de soupçons. Comme un automate, il suit les travailleurs du port jusqu'à la soute. Il voit sur les docks les voyageurs qui attendent patiemment d'embarquer. Leurs ballots s'entassent devant le grand bateau. Attroupés devant les passerelles, les immigrants s'agitent. Leur laissez-passer est vérifié par les agents. Les douaniers inspectent l'identité de chaque passager. Giovanni n'a jamais vu autant d'Italiens quitter le pays. Le voilà qui monte la passerelle. Il pose son sac de jute. Le champ est libre, il en profite pour se faufiler derrière les caisses. Il ne reste plus qu'à attendre. Un homme pose la marchandise. Giovanni l'observe du coin de l'œil. Le porteur sort et le jeune pêcheur l'entend crier : « Chargement pour Marseille terminé ! ». La soute se ferme. Giovanni est dans le noir. Une joie s'empare de lui : la France. Livourne n'est plus qu'un vague souvenir. Il ne la reverra plus jamais.

Nina reste inerte, la lettre de son fils dans les mains. Quelque chose s'écroule pierre par pierre au fond d'elle. Le voilà parti. Comment aurait-elle pu le retenir ? Aurait-elle dû veiller toutes les nuits pour s'assurer qu'il ne parte pas ? Elle avait pressenti son départ. Pourtant, elle est en état de choc. La voilà veuve d'époux et de fils. Elle sait qu'elle ne fera qu'attendre son retour ou des nouvelles de lui, son Giovanni, son fils qui avait peint son prénom sur le *gozzo,* qui ne pouvait dormir sans qu'elle lui murmurât « bonne nuit », la seule raison de vivre qui lui restait. À quoi bon maintenant sortir du lit le matin ? À quoi bon continuer quand on est seule ? Elle se sent désœuvrée. Elle est encore là, pétrifiée dans sa cuisine. Elle pleure. Elle entend la ville qui s'active dehors et ne peut bouger. Pas même un pas.

Sur le quai, un homme, planté au milieu du visible, s'affaire à peindre le départ du paquebot. Il faut peindre ce que l'on aime. Sa toile posée sur un trépied, un pinceau à la main, le paysagiste divise le tableau sur lequel vont s'ordonner couleurs et lumières entre le ciel et la terre. Il trace sa ligne d'horizon. L'artiste a une idée plus ou moins précise de ce qu'il souhaite accomplir. Le soleil se lève. Il repère les ombres créées par la vieille forteresse et celles que la présence de quelques *gozzo* étendent sur la mer. Sa réflexion est longue mais il ne manque pas d'inspiration. Au premier plan, il esquissera un gamin qui plonge dans l'eau ou une *mamma* qui attend son enfant avec une serviette blanche. Sur sa palette en bois, il mélange les couleurs denses et opaques à l'aide de son pinceau. Dans le ciel, il formera des mouettes par quelques touches légères. Des empâtements en camaïeu de bleu seront les nuages. Son attention se focalise sur le navire qui quitte les docks. Il se concentre, le mouvement doit paraître naturel. Le paquebot sonne son départ puis disparaît vers Marseille sous l'œil du peintre qui achève sa toile.

Partie II

Tu ne voleras pas !

1.

Tôt le matin, dans le troisième arrondissement de Marseille, deux hommes s'acheminent vers le port. Les mains enfoncées dans les poches et la démarche nonchalante, ils regardent avec mépris ces pauvres bougres qui triment comme des ânes sur des chantiers dirigés par des Français, ces esclaves qu'on appelle « babis » ou « macaronis » et qui s'entassent dans les foyers insalubres de la Belle de Mai. Comment peuvent-ils accepter d'être traités de la sorte ? Ont-ils oublié ce que c'est que la fierté italienne ? On les voit porter des sacs et crouler sous leur poids comme des condamnés. Graziano et Paolo ne pourraient jamais s'abaisser à une telle lâcheté, à une telle soumission. Mais ils savent se fier à ceux qui n'obéissent pas bêtement à ces idiots de Français. Les criées commencent et un vendeur de journaux hèle les passants : « *Echo d'Italia*, *Echo d'Italia*, dernières nouvelles imprimées ce matin ! Les dernières nouvelles ! ». Paolo l'arrête et achète un exemplaire. Il relève son panama *montecristi* et lit les gros titres à Graziano :

- « Rixes sanglantes entre ouvriers français et italiens. » « Aux travailleurs émigrés italiens : Antifascisme ! Vive le socialisme ! », mais ce ne sont pas les nouvelles politiques qui semblent l'intéresser et il continue de feuilleter avec impatience le journal.
- Peut-être que quelque chose est signalé sur la dernière page, lui suggère Graziano.

- Ça y est ! J'ai trouvé l'information qu'il nous faut. Le paquebot en provenance de Livourne est amarré à Marseille depuis ce matin.
- Très bien, c'est bien ce que le patron nous a dit.
- Le patron a toujours raison.

Paolo n'a jamais douté du patron. Il met ainsi toute sa ruse et sa finesse à profit pour lui obéir. Fin diplomate, il a l'art de négocier les rentes à sa façon. Cela lui a valu le surnom de « Paolo la Débrouille ». Tout le monde le connaît à la Belle de Mai, il est celui qui vient chercher les redevances. Il se met un billet ou deux dans la poche : « Monsieur Capuani vous protégera. ». Il ne manque pas de prendre une commission, tout travail se paye et Paolo s'enorgueillit de son utilité. Il sait modérer les altercations entre les proxénètes, rassurer les prostituées, défendre les intérêts des négociants et des marchands italiens. Vêtu d'une salopette rayée et portant un panama *montecristi*, il ne manque jamais d'être remarqué par les Italiens. Une vendeuse de *fioupélans* qui se dirige vers le port lance à sa collègue :

- Regarde, c'est Paolo la Débrouille, il est avec Graziano !
- Il y a peut-être quelque chose pour le patron dans ce bateau qui vient d'Italie.
- Ne dis rien, ne dis rien, je suis sûre qu'ils sont en mission.

Les missions ne doivent jamais s'ébruiter. C'est la règle ultime pour ne pas s'attirer la colère du patron : « Ne jamais s'écarter des règles et se taire. ». Si l'on ne connaît pas bien les lois françaises, il faut en outre bien connaître celles de la mafia. Paolo et Graziano attendent que les travailleurs italiens s'amassent devant le paquebot pour pouvoir s'infiltrer discrètement dans la section deux. L'accès au dock n'est pas encore ouvert. Paolo s'impatiente, il abhorre la lenteur. C'est un anxieux, un nerveux. Graziano regarde autour de lui de son œil brutal et stupide. Un vendeur ambulant lance aux Italiens qui font la queue pour décharger le bateau : « *Chichi figi, chichi figi*, cinq francs pièce. ». Graziano n'hésite pas un instant et se rue vers le vendeur de *chichi*.

- Grasso ! Tu vas nous attirer des ennuis un de ces jours avec tes *chichi*, ironise Paolo.
- Ah ! Ne m'embête pas, j'ai faim.

Graziano, dit aussi « Grasso », a toujours fait le sale boulot. C'est un imbécile sans scrupule. Il obéit sans réfléchir. C'est à lui que l'on fait appel pour étrangler un vieil homme, gifler les proxénètes, allumer le feu et bien d'autres infamies. On reconnaît Grasso à sa carrure. Il est tout simplement gros et porte toujours un costume trois-pièces. C'est un monstre. Personne à la Belle de Mai n'a jamais voulu avoir à faire à Grasso. La rumeur dit qu'il a étranglé un patron ennemi de monsieur Capuani avec le lacet de ses chaussures. Pour Grasso : « Qui vivra, vivra et qui mourra, mourra. ». Les quais débordent de travailleurs prêts à décharger le paquebot en échange d'un billet de vingt francs. Les Italiens s'agitent. Un contrôleur lance à la foule : « Un à la fois, un à la fois. ». L'accès au dock est ouvert. Les hommes se bousculent. On s'impatiente, on veut décharger. Les *porteïris*, comme on les appelle ici, attendent avec leur corbeille d'osier l'arrivée de nouvelles denrées pour les revendre sur le marché.

Au fond de la soute, Giovanni respire l'odeur âcre des marchandises chargées à bord. Sa respiration est lente. Son estomac ne le torture plus mais il sent son goût acide sur sa langue. Il serre si fort ses dents que sa mâchoire est douloureuse. Bercé par le mouvement du navire, il songe à la mort de son père et à la trahison de Luca. Il n'entend pas le tumulte qui s'échappe des docks. Il est enterré, encore vivant, à six pieds sous terre comme le pauvre Valci : « Je ne suis pas mort ! », a-t-il envie de crier. La lucidité lui revient doucement au son des hélices du paquebot qui s'arrêtent. Est-il arrivé quelque part ? La lumière du jour lui manque. Il n'a pu compter les jours et les nuits. Cloîtré à en devenir fou, il sera à la merci des gens qui le découvriront. La peur s'empare de lui, celle d'être maltraité, jeté dans une piaule, questionné par les autorités ou même, le pire vient à lui, celle d'être exécuté sur le champ comme malfaiteur. Finalement, quoiqu'il arrive, il est loin de Livourne, sur une nouvelle terre. Dieu seul sait ce qui l'attend. Affaibli, il rêve d'un verre d'eau et d'un morceau de pain. Rien qu'une goutte, rien qu'une bouchée.

Graziano et Paolo entrent dans la deuxième soute du paquebot. Giovanni, suspicieux, observe les deux hommes. L'un d'eux fait le guet pendant que l'autre inspecte furtivement la soute. Le jeune pêcheur se cache tant bien que mal entre les caisses. Il ne voit plus rien. Il concentre toute son attention sur les bruits de pas, de caisses éventrées, déplacées, transportées. Les deux hommes ne se parlent pas, ce qui confirme ses soupçons. On parle dans les moments anodins, on se tait pour les affaires importantes. Ce doit être des contrebandiers. Attendons qu'ils trouvent ce qu'ils cherchent. Espérons que rien ne soit caché dans les caisses qui le dissimulent à leurs yeux. On s'approche. Une ombre se dessine jusqu'à lui. Sa noirceur le recouvre. Il est fait. Dans ce contre-jour, il ne perçoit pas le visage de cet homme qui lui fait face. Giovanni se sent impuissant. Il est tétanisé. Il n'a ni la force ni le courage de se relever. La silhouette noire qui le surplombe le domine complètement. On le regarde. Ce temps semble infiniment long. L'homme l'attrape brusquement par le col et le scrute de ses grands yeux sombres, perplexes. Giovanni s'étonne devant ce visage jeune, presque enfantin. Est-ce là mon bourreau ? Ce gamin peut-il vraiment être cruel ?

- Grasso Grasso ! Vite ! Viens voir ce que j'ai trouvé !

Graziano se précipite dans la soute. Giovanni est terrifié. Il lève les bras comme un soldat qui a abandonné son champ de bataille. Graziano sort un pistolet dissimulé sous sa veste et le pointe sur son front. Paolo ironise calmement :

- Attends, attends, laisse-le parler avant de l'abattre.

Giovanni ferme les yeux et supplie les deux malfrats : « S'il vous plaît, s'il vous plaît. ». Ces derniers font semblant de ne pas comprendre son langage. Ils échangent quelques mots en français mais Giovanni devine à leur intonation qu'ils sont Italiens. C'est peut-être sa seule chance.

- Je suis Italien de Livourne ! S'il vous plaît !

Graziano hésite, il ne peut pas tirer l'un des siens comme ça, sans scrupule. L'Italie, c'est l'Italie, ça se respecte tout de même.

- Que fait-on de lui ?, demande Paolo.
- Faut-il l'abattre ?, interroge Graziano avec la conscience d'un patriote.
- Et si on l'emmenait au patron ?
- C'est une idée.

Grasso retire l'arme de la tempe du pêcheur. Giovanni est sauvé. Ces deux idiots vont lui laisser la vie sauve. Il lui semble que ça ne tenait à rien, que ce fut un caprice qui fit céder les deux malfrats. Graziano le bouscule et le pousse violemment hors de la soute. On le fait entrer à l'arrière d'un camion. Assis dans l'obscurité, Giovanni observe les portes s'ouvrir régulièrement, laissant pénétrer la violente lumière du soleil. On charge le camion d'une dizaine de caisses. Au bout de quelques instants, le camion démarre enfin. Giovanni se retrouve encore enfermé dans le noir comme un lapin dans son clapier. Les virages et les freinages sont brusques. Il essaye de ne pas se faire heurter par les caisses qui glissent. Il entend le bruit étouffé des rues de Marseille. Son cœur se réchauffe, il est loin du port de Livourne, il est en France.

Les bruits de la ville se sont dissipés. Le jeune pêcheur se demande où il a pu atterrir. Le vrombissement du moteur s'arrête quand enfin Graziano descend et brame comme un âne :

- Franz, Franz, viens voir ce que l'on a trouvé dans le paquebot.

Franz l'Allemand ouvre l'arrière du véhicule.

- *Ausgezeichnet* !

Franz aime à parler allemand dans les situations délicates. Il marque ainsi sa supériorité d'ancien nazi. On ne comprend pas ce qu'il dit mais son sourire ironique, narquois, presque sadique, exprime une violence froide. C'est un homme méthodique, un homme qui ne perd jamais de vue ses objectifs. Un homme d'une constance effrayante. Il observe longuement le jeune pêcheur. Son œil bleu, d'une transparence abyssale, s'éternise sur le visage défait de sa proie. Giovanni sent son cœur qui s'emballe devant cet être de marbre. Son visage anguleux, ses lèvres fines qui se découpent comme la lame tranchante d'un couteau au milieu d'une face imberbe et blême font frémir le jeune homme. C'est un monstre, un Dieu ou une machine. Franz s'avance vers lui avec une lenteur affectée. Il fait craquer ses doigts un à un, tournant autour de sa victime. Il connaît toutes les méthodes d'intimidation, les préliminaires à la torture et aux interrogatoires. Il sort précautionneusement une petite cordelette de sa poche et vient la faire glisser sur la gorge du pêcheur tétanisé. Graziano, qui n'est pas dupe, éclate de rire devant la mine déconfite de Giovanni :

- Laisse-le décharger le camion, pour l'instant il est utile.

Franz fait signe à Giovanni d'entreposer les caisses au fond de l'entrepôt. Giovanni commence le transport des marchandises manquant régulièrement de trébucher, alourdi par la peur et la fatigue. Il traverse l'entrepôt qui lui semble interminable et observe les cargaisons dûment empilées en de grandes tours de bois dont le contenu reste impénétrable et mystérieux. Est-ce des armes, de la drogue, des marchandises de luxe ? Cette ancienne usine semble avoir été reconquise par ces quelques malfrats qui déambulent avec aisance et sérénité, sans aucune crainte des autorités françaises. Leur pouvoir doit être important puisque nul ne vient les déranger. Quels accords ont-ils pu passer avec les Français ? Giovanni pressent la violence et l'intelligence des rapports qu'entretiennent ces quelques voyous avec la population locale. Ils sont tous au courant, tous complices, sans aucun doute. Absorbé par ces pensées, Giovanni ne prête plus attention aux longs câbles déroulés sur le sol et s'étend de tout son long dans un grand fracas, laissant s'échapper devant lui la caisse qu'il portait. Paolo, qui discutait calmement avec Franz à propos des missions à venir et des stratégies à mettre en place, se retourne avec humeur vers le maladroit :

- Fais attention ! Tombe encore une fois et Graziano s'occupera de toi !

C'est en italien qu'il s'est adressé au jeune homme. Plus par mesure d'efficacité que pour créer une quelconque complicité. Giovanni lève les yeux vers celui qui lui semble le plus dangereux et le plus hostile. Franz ne daigne pas lui jeter un regard, occupé à surveiller l'entrée de l'entrepôt, le patron ne devrait pas tarder. L'impatience et l'inquiétude vont croissantes chez les trois mafieux. Graziano fait les cent pas en picorant des cacahuètes. Paolo dépoussière son pantalon en lui assénant de grandes gifles nerveuses. Franz promène son doigt sur la grande carte maritime punaisée au mur du fond.

Une berline noire fait son entrée dans l'entrepôt. Le chauffeur descend solennellement de la voiture et la contourne d'un pas cadencé, arborant un air sérieux et préoccupé comme à son habitude, et vient ouvrir la porte arrière. Un mocassin noir surmonté d'un pantalon à pince sort de l'obscurité de la berline aux vitres teintées. Franz, Paolo et Graziano s'approchent du véhicule pour accueillir celui qui s'apprête à sortir. Giovanni se retourne pour apercevoir celui que tout le monde semblait attendre durant ces dernières minutes pesantes de nervosité. C'est un homme à l'élégance raffinée, au col parfaitement amidonné, rigide sous ce beau visage viril aux moustaches parfaitement sculptées, qui sort de la voiture comme une dague sort de son fourreau d'argent. Ses épais sourcils, d'un homme suspicieux et autoritaire, se lèvent par l'effet de la curiosité. Qui est ce garçon qui entrepose les caisses ? Paolo, qui sait déceler la moindre pensée de son patron, s'apprête à lui répondre. Franz lui fait signe de se taire et accueille monsieur Capuani comme il se doit. Il lui prend la main pour l'embrasser, posant cérémonieusement un genou à terre. Cet ancien prisonnier de guerre tient à marquer son dévouement absolu envers ce patron de la pègre qui a su se montrer généreux et lui donner sa chance. N'est-il pas son second ? N'est-il pas son homme de confiance ? Lui, l'Allemand. Lui, l'ancien fasciste. Giovanni dépose la dernière caisse au fond de l'entrepôt. Le patron demande à ses petites frappes que sont Paolo et Graziano :

- Avez-vous déchargé la soute de Livourne ?
- Patron, nous avons tout mis au chaud ici dans l'entrepôt, répond respectueusement Graziano.
- Qui est ce jeune homme ?, interroge le patron en regardant Giovanni.
- Nous l'avons trouvé dans la soute en provenance de Livourne, réplique Paolo avec inquiétude.
- Amenez-le ici, demande monsieur Capuani.

Graziano fait signe à Giovanni de s'approcher. Le jeune homme traverse l'entrepôt d'un pas timide. Les mafieux le regardent, silencieux. Il sent tout son corps ankylosé, pétrifié par la peur. Il guette chacun de ses pas, il s'agit de ne pas tomber devant le patron, cet homme imposant dont les yeux le pénètrent jusqu'à la moelle.

- Que fais-tu ici ?, demande sèchement monsieur Capuani.
- Je fuis Livourne parce que…
- Répond seulement à mes questions, l'interrompt le patron.
- Que faisais-tu là-bas ?
- J'étais fils de pêcheur.
- Qui t'envoie ici ?

Le patron fait signe à Franz et ce dernier sort sa cordelette. Graziano tient Giovanni par le bras. Le patron lui demande encore une fois qui l'a envoyé à Marseille.

- Personne monsieur, je suis venu seul.

Il se tourne vers Paolo dont la nervosité est allée crescendo ces derniers instants :

- Combien de jours dans la soute ?
- Neuf jours, confirme Paolo.

Monsieur Capuani semble réfléchir. Les longs silences qu'il sait imposer avec autorité glacent toujours ses employés. Il est impénétrable, c'est là sa force et son ascendant. On attend. Ses lèvres esquissent finalement un léger sourire.

- Gardez-le et donnez-lui à boire.

Pour cet homme craintivement respecté, la famille est sacrée et inviolable, il en a toujours été ainsi, il en sera toujours ainsi. La famille, ce ne sont pas ces personnes qui partagent le même sang mais ceux qui ont fait couler le sang à son ascension, à sa puissance, à son autorité. La famille de monsieur Capuani ne se résume pas à son cercle fermé mais à l'ensemble de la communauté italienne qui requiert son pouvoir. L'union fait la force et l'individualisme mène à la défaite. Giovanni s'approche et se courbe légèrement devant monsieur Capuani à l'image de Franz.

2.

Marseille est bleue, dit-on. Bleue et rose comme ses toits. Et vallonnée. Longée de calanques qui résistent à la mer comme des dents acérées, Marseille est la ville de l'hymne national français. Comme lui énergique, vibrante et violente. Quand le soleil se lève sur le Vieux-Port, Giovanni dort encore d'un sommeil profond. La veille, il a quitté l'entrepôt avec un billet de vingt francs en poche. Paolo lui a glissé l'argent dans la main avec un sourire complice. Une manière de signifier : « Tu es des nôtres maintenant. ». Une façon d'acheter sa fidélité et son silence. Giovanni n'est pas dupe. Le voilà dans une nouvelle famille. Une famille loin d'être rassurante mais qu'importe, cela vaut mieux que d'être seul, que d'être un orphelin. Pensif, il a erré dans les rues et les a pénétrées de son regard curieux et inquiet. Grandiose et endormie, Marseille s'est laissé découvrir à travers son port et sa cité. Cette ville pourrait-elle un jour lui être familière ? Connaîtra-t-il chacune de ses ruelles, chacun de ses cafés, chacun de ses commerçants ? Il a arpenté la ville, l'a quadrillée comme un forcené. Une rage de découverte s'est emparée de lui au fur et à mesure de ses pérégrinations. Il a fallu voir. Être étranger, perdu, ignorant jusqu'à la langue qui se parle ici, cela est bien trop insupportable. C'est au port qu'il a achevé sa marche. Les barquettes qui se sont balancées sur l'eau l'ont rassurées. Il y a en tout lieu quelque chose de connu qui peut faire refuge. Il s'est endormi rapidement. Ses préoccupations l'ont éreinté.

Les premiers pêcheurs napolitains, les « nabos » tels que les Marseillais les appellent, préparent leurs filets pour pêcher en pleine mer. L'un d'eux s'approche de l'amas de filets où dort le jeune homme et lui donne une tape sur l'épaule :

- Eh toi ! Réveille-toi, ces filets doivent être emmenés à l'atelier.

Giovanni se réveille. Il regarde vaguement le visage de l'homme qui s'adresse à lui. Il ne comprend pas. Le sommeil lui a fait perdre ses repères. L'homme insiste : « Jeune garçon, ces filets doivent être envoyés à l'atelier. ». Giovanni jette un regard autour de lui. Enfin, il se réveille ailleurs. Il est libéré de la soute. Libéré de Livourne. Comme un prisonnier à qui l'on ôte ses chaînes, il se lève brusquement, surpris de sa légèreté. Sans un mot, il s'échappe. Ici, il respire une atmosphère différente, celle de la cité phocéenne. Marseille est à ses yeux une ville éternellement jeune, la ville du renouveau. Tout semble changer, bouger, vivre. Les travailleurs s'agitent et les langues de la méditerranée s'assemblent dans l'odeur du poisson et des fruits sucrés. Le goût de l'aventure le galvanise. Il est temps de profiter de cette nouvelle terre. Au diable les inquiétudes. Il est un explorateur, un conquérant. Marseille est plus majestueuse, plus imposante que Livourne, elle est à la mesure de son ambition. Il est temps de briser les lois du destin. Son avenir sera différent de celui de son père, de son grand-père et de tous ses aïeux. Il sera parti en quête d'autre chose. Il aura laissé la Providence conduire ses pas. Il observe les Marseillais comme une enfant dévore des yeux les premières pages d'un livre d'images. Ce qu'il n'avait pu voir la veille dans l'obscurité, il le remarque avec une grande attention ce matin. Le long de l'eau, les *auffiers* fabriquent des cordages et des filets. À leur côté, les vanniers tressent de larges paniers, des nasses en forme d'entonnoir et des cabas à deux anses. Giovanni connaît la difficulté de fabriquer un filet. À Livourne, il s'occupait lui-même de les raccommoder. Les vendeuses font vibrer le port. Leur voix éraillée semble ricocher sur les pavés avant de se perdre dans le vent de la mer. Leur accoutrement les fait ressembler aux *mamma* de Livourne : une jupe longue, un large tablier et un fichu sur la tête. Leur corbeille déborde de poissons frais. « *Ouffa*, c'est une bonne pêche ! », ce serait exclamée Nina. Des saupes, des oursins, des bulots et autres créatures de la mer qu'il ne connaît pas. Une odeur acide lui monte au nez, creusant un sillon parmi les effluves salés de poissons. Il tourne la tête et remarque la vendeuse d'oranges qui épluche ses fruits d'un seul tenant en faisant tourner la lame de son couteau. On peut être habile dans les tâches les plus infimes. Tout métier s'apprend, Giovanni continue de la regarder avec fascination. Chaque fruit fait apparaître ses juteux quartiers, un à un désarmé avec une régularité presque musicale. Le jeune homme est bousculé par un enfant qui court. Les bambins par dizaines viennent chiper les épluchures jetées à l'eau. On s'esclaffe, on se chamaille pour un morceau, on se montre avec fierté l'épuisette en fil de fer qu'on s'est confectionnée. Les enfants d'ici chahutent allègrement au milieu des travailleurs. Qui les surveille ? Une vendeuse de poissons interpelle son fils : « Apporte mon couteau à l'*amoulaîre.* ». Giovanni suit des yeux l'enfant qui s'approche de l'attroupement qui s'est formé autour de l'aiguiseur de couteaux : « Qui *vau* faire *amoula* ? », clame-t-il. On est émerveillé par les étincelles qui jaillissent de la meule. L'*amoulaîre*, vêtu d'un grand tablier de cuir à bavette, pédale pour faire tourner sa meule et aiguise pour quelques francs les couteaux et les ciseaux des marchands du Vieux-Port. Giovanni reste un moment spectateur. Son estomac gronde, il a faim. Avec les quelques sous qu'il a en poche, il va se débrouiller pour manger quelque chose. Il aperçoit une vendeuse d'escargots qui clame : « À l'*aïgo-sau lei Limaçouns.* ». Il lui fait signe. Il souhaite goûter une spécialité locale. Elle dépose un landau rempli de petits escargots blancs à coquille en spirales, cuits dans un bouillon à l'ail et au sel. Elle enroule un cornet qu'elle lui tend de sa grosse main rougie avec un large sourire. Giovanni enfourne dans sa bouche une limace élastique et l'avale tout rond. Ça se mange. Ça fera l'affaire. Il continue de piocher dans son cornet en admirant les barquettes qui se tiennent en enfilade dans le port. À Marseille, on dit qu'elles sont galbées comme des filles pour pouvoir naviguer partout. Les barquettes quittent le port pour la pêche du jour. Les lamaneurs aident les paquebots à manœuvrer. Giovanni les regarde interpréter ce langage étrange par différents mouvements de bras. Que de métiers ! Le port de Marseille est bien plus organisé que celui de Livourne où seul le phare fait office de repère sur la côte. « Quelle rigueur ! », pense-t-il. Les *dockeurs* déchargent les navires comme une dizaine de fourmis qui acheminent leur butin miette par miette. Chacun sa place, chacun sa tâche. Le jeune homme porte ensuite son regard jusqu'au fort Saint-Jean dont le fanal surplombe la ville entière et conclut une longue muraille qui prend des teintes ocrées sous le soleil du matin. Il s'engouffre sur la Canebière où un homme recherche des clients : « Estrassaire, chiffonnier ! Estrassaire, chiffonnier ! ». Le vendeur ambulant porte sur son épaule de vieux chiffons et même, comme le remarque le jeune pêcheur, une peau de lapin. Il doit certainement revendre ces tissus et cette peau sur le marché. Le jeune homme s'avance devant un étalage. Qu'est-ce que c'est ? On dirait des miniatures pour les enfants. Giovanni observe avec amusement les santons sculptés et peints à la main. Ils représentent l'activité du port. On distingue le marin pêcheur avec son pantalon de coutil et son tricot bleu rayé, la vendeuse de fruits et légumes avec son corsage fleuri et son fichu de coton, le rémouleur vêtu d'un grand tablier en cuir à bavette et sa meule, la vendeuse de limaçons et ses cornets et l'*estrassaire* avec sa charrette tirée par un âne et ses chiffons. Giovanni découvre ainsi la ville affairée mais silencieuse dans ces quelques poupées dont il ne comprend pas très bien l'utilité. Qui garde ainsi les images des travailleurs chez lui ? Les touristes peut-être. Il n'entend pourtant que le français qui se parle autour de lui. Il ne comprend pour l'instant que quelques mots de cette langue chantante comme celle de l'Italie mais il se fait un point d'honneur à la connaître rapidement.

Giovanni quitte la Canebière et s'engouffre dans le boulevard d'Athènes. Il arrive devant un monumental escalier et monte chacune de ses marches avec empreint comme pour signifier qu'il a foulé le sol de la France. Comme tant d'autres, pense-t-il, mais pour lui, c'est un évènement. Il est comme ces pèlerins qui montent à genoux les marches d'une église pour se défaire de leur passé. Il regarde avec attention la facture de ce monument pour le garder en mémoire, intact, inébranlable. En haut de la butte, les voitures déposent les voyageurs à l'entrée de la gare Saint-Charles. Ces voyageurs n'ont rien en commun avec lui, eux qui semblent voyager comme on accomplit un devoir, ces travailleurs en mouvement perpétuel qui ne savent plus regarder, s'arrêter, s'interroger. Engoncés dans leur costume, ils se bousculent, s'acheminent chacun sans se prêter attention, veillant soigneusement à échanger le moins possible. C'est la tristesse des grandes villes, tristesse que Giovanni découvre alors. À l'entrée de la gare, les voyageurs viennent acheter leur journal et le kiosque voit défiler une infinité d'hommes semblables gris et noirs sous leur chapeau. Giovanni veut trouver une carte de Marseille et peut être un journal. Il veut entrer dans la ville, s'y intégrer. Son tour est venu et le marchand du kiosque le salue avec un grand sourire, il ne ressemble pas aux clients habituels. Le jeune homme lui lance un : « bonjour » maladroit. C'est l'un des seuls mots qu'il connaît et encore faut-il qu'il le prononce correctement. Il remarque un quotidien italien, l'*Echo d'Italia,* parmi la dizaine de journaux suspendus à l'arrière du kiosque. Cette trouvaille le réjouit. Il y a donc bien des Italiens à Marseille. Le voilà descendant la rue en feuilletant son journal dont les larges pages clapotent comme les voiles d'un bateau de chaque côté. Peut-être y trouvera-t-il une annonce de logement ? Ses yeux parcourent impatiemment les lignes noires qui lui laissent des traces sur les doigts. Enfin, quelque chose d'intéressant : « Chambre à louer dans foyer familial. 18 rue Belle de Mai, demander Gustavo. Deuxième étage à droite. ».

La rue est longue et les maisons roses s'alignent et se ressemblent. Giovanni remarque cette fleur si particulière qui dans la légende représente la passion du Christ. Un lézard effrayé se faufile dans une brèche. Ces petites bêtes se laissent dorer au soleil comme les *vecchio* de l'Aragosta, songe Giovanni avec tendresse. Il continue sa marche à la recherche du numéro dix-huit. Une boutique porte l'enseigne : « *Cioccolateria* ». Une joie immense s'empare de son cœur, celle d'être chez les siens. Trois Italiennes se promènent dans la rue en riant. Elles parlent fort, leurs manières sont libres, leur sourire confiant. Giovanni leur lance une salutation courtoise. On lui répond : « Ciao. » Parler italien en France, c'est un petit bonheur qui le réconforte. Il arrive enfin devant le numéro dix-huit. Il monte l'escalier en colimaçon jusqu'au deuxième étage et frappe à la porte. Un frisson parcourt son corps l'espace d'un instant. Que répondra-t-il si on lui parle français ? Une voix s'élève : « J'arrive ! J'arrive ! ». Il est rassuré, on parle la langue de son pays. Quelques instants plus tard, une vieille femme entrouvre la porte scellée par une chaînette :

- Que puis-je pour vous ?

Elle le laisse entrer. Le jeune pêcheur observe la vieille femme. Elle ressemble à un vieil arbre défraîchi. Son visage est extrêmement ridé. Elle porte des charentaises et une robe de chambre. Ses petites mains nerveuses ne cessent de s'agiter lorsqu'elle parle : « Je suis Domenica. Ici, c'est le foyer de ma fille et de son mari Gustavo. Vous êtes bien chez Gustavo. », explique-t-elle de sa voix faiblarde. Elle lui présente la maison familiale et assomme le jeune homme de questions. Connaît-il l'évangile de Saint Matthieu ? Va-t-il souvent se confesser ? Va-t-il souvent à la messe ? Elle le fait asseoir dans un fauteuil et lui propose un café. Il y a toujours du café chaud l'après-midi. Malgré son âge, Domenica trouve toutes les occasions pour en boire. Giovanni parcourt l'appartement du regard, enfoncé timidement dans son fauteuil. C'est précaire mais c'est propre. Pas de fioritures, pas de bibelots, si ce n'est cette icône de la vierge et ce crucifix de cuivre accroché au-dessus de la cheminée. Il attend impatiemment de découvrir sa chambre, son bonheur serait simple en cet instant : s'étendre sur un lit et rêver, les yeux rivés au plafond. La vieille dame revient de la cuisine. Giovanni en est déjà fatigué, il souhaite voir finir au plus tôt cet interrogatoire. Domenica lui raconte les us et coutumes de sa famille et ne manque pas de donner une infinité de détails. Au moins, elle ne pose plus de questions. Giovanni peut faire semblant de l'écouter en toute impunité. Il remarque une photographie de famille installée sur la commode. Un visage de femme l'interpelle. Elle a quelque chose de distingué, quelque chose qui contraste avec la posture et l'habillement grossier des autres membres de la famille. Son sourire est absent et cette absence plaît à Giovanni. Il s'y reconnaît. Lui aussi se sentait loin parmi les siens. Est-ce de l'orgueil, ce sentiment d'être différent, cette impression inexplicable de ne pas être né où l'on doit vivre, de devoir chercher toute sa vie sa place et son accomplissement ? Est-ce une trahison envers ses parents ? Domenica l'interrompt dans sa réflexion en haussant la voix et en posant son regard avec insistance sur le jeune homme :

- Mon gendre va bientôt rentrer, vous l'attendez, n'est-ce pas ?

3.

Fiora frappe deux fois des mains. Elle est satisfaite, la journée de travail est terminée. Chez les Pacchiano, cela signifie qu'il faut s'attabler. Gustavo se lève de son fauteuil en titubant et tire bruyamment une chaise. Il sourit d'un air placide et se retourne vers ses deux enfants, Maria et Claudio : « Venez donc manger ! ». La jeune fille vient déposer la corbeille de pain au centre de la table sans prêter attention à son grand frère qui la taquine en imitant ses manières affectées. Celui-ci remplit les verres de vin. Son chapeau abaissé sur les yeux à la Humphrey Bogart, son idole, manque de tomber dans la soupière fumante que Giovanni regarde avec envie. Gustavo fait signe à son fils de le servir plus généreusement. Domenica, la grand-mère, se tient comme une sentinelle à côté de la table. Elle a l'habitude d'assister au repas debout et de faire sa prière, un chapelet à la main. Elle ne manque pas de lancer un regard réprobateur à son gendre qui est déjà saoul à cette heure-là. Fiora prend place aux côtés de sa famille et invite Giovanni à les rejoindre. « Pas de manière ici mon garçon. », ajoute Gustavo avec bonhomie. C'est le premier locataire que reçoivent les Pacchiano. Depuis la mort du grand-père, une chambre s'est libérée. Malgré les réticences de Domenica, il fut conclu qu'on la louerait. « Cela fera un revenu supplémentaire. », avait tranché Fiora. Son esprit pragmatique lui donne le rôle de décisionnaire, Gustavo ne sait pas gérer l'économie du foyer, peu soucieux des affaires d'argent. Néanmoins, c'est lui qui reçut Giovanni et qui s'entretint avec lui,

Fiora rentrant tard de l'usine. « Tu restes dix jours pour commencer, on verra après. », avait conclu nonchalamment Gustavo. Ce garçon avait l'air gentil. Pas une crapule, un bon gars. Domenica observe cet intrus qui vient dîner chez eux. Il manque à toutes les convenances. Son regard ne quitte pas la marmite et il ne dit mot. La vieille femme demande sèchement à Maria de faire le bénédicité avant d'entamer le dîner. La jeune fille joint ses mains : « Seigneur, bénis ce repas, ceux qui l'ont préparé et procure du pain à ceux qui n'en ont pas. ». Gustavo lève les yeux au ciel. Ces bondieuseries l'exaspèrent. Impatient, il saisit la louche :

- Giovanni de la soupe ?

Le jeune homme tend son assiette et se met à manger goulûment son potage. Les langues se sont déliées. Lui reste silencieux. On le regarde avec curiosité. Est-il timide ou mal élevé ? Gustavo s'adresse à Giovanni pour le sortir de son silence :

- Alors, tu es de Livourne ? Qu'est-ce qui t'amène à Marseille ?
- Je cherche du travail. Là-bas en Italie, le chômage sévit dans toutes les régions.
- Mon mari travaille sur deux chantiers. Avec moi cela fait trois et Claudio quatre. C'est quatre revenus pour notre foyer. Il n'y a que le travail qui récompense, conclut Fiora.
- L'éducation est importante, l'instruction surtout, s'interpose Maria.
- Ah toi ! Tes cours de sténodactylo ne rapportent rien sur la table. C'est un rêve qui nous coûte cher, lui rappelle sa mère.
- Fiora, s'il te plaît, laisse Maria tranquille, soupire Gustavo.
- Papa, ce n'est pas Maria. En France, les Français disent Marie, s'énerve la jeune fille.

Giovanni comprend que Maria, qui apprend le métier de sténodactylo dans une école du centre-ville, a cette fierté d'être en France et de bien parler français. Apparemment, elle rêve de rejoindre l'administration française. Son père la félicite pour son implication, sa grand-mère pour sa dévotion : elle l'accompagne chaque dimanche à la messe. Mais Maria, qui semble avoir son caractère les rabroue, elle déteste quand on parle italien à la maison. Giovanni est étonné par son comportement.

- Comment était votre journée sur le chantier ?, demande Fiora pour apaiser les tensions.
- Le patron nous promet du travail pour les deux années à venir, répond Claudio.
- Deux ans, c'est beaucoup !, lance Giovanni surpris.
- Le travail ne manque pas à Marseille, assure Gustavo.
- J'ai pu quitter l'école à l'âge de treize ans et trouver une place comme maçon sur les chantiers comme mon père, raconte Claudio avec satisfaction.
- On n'a pas besoin d'avoir le certificat d'études pour avoir du bon travail, lance Fiora avec un regard pour sa fille.
- Notre fille travaille dur pour avoir un poste au sein de l'administration. Elle fera notre fierté, lui rétorque son mari en finissant son verre de vin.

Fiora s'échappe dans sa cuisine et ne daigne pas lui répondre. Elle sort du four le loup de mer assaisonné à l'huile d'olive. Gustavo pose sa main sur l'épaule de Maria comme pour signifier qu'elle a son approbation et son soutien. Giovanni se prend de pitié pour la jeune fille qui finit son assiette de soupe sans mot dire. Il lui esquisse un sourire qu'elle néglige tout aussi bien que les propos de sa mère. Elle a hâte de voir finir le repas. Fiora pose avec autorité le plateau sur la table en rouspétant :

- Claudio, peux-tu m'enlever ce chapeau ?
- Ça porte malheur sous un toit, intervient Domenica.

Claudio ôte son chapeau d'un air désinvolte. On le traite ici comme un petit garçon. Il travaille, il est fiancé. Que leur faut-il de plus ? Il est un homme maintenant bon sang de bonsoir.

- Ce poisson nous a coûté bien cher, j'espère que tu sauras l'apprécier Giovanni. Ici, on peut trouver le meilleur poisson du monde. Encore faut-il y mettre le prix, souligne Fiora avec un sourire de satisfaction.

Domenica lève les yeux de son rosaire :

- C'est moi qui l'ai préparé cet après-midi. Je n'ai pas même pas eu le temps de jouer au tarot mais ma fille ne sait pas cuisiner. Il faut bien que quelqu'un s'en charge.

Après son intervention, Domenica ferme les yeux et marmonne une neuvaine en latin. Giovanni trouve la vieille bigote ridicule. Son obstination n'a rien de glorieux. Elle fait semblant de prier mais elle écoute tout. Rester en retrait est sa manière de s'imposer comme le juge invisible du repas. Giovanni comprend vite que son influence est grande et qu'il lui faudra gagner, si ce n'est sa sympathie, au moins son estime. Personne ne semble prêter attention à l'intervention de Domenica et Fiora continue :

- Le patron m'a donné six mètres de bleu « pour votre persévérance et vos heures supplémentaires madame Pacchiano » comme il le dit très bien.
- J'en ferai une nappe de table, précise Domenica.
- En parlant d'heures supplémentaires, le syndicat ouvrier se réunit pour demander des augmentations de salaire, lance Claudio.
- Nous les Italiens, on ne risque pas d'en faire partie, soupire son père d'un air découragé.
- Si l'on supporte le parti socialiste, on peut recevoir quelque chose.
- Je doute que ce soit le cas. Déjà la semaine dernière, des ouvriers français ont fait une grève pour empêcher la main-d'œuvre italienne bon marché, répond le père avec scepticisme.
- Une grève !, s'étonne Giovanni.
- Eh oui ! Tu ne devrais pas avoir peur mais dans certains quartiers de Marseille, on peut voir des affiches : « Non aux travailleurs italiens », ajoute le bonhomme d'un ton désespéré.
- Mon mari et mon fils sont de fiers supporters du parti socialiste. Cependant nous ne sommes pas français encore…, s'exaspère Fiora.

- Le jour où nous serons français, interrompt Claudio. Nous aurons la même paye, le même salaire et tous les avantages du citoyen !
- Pour l'instant, nous avons le statut d'immigré, ajoute Gustavo.
- Franchement on ne peut pas se plaindre, aujourd'hui on a tous du travail !, dit Fiora.

Maria fronce les sourcils, elle a bien compris cette attaque indirecte. On lui reproche de ne pas être solidaire, de mépriser ses origines et surtout de ne pas travailler.

- Dieu merci, lance Domenica.
- L'important, c'est le travail et l'argent, Dieu n'a rien à voir dans tout ça, affirme Fiora avec conviction.
- Dieu a toujours à voir avec tout. Et tu ferais mieux d'aller le prier à l'église, s'indigne la grand-mère.
- Je n'ai pas le temps de prier toute la journée, j'assiste aux grandes cérémonies, c'est déjà ça !
- Tu ne penses qu'au travail, tu n'emporteras pas tes sous dans ta tombe.
- Nous, les italiens, on travaille dur et bien, c'est notre fierté.
- Maman, s'il te plaît, aujourd'hui nous sommes français, soupire Maria.
- Nous n'en avons ni les avantages ni le salaire, nous les « macaronis » comme ils disent, lui rétorque Claudio.
- Et toi Giovanni ? As-tu trouvé du travail ?, demande Gustavo qui n'aime pas voir ses enfants se disputer.
- J'ai rendez-vous demain pour un travail mais je ne suis pas sûr...
- Tu devrais devenir maçon, l'interrompt Claudio.
- En tout cas, tu peux nous accompagner sur le chantier si tu n'as rien !, lui dit Gustavo d'un ton paternel.
- Rien, rien ! Ici à Marseille, on trouve toujours quelque chose, s'étonne Fiora.
- C'est vrai, tu verras, le travail ne manque pas ici en France.

Le repas achevé, on se lève de table pour prendre le café au salon. Assis dans son fauteuil, Gustavo se caresse le ventre et lance à son fils avec paresse : « Discute un peu avec Giovanni, je vais faire une sieste digestive. ». Les deux garçons entament une discussion amicale et Fiora s'engouffre dans la cuisine pour servir le café dans ce beau service en porcelaine qui date de son mariage. Une musique résonne dans le foyer. C'est Maria qui s'est retirée dans sa chambre pour profiter d'un moment de tranquillité. Fiora soupire. Sa fille ne connaît pas la vraie valeur des choses. Elle aurait pu trouver du travail à l'usine ou à la fabrique de savon depuis bien longtemps. Elle perd son temps à s'enfermer dans sa chambre et à étudier à longueur de journée. Maria peut enfin rêvasser à son aise et elle écoute avec délectation le dernier disque de Charles Trenet. Personne ne la comprend mais qu'importe, elle peut jouir quand il lui plaît de ses petits instants précieux de solitude. Elle ouvre son armoire et cherche une robe pour le prochain cours de sténodactylo. Sa garde-robe fait l'objet de toutes les convoitises et cela grâce à son père qui ne cesse de la choyer. Pour l'administration française, il s'agit d'être tirée à quatre épingles. C'est un statut. C'est un prestige. Cette jupe est trop longue, elle est austère. Cette robe est trop cintrée, peut-être trop vulgaire. Il s'agit d'être discrète et élégante à l'image d'une fonctionnaire. Elle s'imagine déjà à son poste. Elle aurait sa propre machine à écrire, ce bijou de la technologie lui permettrait d'écrire de la poésie, des nouvelles et même des romans. Elle pourrait écrire toutes les pensées qui lui effleurent l'esprit. Apprendre le métier de sténodactylo n'est pas un devoir pour Maria mais une échappatoire. Elle en fait le sermon. Elle accomplira toutes les tâches qui lui seront assignées et fera même des heures supplémentaires. « Maria, peux-tu baisser le son du tourne-disque, on ne peut plus s'entendre ici ! », crie Gustavo du salon. Claudio esquisse un sourire goguenard à Giovanni :

- C'est la même sérénade tous les soirs depuis que Charles Trenet a sorti son dernier disque ! Maria adore la chanson française.
- Et mon fils, Humphrey Bogart, commente Gustavo.
- C'est un Dieu !, s'enthousiasme Claudio. As-tu vu Casablanca ?
- Non, je ne vais pas souvent au cinéma, répond honteusement Giovanni.
- Ah ! Tu devrais, c'est une merveilleuse histoire d'amour entre Bogart et Bergman, ajoute Fiora. D'ailleurs, Claudio se chamaille toujours avec sa fiancée pour faire sa lune de miel à Casablanca. Il irait jusqu'au Maroc l'idiot !
- Ta fiancée ?, s'étonne Giovanni.
- Depuis deux ans déjà. Elle travaille à Marseille et elle est italienne.
- Et toi Giovanni ? Quel est ton passe-temps ? demande Gustavo en tirant sur son cigare.
- J'aime jouer de l'harmonica. Je sais jouer du blues et des tarentelles.
- Du blues !, s'exclame Claudio à tout ce qui lui rappelle l'Amérique.
- Peux-tu nous jouer un air ?, suggère Fiora qui s'est mollement assise sur le rebord du canapé.

Avant même que Giovanni ne donne une réponse, Gustavo appelle sa fille : « Maria, viens écouter ça ! ». Ce jeune garçon va les distraire. Giovanni se lève timidement et se place face à son auditoire. Maria arrive à contrecœur et soupire. Qu'est-ce que ce jeune homme sait jouer ? Lui qui vient d'un village perdu et ne connaît que la mer et le poisson. Les Pacchiano se sont confortablement installés. Maria est restée debout. Elle observe avec un sourire amusé le jeune homme trembloter et sortir maladroitement l'instrument de sa poche. Giovanni est intimidé. Il pose ses lèvres sur l'harmonica et inspire une bonne fois. Domenica prend un air enthousiaste et innocent comme si elle assistait à la messe. Le pêcheur commence à jouer un air de Sonny Boy. Il ferme les yeux et Livourne lui revient. Les émotions affluent. Cette vague de l'âme vient clapoter sur son harmonica comme naguère lorsqu'il jouait sur son *gozzo*. C'était l'infini de la musique, dans ce carcan de la routine. Il rêvait d'ailleurs et sa mélancolie s'embrasait de désir. Des regrets au courage, il lui manquait si peu. Giovanni se laisse envahir par la rage de vivre. Son blues est puissant et grave. Maria le regarde avec étonnement et attention. Elle a fini par être accaparée par le blues et s'assoit sur le canapé. Il y a quelque chose de profond chez cet homme. Il a ouvert les yeux mais son regard est vide. Maria cherche à pénétrer cet homme qui lui échappe tout à coup. Elle promène ses yeux sur son visage. Il est beau. On ne sait pas où il est, là maintenant, on ne sait pas s'il songe encore à ceux qui l'écoutent. Elle comprend ce que c'est qu'un pêcheur, elle comprend cette poésie nécessaire à ceux qui se perdent et s'abîment dans la mer.

- Je n'ai pas vu cet instrument depuis bien des années, conclut Gustavo quand Giovanni remet l'harmonica dans sa poche.
- C'est vrai qu'ils sont assez rares. C'est mon père qui me l'a donné.
- Je trouve ça merveilleux de savoir jouer d'un instrument, insiste Fiora.
- Maria, tu devrais essayer le piano, suggère Gustavo à sa fille.
- Marie, s'il te plaît, et pas Maria.
- Il pourrait jouer à l'église, suggère Domenica.
- Il ne va quand même pas jouer ça à la paroisse, s'énerve Maria.
- Et pourquoi pas ?, dit Fiora avec amusement.
- Giovanni cherche Maria du regard, lui qui n'a pas discuté avec la jeune fille depuis son arrivée :
- Maria, tu apprends le français ?
- C'est Marie et pas Maria. Pour être plus précis, j'écris le français.

- Le français, j'aimerais tellement l'apprendre.
- C'est une langue latine comme l'italien. La langue française s'apprend vite, le réconforte la jeune fille avec un sourire. Et toi, comment as-tu appris à jouer du blues ?
- C'est une longue histoire, mais pour faire court, c'est grâce à un marine de l'armée américaine.
- Américaine ?, s'étonne Claudio.

Les ronflements de la grand-mère empêchent Giovanni de dormir. Son bourdonnement fait vibrer le foyer. Un sentiment de satisfaction et de bien-être s'empare de lui. Heureux de dormir dans un lit propre, il laisse ses yeux se perdre au plafond. Les Pacchiano ont apprécié sa prestation. Il sent qu'il n'a jamais joué avec autant d'intensité auparavant. C'est la première fois qu'il joue du blues depuis son arrivée à Marseille, son rêve s'est réalisé, une fierté s'est éveillée en lui. Son ambition agit dans son imaginaire et l'orgueil a pris le pas sur la solitude. Il se souvient. Après les journées de pêche, il nettoyait son *gozzo* rapidement pour rejoindre Benjamin dans la caserne de la marine américaine. Quand Giovanni arrivait dans le camp de la *U.S Navy*, il demandait timidement « Benjamin » aux gardes de la sécurité. Celui-ci venait l'escorter jusqu'au dortoir des soldats. Giovanni pénétrait fièrement cet espace enfumé où venaient se reposer ces héros d'Amérique. Il se sentait privilégié, lui le petit Livournais que l'on accueillait avec bienveillance. Il était intégré parmi les hommes malgré son jeune âge. On le saluait d'une interjection amicale, on lui proposait une cigarette américaine et même du *chewing gum*. Il les regardait avec admiration, ces grands gars qui jouaient aux cartes et aux fléchettes sur des photos de pin-up. Certains s'installaient à l'écart pour écrire à leur fiancée ou à leur famille. On s'échangeait fièrement les portraits des filles qui les attendaient là-bas. Ça leur donnait du courage. Ça les désennuyait. D'autres faisaient des pompes et des abdominaux. On comptait l'effort et parfois on frappait des mains pour arriver au but. Quelques-uns lisaient des bandes dessinées. Benjamin, c'était le musicien du groupe. Il emmenait Giovanni à l'écart pour lui apprendre le blues. Le jeune garçon le regardait avec adoration. Ben lui avait confié un livret des chansons de Sonny Boy. Le jeune pêcheur s'attelait à repérer les notes et les enchaînements pour pouvoir jouer son premier morceau. Il soufflait dans les cavités de l'instrument avec ardeur devant Ben qui le corrigeait patiemment. Pose tes lèvres comme si tu voulais embrasser une femme et utilise ta langue pour choisir le son, lui mimait Ben en embrassant sa main. Quelle belle manière d'apprendre le blues ! Lui qui n'avait encore jamais embrassé une fille, il s'était bien gardé de le mentionner. Le jeune pêcheur s'endort avec un sourire.

4.

Que va-t-on vouloir de lui ? Sur le parvis de l'église Saint-Antoine, Giovanni attend. Il noue ses lacets. Il se recoiffe. Il fait les cent pas devant la paroisse. Paolo la Débrouille est en retard. Il regrette de s'être embarqué dans ce fichu pétrin. Nerveux, il scrute chaque personne qui entre et sort de l'église. Il dévisage cet homme qui lit son journal, cet autre qui flâne sur la place, il observe du coin de l'œil cette jeune fille qui entre avec empressement dans son immeuble, son panier de commissions à la main. Une vieille femme, venue faire sa prière matinale, sort de la paroisse et jette un regard curieux sur le pêcheur. Sait-elle pourquoi il est là ? Giovanni détourne les yeux. Il a honte. Mais la vieille femme descend les marches et se mêle aux passants sans plus lui prêter attention. L'impatience l'a rendu suspicieux. Ce n'est qu'une fidèle. Une vieille-croyante qui ne s'occupe de rien ici-bas. Comment connaîtrait-elle monsieur Capuani ? Toujours rien, il est pourtant bien au point de rencontre. Il a déjà vérifié maintes fois, revenant sur ses pas, doutant, revenant encore. Il aurait envie de se débiner. Il aurait envie de s'enfuir dans Marseille. Mais ses jambes le retiennent. Il est cloué là. Il n'a pas le choix. Il a été averti : toute fuite de sa part se terminerait par une mort certaine, on le retrouverait et on l'abattrait comme un lapin. Il n'en est pas question. Cela n'en vaut pas la peine. Après tout, on lui donnera certainement de l'argent et le travail qu'on lui confiera ne sera peut-être pas si terrible. Mais que va-t-on vouloir de lui bon sang de Bon

Dieu ? Cette question ne cesse de le tarauder. Il ne sait rien faire. Il ne connaît rien de Marseille. Comment pourrait-il leur être utile ? Giovanni aperçoit au loin un homme qui porte un *montecristi* et se trimballe en mâchonnant une cigarette. Le voilà enfin. Giovanni est soulagé. C'est Paolo la Débrouille.

- Viens, suis-moi ! Nous avons beaucoup à faire !, lui lance-t-il en ôtant son chapeau pour le faire tourner sur son doigt.
- D'accord, réplique Giovanni avec obéissance.
- Je dirai que tu es l'un de mes amis, tu comprends ?
- Oui. Qu'est-ce que je dois dire ?
- Tu ne dis rien. Tu regardes et tu apprends.

Les deux hommes s'acheminent dans les ruelles sinueuses de Marseille. Ils ne disent mot mais leur regard se croise une fois de temps à autre. Paolo la Débrouille n'hésite pas à rassurer d'un sourire complice le jeune homme qui le suit docilement. Ils arrivent enfin à l'angle d'une rue où tapinent quelques filles. Une ampoule rouge pend à l'entrée d'un vieux bâtiment. Giovanni ignore encore ce que ça signifie. Un homme est adossé à la porte. Il attend nonchalamment. Son visage brun semble cuire au soleil. Le jeune pêcheur ne sait pas s'il s'agit d'un guetteur ou d'un veilleur. La sentinelle aperçoit Paolo la Débrouille et se relève paresseusement. Le gaillard donne une accolade amicale à la petite frappe qui lui répond d'un ton sec : « Je viens voir le patron du local. ». Paolo la Débrouille le bouscule avec impatience. À l'intérieur, un gros chauve avachi sur le comptoir fait glisser avec ennui son verre de whisky sur le bar. Replaçant sa chemise dans son pantalon, il aperçoit Giovanni. « Qui est celui-ci ? », demande-t-il. « C'est l'un de mes amis ! », le rassure la petite frappe avec un sourire malicieux. L'homme acquiesce d'un signe de tête la présence de ce jeune homme aux airs timides. Après cette brève introduction, le jeune pêcheur observe les lieux autant qu'il le peut. Il regarde, il apprend. L'atmosphère est pesante, chargée de vapeurs d'alcool. Assises sur de hautes chaises de bar, trois femmes conversent du manque de fréquentation ce mois-ci.

- J'espère que le maigrelet reviendra aujourd'hui.
- Moi, j'attends avec impatience le grand aux yeux bleus.
- Ah ! Celui-là, je ne l'aime pas. Il est un peu cinglé sur les bords.
- C'est parce que tu ne sais pas t'y prendre.
- Regarde-moi celle-là ! Plus que quelques années et on te retrouvera sur le trottoir !

Elles s'esclaffent. Ici, on se taquine avec tendresse, on se caresse et on s'embrasse facilement. Dans cette maison close, l'intimité n'existe pas. On est solidaire, on affronte tout ensemble. On se partage les mêmes hommes et on se raconte leurs caprices. Les hommes deviennent des caractéristiques physiques tels le grand ou le gros. Les filles ne connaissent pas leur prénom. Elles se doivent de savoir les exciter, les faire jouir et les faire revenir. Un homme satisfait et comblé est une source de revenus pour le patron du local qui privilégie et rémunère les prostituées selon leur expérience. Elles ne sont pas dans la rue. C'est déjà ça. Leurs pratiques et leurs habitudes les distinguent des autres filles. Elles peuvent tomber sur des hommes névrosés et tordus. Cela ne les inquiète pas du moment qu'elles obtiennent la protection du patron. Giovanni les regarde. Quelle dégaine ! Le chahut des prostituées s'apaise. Ce sont des rires étouffés et des clins d'œil échangés. Elles reconnaissent Paolo la Débrouille qui négocie. « On vient chercher le biffeton, on dirait ». Gêné, le jeune pêcheur détourne les yeux. Quel bouge ! Le sol est jonché de mégots et des cafards, probablement morts de suffocation, gisent sur le carrelage. Les filles de joie allument cigarette sur cigarette. Cet endroit doit rapporter gros, se dit-il, en remarquant des caisses de whisky et de pastis fraîchement déposées sur ce qui semble être une piste de danse.

- Que puis-je pour toi ?, demande le patron du tripot à Paolo la Débrouille.
- Je viens chercher le *pizzo* de monsieur Capuani.
- Pour ce mois-ci, le *pizzo* s'élève à cent soixante francs

- C'est tout !, le regarde Paolo la Débrouille avec une sidération hypocrite.
- J'ai n'ai que vingt femmes !
- Et l'alcool ?, demande Paolo la Débrouille en jetant un regard sur les caisses.
- C'est vrai, c'est vrai… allez coupons court ici ! Deux cent cinquante francs !
- C'est notre cause, réagit Paolo la Débrouille. On vous assure la protection et le travail.

Le gros homme lui tend deux billets de cent francs et un billet de cinquante francs sous le regard fasciné de Giovanni. Il n'a jamais vu autant d'argent circuler d'une même traite. Qui sont ces malfrats ? La porte du local s'ouvre et un client fait son apparition :

- Je cherche la tenante du bordel, grommelle-t-il en titubant.
- Je suis le propriétaire, lui répond poliment le patron du local. Veuillez choisir une fille. Vingt Francs sans les draps et vingt-cinq avec les draps.

Le brouhaha s'accroît. On entend les prostituées s'exclamer de leur voix éraillée : « Il est à moi, c'est le mien ! ».

Paolo la Débrouille et Giovanni marchent en quête d'un taxi. Les voilà dans une ruelle agitée. La petite frappe arrête d'un signe de main une voiture qui avance lentement dans la rue. Le véhicule s'arrête.

- Où allons-nous ?, demande le jeune pêcheur.
- Suis-moi !, répond Paolo la Débrouille avec un sourire narquois. À la déchetterie s'il vous plaît, lance-t-il au chauffeur.

Assis sur la banquette arrière, Giovanni observe le paysage qui défile par la fenêtre. Des bidonvilles longent la route. Ces villages, montés de toutes pièces, peuvent s'effondrer à la moindre tempête. Les édredons épais qui calfeutrent les fenêtres résistent à peine au vent qui se soulève. La guerre a laissé ses traces et les hommes, pour la plupart travailleurs immigrés à Marseille, ont construit ces campements de bric et de broc. Ils attendent leur intégration dans la population locale. Le jeune pêcheur remarque la fumée qui s'échappe des toits de tôle. Les habitants entassent les déchets dans un amoncellement qu'ils brûlent avec insouciance pour se réchauffer. Un gamin s'amuse à faire rouler un pneu sur le bas-côté de la route. On se divertit comme on peut, on fait passer le temps avec ce que l'on a. Des enfants sautent dans des flaques de boue où se dessinent des traînées blanches de savon. Les mères jettent les eaux usées de leurs bassines dans le caniveau à la fin de leur lessive. Les vêtements se balancent sur des cordes tendues entre deux poteaux. Le jeune homme est pensif. Le voilà complice de Paolo la Débrouille. Que pourrait penser sa mère ? Son fils n'aura pas tenu compte des valeurs qu'elle lui a transmises. Elle serait dépitée. Son fils aurait-il tout quitté pour se mêler à des affaires frauduleuses ? Le véhicule ralentit pour emprunter le chemin terreux qui mène à la déchetterie. Le jeune homme continue de regarder par la vitre. Les bidonvilles ont disparu. Pas un homme. On ne doit pas être loin. Il pense soudainement aux Pacchiano. Deviendra-t-il Judas ? Son regard inquiet se tourne vers Paolo la Débrouille :

- Que dois-je faire ?
- Pour l'instant, je te demande de rester calme et silencieux.
- Combien de jours auras-tu besoin de moi ?
- Je n'aurai pas besoin de toi tous les jours ! Pour l'instant, tu travailles très bien, lui répond Paolo la Débrouille pour le rassurer.
- Nous sommes arrivés à destination, lance le chauffeur de taxi.

Les deux hommes sortent du véhicule et Paolo la Débrouille mène le chemin. La chaleur de l'été n'aide pas. Tout est sale, nauséabond, poisseux. Les *gabians* survolent la décharge. Ces montagnes de détritus exhalent une odeur immonde. Paolo la Débrouille et Giovanni peinent à respirer. Le jeune pêcheur se sert de son bras pour couvrir son nez.

- C'est irrespirable ici !, lance-t-il à Paolo la Débrouille.
- J'ai pris l'habitude, répond la petite frappe.

Les travailleurs enfoncent leurs grosses semelles dans les détritus. Du moins ce qu'il reste de ces bottes en plastiques déchirées par les gravats et la ferraille. Ils trient ce qui pourrait servir d'engrais et ce qui pourrait être vendu aux agriculteurs. Ils essuient leur front perlé de sueur d'un revers de cette main qui plonge inlassablement parmi ces masses informes coagulées par la crasse. Giovanni a la nausée. Il est sur le point de vomir quand il arrive enfin devant un grand bâtiment en brique. L'un des travailleurs appelle son supérieur. Ce dernier se présente dans un costume trois pièces qui dénote avec le paysage fétide et apocalyptique qui l'entoure. Il serre la main de Paolo la Débrouille qui lui lance avec nonchalance en désignant Giovanni :

- C'est l'un de mes amis !
- Enchanté !
- Monsieur Capuani a dû vous informer de notre arrivée ?, demande Paolo la Débrouille d'un ton convivial.
- Oui certainement, je m'attendais à vous voir.

Le patron de la déchetterie sort une liasse de billets du tiroir de son bureau. Il se met à compter. Il est méprisant et fier, déballant cet argent sale comme un jeu de cartes. Il conclut « Voilà pour vous » en tendant les billets que Paolo la Débrouille s'empresse d'enfourner dans son pantalon. « Mille mercis ! Vous avez notre appui et notre soutien ! ».

On reconnaît Paolo la Débrouille à son *montecristi*. À la Belle de Mai, les habitants détournent leur regard respectueusement. Deux femmes, marchant vers leur domicile, remarquent la présence de la petite frappe :

- Regarde, c'est Paolo la Débrouille !
- Et Graziano !
- Non, je pense que ce n'est pas Graziano mais il porte des mocassins bien cirés.

- Peut-être la dernière recrue du patron !
- Espérons qu'il soit plus docile pour le *pizzo* celui-là !

Paolo la Débrouille et Giovanni montent les escaliers d'un immeuble. La petite frappe sifflote tranquillement. Les voilà au troisième étage. Paolo la Débrouille frappe à la porte. Aucune réponse. Pas un bruit. Paolo la Débrouille tourne violemment la poignée de la porte qui lui résiste. « Ouvrez-moi cette foutue porte ou je l'enfonce ! », gronde-t-il. Un vieil homme ouvre. Paolo la Débrouille le bouscule et entraîne le jeune pêcheur dans le foyer. À la vue des deux voyous, le vieux courbe l'échine respectueusement et marmonne d'un ton suppliant :

- Ne vous inquiétez pas ! Nous allons vous donner ! Metodio ! Metodio ! Les *picciotto* sont là ! Le *pizzo* !

On entend un nourrisson crier et pleurnicher dans un berceau de fortune. Une vieille femme frissonne dans son fauteuil, un tricot à la main. Elle observe d'un air hébété le malfrat et son associé. Elle connaît la raison de leur présence. Metodio a plusieurs fois manqué de payer le *pizzo* à monsieur Capuani. La femme de Metodio console le bébé pendant que lui cherche l'impôt qu'il doit au patron. Giovanni regarde autour de lui. Des casseroles pendent au mur de la cuisine et un drapeau italien s'étend au plafond. C'est l'emblème d'une nation. C'est l'emblème d'une communauté. Les familles italiennes se rallient à une force, à un chef puissant. À la vue des bottes d'ouvriers sur le seuil de la porte, les moments de Livourne lui traversent l'esprit. Comme un air de déjà-vu. Comme ses bottes de pêche qu'il jetait au palier de sa porte. Une famille pieuse à l'image de la sienne. Des icônes et des statuettes. Que peuvent-ils espérer ? Cet enfant vient de naître. Cette famille est harcelée par les hommes de monsieur Capuani pour remettre l'impôt. Paolo la Débrouille s'impatiente. Pourtant, ils savent que toutes les fins de mois, il vient le même jour et à la même heure ! Quelle bande de crétins ! Metodio sort enfin de la chambre d'un air effrayé avec quelques billets froissés dans la main. Il les tend délicatement à Paolo la Débrouille qui compte sans scrupule. Fait, il met les billets dans sa poche et gifle le fils devant le père :

- Sans argent, pas de messe ! La prochaine fois que je frappe à ta porte, sois prêt.

Giovanni se prend de pitié pour ce vieil homme qui observe son fils se démener pour le *pizzo*. Embarrassé, il jette son regard sur le sol et se retire avec la petite frappe.

Assis à son bureau en marqueterie, monsieur Capuani attend impatiemment le retour de Paolo la Débrouille et Giovanni. Derrière lui, un tableau de la vierge à l'enfant rend ce lieu apaisant. Monsieur Capuani, lassé d'écrire des formalités administratives et des lettres d'intentions, jette sa plume d'un geste leste sur la table. Il fait tourner son globe terrestre en grondant d'une voix tonitruante : « Où sont-ils ? ». Ses hommes font tout leur possible pour récolter l'impôt et lui met tous ses efforts pour assurer la protection de la communauté italienne. Ces derniers temps, sa demande d'augmenter la paye des ouvriers a échoué. Franz l'Allemand se lève brusquement de sa chaise pour apaiser l'impatience du patron. Il remet délicatement son stylo dans l'étui. Son geste précis témoigne d'une maniaquerie excessive. L'ex-prisonnier de guerre n'aime pas voir son patron se mettre en colère. Peu importent les conditions, tout finit par s'arranger. C'est passager. Les deux hommes vont arriver d'un moment à l'autre. Le patron lance à ses hommes, irascible :

- Préparez-moi la paye pour ce soir !

Graziano sort du bureau du comptable. Il s'agit de montrer au patron son dévouement. Le comptable, dit aussi l'intello, s'occupe des comptes de monsieur Capuani. Tout est répertorié à la moindre lettre, tout est calculé au moindre centime. Tout est mis sur papier. Débordé, il arrange les classeurs sur les étagères et classe les feuilles en une pile qu'il range dans les dossiers. On évite de s'adresser à lui en fin de journée. On le laisse tranquille. Le mâchouillement de Grasso dérange l'intello qui ne s'y retrouve plus pour ranger tous les papiers.

- Je pourrais coller les feuilles les unes aux autres avec ton nougat, dit-il en ricanant à Grasso.
- As-tu fini ?, demande Graziano pressé de prendre sa paye.
- Quelques instants et tu pourras aller t'acheter des chichis, répond-il avec un rire grinçant.

Graziano lui lance un regard agressif. Toujours à ricaner quoiqu'il dise celui-là ! Son cure-dent enfoncé dans la bouche. Quel sale type ! Comment le patron a-t-il pu dénicher un tel homme ? Le comptable travaille pour monsieur Capuani depuis plus de quinze ans. Méticuleux, il remplit toujours ses tâches à temps sauf les jours de paye. Quelqu'un frappe à la porte. Franz pose sa main sur son arme. Ce doit être eux ! Grasso ouvre la porte et Paolo la Débrouille entre dans le bureau suivi de Giovanni. Paolo la Débrouille pose sur le bureau de monsieur Capuani la liasse de billets que l'intello récupère vite pour les compter.

- As-tu rencontré des difficultés ?, demande le patron suspicieusement
- Nous n'avons eu aucune altercation. Tout le monde a donné le *pizzo*, répond Paolo la Débrouille.
- Et le nouveau ?

Paolo la Débrouille lève sa main droite pour faire signe que Giovanni s'est bel et bien intégré au sein de l'organisation. Le patron lui esquisse un sourire furtif et remet sa serviette en cuir à Franz. L'intello tend vingt-cinq francs à Giovanni. La journée touche à sa fin.

5.

À l'usine de tissage, les machines tournent à plein régime. Le fracas empêche les travailleuses d'échanger le moindre mot. Le ruminement des machines retentit sous l'immense halle à en faire vibrer la fenêtre du bureau du chef au premier étage. Du haut de sa passerelle, il surveille avec attention les femmes en rang tel un régiment de la dernière guerre. Ces grosses bêtes infernales vont bientôt les remplacer, songent-elles. L'installation de nouvelles machines anglaises va leur faire perdre le travail dont elles sont si fières. Les femmes n'ont pas peur d'aller chercher du labeur ailleurs. Elles prennent plaisir à travailler entre amies. Des regards se croisent lorsque le contremaître quitte les rangs. Toujours derrière à les surveiller. Il n'a jamais daigné leur esquisser le moindre sourire. Vêtues de blouses blanches ou bleues, les midinettes, comme on les appelle, ont des responsabilités précises et concises. Les tâches sont répétitives. À l'entrée, une dizaine de femmes nettoient et préparent méticuleusement le coton, les longues tiges de lin, le chanvre naturel, la laine encore vierge et la soie. Elles utilisent habilement leurs doigts pour distinguer les longues tiges des courtes. Leur paire de cardes à la main, un deuxième groupe d'employés démêle les fibres textiles d'origine animale et végétale. Ensuite, d'autres filent le tout dans des bobines. Les dernières comme Fiora surveillent les bobines installées sur des râteliers qui distribuent le fil à travers un œillet en porcelaine. C'est l'ourdissage. Fiora adore son lieu de travail. Elle s'assure de se présenter à l'heure tous les matins à l'usine et comme toutes les midinettes, elle a préparé sa tenue de travail avec précaution. Après l'avoir lavé et avant de la repasser, elle a humecté sa blouse dans de l'eau chaude dans laquelle elle a délayé de l'amidon. Quand la blouse est imprégnée de cet apprêt, le tissu même léger est comparable à un tissu de qualité. Cela l'enorgueillit. Elle est une employée exemplaire. Elle ne se lasse pas de faire des heures supplémentaires et aspire à gravir les échelons. Tout ce travail, c'est de l'argent et un kilo de lin représente à lui seul le salaire d'une ouvrière. Elle est responsable, elle est indispensable. Il s'agit de se faire bien voir et elle met un point d'honneur à rester à l'usine quand les autres se hâtent de rentrer. Elle se veut un modèle même dans un travail aussi précaire.

- Restez concentrée, madame Pacchiano, vous faites du bon travail, lui lance le patron de l'usine.

Elle le regarde et lui esquisse un sourire. Pas la peine de répondre dans ce vacarme. Fiora scrute d'un œil vif le fil qui défile sans arrêt au rythme de ses pensées qui la maintiennent debout. Elle se laisse emporter dans les soucis de son quotidien. C'est Maria, sa fille, qui l'inquiète. Maria a dépassé la majorité et il est temps de lui trouver un parti. Maria est compliquée ! Elle ne se soucie guère de son avenir familial et ne pense qu'à entamer une carrière de fonctionnaire. Du moins, elle rêve ! À l'époque, Fiora ne pouvait prétendre au brevet d'études et elle s'est vite enrôlée dans le monde du travail avec l'autorisation de son mari. Les temps sont révolus, mais tout de même ! Maria doit commencer à travailler, à rencontrer quelqu'un. Ses copines ont maintes fois essayé de l'introduire à des jeunes hommes charmants. Mais leurs efforts sont vains. À quoi bon ! Maria ne veut rien entendre ! Bornée, elle ne pense qu'à se divertir dans les cinémas et à pianoter sur sa fichue machine. Le fil qui passe à travers l'œillet en porcelaine se coupe. Fiora sort de ses pensées et éteint les machines à tisser.

- Qu'y a-t-il ?, lui lance le patron du haut de la passerelle.
- Un défaut sur l'un des fils ! Complètement coupé !

- Très bien ! Arrangez-moi ça et relancez les machines.

Giovanni n'est pas si mal que ça et il est italien. Pourrait-il fréquenter Maria ? Pour l'instant, Fiora ne peut juger. Le jeune garçon devrait passer plus de temps au foyer. Alors seulement, elle saura s'il peut combler sa fille. Pour l'instant Giovanni lui plaît. Il est ambitieux. Il a quitté toute sa famille au nom d'une noble cause : le travail. Il paraît bûcheur et loyal. Mais sa fille est trop obsédée à l'idée de rencontrer un Français. Un Français qui ne les comprendrait pas. Un Français qui mépriserait leurs traditions et leurs valeurs.

- À vos marques, prêtes ? Tapez !, lance l'enseignante postée comme une sentinelle sur son estrade.

Toutes les semaines, juste avant la pause du midi, les quarante filles du cours de sténodactylo se lancent ce défi : reproduire un courrier à la machine le plus vite possible. Dix minutes se perdent dans le pianotement intempestif des jeunes filles. Deux surveillantes marchent de long en large dans la salle de cours et repèrent les filles qui pourraient prétendre à devenir fonctionnaires. Leur carnet à la main, elles prennent des notes qui serviront en fin d'année à sélectionner quelques élèves qui ont excellé dans leur niveau de concentration, dans leur comportement et dans leur tenue. Seules deux élues travailleront dans la prestigieuse administration française. Les mentalités ont changé depuis la fin de la Première Guerre mondiale. L'apprentissage du métier de sténodactylo est devenu familier. Les femmes cherchent à s'émanciper par le travail. L'enseignante connaît bien ses élèves. C'est le petit groupe du premier rang qui accapare cependant toute son attention. Il y a Françoise, la plus assidue, la plus curieuse et la plus vive. Sa nervosité lui joue parfois des tours, si elle est habile et rapide, elle fait de nombreuses coquilles et de fâcheux oublis. À côté d'elle, c'est Monique, une tête bien faite. Mais elle devrait soigner son comportement. Tout en elle évoque la nonchalance. L'administration n'aime pas ça. La troisième, c'est Chantal. Celle-ci a bien du potentiel mais elle se décourage trop vite. L'enseignante regarde avec inquiétude la jeune fille qui arrache sa feuille de la machine à écrire et la compresse dans sa main avant d'en introduire une nouvelle et de tout recommencer. La dernière, c'est Maria, une jeune Italienne qui a bien du mérite. Il faut bien avouer que c'est sa favorite. Maria est bien concentrée. Elle n'a plus que quelques minutes pour taper. Elle tape. Elle tape encore plus vite. Elle essaye de ne pas faire des erreurs de frappe. Elle tape. Certaines filles ont arrêté, trop découragées par les plus compétitives. D'autres soupirent. Maria continue. Elle sait ce qu'elle veut. Elle veut être fonctionnaire. Elle n'est pas obligée de travailler mais elle sait que sa place n'est pas au foyer. Le mariage peut attendre ! C'est un but lointain. Elle adore le travail de groupe. Le groupe se soude et lui permet de s'intégrer et d'être tolérée. Elle occupera une place et pas n'importe laquelle. L'enseignante prend son sifflet dans la main sous le regard des filles qui ont abandonné. Maria tape toujours plus fort. L'enseignante siffle trois fois. Tout le monde s'arrête. C'est l'heure de la pause.

Le brouhaha va croissant dans la cour de l'école. Des garçons attendent devant la grille. On les rejoint avec empressement. Ce sont des baisers d'adolescents, on s'expose devant les copines. Les élèves les plus sages se réunissent simplement dans le préau pour commenter le dernier film qu'on a eu la chance d'aller voir ce dimanche. Maria et ses copines se retrouvent comme à leur habitude devant le grand tilleul.

- J'ai trouvé le moyen de me passer de mes bas quand il fait chaud comme aujourd'hui, lance Monique avec un petit sourire malicieux, nonchalamment appuyée contre le mur.
- Ah ! Ça ne m'étonne pas de toi !, réplique Maria d'un ton amusé.
- Il suffit de tracer une ligne le long du mollet, reprend Monique fière de sa trouvaille.

- Mais si l'enseignante s'en aperçoit ? Es-tu prête à prendre ce risque ? Tu serais fichue, tu pourrais dire adieu à l'administration !, s'exclame Françoise avec indignation.
- Quelle rabat-joie ! Il n'y a rien qui puisse la faire sourire celle-là !, lui répond Monique en allumant sa cigarette.
- Ce n'est pas ça mais j'ai le sens des responsabilités. Si je trouve un bon mari, il sera bien content d'avoir une femme à l'administration. Et je compte bien avoir quelques bouches à nourrir.
- Moi j'ai tellement envie d'aller me promener dans les calanques avec mon amoureux..., dit Chantal qui saute sur toutes les occasions pour parler de son nouveau fiancé.
- Ton amoureux ?, s'étonne Maria. Je pensais que c'était terminé entre vous.
- Eh bien non ! Il est si charmant, si attentionné et si beau garçon que je n'arrive pas à le bouder très longtemps.
- Mais va-t-il t'épouser ?, demande Françoise.
- Notre Françoise ne pense qu'au mariage, la taquine Monique en lui soufflant sa fumée de cigarette au visage.
- Bien sûr ! C'est important. Il s'agit de ne pas perdre sa réputation pour un bon à rien coureur de jupons. Qui voudrait t'épouser après ça ?
- Allons bon, toi ce qui t'intéresse c'est la nuit de noces !

Françoise rougit et serre les poings. Monique a l'art de la mettre hors d'elle.

- Calmez-vous les filles, dit Maria.
- Et toi Marie ? Il paraît qu'un beau jeune homme est arrivé chez vous, demande Chantal toujours curieuse des affaires de cœur.
- Raconte-nous !, s'amuse Monique.
- C'est un Italien, répond sèchement Maria.

Sur le chantier en construction, une grue pivote au-dessus des deux bâtiments de six étages. L'ouvrage doit être terminé dans six mois et les travailleurs mettent tous leurs efforts dans l'achèvement du projet. Les Algériens sont chargés d'acheminer de gros sacs de ciment du rez-de-chaussée aux étages supérieurs. Ils n'ont pas les vêtements adéquats et on les entend se plaindre de la poussière qui s'infiltre dans leurs narines et les fait tousser comme des damnés. Embauchés à la journée, ils empocheront quelques francs pour ce travail. Ce sont les moins bien payés. « Ces Algériens ont des bras. », s'exclame l'un des Espagnols qui travaillent aux armatures. Ses compatriotes et lui coupent les grandes barres d'acier maintenues par quelques briques. Il s'agit ensuite de courber les armatures pratiquement à la seule force de leurs bras. Leurs mains sont sanguinolentes, les gants se déchirent vite. À l'entrée du chantier, un conteneur sert de bureau au chef de projet qui boit son café avec impatience. Il faut accélérer la cadence. Le chantier a pris du retard. Il parcourt des yeux les plans affichés devant lui. Si l'on commence le troisième étage aujourd'hui, on rattrapera le retard d'hier. Un contremaître entre :

- Monsieur, les maçons du premier étage ont terminé de poser l'enduit.
- Déjà ?
- Oui monsieur, toutes les équipes ont fini.
- Même celle de Gustavo ? Appelez-le-moi. Appelez-le-moi. Je souhaite lui parler.

Le contremaître sort du conteneur et hèle Gustavo de sa grosse voix rauque. Le voilà enfin. Le chef de projet lui annonce avec une petite tape sur l'épaule :

- Gustavo, vous et votre équipe, vous allez me commencer le troisième étage.
- *Ouffa* !, s'étonne Gustavo. On travaille dur depuis ce matin…
- Gustavo, l'interrompt le chef de projet. Je vous promets une meilleure paye en fin de journée. Ne me décevez pas.

On dirait qu'il n'a pas le choix et sort promptement. Il soupire et essuie son front du revers de la main. Ce n'est pas le moment de se décourager mais mon dieu qu'est-ce qu'il est fatigué. Son dos le fait horriblement souffrir. Allez ! Une petite gorgée d'eau-de-vie et il sera d'aplomb ! Il retrouve son fils qui prépare le mortier : « On monte au troisième ! ». Claudio siffle ses camarades italiens et leur fait signe de les suivre. Parmi les cinq hommes qui les assistent, Giovanni est le moins expérimenté. Il suffoque, encore peu habitué à travailler dans la chaleur et la poussière du chantier. Des gouttes noires suintent sur son visage tel un réservoir d'hydrocarbures qui fuit. Il ne pense alors qu'au billet qu'il recevra à la fin de la journée. « On se dépêche l'ami ! Du nerf ! », lui lance l'un des maçons avec sympathie.

Giovanni se dépêche. Il est en retard. Le cours de sténodactylo est bientôt fini. Il remonte les rues de Marseille en vitesse. En passant par le Vieux-Port, il achète un cornet d'escargots à une *porteïris*. Que va penser Maria de cette surprise ? Il se sent maladroit. Il traverse le centre-ville à toute pompe. Il s'arrête devant une fontaine et passe de l'eau sur son visage. Il se recoiffe d'un coup de peigne dans la vitrine d'une boulangerie. Il essuie la poussière de son pantalon. Le voilà presque présentable. Il finit sa course vers l'école. Il est pressé qu'il en oublie sa peur. Il arpente la rue de l'école en courant lorsqu'il aperçoit Maria et Monique discuter joyeusement sur le chemin du retour. Il ralentit sa marche et feint la nonchalance en rejoignant les deux écolières. « Maria, Maria ! » hèle Giovanni. Surprise, celle-ci se retourne. Elle esquisse un sourire gêné.

- Je ne m'attendais pas à te voir à la sortie du cours.
- C'est une surprise, dit Giovanni en lui tendant le cornet d'escargots.
- Je n'en doute pas et ce n'est pas Maria mais Marie...
- Des escargots ! Comme c'est romantique !, rétorque Monique avec ironie.

Giovanni baisse timidement la tête. Maria ne sait que dire. Elle a peur de blesser le jeune homme. C'est Monique qui les sort de leur embarras : « On va faire un petit tour sur les calanques ? ».

Dans les calanques, le soleil se couche. Les vagues crépitent. Giovanni a enlevé ses mocassins. Il est silencieux. Il n'ose lever les yeux vers elle qui marche à ses côtés et qui occupe alors toutes ses pensées. Il sait qu'elle rêve, absorbée par le paysage. Son ombre s'étend sur les galets gris. Il se sent gauche. En amour, c'est un débutant. Lui, le voyou, il n'oserait donc pas aborder cette Italienne ? Sa candeur et son esprit raffiné le déconcertent et l'intimident. Elle chantonne un refrain de Charles Trenet. Sa voix douce se perd dans le rivage. Giovanni aimerait que ce moment dure infiniment. Pourquoi la vie n'est-elle pas faite de ces seuls instants où l'on se sent bien, à marcher à côté de celle qui nous plaît ? Le soleil lui réchauffe la nuque. Son regard vient enfin croiser celui de Maria. Elle sourit. Elle s'arrête de chanter, sans s'en rendre compte, sa voix s'est éteinte et ses grands yeux bruns ont découvert quelque chose de nouveau. Elle ne connaissait pas cette tendresse dans le regard du jeune homme. Il rougit. Il aimerait tant l'embrasser. Il est pétrifié. Il bredouille quelques mots insensés. Elle rit. Elle lui prend la main, comme pour le rassurer. Ils continuent de se promener sans mot dire. Il se fait tard.

Au foyer des Pacchiano, Domenica accueille ses amies pour un jeu de tarot. Les vieilles femmes remplissent ainsi leur journée lorsque les hommes travaillent et que la maison est vide. Domenica sert le café dans un beau service en porcelaine. Attachée aux traditions, elle met un point d'honneur à bien recevoir. L'hospitalité est la vertu la plus importante des bons catholiques. Ernestina bat les cartes de ses longues mains pleines de bagues qui cliquettent. À l'étroit dans son tailleur rose pâle, c'est la plus élégante et la plus guindée des vieilles femmes. Elle parle peu, très absorbée par le jeu. C'est l'adversaire la plus redoutable et elle n'est pas dupe des tricheries de Domenica. Cette dernière tient pourtant les comptes aujourd'hui puisque c'est elle qui reçoit. Il s'agit de garder un œil sur elle. Ernestina a fini de distribuer les cartes et Marta se saisit de son jeu d'une main tremblante. On fait mine de ne rien voir, la pauvresse n'est plus très en forme. Elle perd même la tête ces derniers temps.

- D'où vient ce beau service en porcelaine ?, demande-t-elle à Domenica.
- Il vient du mariage de Fiora. Tu le sais bien.
- Ah ! J'avais complètement oublié !

Leopoldina lance un sourire à Domenica. Ce n'est pas la première fois que leur amie s'enthousiasme pour le service à thé. Leopoldina, elle, n'oublie jamais rien. Sa mémoire est une plaie. Elle répète tout ce qu'on lui dit et tout ce qu'elle voit. Elle n'omet aucun détail et a l'art de rendre les anecdotes les plus insipides croustillantes à souhait. Ses amies aiment à se distraire en sa compagnie des histoires de la Belle de Mai. Elles s'inquiètent cependant quelquefois à l'idée qu'elles pourraient devenir à leur tour l'objet de ses quolibets. « On n'a pas des yeux dans le dos et elle a la langue bien pendue ! », se disent-elles en son absence.

- Il paraît que le boucher s'est marié !, lance Leopoldina en jetant un atout sur la table.
- Sa femme est-elle italienne ?, demande curieusement Marta.
- Ça, personne ne sait !
- Si elle était italienne, tout le monde l'aurait su, dit Domenica avec méfiance.
- Domenica a raison ! Italienne ou Française ! Qu'est-ce que cela peut vous faire ?, s'indigne Ernestina.
- Si elle était française, le boucher gagnerait plus d'argent !
- Peu importe, soupire Domenica
- On dit que la nationalité française va être accordée à certains Italiens de la Belle de Mai, affirme Leopoldina.
- Qui a dit ça ? Je me méfie de ces on-dit qui reviennent souvent sur la table, dit Domenica.
- Moi je serai toujours italienne, répond Marta. Je n'aime pas jouer à droite à gauche.

- Ce n'est pas une question de triche, réplique Ernestina. Ça promet pour des salaires plus élevés !
- Entre argent et patrie, moi j'opte pour la nation, lance Domenica avec assurance. Ce n'est pas le cas de ma fille qui aurait opté pour la nationalité française.
- *Ouffa* ! En voilà une chose !, dit Marta.
- Et encore plus le choix de ma petite fille Maria, soupire Domenica.

Quelques heures s'écoulent et les vieilles femmes terminent leur jeu de cartes. Elles quittent le foyer des Pacchiano l'une après l'autre sous prétexte que la famille de Domenica va bientôt rentrer. Domenica serait offensée si elles partaient toutes en même temps. Elles se reverront le dimanche à l'église pour prier. Domenica se retrouve seule. Elle va préparer le dîner avant que la famille ne rentre.

6.

« Maman,

Comme tu vois, je ne t'ai pas oubliée. Quatre mois déjà que je suis à Marseille. Le temps est passé vite, j'ai eu tant à faire, j'ai eu tant à apprendre et à découvrir. Marseille est grande. Elle m'a étourdi d'abord, puis elle m'a enchanté. Je m'y sens libre. L'anonymat a quelque chose d'exaltant. Livourne est un bourg comparé à Marseille. Je crois qu'il me serait impossible d'y vivre maintenant, je m'y sentirais enchaîné à une vie trop étroite. Ici, on peut trouver du travail, on peut tenter sa chance. Il y a beaucoup d'Italiens à Marseille. Je ne suis pas trop dépaysé. Nous les Italiens, on vit en communauté, on se serre les coudes, tous confinés dans le quartier de la Belle de Mai. Les Français nous appellent les « babi ». On voit souvent des affiches dans la rue : « Immigrés italiens dehors, travailleurs français ! ». Quelques escrocs m'ont même proposé une fausse carte d'identité si je soutenais le parti socialiste. Mais avec mon accent à couper au couteau et mon peu de vocabulaire, ce n'est pas demain la veille qu'on cessera de m'appeler « macaroni ». Ces sales gens ne doivent pas connaître notre cuisine pour en faire une insulte ! Ton *cacciucco* me manque, nos longues discussions aussi.

Ici, je vis chez les Pacchiano, une famille originaire du Piémont qui s'est bien intégrée en France. C'est amusant de voir la rencontre des deux cultures. On commence sa phrase en français, on la finit en italien. On mange ses spaghettis et l'on sauce avec du pain français. Il faut dire que les Français et les Italiens sont cousins. Il ne m'est pas si difficile d'apprendre la langue du pays, d'autant plus que Maria, la petite fille Pacchiano me l'enseigne le soir. Elle est bien patiente avec moi et me fait répéter comme un perroquet de quoi tenir une conversation. Mes conversations en français sont encore assez plates mais je peux faire le marché ou me présenter sans passer pour un idiot. Claudio, son frère, m'a d'ailleurs présenté à plusieurs de ses amis pour une partie de pétanque. C'est un jeu d'adresse, il s'agit de lancer des boules d'acier le plus près possible d'une petite boule de bois appelée « cochonnet », ce qui désigne un petit porc, Claudio n'a pas su m'expliquer pourquoi. Malgré mon habileté naturelle, il faut bien avouer que je me suis ridiculisé. Je n'ai pas marqué un seul point et il s'en est fallu de peu que j'assomme l'un de mes camarades d'une de mes boules. Pour couronner le tout, j'ai dû me soumettre à une tradition barbare et « faire fanny ». On m'a fait embrasser le cul d'une grosse fille peinte sur un tableau de bois. Tout le monde riait et malgré ma honte, j'ai bien fini par rire avec eux. Après tout, c'était peu cher payé pour me faire de nouveaux amis. On a bu du pastis toute la soirée à s'en faire tourner la tête et on a chanté dans les rues comme des bienheureux. Le pastis, c'est le *Limoncello* de Marseille. Si tu avais vu ton Giogio rond comme une queue de pelle, tu l'aurais ramené par le col jusqu'à la maison ! Mais ici, ce n'est pas Fiora ou Gustavo qui me ferait la leçon. Gustavo, le chef de famille, passe tout son temps libre dans les cafés. Quand sa femme le convainc de rester à la maison, l'ennui le pousse à finir toutes les bouteilles de pastis ou de vin. Si Fiora est indulgente, la brave femme aime son mari, Domenica, la grand-mère, le regarde avec un mépris à vous glacer le dos. Cette vieille bigote est insupportable. Elle nous supplie chaque soir, Claudio et moi, de jouer avec elle au tarot et quand on a la trop grande bonté d'accepter, on le regrette vite. La vipère ne peut s'empêcher de tricher. C'est presque maladif. Heureusement,

Claudio est un bon camarade et nous avons plus d'un tour dans notre sac pour contrer la sale tricheuse. Elle est sourde d'une oreille et sa vue est assez basse, ce sont deux informations que nous savons mettre à profit ! Hier fut notre apothéose, je ne me souviens pas n'avoir jamais autant ri ! La pauvre femme croyait mener le jeu avec une coupe franche à cœur et beaucoup d'atouts mais c'était sans compter sur ce nouveau langage que l'on a appris à perfectionner Claudio et moi : nous faisons semblant de chanter pour nous communiquer le contenu de nos cartes. La vieille sourde croit que l'on fredonne des tarentelles et se fait battre à plate couture ! Elle invoque le Bon Dieu ne comprenant pas sa malchance ! Elle se voit humiliée et prétexte un mal de crâne pour ne pas terminer la partie. Pour fêter ça, Claudio a ouvert une bouteille de vin français et nous avons parlé toute la nuit. Le réveil ce matin a été bien difficile ! Je travaille sur un chantier avec lui et son père et les journées sont dures. On travaille avec des Arméniens, des Turcs et des Marocains. On entend toutes les langues, on se croirait sur la tour de Babel ! Malgré cela, on se comprend, on partage notre repas, notre café et notre vin. Cela me change de la solitude de la pêche. Papa aurait aimé cela, cette solidarité.

Je sens que mes yeux se ferment, il est plus de minuit. J'ai encore tant de choses à te raconter, je continuerai cette lettre demain.

Me voilà de retour maman, je vais te raconter Marseille. Ici, tous les métiers existent, on se fait de l'argent de tout et même des moindres choses. Imagine-toi que le réparateur de casseroles, qu'on appelle ici le « ferblantier », travaille nuit et jour et arrive à trouver ses clients, des ménagères aux cuisiniers. Il y a aussi le marchand de couleurs, celui qui vend des clous au poids. À mon arrivée sur le Vieux-Port, j'ai vu le rémouleur qui aiguise le couteau des marchands. Et dis-toi que le samedi matin, à la Belle de Mai, nous sommes réveillés par le marchand de glace, Papa Polo, qui annonce son arrivée en faisant sonner sa grosse poire en caoutchouc. Samedi dernier, Maria a insisté pour que je goûte la glace à la pistache, c'est sa préférée. Papa Polo a coupé devant nous un gros bloc avec son pic à glace. On s'est dépêchés de rentrer, la glace dégoulinait sur nos doigts. On l'a dévorée comme des enfants sans même en laisser à Claudio. Elle avait raison, il fallait absolument que je la goûte ! Maria s'est moquée de moi, j'en avais partout. Et pour me venger, je lui ai dessiné une belle moustache à la pistache. Ça ne lui allait pas si mal ! Le lendemain, je suis allé voir les plongeurs du port. Il faut dire que l'on a bien sympathisé. Ils sont tous italiens et je prends plaisir à parler avec eux la langue de mon pays. Ils ont du mal à croire que j'ai pu être pêcheur. Me reconnaîtrais-tu ? Le dimanche, je porte un costume de ville et j'ai vraiment l'air d'un monsieur. Sans ce fichu accent, on me prendrait pour un vrai citadin, pour un vrai Marseillais. Cela ne va pas sans déplaire à Maria qui me regarde avec des yeux de plus en plus doux. Nous sommes allés nous promener dans les calanques avec ses copines la semaine dernière. C'est plus impressionnant que l'île de Gorgone. On est descendu sur la plage et on a marché au bord de l'eau. On était pieds nus. J'aime sentir le sable sous mes pieds, c'est un plaisir que je ne manque pas de m'accorder régulièrement ici. Souvent, je me promène seul, je rêvasse, je joue de l'harmonica et je pense à toi. Mais là, j'étais bien trop sollicité. Monique, l'une des copines de Maria, ne cessait de me provoquer, comme à son habitude. « Ah ! Quel bel Italien ! Quel macho », qu'elle me disait. Bien sûr, ça me faisait rougir, surtout devant Maria. Qu'est-ce que je pouvais lui répondre ? Je n'allais quand même pas être impoli et faire honte à Maria. J'étais assez mal à l'aise mais j'avais une bonne raison de quitter leur compagnie. J'avais promis à Claudio de l'accompagner au cinéma. On est allés voir *Les passagers de la nuit*, Claudio le connaissait déjà par cœur, c'était la troisième fois qu'il allait au cinéma cette semaine. Humphrey Bogart est son idole. C'est un acteur américain très élégant qui porte son chapeau et fume des cigarettes comme personne. J'aime bien aller au cinéma à Marseille, c'est le rendez-vous des jeunes mais surtout des amoureux. Qui sait ? On m'y verra peut-être un jour aux bras d'une jolie fille. Tu m'imagines maman ?

J'espère que tu te portes bien. Les fêtes de Noël approchent. J'aurais aimé être à tes côtés. La vie ne doit pas être facile sans mon père. J'espère que tu t'en sors sans papa. Tu passeras le bonjour à Valentina.

Je t'embrasse dans mon cœur.
Ton Giogio. ».

7.

Le taxi s'enfonce dans le dédale des rues de Marseille. Il pleut. Giovanni observe les gouttelettes qui se figent sur la vitre. On ne voit rien de la ville plongée dans l'obscurité. Paolo la Débrouille compte frénétiquement les billets qu'il a empochés ce soir. « On va bien s'amuser », dit-il à son complice. Giovanni acquiesce d'un sourire fatigué. La journée a été dure. Il se sent lourd et poisseux. Il a besoin de quelque paradis artificiel pour se laver l'esprit. La voiture s'arrête enfin. Les deux hommes descendent et entrent dans le tripot.

Giovanni traverse le tripot et s'écarte du brouhaha ambiant et de la lumière vive des chandeliers qui l'étourdissent. Il arpente un couloir recouvert d'un tapis rouge et flanqué d'une série d'alcôves. À l'intérieur, des lustres égyptiens éclairent d'une lumière rougeâtre les hommes qui fument l'opium. Giovanni est aimanté par le ruissellement de la fontaine qui domine le couloir sur son trône de marbre. Il plonge sa main dans la vasque. Il regarde l'eau s'enfuir entre ses doigts. Un souvenir lui revient. Stella l'avait poussé dans la fontaine de la villa florentine. Le temps a bien passé. Comme il était innocent. Il entre dans la dernière alcôve inoccupée. Deux matelas drapés de soie rouge se perdent au milieu des coussins brodés. Tout ici évoque le faste oriental et la décadence. Il vient s'étendre et allonger ses jambes fourbues.

Ses yeux se perdent sur le papier peint écarlate subtilement moiré. Un tableau appelle son attention alors qu'il dépose les graines d'opium dans la pipe. Les chameaux traversent le désert écharpé par une tempête de sable. Devant eux, deux Bédouins avancent péniblement pour fendre l'air qui fouette leur visage. Cette vieillerie orientaliste le laisse rêveur. Il se sent comme ces hommes, luttant contre on ne sait quel destin que leur a réservé le Tout-Puissant. La vie est un long chemin. Il pense à la légende que lui racontait sa mère quand il était enfant, à cette famille de pauvres pêcheurs qui inventa le *cacciucco*. Il faut se battre. Mais aujourd'hui, il a besoin de puiser sa force dans un peu de rêve. Il sort son harmonica de sa poche et le fait tourner entre ses doigts. Il regarde sa surface argentée reluire et rougeoyer. Son instrument l'a suivi partout. Il a brillé sous le soleil de Livourne et maintenant il s'imprègne de la fumée blanche qui s'échappe des pipes. Il entend les marins de l'alcôve voisine fumer la drogue des poètes. Les longs périples en mer peuvent rendre fous. On veut se purifier l'esprit. L'un d'eux salue Giovanni cordialement : « Ciao Giovanni ! Cela fait un bout de temps qu'on ne t'a pas vu ! ». Le jeune homme esquisse un sourire. Il détourne la tête et inspire une nouvelle bouffée. Il n'a pas envie de discuter. Il se sent d'humeur mélancolique. Ses paupières sont lourdes, ses pensées deviennent volatiles, elles viennent à lui et s'enfuient aussitôt. Cet entre-deux lui plaît. Entre le rêve et la réalité. Tout lui paraît plus limpide. Une chaleur moite l'envahit. Elle le berce et le console. Alors qu'il est sur le point de s'endormir, il entend des rires sardoniques résonner contre ses tempes. Le regard des deux marins le transperce. Ces salauds se moquent de lui. Ils se tordent de rire. Ils se bidonnent. Giovanni se lève pour leur montrer qu'on ne peut pas se moquer impunément de lui. Mais une fois debout, il se rend compte que les deux marins dorment. C'est son esprit qui divague. Il a froid et pourtant il transpire. Ses pensées se perdent. Le ruissellement de la fontaine s'intensifie, comme si l'eau coulait à ses côtés. Son gazouillis est hypnotique. Il aperçoit une eau sombre se répandre dans l'alcôve. Il entend le clapotis des vagues et le vent du large siffler à ses oreilles. Ses mains s'agrippent aux draps de soie. Il s'endort.

Le voilà en pleine mer. Le *gozzo* navigue et fend calmement les eaux. L'horizon est lointain et le phare du littoral disparaît. Un vautour se pose sur l'œil protecteur. Giovanni observe le grand charognard qui se tient impassible devant lui. Le regard jaune de la créature l'étourdit. Le jeune pêcheur relève une rame pour chasser le rapace. Celui-ci s'envole dans un grand clappement d'aile pour s'agripper sur un corps ballonné qui flotte. Du sang s'échappe de la gorge en une traînée mousseuse. Giovanni reconnaît la prostituée que Paolo la Débrouille avait giflée parce qu'elle refusait de payer le *pizzo*. Le charognard dévore les yeux de sa proie en croassant. Giovanni se prend de frayeur. Il n'avance pas. Il ne sait pas où est la côte et l'horizon est partout. Des nuages rougeâtres s'amassent dans le ciel. Une main s'agrippe à l'avant du bateau et Giovanni sursaute. Une tête se relève. « Papa ! ». Le visage se fend d'un sourire. Un filet de sang coule sur son front et il éclate de rire en retombant dans la mer bouillante. La foudre fracasse le *gozzo*. Le voilà ligoté dans l'entrepôt où il est arrivé à Marseille. Un ruban adhésif sur sa bouche l'empêche de parler. Franz l'Allemand pointe son révolver sur lui.

- *Ausgezeichnet* !, dit-il en appuyant sur les syllabes.

Franz l'Allemand se lève de sa chaise et s'avance vers le jeune pêcheur. Il lui ôte brusquement le ruban adhésif. Il sort une corde de sa poche et la glisse autour du cou de Giovanni. Il le gifle.

- Parle maintenant. Alors comment s'appelle la fille ?
- Maria. Maria Pacchiano.
- Comment s'appelle la fille ?
- Les Français l'appellent Marie.

Franz l'Allemand éclate de rire. Ses yeux bleus sont plus froids que jamais. Il pointe la *beretta* sur la tempe de Giovanni. Il le regarde fixement et appuie sur la gâchette. Le coup retentit.

Giovanni s'agite sur son matelas, enroulé dans le drap de soie. L'alcôve semble se mouvoir au milieu des vapeurs d'opium. Une main saisit son bras. C'est une caresse venue de l'au-delà. Ses yeux s'ouvrent sur un visage inconnu et pourtant étrangement rassurant.

- Il m'a semblé que vous cauchemardiez.

Giovanni est surpris par cette apparition. De grands yeux améthyste sont penchés sur lui. L'homme est assis sur un coussin et fume sa pipe. Giovanni se sent encore engourdi. Il ne sait si cet homme est bien réel.

- C'est un bien bel harmonica que vous avez là, continue l'homme d'un air tranquille.

Cette façon de parler charme le jeune homme. Sa voix est suave. L'inconnu est d'un raffinement absolu. Giovanni observe la chevalière qu'il fait tourner autour de son doigt.

- C'est un lion. C'est le blason de ma famille. Vous n'êtes pas d'humeur à bavarder jeune homme.

Giovanni lui sourit. Il n'ose répondre. Il ne voudrait pas le décevoir. Il saisit son harmonica pour entamer un air de blues. Enivré par les effluves de jasmin qui émanent du bel inconnu, Giovanni improvise une mélodie langoureuse. Le temps semble suspendu. Chaque note résonne dans l'alcôve, comme étirée infiniment. Les deux hommes se regardent et leurs yeux se superposent. Giovanni sent le poids de ses épaules se dissoudre dans les vapeurs d'opium. Son esprit est tout à cet homme qui lui sourit. Paolo la Débrouille entre dans l'alcôve et le tire de ce rêve éveillé : « Allons jouer aux cartes ».

Paolo la Débrouille et Giovanni s'assoient autour d'une table pour entamer un jeu de *scopa*. Face à eux, le croupier, dont le visage blême et impassible se détache de l'obscurité, brasse les cartes entre ses gants blancs. Un homme prend place avec eux. C'est un habitué. Il a la réputation de garder son sang-froid et de perdre beaucoup d'argent avec une dignité qui suscite le respect. Il caresse nerveusement sa longue moustache. Le croupier étale quatre cartes qui viennent trancher la nappe rouge sur laquelle tous les yeux sont rivés. Les joueurs relèvent l'encoignure des trois cartes qui leur ont été distribuées. On a misé vingt francs. Le croupier observe, ils ne montrent rien de leur inquiétude. Ce sont de menus détails qui les trahissent. Paolo grince des dents, Giovanni se gratte l'oreille impatiemment et le troisième continue de lisser sa moustache entre le pouce et l'index. Le temps est long. Les cartes vont et viennent sur la table et l'on mise de plus en plus gros. La cire de la bougie s'amenuise et coule le long du candélabre. Giovanni observe la petite flamme trembloter. Paolo la Débrouille se voit détroussé de tout son argent. Il abandonne piteusement la partie et s'éloigne sans mot dire. Leur adversaire est coriace, il est bien décidé à ne pas se débiner. Le croupier continue de distribuer les cartes, statique et rigide dans son costume rouge, comme un automate que la nuit qui avance ne peut enrayer. Giovanni le regarde comme s'il s'agissait d'une créature inhumaine. Il tient le destin des hommes entre ses mains gantées. Son flegme est son métier. Le jeune homme est resté ainsi plusieurs heures à dépenser son argent, à jouer son salaire, à miser sa chance. Mais l'ennui qui s'est installé depuis le départ de Paolo la Débrouille le pousse finalement à partir. Il quitte cette atmosphère pesante pour rejoindre le sous-sol.

Un garde surveille les hommes qui montent et descendent. Giovanni lui glisse un billet dans le revers de la veste. « Bonne chance ! », lui murmure discrètement le garde. Giovanni descend l'escalier métallique qui mène aux sous bassement du tripot. On entend des sifflements et des cris. Attroupés autour d'un tapis rouge, les hommes gueulent comme s'ils assistaient à un combat de coqs. Ils s'agitent en bras de chemise et en marcel blanc dans cette atmosphère moite. Ils crachent par terre, ils sifflent entre leurs doigts, ils se huent et se bousculent. C'est un vrai wagon à bestiaux. Un petit Espagnol maigrelet retrousse ses manches en criant : « À mon tour de lancer les dés ! À mon tour ! ». Il se donne en spectacle devant l'assemblée hilare. Cette demi-portion sait amuser la galerie. Un homme surveille les jeux, avachi sur sa chaise comme un pachyderme maussade. Il est en réalité un homme dangereux que personne n'oserait défier. Il compte les points, départage les joueurs et fait sortir les perturbateurs. Ratto, le plus radin des joueurs, d'où son surnom de rat, entre dans la partie. Il confronte le petit Espagnol en jetant une pièce d'un franc sur le tapis rouge. On éclate de rire, la mise de Ratto est faible. Giovanni rejoint Paolo la Débrouille et Graziano qui regardent le spectacle. Grasso plonge ses grosses pattes dans son sac de noix. Ses babines molles broient le tout bruyamment. Giovanni observe avec dégoût ce cochon dévorer sa ration et jette un billet sur le tapis : il veut parier. Ratto égalise la mise de quelques pièces et crache bruyamment par terre pour intimider ses adversaires. L'Espagnol continue de gesticuler sous les huées de ses camarades. Giovanni reste digne et arbore un sourire méprisant. Paolo lui donne une grande tape dans le dos : « Allez mon gars, je mise sur toi ! ». Grasso ne moufte pas. Il regarde la scène d'un air placide. Il ne mise jamais mais le spectacle le distrait. Le juge donne le signal de départ. L'Espagnol lance les dés. Le score n'est pas terrible. Ratto roule des mécaniques et jette les dés sur le tapis d'un geste viril. Un quatre et un trois. On se moque de lui. Le radin va-t-il perdre son argent ? C'est au tour de Giovanni.

- Allez ! Montre-nous ce dont tu es capable ! dit l'Espagnol en ricanant.
- Ne t'inquiète pas ! Le jeu, c'est le jeu !, répond Giovanni.
- Allez ! Allez ! Prêt à perdre !, lui souffle au visage Ratto.
- Je ne peux pas lancer les dés ! Ton haleine fétide est insupportable !
- Oh ! Chaque fois que tu viens, c'est la même chose !
- Retire de ma vue ton argent ! Ça porte malheur !

Les hommes s'esclaffent. Giovanni les amuse et ne manque pas d'apporter plus d'humour au jeu. On rigole bien et on attend que le jeune malfrat lance les dés. Giovanni fait durer l'instant. Il fait sautiller les dés dans sa main. Il recule, prend son élan et lance les dés. Paire de six ! L'attroupement hurle de joie ou de dépit. On se bouscule, on s'arrache les billets des mains, on se pousse et on se dispute. Giovanni gagne et empoche la mise. Au milieu des huées, l'Espagnol lève la tête au ciel et hurle rageusement un « *hijo de puta* ! ». Les dés sont pipés, Giovanni a triché. L'attroupement se calme et le silence règne. Plus un mot, plus un cri. On le regarde avec des yeux cruels. « Qui a dit *hijo de puta* ? », demande le juge. L'attroupement se dissipe mais le juge ventripotent calme le jeu. Les joueurs mettent à terre l'Espagnol et le rouent de coups de pied. Un coup par ci. Un coup par là. Ils le sortent et le jettent hors du tripot. Sa bouche est ensanglantée. « Qu'on ne te revoie plus ! », le menacent les parieurs. Giovanni laisse Paolo la Débrouille et Graziano sur le jeu de dés. Il s'échappe discrètement.

Giovanni pénètre le petit salon capitonné de soie et meublé d'indiscrets, de boudeuses et de causeuses à l'ancienne mode. De grands lys blancs embaument l'air. Parmi les fleurs et dans la lumière des chandeliers, quelques femmes conversent. Ce sont les prostituées du lieu. Elles se racontent leur vie et leurs petits malheurs. La misère affective se dispute à la misère matérielle. À la vue de Giovanni, on s'interrompt. Elles font glisser leurs jambes et redressent leur chignon. Les robes fendues laissent entrevoir leurs jolies cuisses habillées de résilles. Elles sont élégantes pour des filles de joie. Leur maquillage n'est pas trop criard et leur parfum n'est pas trop relevé. Giovanni s'avance vers elles en habitué, soutenant le regard de sa favorite.

- À mon Dieu Giovanni, où étais-tu ?, lance Zézette en ajustant son caraco qui dévoile sa poitrine encore fraîche.
- Peut-être qu'il ne veut pas de tes seins qui pendent !, réplique la jalouse aux cheveux décolorés qui se tient à ses côtés.

- Mais de quoi je me mêle, est-ce que tu as vu ton allure ! Tu n'as pas dégoté un client ce soir !

Giovanni s'amuse des querelles qu'il suscite. C'est autant pour son argent que pour son joli minois et ses bonnes manières. Les hommes les plus riches ne sont pas toujours les plus élégants en la matière. La favorite rejoint Giovanni et rougit en lui prenant la main. Cette marque de pudeur et de timidité lui plaît, même s'il s'agit peut-être d'un symptôme de quelque maladie vénérienne.

- Allez viens mon Italien, lui dit Zézette en enlevant son chapeau. On fait comme d'habitude.

Elle écarte le lourd rideau de velours rouge. Ils entrent dans la chambre. Giovanni s'assoit sur le lit à baldaquin. Il déboutonne sa chemise et la laisse glisser le long de ses épaules. Zézette allume une bougie à leur chevet. Ce jeune homme aime faire la bête à deux dos à la lueur d'une flamme. Elle chevauche son amant qui s'est allongé sur le ventre. Elle esquisse des caresses et des baisers sur son dos. Il aime la douceur de ses mains habiles, ses caresses d'experte. Ses doigts le chatouillent. Des frissons lui parcourent le dos. Elle sait faire monter le désir. Elle sait se rendre irrésistible. Ses ongles s'enfoncent dans sa chair à la manière d'un félin. Giovanni ferme les yeux. Il est tout à ses caresses. Il ne pense à rien. Il sent sa peau se dresser, s'échauder, s'électriser. Il respire le parfum de celle qui se penche pour lui lécher l'oreille et en mordiller le lobe du bout des dents. Ce sont des senteurs de roses et de violettes qui contrastent avec cette femme sulfureuse d'une cinquantaine d'années. Elle saisit le bougeoir et laisse tomber une goutte de cire. Giovanni se crispe, ses poings se serrent. Elle en fait tomber une autre. Les gouttes s'enfoncent dans la chair. Il se retient de crier. Un visage apparaît dans son esprit, celui de l'homme mystérieux qui l'a réveillé dans l'alcôve. Effrayé, Giovanni se retourne violemment et fait tomber Zézette. Elle se relève, étonnée. « Tout va bien mon beau ? ». Le jeune homme ne répond pas et déboutonne son caraco. Ses seins blancs et laiteux glissent entre ses mains. Il en mord le bout rosé. Elle souhaite lui faire une danse. Elle se déhanche et relève sensuellement sa jupe qui laisse entrevoir ses deux jambes charnues. Elle délace l'arrière de sa jupe. Le jeune homme se déshabille en vitesse et l'invite à le rejoindre. Zézette trouve son regard tristounet aujourd'hui. Qu'est-ce qui lui prend ? On l'a connu plus ardent ! S'est-il lacé de la voir ? Zézette remarque que le jeune homme est ailleurs. « Quelque chose ne va pas ? », lui murmure Zézette au creux de l'oreille. Son esprit divague. Il pense à l'homme à la crinière noire de l'alcôve. Elle se met à quatre pattes. Il lui caresse les fesses. Il laisse ses mains parcourir son corps. Les flancs de Zézette ondulent à la lueur de la petite flamme et ses cheveux châtains ruissellent entre ses doigts. Elle respire fort et serre les poings. Un instant s'écoule. Il se retire et se couche sur le lit. « Qu'est-ce qui ne va pas ? », lui murmure Zézette. Quelque chose l'obsède. Il n'arrive pas à prendre son plaisir. Il ne veut pas laisser sa jouissance partir. Il attend quelques instants sur le lit et Zézette s'allonge à ses côtés. Impatiente d'achever sa séance, Zézette lui demande s'il souhaite reprendre. Il se retire et enfile son pantalon.

- Mais où vas-tu ?
- Je ne peux pas !, dit-il en sortant de la chambre.
- Mon argent saligaud !

Il se précipite dans l'alcôve. L'homme à la crinière noire n'est plus là. Mais son parfum flotte encore dans l'air. Il faut le retrouver. Cette rencontre est liée à son destin. Il le sait. C'est la Providence qui est venue vers lui. Il doit percer ce mystère, il doit résoudre cette énigme. Giovanni revient sur ses pas, cherche des yeux l'étrange inconnu. Où peut-il bien être bon Dieu ? Il n'aurait pas fait cette rencontre pour rien tout de même ! Il ne pourrait lui échapper aussi bêtement !

- Qu'est - ce qu'il y a l'ami ? Tu as l'air perdu !, lui lance un marin.
- Je cherche quelqu'un, un grand maigre aux cheveux longs qui a des allures d'aristocrate.
- Il vient de sortir de l'alcôve.

Il se rue à la sortie du tripot tout en bouclant sa ceinture. Il court dans la ruelle comme un dératé. Au loin, à la lueur d'un réverbère, une silhouette de dandy se distingue, s'engouffrant dans la ruelle.

- Monsieur ! Monsieur !, crie Giovanni essoufflé.
- Oui, répond l'homme avec surprise et satisfaction. Ai-je oublié quelque chose ?
- Non, c'est moi Giovanni. J'étais dans l'alcôve et vous m'avez sorti de mon sommeil.
- Vous me sembliez familier.
- J'ai besoin de vous parler.
- Retrouvez-moi chez Fonfon, dimanche, pour une bouillabaisse.
- Au fait, comment vous appelez vous ?
- Aleksander ! Aleksander Spielman !

Giovanni marche dans les rues de Marseille. Il veut juste respirer l'air frais de bon matin. Il ne sait pas où il va et avance d'un pas bercé. Le brouillard rafraîchit après cette soirée au tripot. Il pense à Aleksander Spielman. Son regard bleuté lui a transpercé l'esprit. Ses cheveux noirs ont dégagé un parfum jusqu'ici inconnu. Cet homme, habite-t-il la Ville lumière ? Il doit être cinq heures du matin. Giovanni fatigue et traîne son corps sur les pavés de la Belle de Mai. Les commerces vont bientôt ouvrir. Le ciel se dégage. Et cette politesse ? Impénétrable. Aleksander Spielman doit venir d'une grande famille, lui qui porte un blason. Cette brève apparition dans l'alcôve l'a laissé perplexe à tel point qu'il n'a pas pu se délecter avec Zézette. Marseille s'éveille, il rentre au foyer des Pacchiano, il se couche. Un sentiment de réconfort l'emplit. Celle d'avoir connu Aleksander Spielman.

8.

Il est six heures. Graziano fait coulisser la lourde porte de l'entrepôt. Les clés cliquettent dans la main impatiente de Franz. Paolo allume sa cigarette en jetant des regards furtifs aux alentours. Personne. Giovanni a froid. Il est fatigué. Il a passé la journée de la veille au chantier. On entre. Les premiers rayons de soleil s'étendent sur le sol poussiéreux. Une odeur moite se dégage. Les fortes pluies de la nuit ont imprégné l'atmosphère. De nouvelles boîtes en carton s'amassent au fond de l'entrepôt. Que peuvent-elles bien contenir ? Giovanni n'a jamais osé poser la question. La curiosité est vue d'un mauvais œil. Il lui faut avoir une confiance aveugle. Il lui faut obéir. Nul n'est censé connaître le dessous des cartes. Les quatre hommes montent dans le bureau de la mezzanine. Franz déplie solennellement une carte de Marseille sur la table. Il y promène son doigt d'un air perplexe et l'arrête sur le quartier de La Loubière. C'est ici que ça aura lieu. Franz lève les yeux sur ses acolytes pour faire son choix. Graziano a le regard fuyant. Ce pleutre se débine à chaque fois. Giovanni l'observe avec mépris. Il souhaiterait, quant à lui, se voir attribuer cette tâche et cette responsabilité. Il met ses mains derrière son dos et se tient droit comme pour affirmer sa volonté d'effectuer cette besogne. Franz comprend son attitude mais attend quelques instants. Enfin, il lui ordonne avec autorité :

- Tu vas déposer un colis.
- Quelle voiture ?

- Tu le sauras quand le moment sera venu.

Assis dans le bureau, Giovanni coupe les blocs de savon en fines lamelles afin de camoufler l'odeur de la drogue qui part ce soir. Il pense. Il n'a pas eu le choix à son arrivée à Marseille. Capuani l'a recueilli et lui a dû apprivoiser cette bande de racailles sans vergogne. Ils n'ont aucun scrupule ! Pas l'ombre d'un remords, pas l'ombre d'un doute, ces bestiaux courent après l'argent facile. Mais n'est-il pas devenu l'un des leurs, lui qui accomplit toutes les tâches sans rechigner, qui en redemande même ? Le fric, il en a pris le goût. Comme un rat qui a goûté le sang, il ne peut faire marche arrière, il est devenu dangereux et cupide. Le savon s'effrite entre ses doigts. Cette foutue odeur de lavande est écœurante. Si Capuani savait... après tout, il n'a plus peur de lui. Ce ne sont pas quelques billets du *pizzo* qui vont le faire couler. Le couteau glisse dans ses mains moites. Il essuie la lame poisseuse sur sa manche. Encore cinq blocs. Sa routine est un mensonge. Il ne raconte pas à sa mère le côté obscur de Marseille mais la belle vie avec les Pacchiano. Et Maria ? N'est-il pas en train de lui mentir ? Il n'est que l'ombre du pêcheur de Livourne. Maria n'est pas au courant de ses mêlées avec le patron. Elle le sait bûcheur sur les chantiers. Il ment à celle qu'il prétend aimer. Ne respecte-t-il donc rien ni personne ? Il est un menteur, doublé d'un traître. Il observe en contrebas les hommes de Capuani déballer des sacs d'héroïne des cartons. Les voilà qui montent.

Grasso ouvre la porte d'un air goguenard. Derrière lui, Paolo dissimule tant bien que mal un sourire narquois. Quel mauvais coup vont-ils lui préparer ? Sous l'œil sévère de Franz, les deux petites frappes déposent la drogue devant Giovanni en se lançant des regards complices. Grasso déballe la marchandise. L'honneur de la goûter revient à Franz. C'est l'expert en la matière. On ne peut le duper. Il connaît bien l'héroïne pour la consommer régulièrement. Il trace une ligne avec la lame de son couteau et roule un billet de cent francs. Il aspire le tout d'une traite. On attend son verdict. Un frisson parcourt son visage en une grimace. Il cligne des yeux comme un épileptique. Un râle grave s'échappe de ses lèvres pincées. Il semble habité ainsi quelques instants.

- *Ausgezeichnet* ! La came est bonne !

Franz s'assoit. La drogue excite les nerfs de son visage qui s'anime de spasmes et de soubresauts incontrôlés. Ses mâchoires se serrent. Ses pupilles se dilatent. Ses yeux semblent sortir de leur orbite. Paolo la Débrouille et Grasso attendent patiemment qu'il se relève et reprenne ses esprits. Graziano se tortille en lançant une œillade à Paolo la Débrouille. Giovanni perçoit la complicité des deux petites frappes. Quelque chose se prépare dans son dos. Ça sent l'entourloupe. Les effets de l'héroïne s'estompent et Franz se relève. Son visage a retrouvé son masque glacial et impénétrable. Il fronce les sourcils et passe sa langue sur ses lèvres. « Il y a quelque chose pour toi ! Viens suis nous ! », annonce-t-il à Giovanni d'une voix étrangement enjôleuse. Giovanni flaire la mauvaise plaisanterie. Mais il n'a pas le choix. Il suit les trois malfrats qui le mènent devant la porte cadenassée du sous-sol. Franz fait sautiller la clé dans ses mains et la tend au jeune homme. Que lui préparent ces idiots ? Ça y est. Le cadenas cède et la porte s'ouvre brusquement sur un réduit sombre. Au milieu d'une cage qui s'élève jusqu'au plafond, un animal tapi dans l'ombre se dresse. La créature se jette contre les barreaux et seuls ses yeux ardents s'illuminent dans l'obscurité. Qu'est-ce que cette bête ? Le monstre infâme aboie et grogne à en faire trembler les murs. Franz appuie sur l'interrupteur et la frêle ampoule, qui se balance au milieu du réduit envahi par une odeur de fauve, éclaire enfin le chien furieux.

- C'est un cadeau du patron !, le gronde Franz en pointant l'animal du doigt. N'oublie pas de lui donner de la viande !, ajoute-t-il cyniquement.

Giovanni serpente dans les ruelles de La Loubière, le colis en main. Son pas est hésitant. Il a peur de se faire surprendre avec ce mystérieux paquet. Le jeune homme doute que ce colis contienne de la drogue. Il est bien trop lourd. Sa mission est de retrouver la voiture. Franz lui a donné toutes les indications. Mais une seule fois. Il n'a pas intérêt à se louper. Il répète les mots de Franz dans sa tête. Il se les répète tant que les mots n'ont plus de sens. Il perd le fil. Comme une chanson qui se dérobe, se déforme, s'estompe... mince ! Il divague. Il a pensé à autre chose. Fichue tête d'étourdi ! Alors qu'il essaye de retrouver les précieuses indications, il aperçoit les policiers qui font la circulation au bout de la rue. C'est un violent retour à la réalité. Le voilà aux aguets. Ses sens sont exacerbés. Jusqu'à en entendre le grésillement du sang qui circule sur ses tempes. Agir. Trouver une solution. Si on le trouve on ne donnerait pas cher de sa peau ! Il ne connaît pas La Loubière. Il se faufile sur le trottoir opposé et se décide enfin à rebrousser chemin. Tentons un autre parcours, les rues de traverse. Mieux vaut un détour que de se faire attraper bêtement avant même d'avoir commencé. Il s'introduit dans un passage étroit qui donne sur une artère parallèle. Il y en a des gens ici ! Il a l'impression que les passants le regardent d'un air inquisiteur. Il se reprend, il s'est laissé envahir par la peur. Personne ne doit lui prêter attention. Personne ne le connaît ici. Il est seul pour une fois. Paolo la Débrouille ne l'accompagne pas cette fois-ci. Il lui faut faire ses preuves. Montrer ce qu'il a dans le ventre. Son regard est audacieux. Il va y arriver. Il se sent digne de cette tâche. Il repère enfin la voiture sur la perpendiculaire. Il regarde autour de lui. La ruelle est calme et les passants rares. C'est une rue résidentielle. Tout laisse présager que le véhicule est fermé. Il va effectuer sa tâche jusqu'au bout. Il faut faire vite. Il sort une tige de fer de sa poche. Paolo la Débrouille lui a maintes fois montré comment déverrouiller la serrure d'un véhicule. Il arrondit la tige de fer et la passe à travers la vitre vers la serrure. Le temps est long. Il cherche. Il tâtonne. Il l'a déjà fait auparavant. Il faut faire les choses jusqu'au bout. Il jette un regard furtif autour de lui. Il ne veut pas se faire prendre la main dans le sac, il est en bien mauvaise posture. D'un coup, ça cliquette.

La porte est déverrouillée. Au fond de la ruelle, un habitant marche en sa direction. Le malfrat ouvre vite le boîtier à côté de lui. Il en retire les papiers. Il fait semblant d'en lire le contenu. L'habitant passe et esquisse un sourire au jeune homme qui prend un air réfléchi. Le voilà parti. Il attend quelques instants en lisant la carte grise. Ce moustachu lui dit quelque chose. « Jules Chapus », n'est-ce pas un politicien ? En tout cas, il a l'air bien français celui-là. C'est étrange. Bon, il n'a pas de temps à perdre. Peu importe ce moustachu. Il ne le connaît pas. Il ne lui reste plus qu'à placer le colis... Il referme doucement la porte. Sa tâche est accomplie. Il remonte la ruelle. Il doit retrouver Maria en fin d'après-midi.

Giovanni attend Maria au Piccolo Fiore. Il passe un revers de bras sur la table pour enlever les miettes de pain. Tout doit être net pour son rendez-vous avec la jeune Italienne. Des bougies, enfoncées dans des bouteilles de chianti, éclairent ce restaurant populaire que les Italiens fréquentent pour un dîner en amoureux. Il essuie encore une fois la table. Il s'est coiffé à l'Italienne. Une raie au milieu et une légère couche de gomina pour impressionner Maria. Il passe la main sur ses cheveux. Il veut s'assurer qu'il est bien peigné. Il espère que la jeune fille va apprécier le lieu. C'est calme et intimiste, ils pourront discuter longuement à l'abri des regards. Parmi les sept tables disposées dans la salle du restaurant, un couple se caresse les mains en se lançant des regards langoureux. Le serveur sort de la cuisine et leur sert deux assiettes : « La *frittura* de courgettes pour la *signora* et la *lasagna* pour le *signor. Buon appetito.* ». Le serveur s'approche de sa table :

- Monsieur souhaite-t-il boire quelque chose ?
- J'attends une amie.
- C'est pour dîner ?
- Oui, bien sûr, répond Giovanni avec un sourire complice.

Il faut que tout plaise à Maria. Même l'attitude du serveur. La façon dont les assiettes seront présentées. Le serveur apporte deux couverts avec deux serviettes. Il est bien chic ce jeune homme dans son costume trois-pièces. Il est vraiment endimanché celui-là ! Il sort peut-être de la messe ! On n'est pas dimanche. L'homme s'amuse des prédispositions que prend Giovanni. Ce dernier lui demande ce qui est bon sur le menu. L'homme lui réplique que la maison ne sert que de bons plats. Cela n'a pas l'air de satisfaire Giovanni. L'homme esquisse un sourire amusé en lui disant : « Vous devez goûter la *lasagna*. La pâte est faite maison ici. Elle est artisanale ». Le jeune garçon acquiesce : « Je l'essayerai peut-être. Merci ». La porte s'ouvre. Ce n'est pas Maria. Probablement un homme qui travaille en cuisine. Il est inquiet d'en avoir trop fait pour ce soir. La porte s'ouvre encore. C'est Maria. Giovanni se lève et tire la chaise avec galanterie. La honte l'envahit. Celle de s'être tiré à quatre épingles. Maria avance timidement. Habillée en jupe longue et vêtue d'une chemise blanche, elle retire délicatement son caban. Elle défait son chignon en laissant glisser ses cheveux entre ses doigts. Elle n'est plus au cours de sténodactylo. Il est impressionné par son parfum doux. Ça lui remonte au nez et crée en lui une émotion vive. Elle s'assoit.

- Pourquoi me proposes-tu cet endroit ?
- Ils ont du melon glacé servi avec du *prociutto*.
- Eh bien ! Je vois que monsieur ne perd pas ces habitudes italiennes après tout ce temps à Marseille.

On discute à la lueur de la bougie. Giovanni regarde Maria. Ses boucles noires s'agitent quand elle est enthousiaste. Ses yeux s'éteignent quand elle se souvient. Quelque chose de triste passe alors sur son visage. Elle a une gravité qui n'est pas de son âge. On la dit sérieuse mais ce n'est pas seulement ça. Elle porte un poids qui vient de loin. Comme lui, elle est de ceux qui déchiffrent le monde comme une énigme à élucider. Comme lui, c'est une conquérante. Malgré sa douceur. Elle passe sa main sur ses lèvres. Elle réfléchit.

- Je crois que je n'ai pas eu d'enfance. Dans le sens où je n'ai jamais été frivole. Je n'ai jamais été légère. J'ai toujours eu des objectifs. Je m'y suis toujours tenue. Il fallait que je sorte de là, de cette condition-là. Je savais que je valais mieux que ça. Quand je voyais ma mère rentrer de l'usine harassée par la fatigue, je me disais qu'il fallait que j'étudie bien à l'école. L'école était ma seule planche de salut. La seule opportunité. J'avais une destinée. Tu sais que je crois en Dieu Giovanni. Cette destinée c'était de réussir et de m'émanciper. La liberté, l'indépendance, ce ne sont pas de vains mots. Ce sont mes mots à moi, ceux que je me répète pour tenir le coup. À l'école, je travaillais dur. Dix fois plus que les autres. J'étais italienne, je partais avec un handicap. Je ne voulais pas qu'on me voie comme la future bonne, la future ouvrière, la future esclave. Heureusement, j'ai rencontré madame Béranger. Figure-toi la plus douce des femmes, la plus bienveillante, la plus attentive qui puisse exister. Elle allait bientôt partir à la retraite. Elle en avait vu passer des élèves ! Mais elle a arrêté son regard sur moi... Elle a cru en moi. Elle m'a aidée. Si tu savais comme elle a changé ma vie... J'étais si fière qu'elle me remarque ! Moi, la pauvre italienne de la Belle de Mai... Elle m'a donné des devoirs supplémentaires. Elle était très exigeante. Elle attendait beaucoup de moi. Je me serais brûlé les yeux plutôt que de la décevoir...

- Tu devais beaucoup l'admirer !
- Oui, et j'avais beaucoup d'affection pour elle. On se moquait de moi à l'école. Les filles étaient jalouses de cette attention que me portait madame Béranger. Un jour, j'ai retrouvé des spaghettis dans ma sacoche. J'ai plongé la main dedans pour sortir mon cahier et elles ont toutes éclaté de rire. On n'a jamais su qui c'était. Mais j'avais des soupçons. Claudine me regardait toujours de travers, j'avais de meilleures notes qu'elle et son père lui faisait donner des cours par un précepteur trois fois par semaine. Elle crevait de jalousie.
- Qu'as-tu fait ? Tu l'as dénoncée ?

- Non, je n’avais aucune preuve ! Et puis tu sais, j’ai vite compris que je serai seule, qu’il fallait que je m’endurcisse. Le monde est injuste, et alors ? Les gens sont méchants, envieux, jaloux, et alors ? Ce n’est pas eux qui m’arrêteront. Il en faut plus pour faire tomber ta chère Marie !
- Mais maintenant tu en as des copines ! Tu n’es plus seule !
- Oui, depuis que je suis les cours de sténodactylo, les choses ont changé. J’ai rencontré Monique, elle est un peu rude au premier abord mais elle a un cœur en or. Et puis j’ai rencontré les autres : Chantal, la romantique, et Françoise, la plus sage de nous toutes. On rigole bien toutes les quatre. On sort. On se sent libres. On s’aide aussi. Tu sais, il y a peu de place à l’administration... Parfois, j’ai un peu peur, je m’inquiète, j’angoisse et je n’arrive pas à dormir. Et puis je me dis que j’ai bien réussi jusque-là, qu’il n’y a pas de raison que ça ne continue pas. Je mets les bouchées doubles et le moral revient.
- Et ton père ? J’ai cru comprendre qu’il t’encourageait, qu’il croyait en toi.
- Oui, à la maison, c’est le seul qui attache de l’importance aux études. Il est un peu trop porté sur la bouteille mais il garde le sens des réalités. Il sait que pour ne pas vivre asservi, il faut étudier. Il comptait sur Claudio au début. C’est l’aîné et c’est un garçon. Mais Claudio n’a aucune ambition. Ses notes étaient assez médiocres et il voulait vite travailler. Papa n’a pas insisté, il l’a emmené sur les chantiers et tu connais la suite. Il faut dire que maman était bien contente, ça faisait plus d’argent pour la famille. Après tout, il n’est pas malheureux. Je crois qu’il ne s’est jamais dit que si papa était maçon, c’est qu’il n’avait pas eu le choix, quand il est arrivé en France il ne parlait pas un mot de français, et il comptait sur ses enfants pour réussir en France. S’il boit, c’est qu’il est malheureux. Il aurait voulu faire mieux de sa vie. Parfois, quand il a bu un coup de trop,

il me dit : « Maria, ma fille, j'ai gâché ma vie, je suis un larbin ici, ne fais pas la même erreur que moi. ».

Il est quatre heures, l'heure bleue, la lune et le soleil cohabitent au-dessus des rues silencieuses. À travers les fenêtres, on aperçoit le faible halo tremblotant des cheminées. Quelques badauds se promènent dans Marseille parmi les chiens errants. Les réverbères s'allument. Le ciel se dégage. Les étoiles disparaissent. Tout à coup, une détonation retentit. Des bris de verre sont projetés, la carcasse d'une voiture démantibulée. C'est un cri dans la nuit. C'est la violence qui éclate. Une bombe à La Loubière. On sort avec fracas, les hommes armés d'une carabine, les femmes sur le perron en robe de chambre et leurs enfants entre leurs jambes. Quelques-uns s'approchent. Quel désastre ! Il ne reste rien de la voiture. On s'attroupe. La colère monte. Qui a bien pu faire ça ? À nous ? À La Loubière ? Ce sont sans doute ces mafieux de *macaronis* ! Ils ne respectent rien ces gens-là !

9.

- Il me manque de l'argent ! L'un d'entre vous est en train de me voler !, gronde monsieur Capuani.

L'intello ouvre le classeur sous les yeux du patron furieux. Les chiffres sont probants. Les chiffres, ça ne trompe pas. Il y a un traître. Monsieur Capuani s'emporte. Ses sourcils touffus et ses grosses lèvres s'agitent. Ses poings se serrent. Il donne un coup de bras dans son globe terrestre qui tournoie sous le regard effrayé des trois petites frappes. Franz reste statique. Il n'a rien à se reprocher. Il toise les trois voyous qui blêmissent. « Mon *pizzo* manque ! Qui me vole ? ». La colère de Capuani s'amplifie. Il a des colères théâtrales. Giovanni n'en mène pas large. Paolo le suspecte mais il ne dit rien. On en parlera plus tard. Grasso a l'air de chier dans son froc lui aussi. Ce pleutre a peur de tout, ce n'est pas un indice. Paolo la Débrouille fixe Giovanni. Il veut lui arracher un aveu. Trouver quelque chose qui le trahisse dans ses yeux. Franz fait craquer ses doigts un à un. Il assouplit ses mains de meurtrier. Giovanni le regarde faire. Les clappements secs lui remontent dans le dos. S'il se fait prendre… Franz n'aura aucune tendresse. Les yeux de Capuani roulent sur eux-mêmes, enflammés par la colère. Il ne dit plus rien. Il laisse s'étendre un silence pesant, lourd comme un fardeau, froid comme l'acier. Le silence attire les confessions. C'est une torture à nulle autre pareille. Le coupable souffre comme un damné dans le silence. Les mots veulent sortir et tout le corps lutte pour les retenir. Capuani s'est figé. Il attend. Rien ne vient.

« C'est pourtant l'un d'entre vous ! ». Il se sent impuissant, et il déteste ça. C'est lui le patron. On ne peut rien lui cacher. Il finira par savoir. Il finit toujours par savoir. C'est là sa force. Il se tourne vers le tableau de la vierge à l'enfant, comme chaque fois qu'il est dupé. Il ferme les yeux. Il réfléchit. Il n'y a que la foi qui puisse l'apaiser. La Vierge Marie ne lui fait jamais défaut. Un jour ou l'autre, il coincera le coupable. Il payera cher sa trahison. Toujours donner l'exemple. Que ça n'arrive plus. Il se retourne et son regard croise celui de Franz, son fidèle homme de main. Celui-là sera ses yeux, celui-là sera ses mains.

- J'ai des armes qui viennent d'Italie. Droit de l'usine. Franz, tu restes avec moi. Vous !, mugit-il en pointant du doigt les trois petites frappes, vous allez me chercher les armes et me les ramener à l'entrepôt.

Les immigrés italiens sont descendus du paquebot. Tous regroupés sur les docks, ils attendent depuis les premières lueurs du jour. Ils ne sont pas encore rentrés dans Marseille et sont confinés derrière les grilles. Les agents vont bientôt arriver pour vérifier leurs papiers. On les attend avec impatience et inquiétude. Un homme, la tête posée sur son balluchon, lit l'évangile de Saint Matthieu. Il feuillette le livre à la recherche de paroles de vie. Le voyage était long. Il remercie sans cesse le Christ de l'avoir aidé à atteindre cette terre promise. Sa femme, assise sur leur seule valise, défait sa bretelle pour donner le sein à leur nourrisson. « *Amore, amore* », le cajole-t-elle. « Où va-t-on dormir cette nuit ? », s'inquiète-t-elle. Les agents ne vont jamais pouvoir vérifier les papiers de tout ce monde qui s'agglutine autour d'eux ! Ça va être long et fastidieux... Son mari range son évangile et lui promet de meilleurs jours ici à Marseille. Dieu assiste les justes et les persévérants. Son épouse acquiesce sans conviction. Qui vivra verra... Elle tend un mouchoir à une vieille femme qui sanglote, la tête cachée entre ses jambes. Elle s'essuie le nez et glisse de nouveau sa tête entre ses jambes. Les agents de sûreté arrivent enfin. Ils ne savent pas où donner de la tête. Que viennent faire tous ces ritals à Marseille ? Comme si les *macaronis* manquaient ici ! Un agent passe devant la vieille femme et la repère. Il a pitié de son âge et de sa condition, si elle ne connaît personne ici, il ne donne pas cher de sa peau. Elle n'a pour bagage qu'une corbeille de vêtements et quelques sacs de riz. En vérifiant ses papiers, il prend soin de la dissuader mais elle insiste : « *Francia, Francia per favore, povera Italia, nessun lavoro* ». Elle lui tire la manche pour se relever et l'implore en lui caressant la joue. Il ne comprend pas ce qu'elle dit et finit par perdre patience. Qu'elle fasse bien ce qu'elle veut, cette vieille folle. L'agent s'approche d'un homme qui surveille sa fille en jouant de la guitare. Pieds nus, elle joue au yoyo. Le disque remonte la corde sous le regard émerveillé des autres bambins. « *Brava, brava* », lui dit son père en lui esquissant un sourire. Un jeune homme portant une besace guette les agents. « Je suis Italien, je suis socialiste ! », clame-t-il haut et fort. « J'ai des papiers », ajoute-t-il. On ne lui répond pas. Les gabelous circulent parmi le rassemblement et jettent des regards curieux sur chaque personne. On a soif, on a faim.

- Regarde-moi ces ploucs ! Ils puent en plus, ça me couperait l'appétit !, grogne Graziano en enfournant des figues sèches dans sa bouche.
- Chaque fois qu'un bateau décharge, c'est la même chose, ça pue les immigrés, ajoute Paolo en jetant un regard méprisant sur la populace qui attend.
- Et cette femme avec les seins à l'air, tu as vu ? Ça pend de partout.
- Ce n'est pas bien rempli et ça dégouline, cette vache-là est bien maigrichonne.
- Tu les préfères bien en chair, toi mon saligaud !
- Je ne veux pas les étouffer, rétorque Grasso avec bonhomie, et j'aime quand il y a de la matière.

Ces misérables émeuvent Giovanni. Il ne répond rien aux deux qui ricassent comme des oies. Il reconnaît ses compatriotes. Ils ont l'allure des siens, de ceux qui l'ont vu grandir, de ceux qu'il a aimés avec un cœur d'enfant. Il sourit à les entendre parler. Son cœur se serre à les voir parqués comme des bêtes affamées. Les gabelous les bousculent sans aucun égard. Quant à Paolo et Grasso, à quoi bon s'emporter contre eux ? Ces bons à rien ont renié les leurs avec empressement. L'argent les a corrompus. Ils ont vendu leur âme. Que leur dire ? Ils ne comprendraient même pas. Non, ils ne comprendraient même pas qu'on se prenne de pitié pour ceux qui ont tout quitté dans l'espoir d'un avenir meilleur, pour ceux qui ont abandonné la terre de leurs ancêtres. Allons-y, qu'on en finisse, qu'on aille donc les chercher ces foutues armes. Il ne veut plus les entendre. Il est écœuré.

La camionnette entre dans l'entrepôt. Graziano ouvre l'arrière : « *Ouffa*, on a réussi à prendre les armes. Il ne reste plus qu'à les ranger. Je monte dans le bureau, vous me dites ce qu'il y a dans les caisses ! ». Les deux autres ont déjà commencé à répertorier le contenu. Graziano grimpe l'escalier de la mezzanine afin de noter tout l'arrivage du matériel de Capuani. « Quinze *Beretta* », gueule Paolo la Débrouille. Grasso remplit rigoureusement les registres pour faciliter le travail de l'intello. Et le patron n'est pas de bonne humeur, il faut être consciencieux. Paolo la Débrouille profite de ce moment pour prendre Giovanni à part et lui tirer les vers du nez.

- Giovanni ! Espèce de salaud ! J'espère que ce n'est pas toi qui touches au *pizzo*. Je t'avertis, Capuani n'est pas du genre à te tuer. Capuani te fera souffrir. Doucement mais sûrement. La vérité finit par se savoir. On ne peut rien cacher au patron.
- De quoi tu me parles ?
- Fais pas le malin. On en a connu avant toi qui ont mis leur main dans le *pizzo*. Ils ont morflé. Défigurés qu'ils étaient.

On sait où tu habites. On sait tout de toi. Fais pas le con Giovanni.

- Alors ?, demande Graziano qui s'impatiente.
- Et douze *Beretta*, réplique Paolo la Débrouille.

Giovanni baisse les yeux et sert son harmonica dans sa poche. Il a agi comme un crétin, comme un irresponsable. Si Paolo le suspecte, les autres ne mettront pas longtemps à l'attraper. Il n'aurait pas dû les prendre pour des idiots. Et tout ça pour quoi ? Quelques liasses de billets qu'il n'emportera pas dans la tombe. Que va-t-il faire maintenant ? S'il l'avoue à Capuani, sera-t-il plus indulgent ? Avouer, jamais. Il veut bien être un traître, mais il ne veut pas être un lâche. Il lui faut trouver une solution. Mentir, déguerpir, trouver un plan... Il a rendez-vous avec Aleksander Spielman dimanche.

Gustavo est affalé sur le comptoir, l'œil vide, la bouche molle et une pinte devant lui. Il passe sa langue sur sa moustache. La mousse a un goût salé. Il se met à rire seul. Le barman le regarde avec pitié. Le pauvre homme devrait rentrer. « Il fait soif ! Et j'ai fini ma bière ! », éructe l'ivrogne. Une main se pose sur son épaule. Il se retourne : « Ah Giovanni ! Que fais-tu là mon ami ? ». Il lui propose de l'accompagner pour la dernière bière. Le jeune homme refuse courtoisement. La dernière n'est jamais la dernière avec lui. Il faut se lever, il faut y aller. « Maintenant ? Même les poules ne sont pas couchées ! ». Ses camarades du chantier rigolent. Ces vieilles bêtes rougeaudes au rire gras exaspèrent Giovanni qui peine à faire sortir le bonhomme. Ils ne vont pas s'y mettre eux aussi ! Gustavo descend maladroitement de son tabouret. Giovanni le prend par le bras. Gustavo titube dans les rues et se confie au jeune homme :

- Tu sais Giovanni, je sais que je bois trop. Quand je bois, je n'arrive plus à m'arrêter. Je sais même plus compter les verres que je descends. Au début, ça me calme. On rigole bien avec les gars... Et puis après, je pense à ma bonne femme qui m'attend. Je sais que je suis un raté. Alors je me mets à boire encore plus. Pour oublier. Mais là, ça ne me calme pas ! Ça devient de pire en pire, je pense à ma vie, à tout ce que j'aurais pu faire là-bas, en Italie... Je n'étais pas bête. Mais pas de boulot... Tu sais Fiora, elle est bien patiente. Elle râle un peu par habitude et pour ne pas lâcher le morceau mais au fond elle me comprend. C'est incroyable la tendresse d'une femme qui vous aime. Elle a encore en tête notre première rencontre. Elle me rabâche les oreilles avec ça. J'étais beau, j'étais jeune, j'avais un corps d'athlète et puis j'étais romantique. Les femmes, il faut les faire rêver ! Et pas qu'avec des fleurs ! Non, il faut leur parler d'avenir, leur chanter des sucreries, les traiter en princesse à toute heure du jour et de la nuit. Je savais y faire ! J'en ai connu des femmes... Il y avait de toutes sortes, à vous faire chavirer le cœur, toutes plus belles les unes que les autres ! Mais la Fiora, elle avait quelque chose d'autre, un truc tu vois qu'on ne peut pas expliquer. J'étais fou amoureux d'elle. Qu'est-ce qu'il m'est arrivé mon dieu Giovanni ?

- Allez va, tu es saoul. Ça ira mieux demain.
- Je suis saoul, ça je le sais. C'est bien la seule chose que je sais mon gaillard. Tu es un gentil toi, un bon gars ! Et tu as toute la vie devant toi.

Gustavo se met à pleurer dans les bras de Giovanni.

- On va rentrer, Gustavo. Ta famille t'attend. Ça ira. Tu vas manger, tu vas voir ta femme et tes enfants.
- Ma femme et mes enfants... Les trésors de ma vie. Je sais que je les déçois tellement. Parfois, je n'arrive même pas à les regarder en face. Et la Maria ! Ma fille ! Elle, elle ira loin. Elle est douée dans ce qu'elle fait ! Ma fille, Maria, a pris les gènes de son père.

Gustavo se prend d'un malaise. Il faut dégobiller. Toutes ces bières lui ont retourné l'estomac. Il s'appuie contre un mur, ses jambes ne le soutiennent plus. Et mince ! Fiora va gueuler, il y en a plein sur les chaussures. Giovanni lui donne une tape dans le dos. « Ça ira, tu te sentiras mieux ». Gustavo se relève et s'essuie la bouche d'un revers de bras : « Je me sens mieux, léger du moins là ». Un peu de tabac pour enlever cette satanée acidité de sa bouche ! Giovanni lui tend une cigarette. Gustavo a du mal à l'allumer, il craque quelques allumettes qu'il jette rageusement par terre.

- Giovanni ! Maria, tu sais ? Ce n'est pas ce que tu penses ! Elle aime la France. Moi aussi, j'aime mon pays d'adoption. Maria, je ne sais pas si elle te l'a dit, elle est l'une des premières au cours de sténodactylo. Elle excelle ma fille. Elle a un don de Dieu. Elle est spéciale. Et je l'aime comme le premier jour où je l'ai vue naître. Attention, Giovanni, ne me fais pas dire ce que je n'ai pas dit... Je les aime tous les deux... Maria et Claudio... Comme Dieu. Et oui ! Mais Maria, elle a quelque chose en plus. J'ai beaucoup trop de sentiments et d'affection pour elle. Mais Giovanni ! C'est un peu compliqué : elle en veut à tout le monde et à personne en même temps. Elle refuse de se faire appeler Maria parce qu'elle se considère française. Elle est déchirée entre ses racines italiennes et son pays d'adoption. Giovanni, ce n'est pas facile. Si tu veux que je t'explique Maria, ça ne va pas être facile. Je te parle consciemment et sérieusement. Tu vois, maintenant je suis sobre.
- Oui je sais, réplique le jeune homme qui ne manque pas de sourire.
- Ma fille Giovanni ! Maria ! C'est une fleur tombée du ciel. Si elle se fane, ce n'est pas bien.

Gustavo retient son pantalon, Dieu sait où il a perdu sa ceinture. Il gringotte entre ses poils de barbes une chanson piémontaise qui sonne très faux. Les passants lui esquissent un sourire. Il est vraiment bourré celui-là ! Gustavo accoste deux femmes qui dégustent un sorbet au citron en plein air : « ça a l'air bon ce que vous mangez là ! ». Les femmes rigolent devant la bonhomie de Gustavo. « Vous voulez goûter ? », lui demande l'une d'elles d'un ton joyeux. « Non, moi que de la bière, c'est tout ! », réplique Gustavo. Il manque de trébucher mais Giovanni le retient par le bras. Il demande au jeune homme de le laisser s'asseoir sur le trottoir. Il crache par terre et inspire une bonne bouffée d'air. Il se sent mieux.

- Maria ? Tu veux savoir comment elle est ? Elle a un cœur tendre comme une brebis. Elle sait ce qu'elle veut. C'est l'administration française. Elle est intelligente. Elle en est capable. Tu sais Giovanni ? Elle en est capable. Ma fille, Maria ! Elle est en est capable. Elle n'a peur de rien et elle fonce là où elle souhaite être.

Gustavo pousse la porte d'un coup de pied et entre. Il se prend les pieds dans le paillasson et s'étale de tout son long. Une entrée en matière qui le connaît. Fichue paillasse ! A-t-on idée de la mettre ici ? Ça vous briserait les reins des honnêtes gens ! Claudio lui tend la main et lance un sourire à Giovanni.

- Viens t'asseoir papa.
- D'accord mon fils, apporte-moi un fauteuil, celui-ci est trop loin.
- Tu ne veux pas qu'on t'apporte un trône ?, réplique Fiora qui regarde la scène avec autant d'amusement que d'irritation.
- Ah ! Les bonnes femmes, ça vous trouve toujours des mots méchants !

Gustavo s'installe dans son fauteuil. Là au moins on est tranquille, il n'y a pas de risque de tomber. Il lui faut une cigarette. Il tourne sa veste en tous sens. Où sont ces maudites cigarettes ? Il enlève une chaussure, puis l'autre. Il regarde dedans. Toujours rien.

- Claudio ! Où as-tu mis mes cigarettes ? Elles étaient là tout à l'heure.
- Dans tes chaussures ?
- Qu'en sais-je moi ? Peut-être bien !

Giovanni lui donne une cigarette.

- Merci jeune homme, vous êtes bien aimable. Pas comme tout le monde, ajoute-t-il en lorgnant sa belle-mère.

La vieille se retient de répondre. Comment sa fille a-t-elle pu s'enticher d'un vaurien pareil ? Elle met le couvert en grommelant. On entend quelques « Marie Joseph », « Sainte Vierge Marie » et autres bondieuseries qu'elle aligne avec humeur.

- Et le Jésus ? Tu y as pensé au Jésus ?, ironise Gustavo qui détend ses orteils.
- Ah non ! Je veux bien tout entendre, mieux vaut ça que d'être sourd, mais pas de sacrilèges sous mon toit !, s'offusque Domenica.

Maria sort de sa chambre et lance un regard sur le salon. Le repas n'est pas prêt. Elle a envie de s'éclipser mais son père la retient.

- Maria ma fille, le trésor de ma vie, apporte-moi à boire. C'est fou ce qu'il fait chaud ici, ça vous assoifferait un dromadaire !

La jeune fille verse de l'eau pour son père.

- De l'eau ? Veux-tu me tuer ? N'y a-t-il pas ici un peu de vin pour ton cher père ?
- Gustavo, tu as assez bu !, gronde Fiora.
- Moi, trop bu ! J'ai à peine picolé aujourd'hui et j'ai une faim de loup.
- Ah ! « Picolé », tu as utilisé le bon mot pour dire que tu es bourré comme un coing !
- Que mangeons-nous ce soir ma chère épouse ?, demande Gustavo en se caressant le ventre.
- Il en a du culot celui-là ! Il détend ses orteils calmement et nous ici, on doit être aux petits soins !, rouspète Domenica.
- Je ne sais toujours pas ce qu'il y a sur la table ce soir.
- Pizza napolitaine avec beaucoup d'anchois telle que tu l'aimes !, intervient Maria avec affection.
- Maria ! Ma chérie ! Tu es ma préférée !
- Papa, c'est Marie bon sang !

10.

« Soyons joyeux, Dieu nous garde joyeux. Cachofué vient, tout bien vient, Dieu nous fasse la grâce de voir l'an qui vient. Si nous ne sommes pas plus, que nous ne soyons pas moins », psalmodie Domenica en retirant trois soucoupes du buffet. Celles-ci seront parfaites, elles sont légèrement ébréchées mais elles datent du temps de son défunt mari. Il aimait les traditions marseillaises, il aimait toutes les traditions. Elle pense à lui sans tristesse. Les rituels traversent le temps, pas comme nous ici-bas. En ce quatre décembre, jour de la Sainte-Barbe, il faut soutenir les récoltes et les hommes de la terre en faisant germer des graines de blé. N'est-elle pas issue d'une famille d'agriculteurs ? Que sont-ils devenus là-bas en Italie ? Tous morts, certainement. Dans son village, elle ne reconnaîtrait personne et personne ne la reconnaîtrait plus. Elle se souvient des Noëls en Italie. Les fêtes approchent, elle a du pain sur la planche. Elle tient à sa jolie crèche. Les santons de la crèche faisaient la joie de Maria tout le mois de décembre quand elle était enfant. Ses yeux s'illuminaient, grands comme des soucoupes. Elle a bien grandi. C'était une adorable enfant, c'est aujourd'hui une brave jeune fille. Domenica n'est pas peu fière de sa petite-fille. Elle est droite et honnête comme elle. Elle la préfère à Claudio, c'est vrai. La vie est ainsi faite, on a ses préférences. Claudio n'est pas un mauvais bougre mais, il faut bien l'avouer, il n'a pas inventé le fil à couper le beurre. Il doit tenir ça de son père. Que va-t-elle préparer pour ce Noël ? On ne peut pas tout faire. Il y aura des mendiants et du nougat. Le nougat, lui, colle aux dents, c'est peu pratique avec son dentier, mais qu'importe, c'est son péché mignon. Domenica défait le sac de terre que Claudio lui a apporté la veille. Elle verse de la terre dans les soucoupes et dépose les lentilles et les graines de blé. On verra bien cette année ce que la moisson leur réserve. Pour le réveillon, elle cuisinera une dinde aux fruits secs et en dessert la bûche Cachofué pour « mettre le feu » comme la tradition le souhaite. Elle allume le poste de radio. Un grésillement s'élève :

- *Un communiqué de la mairie de Marseille a annoncé hier l'organisation d'une très grande manifestation en réplique à l'explosion qui a eu lieu à La Loubière. Les Français sont appelés à manifester contre la violence. Le maire de la ville Gaston Deferre s'adressera à tous les Marseillais, tous les français...*

Domenica éteint le poste. Elle en a vu passer des manifestations anti-italiennes depuis qu'elle est à Marseille. Manifester avant Noël, c'est un scandale ! Noël est un temps de paix, c'est la naissance de Jésus, du fils rédempteur. C'est un moment joyeux, c'est la bonne nouvelle. Elle ne veut rien entendre.

À la pause du cours de sténodactylo, Maria et ses copines se réunissent dans la cour de l'école. La leçon de sténographie, le cours préféré de Monique, n'était pas facile. Maria n'est pas d'humeur à parler aujourd'hui. Elle est silencieuse. La fin de l'année approche et les résultats ne vont pas tarder à tomber. Elle doit faire ses preuves et montrer à sa mère que toute cette éducation n'était pas une perte de temps. Maria écoute ses copines discuter. Elle pense. Giovanni est séduisant. Le jeune garçon a l'air de se faire beaucoup d'argent ici à Marseille. Mais à part le chantier où il travaille avec Claudio, on ne le voit pas. Elle ne sait pas ce qu'il fait à côté. Qui fréquente-t-il ? L'italien est bien mystérieux. Depuis qu'il est arrivé de Livourne, rien ne lui manque. Il parle bien le français mais son ambition l'effraie.

- Maria, tu n'as pas l'air dans ton assiette aujourd'hui, dit Chantal avec tendresse.
- Laissez la tranquille, elle est peut-être amoureuse, suggère Françoise d'un ton réservé.
- Moi amoureuse ?, réplique Maria d'un air agacé. Jamais. Alors là, tu peux rêver !
- Ah ! Je sais moi ce qui l'embête ! C'est ce jeune Italien qui loge chez eux ! Elle s'est attachée à lui !, reprend Monique avec conviction.
- De quoi vous me parlez ? Ce n'est pas vrai !, dit Maria. C'est juste ce cours de sténographie qui s'est mal passé. Je n'arrive pas à retaper les paroles de l'enseignante correctement.
- Assez charrié ! Y a-t-il quelque chose dont je ne suis pas au courant ? De quel Italien parlez-vous ?, demande Chantal avec curiosité.
- Laisse tomber, ajoute Maria. Il n'y a pas d'Italien dans le coup et encore moins un Français à ce jour.
- Et si l'on changeait de sujet. Avez-vous entendu l'explosion de la voiture à La Loubière l'autre nuit ? , dit Françoise.

Maria ne veut rien entendre. Elle suspecte les Italiens de Marseille d'avoir provoqué la détonation à La Loubière. C'est peut-être un règlement de compte. Mais ce n'est certainement pas une bonne nouvelle pour sa communauté. Il risque d'y avoir des répercussions sur l'attribution de la nationalité française ou même des laissez-passer aux immigrés.

- Encore ces Italiens... Cette mafia..., soupire Chantal discrètement pour ne pas irriter la jeune Italienne.
- Qui d'autres est-ce que cela peut être ?, marmonne Françoise pour confirmer l'opinion de Chantal.
- Il n'y a pas que des Italiens ici à Marseille, dit Maria qui cherche à enlever tout soupçon sur sa communauté.

- Maria a raison ! ça pourrait être des Arméniens qui ont fait ça !, réagit Monique.

Maria sort de la conversation. Elle salue ses copines et rentre au foyer. Elle veut aider sa grand-mère à préparer le dîner de ce soir.

Fiora frappe deux fois des mains. Le repas est prêt, on a faim, on ne sait pas où est Giovanni, on commencera sans lui.

- Où est-il ce bougre ? Ça sent les amourettes ! À cet âge, il faut jeter sa gourme ! dit Gustavo avec un rire gras.
- Celui-là est bien mystérieux sur ses affaires..., réplique Fiora avec un ton inquisiteur. À se demander s'il ne nous cache pas quelque chose.
- On ne sait pas grand-chose de ce jeune homme. Vous avez pris dans votre foyer un parfait inconnu, vous êtes trop généreux..., dit Domenica qui lève les yeux de son rosaire.
- Il m'a fait comprendre qu'il travaillait sur d'autres chantiers.
- Tu es bien naïf mon fils, on ne travaille pas sur des chantiers à cette heure-là !, répond Fiora en levant les yeux au ciel.

Maria, qui est restée silencieuse jusque-là, sent la colère qui l'emporte :

- Qu'est-ce que cela peut vous faire ? Où est-il ? Qu'est-ce qu'il fait ? Mêlez-vous de vos oignons !
- On la regarde avec stupéfaction. Pourquoi tant d'ardeur à défendre le jeune Italien ? Fiora se demande s'il n'y a pas anguille sous roche, si ces deux-là ne sont pas plus proches qu'ils ne le laissent paraître.

Maria se serait-elle amourachée de Giovanni ? C'est vrai qu'elle le regarde tendrement. Elle lui donne des leçons de français le soir... qui sait ce qui a pu se nouer entre eux ? Le jeune homme est poli et respectueux. Ses manières sont douces. Cela ne doit pas déplaire à Maria... que doit-elle en penser ? Le jeune homme a l'air d'avoir la tête sur les épaules. Il paye son loyer à temps. Tant qu'il ne met pas sa fille enceinte, a-t-elle son mot à dire ?

- Ne le prends pas comme ça ma fille, on se pose des questions, c'est tout. C'est normal, le gaillard habite chez nous, répond Gustavo en posant sa main sur celle de Maria.

La jeune fille lui sourit. Il s'agit de faire profil bas maintenant, ses émotions l'ont trahie. Elle doit retrouver Giovanni tout à l'heure, elle prend son mal en patience. Après tout, qu'ils parlent, qu'ils médisent, peu importe, ils ne le connaissent pas comme elle le connaît.

Maria court. Elle est en retard. Ce repas était infiniment long. Elle ne savait comment s'en dépêtrer mais là voilà dehors, enfin. La fraîcheur du soir la ravive, elle sent ses joues s'empourprer, elle n'en sera que plus belle. Elle espère que Giovanni l'attend toujours, qu'il ne s'est pas impatienté. Mais après tout, ses grâces valent bien cette attente. Oui, ce soir, elle est bien décidée à l'embrasser. Elle a retourné cette idée dans sa tête tout au long du repas. Ce serait son premier baiser, elle le veut tendre et mémorable. Elle se met du rouge à lèvres, sans miroir en marchant, ça ira bien comme ça. Elle approche de la gare Saint-Charles où son amoureux l'attend. Il allume sa cigarette et relève la tête. Il reste un moment ébahi, un peu bête, puis il se reprend. Il tend un bouquet d'aconits à la jeune fille dont les yeux s'illuminent. Elle est contente, le cœur battant du jeune homme s'apaise.

- Tu as pu échapper à ta mère ?
- Comme tu vois !

Le jeune garçon est flatté de la voir prendre des risques pour leurs rendez-vous secrets.

- Où allons-nous ce soir ?, demande-t-elle avec un sourire enjoué.
- À la gare Saint-Charles. C'est une surprise !
- Je vois. Tu aimes me surprendre et tu as gâché la surprise !, dit-elle avec un air taquin.

Giovanni ne répond pas. Ce jeune homme est décidément énigmatique. Elle espère un jour saisir cet insaisissable en lui, ou peut-être ne l'espère-t-elle pas. Ce mystère lui plaît. Giovanni réchauffe sa main dans la sienne et l'embrasse pudiquement sur la joue. Elle rougit. Elle a des manières adorables, il presse ses petits doigts froids, il ressent quelque chose de tendre pour elle. Les amoureux montent les marches de la gare et Maria est impatiente de découvrir sa surprise.

- Tu préfères la première classe ou la deuxième classe ?, demande le jeune homme en lui tenant courtoisement la porte.
- Pourquoi cette question ? Une lune de miel me semble prématurée…
- Il faut déjà gagner notre billet !

Maria le regarde avec des yeux ronds. Il lui sourit avec malice. Elle n'en saura pas plus. Ils traversent la gare dont la verrière s'ouvre sur le ciel étoilé. Giovanni semble d'humeur romantique, Maria s'en amuse. Pourtant, autour d'eux, les voyageurs las et fatigués ne remarquent pas la beauté du lieu à demi plongé dans l'obscurité. Les réverbères comme des feux follets peignent les recoins de la gare d'une lueur douce et vibrante. Maria redécouvre l'endroit, cet instant lui donne des yeux neufs, des yeux d'enfant émerveillé. Giovanni est absorbé par la surprise qu'il lui prépare, il a ourdi son plan depuis quelques jours. Il espère que Maria jouera le jeu. Si ça tombe à plat… Il a peu d'expérience en matière de séduction et le fiasco de son amour pour Stella ne le rassure pas. Mais aujourd'hui, sa peur ne le tétanise pas, elle le galvanise au contraire. Il se sent d'un courage qu'il ne se connaissait pas. Il faut tenter le tout pour le tout.

- Sais-tu danser ?
- Danser ? Ici ?
- Et pourquoi pas ? Je te joue de l'harmonica à genoux. Et toi, tu fais des figures de danse. Tu verras on peut récolter beaucoup de pièces.
- Tu en es sûr ? Mais comment veux-tu que je danse ?, demande Maria d'un ton très hésitant.

- T'inquiètes pas ! Danse seulement ! Enlève tes chaussures ! Le jeune homme s'agenouille et sort son harmonica de sa poche. Il jette son béret aux pieds de la jeune fille qui a enlevé ses chaussures. La jeune Italienne est tétanisée lorsqu'il souffle dans son harmonica. Un son de blues s'élève dans la gare. Les voyageurs s'étonnent. On s'approche avec curiosité. On s'attroupe peu à peu pour observer le spectacle. Après tout, on n'a rien à faire ici et le train a du retard. Maria les voit arriver. C'est à contrecœur qu'elle se met à danser. Les rouages de ses muscles se resserrent, elle se sent maladroite. Elle se sent inopportune. Elle regarde Giovanni avec inquiétude. Qu'est-elle en train de faire ? Elle est en terre inconnue. Les yeux de Giovanni l'incitent à poursuivre sa danse. Ils lui insufflent confiance et sérénité. Ils la rassurent. Ils sont là, permanents, rivés sur elle comme pour l'accompagner et la libérer. Elle soutient son regard. Elle sent un espace d'osmose qui s'ouvre à elle dans ce regard. Elle s'y engouffre timidement. Son corps se relâche. Ses membres se dénouent. Une légèreté la soulève. Son corps est vaporeux, elle dissémine ses gestes, elle se déploie. Elle est dans un ailleurs accueillant. Elle danse sans se soucier du reste. La voilà aveugle, absente aux autres et présente à elle-même. Une vibration l'habite qui vient de loin. Giovanni la regarde, traversée par la musique, d'une sensualité nouvelle, d'une ardeur qui l'étonne et le transporte. Elle est partie plus loin que lui, elle court vite, il faut la rattraper. L'horloge de la gare n'a pas sonné minuit. Son cœur palpite au rythme des secondes qui glissent sur le cadran. Le temps s'arrête et se dilate tout à la fois. Il a envie de l'embrasser, de l'étreindre, de sentir sa chair contre sa chair, de ne faire qu'un avec cette femme sublime qui plonge ses yeux dans les siens. Les voyageurs sont émerveillés. Ces amoureux ont eu la plus belle idée du monde. « Ce sont peut-être des artistes », suppose une femme. « Peut-être s'amusent-ils simplement ». Un enfant s'approche et jette une pièce dans le béret. Elle ouvre la voie aux donations. Le béret se remplit. Giovanni le remarque avec amusement mais Maria danse sans rien apercevoir. La musique se délite peu à peu. Maria ouvre les yeux. Les voyageurs applaudissent. Elle les voit. Son cœur bat la chamade. Elle est stupéfaite, c'est elle qui a fait ça, elle ne s'en croyait pas capable. Elle se retourne vers Giovanni et le remercie.

Giovanni et Maria sont assis sur les marches du parvis de la gare Saint-Charles. Maria recouvre ses esprits, Giovanni contient ses émotions. La pleine lune crée un halo lumineux à travers la brume nocturne de Marseille. Les dômes de la cathédrale Saint-Jean sont éclairés. Maria lève les yeux vers le ciel étoilé et pointe du doigt une étoile filante : « As-tu vu cette étoile filante passer ? », s'exclame-t-elle. Le jeune homme lui esquisse un sourire. Il n'a rien vu. Il ne pense qu'à l'embrasser. Les derniers voyageurs descendent les escaliers de la gare. Il se fait tard. Maria pose sa tête sur l'épaule de Giovanni. Elle écoute l'homme qui joue de la guitare un peu plus bas. Giovanni lui prend la main et regarde un groupe de jeunes gens qui fument à la lueur du réverbère. Maria a le cœur qui bat fort. La joie s'empare de Giovanni. L'expérience mémorable de la gare Saint-Charles restera gravée dans son esprit. Il l'espère pour un bout de temps. Maria est conquise. Elle est comblée ce soir. « Je t'aime », lui murmure-t-elle dans le creux de l'oreille. Giovanni prend courage. Il approche son visage de celui de la jeune fille. Elle ferme les yeux et se laisse aller. Ses lèvres effleurent les siennes. Ils s'embrassent.

11.

Dans le havre du vallon des Auffes, dans le septième arrondissement de Marseille, Aleksander Spielman attend patiemment un charmant jeune homme pour le souper chez Fonfon. Il fait tourner sa chevalière autour de son doigt. Serait-il nerveux ? Le visage du jeune garçon s'est dissipé de sa mémoire, il n'en garde qu'un vague souvenir, une impression. Le havre est blanc. Le blanc de l'hiver le transporte dans son enfance à Cracovie. Cracovie ne vit qu'en hiver, ou tout du moins elle n'éveille son imagination que quand elle est drapée de gel, lumineuse et chatoyante sous les flocons de neige. Il aimait jouer l'hiver dans le parc de Kazimierz avec les autres enfants de la communauté juive. Il guettait cependant les musiciens qui venaient quelquefois troubler leur insouciance. Il aimait les chants yiddish. Il aimait le violon. Il aimait cette lueur indescriptible dans les yeux des musiciens. Cette lueur, c'était un mystère pour lui, quelque chose de plus impénétrable que les voies du seigneur. Le rabbin de sa synagogue le regardait d'un mauvais œil. Ce noir corbeau barbu ne comprenait pas son enthousiasme pour la musique. Il aurait voulu le voir plus fervent pratiquant. Dans sa famille, on le destinait à devenir rabbin. Il sourit. La musique l'aura décidément éloigné de toute attente. Ses yeux reviennent sur le vallon des Auffes. Giovanni n'est toujours pas arrivé. Le jeune garçon sait se faire désirer. Aleksander Spielman s'ennuie un bref instant. Puis il regarde plus avant ce paysage qui s'offre à lui. Il s'y évade. Il le pénètre de son esprit et le parcourt de sa sensibilité. Le froid qui mord son visage et le vent qui balaie ses yeux l'engouffrent dans une nocturne de Chopin. Autour de lui, tout se transforme, tout devient musique. La glace craque sèchement sous le balancement des barques amarrées au quai. Il entend le crissement des fissures qui se prolongent, les égratignures, les blessures, c'est *vivace*. Le givre des esquifs va se mêlant à la mer prisonnière du havre dans un rythme *moderato*. Le gel des toits se liquéfie. Chaque goutte qui tombe représente une note. Chaque série de notes se dessine en portée. La nocturne se fait de plus en plus vivante, animant chaque élément de sa mélancolie. Puis elle s'éteint. Aleksander Spielman lève les yeux. Giovanni est en face de lui. Ils entrent chez Fonfon.

Les yeux de Aleksander Spielman sont rivés sur lui. Ils sont rieurs. Giovanni est intimidé. Il peine à comprendre ses taquineries. Il se sent gauche et grossier. Il mange sa bouillabaisse avec précaution mais les fils de fromage viennent se coller sur son menton. Il aurait dû prendre des écrevisses comme Aleksander. Le musicien sourit.

- Vous avez de l'appétit jeune homme ! À votre âge, ce n'est pas étonnant. Quel âge avez-vous ? Vous me l'avez peut-être dit.
- J'ai vingt et un ans depuis cet automne, répond naïvement Giovanni en avalant bruyamment sa soupe.
- Vous avez la vie devant vous, je vous la souhaite pleine de joie et d'ivresse, plaisante le pianiste qui fait signe au serveur de leur resservir du vin blanc.

Le serveur distingué, qui met d'ailleurs Giovanni mal à l'aise, prend soin de servir Aleksander Spielman en premier, sa main gauche sur le liteau et sa main droite sur le goulot, comme il se doit dans les bonnes maisons. Ne peut-on pas se servir soi-même ? Il souhaiterait plus d'intimité pour converser avec cet homme mystérieux qui boit son verre de vin du bout des lèvres. Aleksander Spielman hume le vin plus qu'il ne le boit, il prend plaisir à faire tourner son verre sous son grand nez aquilin. Il hésite un instant, dévisage Giovanni d'un air narquois puis l'interroge :

- Avez-vous un amour dans votre vie ?
- Oui, elle s'appelle Maria.

Un léger mépris ou peut-être une pointe de dégoût passe sur le visage du pianiste. Giovanni en ignore la cause mais il sent qu'il doit défendre celle qu'il aime.

- C'est la plus belle Italienne de la Belle de Mai et elle parle un français parfait.
- Je suppose que c'est une artiste comme vous.
- Pas du tout ! Maria apprend le sténodactylo dans un lycée du centre-ville. C'est une jeune fille sérieuse qui veut entrer à l'administration, ajoute-t-il avec fierté.
- Être sérieux, c'est bien... mais n'est-ce pas ennuyant ? Je vous croyais plus aventurier, vous le bel endormi qui fumait de l'opium à côté de son harmonica.

Giovanni ne sait que répondre. Aleksander Spielman a mis le doigt malgré lui sur la contradiction qui le ronge, sur ses mensonges, sur ses difficultés à savoir qui il est et ce qu'il fera de lui.

- Vous ne mangez plus ? Mes questions indiscrètes et inopportunes vous auraient-elles coupé l'appétit ?
- Non ce n'est pas ça...

Le regard triste du jeune garçon atteint Aleksander Spielman malgré lui. En dépit de tous les artifices qu'il déploie pour séduire, il ne reste jamais étranger à la vulnérabilité d'un beau jeune homme.

- Et cet harmonica ? Que vous permet-il de jouer ?, demande-t-il avec douceur.
- Du blues.
- Du blues ? Vous êtes décidément un mélancolique. Mais quel musicien ne l'est pas ? Quand je joue, que ce soit dans mon salon ou à l'Opéra, j'ai toujours le spleen comme on dit. Mais c'est beau le spleen ! C'est l'inspiration des grands hommes, sans cet amant-là, ils ne peuvent rien faire.
- De quoi jouez-vous ?

- Mais du piano bien sûr ! Aurais-je omis de vous le dire ? Je suis allé au conservatoire de Varsovie quand j'avais votre âge... et votre beauté.
- Varsovie ? Où est-ce ?
- En Pologne...
- Pourquoi êtes - vous parti ?
- En réalité, je suis parti deux fois. La première fois, j'ai quitté Kazimierz, le quartier juif de Cracovie. C'est là que j'ai passé mon enfance et que j'ai vécu mon premier amour. Aucune autre ville que Cracovie n'a pu m'inspirer comme elle m'inspirait. Elle est née pour la musique et la musique est née pour elle. J'ai grandi en l'adorant et je l'ai chérie depuis cent fois sur mon piano. Mais je l'ai quittée pour rejoindre le Conservatoire de Varsovie. Je suis resté quelques années aux côtés de ma vieille tante et j'ai quitté le pays à la montée de l'antisémitisme. Pouvez-vous imaginer la colère et la tristesse de voir les siens persécutés ? J'avais cru à son renouveau quand le maréchal Pilsudski était au pouvoir. On a tous espéré, on avait encore la force de lutter, de garder la tête haute.
- Et que s'est-il passé ?
- En 1935, les lois de Nuremberg rendirent notre sort inexorable. L'antisémitisme devint légal, légitime et omniprésent. Beaucoup de Juifs ont rejoint la Palestine mais pour ma part, je souhaitais rester en Europe. J'aurais pu fuir plus loin la violence des Allemands, et bien sûr l'invasion de la Pologne m'a ébranlé depuis Paris, et bien sûr le pétainisme m'a retourné et m'a effrayé, mais je ne pouvais pas m'éloigner de la musique de l'Occident, de ses milieux artistiques, de sa vie de bohème, de son histoire et de sa force. Et puis... j'avais quelques amis à Paris qui m'attendaient et qui m'ont protégé.
- Vous n'y retournerez jamais ?

- Non, pour moi, c'est fini à jamais. La Pologne a perdu son insouciance et sa légèreté. C'est bien la seule femme qui m'ait brisé le cœur.
- Votre famille est restée en Pologne ?
- On peut dire ça...

Aleksander Spielman finit son verre de vin, ses yeux ont perdu de leur lumière, il soupire. Giovanni continue la conversation :

- Moi je viens de Livourne !
- Livourne, n'est-ce pas sur la côte italienne ?, dit Aleksander Spielman en se levant de table.
- Si, j'y pêchais avec mon père...
- Vous étiez pêcheur à Livourne. Je vois. Je dois filer. Venez sur Paris, je vous montrerai les plus beaux endroits.

12.

- Les Italiens ! Sortez de Marseille !, s'époumone une manifestante.
- *Macaronis* dehors ! Bande de voyous ! Bande de canailles à foutre votre merde en France !, clame un homme coléreux dans le rassemblement.
- Ce sont des bons à ne rien fichtre !, réplique la manifestante.
- Cette fois-ci, nous allons venir mettre le feu aux commerces de la Belle de Mai !
- Il n'y a pas que la Belle de Mai, nous devons brûler les filets des pêcheurs napolitains ! Ces *nabos* prennent notre poisson dans notre mer.

Sur la place Jean Jaurès, le ton est monté parmi les manifestants qui brandissent vigoureusement des drapeaux aux couleurs de la patrie. On se révolte contre l'explosion de la voiture qui a eu lieu plus tôt dans la semaine à La Loubière. On hurle sa haine contre les immigrés italiens : les *macaronis* les empoisonnent, ce sont des parasites. On ne peut plus travailler en sécurité, on ne peut plus dormir tranquillement. Parmi la foule dense qui se prépare à marcher solidairement vers la Belle de Mai, deux *porteïris* gouaillent leur rancœur :

- Dehors ces mafieux ! Dehors ces ritals !
- Nouons des estrasses à nos corbeilles ! On y jettera du carburant !

Derrière elles, quelques hommes ramassent des pavés. Les commerçants de la Belle de Mai vont voir ce qu'ils vont voir ! Ils encaissent leur salaire, ils volent leur argent ! « On va fracasser leur vitre, leur étalage, il n'en restera miettes ! ». Les vieux claudiquent à l'arrière, leurs mains agrippées à leur canne. « Je sens que ça va dégénérer, restons en retrait, nous n'avons plus l'âge pour ces choses-là. ».

Les Pacchiano sont cloîtrés chez eux dans l'obscurité. Comme la plupart des familles italiennes de la Belle de Mai, ils craignent que la manifestation ne se transforme en émeute. La porte est barricadée et les volets fermés. Ils attendent que ça se termine. Ils chuchotent comme si les manifestants pouvaient les entendre. Gustavo allume la radio. Le maire de Marseille, Gaston Deferre, s'adresse à ses concitoyens :

- *Chers Marseillais, je connais votre désolation. La France ne se laissera pas faire contre des actes de violence. L'explosion à La Loubière ne nous laissera jamais indifférents. Elle ne sera jamais le signe d'une réconciliation entre Français et Italiens. Je vous demande, à vous citoyens français de calmer votre colère en ce jour de manifestations…*

Giovanni est déchiré. La culpabilité le dévore silencieusement de l'intérieur. Les remords s'amassent dans sa gorge. Tout est de sa faute. Le colis qu'il a déposé à La Loubière contenait des explosifs. Et jamais il n'en parlera à personne. Il porte ce poids gigantesque sur ses épaules. Il regarde cette famille chaleureuse et dont il convoite la fille, cette famille qui l'a accueilli au sortir du paquebot alors qu'il n'était rien ni personne et qu'il ne parlait pas français. Ils lui ont fait confiance et il les a trahis. Les voilà cloîtrés, les voilà ignorant la cause de la manifestation, victimes de sa bêtise. Ses yeux se posent sur le visage de Maria. Elle lui sourit, et lui, ça lui crève le cœur de lui rendre son sourire. Il est infâme. Il est abominable. Il souhaiterait presque que la vérité éclate, qu'on le bannisse de la Belle de Mai et qu'on le roue de coups. Il souhaiterait presque qu'on le condamne. Comment expier sa faute ? Pourra-t-il jamais se défaire de ses mensonges ? Domenica saisit la main de sa petite fille. Elle est apeurée. « Ne t'inquiète pas, le seigneur nous protège ! », murmure-t-elle dans le creux de son oreille. Gustavo et Claudio écoutent avec attention les paroles du maire de Marseille. « Et qui vous a dit que les Italiens on fait ça ? C'est toujours nous qu'on accuse ! », s'indigne Gustavo en achevant son verre de vin. Il se lève et vérifie une dernière fois que la barre de fer est bien calée à la porte. Fiora se sent piégée en ce jour de travail. C'est de l'argent perdu. C'est du temps perdu.

- Gustavo, ce n'est pas la première fois qu'ils manifestent contre nous, dit Fiora avec exaspération.
- J'espère que c'est la dernière !, s'énerve Gustavo en haussant le volume de la radio.
- Nous devons invoquer la mère de Dieu, soupire Domenica en faisant glisser les perles de son rosaire entre ses doigts
- La rumeur dit qu'ils vont lancer des pierres aux fenêtres, ajoute Maria.
- Ça s'annonce très mal, dit Gustavo
- Y a-t-il des rixes entre Italiens et Français ?, demande Giovanni.
- En voilà un qui ne sait pas encore et moi je te le dis, tu vas connaître la haine !
- Des bagarres ?
- Tu parles de bagarres ! Des blessés, des morts ! Et la plupart du temps nous les *macaronis* comme ils nous appellent, on n'a pas provoqué, on n'a rien fait !

- *... Chérissons la paix dans notre pays et dans notre ville, nous savons comme elle a été difficile à obtenir, nous avons vu nos hommes et nos enfants mourir pour la patrie.*

Rendons leur honneur en maintenant la paix, en restant dignes et unis face à la violence qui a sévi ces jours-ci. Je vous connais mes chers concitoyens, je sais que vous chérissez comme moi votre ville, terre d'accueil et d'hospitalité depuis des siècles, ville cosmopolite, ville d'échange et de partage.

Les Marseillais vomissent leur colère. Ils scandent en chœur des slogans haineux qu'ils improvisent au fur et à mesure de la marche. La meute se déchaîne. Les premiers pavés sont lancés, les premières vitres brisées. On cherche un Italien à passer à tabac. Où sont-ils ces misérables ? Qu'ils montrent ce qu'ils ont dans le ventre ! On vient frapper aux portes qui tremblent sous les coups. On fait circuler le vin et la bière. On perd toute inhibition. Quelques brutes avinées galvanisent la foule. On tire une charrette remplie de bois pour incendier le quartier italien.

Les rugissements et les hostilités résonnent dans la Belle de Mai. Les Pacchiano se sentent piégés comme des lapins. Ils sont impuissants. Ils ne peuvent qu'attendre et ronger leur frein. Domenica allume un cierge consciencieusement. Elle tremble. Elle psalmodie quelques prières. Malgré la foi, les larmes lui montent aux yeux. Fiora se veut rassurante, elle prend sa mère dans ses bras et la console. Giovanni se prend de pitié pour cette grand-mère qui dévoile pour la première fois sa vulnérabilité. La haine est un sentiment qu'elle ne peut pas comprendre. Elle en est indignée, elle en est bouleversée. Gustavo fait les cent pas en grommelant. Il serre les poings. Il roule dans sa tête ses désirs de violence. S'il n'y avait pas la famille, il irait leur montrer à ces racistes de quel bois il se chauffe. Maria a le regard inquiet. Ses yeux croisent ceux de Giovanni. Elle sent qu'il y a quelque chose qui ne tourne pas rond. Aurait-il des reproches à se faire ? Le jeune homme retrousse ses manches. Il doit expier sa faute. Il doit assumer ses actes.

Un gaillard traîne son sac de jute rempli de pavés. Les roulis de la caillasse résonnent dans la rue assaillie par les manifestants. Il s'arrête devant la vitrine d'un restaurant. Il a bien envie de savoir le bruit que ça fera, un gros pavé dans cette belle vitrine. Il arbore un sourire teinté de violence contenue. Il lance un premier pavé. La vitrine s'effondre. Elle ruisselle comme une cascade de verre. Il lance un deuxième pavé qui pénètre la salle jusqu'au comptoir. Puis un troisième. Il est pris de frénésie et ne peut s'arrêter. Saccager, désagréger, tout bousiller. Il exulte. Une bonne femme cherche à bien utiliser sa corbeille d'osier toute nouée d'estrasses. Et si on mettait le feu à leur commerce ? Ce n'est pas assez de leur casser les vitres. Un sourire vengeur se dresse sur son visage. Elle attendait ce moment depuis la place Jean Jaurès. L'attente en valait la peine. Elle frotte une allumette de cire sur la boîte et la jette dans la corbeille qui s'enflamme à l'entrée du restaurant. L'odeur âcre de carburant envahit la meute de Marseillais qui aboie. Un peu plus haut, au coin de la ruelle, un bougre fracasse les vitres d'une voiture à coup de barre de fer. Il prend son temps pour les briser une à une avec exaltation. Attirées par le bruit, des canailles viennent transpercer les pneus avec leurs couteaux. Ils sont rejoints par un confrère qui asperge les sièges de carburant avant d'y jeter son *zippo*. Les Français reculent lorsque le feu grandit et qu'on entend la carcasse du moteur détonner. Ils prennent plaisir à regarder le véhicule s'enflammer comme un feu de joie. La Loubière est maintenant vengée.

Giovanni est dehors. L'air frais lui monte au visage. Il s'est enfui malgré les supplications de Maria. Il ne pouvait plus rester là sans agir. Il ne pouvait plus faire semblant. Il fallait faire quelque chose de cette colère, de cette rage. Il serait devenu fou, cloîtré chez les Pacchiano. D'abord éblouis par la lumière du jour, ses yeux se dessillent. Des sauvages courent en tous sens, des bâtons à la main, piétinant les rues saccagées. Quel champ de bataille ! Tout est en ruine. Il enjambe les bris de verre, les éboulis, les objets hétéroclites des magasins pillés qui gisent sur les pavés. Les voitures se consument, les restaurants disparaissent sous les flammes. On le bouscule sans le regarder. Il manque de tomber une ou deux fois. Il ne sait où donner de la tête, il ne sait comment agir. Comment défendre un quartier entier ? Comment réparer l'irréparable ? Il s'entend crier. Un hurlement s'est échappé. Un gaillard affairé à ramasser des débris se retourne vers lui et le dévisage. Il s'approche de Giovanni, comme un chat qui observe sa proie avant de bondir. Est-ce un Italien ? A-t-il osé sortir ? Giovanni lui sourit avec mépris, ses yeux noirs le provoquent. « Allez viens ! Oui je suis italien ! ». Il prend le français par le col de la chemise et lui crache au visage. Les hostilités sont lancées. Le français est d'abord abasourdi. Il ne comprend pas bien ce qu'on lui cherche. Giovanni le regarde sans bouger. Il attend. Il reçoit un coup de poing en pleine figure. Sa mâchoire dérape. La douleur lancine entre ses dents. « C'est tout ce que tu as à donner ? ». Le français hésite. Cet Italien ne se défend même pas. Giovanni insiste : « Tu es un homme, oui ou non ? C'est bien ce que tu voulais, tabasser un rital ? ». Il reçoit un coup dans le ventre. Il est plié en deux et pourtant il ressent une étrange jouissance. Les Marseillais se sont regroupés autour d'eux et ils encouragent le pauvre bougre à faire durer le combat. Ce dernier doit montrer aux copains qu'il sait se battre, qu'il peut casser la gueule d'un Italien. Il se défoule sur Giovanni qui ne bouge pas et encaisse. Son fichu sourire va bien s'en aller ! Il frappe encore et encore, exaspéré par ce jeune homme qui ne veut pas le frapper. Il n'aime pas les bagarres déloyales. Ce n'est pas bien drôle, c'est trop facile : « Tu vas te défendre bon Dieu de bon Dieu ? Tu es fou ou quoi ? ». Giovanni ne répond rien, il lance un regard de haine aux manifestants. Il reconnaît quelques gens du port. Ce sont des commerçants, des pêcheurs, des ouvriers. C'est tout le monde et n'importe qui. Des quidams en colère. Un coup de poing le réveille. Il ne sent plus la douleur. Il est à terre à demi conscient. Il voit sa mère qui le regarde tristement. Il voit Luca qui se moque de lui, Maria qui pleure. Il se relève, chancelant. Il essuie le sang de son front. « Allez viens ! ». Le français n'en peut plus, il a envie de partir. Il ne pouvait pas rester à terre ce morveux ? Il veut mourir ou quoi ? Un camarade vient heureusement lui prêter main-forte. Il flanque des coups de pied au jeune italien qui perd l'équilibre. On rigole. Giovanni reçoit de la bière sur sa chemise. On le prend pour un rigolo. D'ennemi, il est passé à amuseur public. Il déguerpit sous les huées et claudique vers le port. Il veut voir la mer, il veut se réconcilier avec lui-même.

Assis sur le port, Giovanni laisse ses pensées se perdre dans l'horizon. Les paquebots s'éloignent. Comme jadis il rêve d'un ailleurs. Mais à présent un poids l'écrase. Il était parti pour devenir un homme bien. Il est aujourd'hui misérable. Son corps le tiraille, il doit avoir une sale gueule. Il sourit. Une gueule à son image. Tous les ports se ressemblent-ils ? Livourne palpite douloureusement dans son cœur. Faut-il encore fuir ? Faut-il revenir ? Qu'a-t-il fait de ce qu'on lui a appris ? Il ferait honte à sa mère. Cette pensée lui noue la gorge. Un albatros se pose à ses pieds. Son œil jaune a quelque chose d'apaisant. « Toi mon gaillard, tu ne te préoccupes de rien, tu survoles la mer, tu cherches des poissons, tu t'enfonces dans les nuages et parfois tu viens te poser là, avec ton air bête et placide. Tu es un bienheureux mon ami. ». L'oiseau le regarde. Un instant s'écoule, vide et percutant. Son destin n'est pas de rester en place. Il ne veut pas poser l'ancre si tôt. Il n'a pas encore trouvé un lieu à sa juste mesure, un lieu qui le reçoive et qui le console. Pourrait-il laisser Maria derrière lui ? Il se met à jouer du blues. La musique le calme, le transporte un peu plus près de lui. Il l'aime. Il le sait. Son amour est tangible et profond. Il se souvient de Stella et de ses rêves de la conquérir. Il lui semble à présent que tout cela n'était pas réel. Il est incapable de se remémorer ne serait-ce que son visage ou le son de sa voix. Stella est un mirage, une illusion. Elle a quitté si vite son esprit… il continue à jouer et l'albatros s'envole. Il n'en veut plus à Luca. Après tout, ce fut un ami, et c'est ça qui compte. Il ne sait pas ce qu'il penserait de Luca maintenant, s'il prenait même la peine de le remarquer. Il a été un bon camarade quand il le fallait, mais aujourd'hui... qu'aurait-il à faire avec ce bon à rien ?

Les manifestants ont déserté les lieux. Ils ont laissé derrière eux un quartier dévasté. On n'entend plus que le crépitement des flammes. Nulle âme dehors. Seul le spectre de la violence. Le temps s'est arrêté et pourtant l'horloge de l'église Saint-Antoine sonne six coups. Une première porte s'ouvre, un Italien vient faire l'état des lieux. Personne. Un carnage. Il appelle ses camarades à la rescousse. Il tambourine aux portes et siffle ses amis. Une première poignée de braves le rejoint, puis une autre. On sort, on appelle le reste de la famille. Il faut sauver la Belle de Mai. On se relèvera tous ensemble. On s'organise, un tel apporte de l'eau, un autre des couvertures pour étouffer le feu, d'autres ramassent les débris, et enfin les derniers parcourent le quartier à la recherche des blessés. Maria est sortie en trombe de l'appartement. Elle arpente les rues à la recherche de Giovanni. Elle demande autour d'elle s'ils n'ont pas vu un jeune Italien. On ne sait pas. On est désolé pour elle. Les gens sont occupés à éteindre les incendies et à ramasser leurs affaires. Mais peut-être bien qu'elle parle de ce jeune homme qui s'est battu contre des Français ! Battu ? Maria est de plus en plus inquiète. Pourquoi a-t-il eu besoin de faire son héros ? Elle espère qu'il n'est pas blessé. Mon Dieu, pourquoi est-il sorti si tôt ? Elle continue de le chercher, affolée. Il n'a pas pu disparaître, il est bien quelque part, mais dans quel état ? Elle l'appelle, crier son nom la console. Alors qu'elle perd espoir, une idée lui vient. Il est peut-être au port. Il vient regarder les bateaux et jouer du blues sur les quais quand il est d'humeur mélancolique. Cette idée à peine apparue dans son esprit, Maria se hâte vers le port. Quand elle voit son amoureux assis sur les docks, son cœur se soulève de joie. Et pourtant, elle est en colère. Comment a-t-il pu lui faire ça ? Comment a-t-il pu disparaître en pleine émeute ? Elle se précipite vers lui et ses sentiments s'adoucissent au fur et à mesure qu'elle le rejoint. Elle le prend dans ses bras : « Giovanni, j'ai eu si peur ».

13.

En ce soir de Noël, sur le parvis de l'église Saint-Antoine, lieu spirituel et convivial pour la communauté italienne de la Belle de Mai, lieu des grands évènements qui jalonnent leur vie, lieu des retrouvailles, des rumeurs, des anecdotes et des nouvelles de toutes sortes, les familles sont réunies pour assister à la messe de minuit. La blanche descente des flocons vient se perdre dans la foule enjouée. Les paroissiens bavardent joyeusement, parés de leurs plus beaux habits. C'est un mélange de robes, de chapeaux, d'escarpins, de bas de soie et de parfum sucré pour les femmes, de costumes, de souliers vernis, de moustaches lustrées, de brillantine et de nœuds papillon pour les hommes. Les enfants de chœur arborent fièrement leur robe blanche et leur croix dorée autour du cou. Leur voix angélique résonnera bientôt sous la nef. Ils prendront un air grave et solennel et leur *mamma* les regardera avec les yeux humides d'émotions. Ils se sont bien entraînés, tous les dimanches avec le curé et l'organiste, mais pour l'instant ils ne sont pas d'humeur sérieuse et s'affairent à façonner un bonhomme de neige. Angelo a même apporté une carotte pour le nez. Il la sort fièrement de dessous sa robe et les autres bambins sont furieusement jaloux de ne pas y avoir pensé eux-mêmes. Les plus jeunes observent, crédules et émerveillés, la grande étoile d'or qui orne la cime du sapin. « Connaissez-vous l'étoile du berger ? », leur demande Domenica. Elle faisait le catéchisme autrefois et elle prend toujours plaisir à instruire les jeunes âmes et à les guider sur le chemin de Dieu. Elle adoucit sa voix pour leur raconter l'histoire des rois mages et la naissance de Jésus. Elle sait raconter les histoires et les enfants l'écoutent avec plaisir. Les amies de Domenica s'impatientent, elles ont envie de s'instruire des nouvelles de la communauté et de s'adonner à quelques commérages. Ernestina montre avec orgueil sa robe de satin qu'elle porte pour la première fois. Elle entrouvre son manteau de fourrure pour mieux laisser voir la coupe, la finesse du tissu et son chatoiement noir. Marta veut toucher. « Que cette chose est belle ! ». Leopoldina les observe avec condescendance. À leur âge, elles en sont encore à se préoccuper de chiffons. Elle parcourt de son regard inquisiteur et cynique l'assemblée. Son œil vient se poser sur le jeune homme qui habite chez les Pacchiano. On ne sait pas grand-chose de ce garçon, il a quelque chose de fourbe et il est bien trop joli pour vivre sous le même toit qu'une jeune fille. Domenica n'aborde pas vraiment le sujet, y aurait-il un secret à cacher ? La voilà imaginant déjà la naïve Maria enceinte et Fiora essayant de dissimuler l'affaire. Les Pacchiano ne s'aperçoivent pas de l'intérêt qu'ils suscitent, occupés à discuter avec les Lombardi, la famille de la fiancée de Claudio.

- Quand aura lieu notre mariage ?, demande le père Lombardi en insistant sur le « notre » pour bien signifier son implication. Il est le père de la fiancée tout de même !
- Nous allons très vite convenir d'une date, mais ces choses-là ne sont pas à prendre à la légère, lui répond Gustavo avec gravité.
- Absolument. Il ne s'agit pas seulement d'une date de mariage mais de la date de l'union éternelle de ces deux-là et de tous les anniversaires qui s'en suivront.
- On leur souhaite au moins des noces de diamant !, s'exclame Fiora.
- Il ne faut pas que ce soit pendant le carême, intervient la mère Lombardi, la plus à cheval sur les traditions et la plus superstitieuse.
- Et surtout pas le mois de mai ! Il est dédié à la Vierge Marie !, requiert Domenica.

- Non, bien sûr, il faut respecter la vierge et la virginité, ironise Gustavo avec un regard complice pour son fils.
- J'ai une très belle robe de mariée, elle est encore bien blanche, la dentelle est fine et elle sera sans doute à la bonne taille, dit Fiora avec orgueil, coupant court aux grivoiseries de son mari.
- Tu avais encore la taille fine à cette époque, plaisante ce dernier.
- On pourrait en dire de même pour toi mon cher, réplique-t-elle en lui tâtant la bedaine.
- C'est entendu pour la robe. Mais cette date ?, insiste le père Lombardi qui n'est pas d'humeur à plaisanter.
- Tu nous enquiquines avec ta date ! Que proposes-tu ?, s'agace Gustavo.
- Un mariage au printemps fait toujours un mariage heureux.
- Au printemps ? Que nous reste-t-il avec vos histoires de carême et de Vierge Marie ?

Giovanni s'écarte. Il ne veut pas trop s'en mêler. Ces choses-là ont l'air d'être compliquées. Il regarde autour de lui. Chaque famille a ses habitudes. Les amis intimes se disent : « Ciao ». Pour ceux qui ne se connaissent pas vraiment ou qui viennent d'arriver à Marseille, on lance des : « Salve ». Giovanni reconnaît parmi les arrivants le boucher, avec ses gros bras virils, sa moustache qui lui tombe sur la lèvre supérieure et son sourire bonhomme. Il va parfois chez lui pour chercher le poulet du dimanche. Il y a toujours foule devant sa boutique, il faut dire qu'il sait y faire, il a toujours une tranche de jambon pour les enfants, des mots d'esprit pour les parents et son gros chien qui monte la garde dans la ruelle lui attire quelques sympathies. Le fromager, qui le talonne, est bien d'un autre genre. Le petit homme maigre vous regarde d'un air sévère derrière ses lunettes. On a toujours l'impression de lui déplaire ou d'être sot. Sa femme, une énorme crémière aux bras rougis, rappelle à Giovanni les lessiveuses de Livourne. Ce couple mal assorti a bien du mal à s'intégrer aux conversations du parvis. On les délaisse, et ils sont là, bêtement plantés devant la porte. Giovanni n'en peut plus, il a froid et il s'ennuie. Où est donc Maria ? Elle s'est éloignée, tout comme lui, de ces conversations à la fois futiles et pragmatiques qui ne l'intéressent guère. Giovanni la regarde qui se promène rêveusement parmi les gens. À quoi peut-elle songer ? Pense-t-elle autant à lui qu'il pense à elle ? Elle est devenue une obsession, une image permanente derrière ses paupières. Il est devenu fou. Transporté par la joie et l'inquiétude, successivement. Sa démarche le fait sourire. Elle a cette façon singulière de sautiller et de se balancer même lorsqu'elle marche calmement. La voilà qui s'arrête. Elle se penche vers un enfant pour lui parler. L'enfant sourit. Qu'a-t-elle pu lui dire ? Giovanni aime la regarder à son insu. N'est-ce pas la meilleure manière de connaître quelqu'un ? Et il a envie de tout connaître, de tout comprendre, de trouver la clé de voûte de ce grand mystère qu'est Maria. Un jour, il saura prévoir tout ce qu'elle fera, il pourra jouer son rire sur son harmonica, il aura son visage gravé tout contre le sien, son corps imprimé sur la paume de ses mains, son odeur l'habitera en permanence et chaque soir il s'endormira avec elle. Maria retire son gant de cuir et presse son chignon pour le remonter. Giovanni s'approche d'elle. Il lui prend la main. Elle sursaute, se retourne, lui sourit : « Ah ! C'est toi ! ».

À la Belle de Mai, on ne connaît que les motos qui pétaradent et les vieilles autos dont le moteur crache bruyamment sa fumée noire. Mais la berline qui s'approche de l'église fend la nuit sans un bruit. C'est un enfant qui l'aperçoit le premier. Il est jeune et pourtant il sait ce que ça veut dire, il sait à qui elle appartient. Il tend le doigt vers l'automobile. Les autres enfants se retournent, puis leur mère, puis tout le monde. Le brouhaha s'éteint. On est là, glacés, on ose à peine bouger. La berline s'arrête. Ses grands yeux jaunes se ferment. Un homme descend et ouvre son parapluie en un claquement sec. Les Italiens du parvis observent le moindre mouvement de celui qu'ils reconnaissent malgré son complet noir. C'est Paolo la Débrouille. Il ouvre la porte arrière, on a le cœur qui s'arrête, serait-ce lui, viendrait-il en personne prier avec eux ? Un premier mocassin se pose sur la neige puis un deuxième. Giovanni tressaille. Le craquement de la neige lui remonte comme un frisson dans le dos. Enveloppé dans un grand par-dessus noir, Capuani fait son entrée. Son regard se pose sur chacun et sur personne, il s'étend, supérieur, omniscient, au-dessus des gens. Quelques chuchotements de surprise crépitent dans le silence du parvis. On est fasciné et mal à l'aise. Pourquoi se joindre à eux ? On le sait très croyant mais plutôt discret. Capuani sait imposer sa présence partout tout en restant invisible. Les familles s'écartent pour lui céder le passage. Abasourdie, une vendeuse le regarde avec de grands yeux ronds. C'est la première fois qu'elle le voit. Il passe tout près d'elle, elle pourrait le toucher en étendant le bras. Son mari ôte respectueusement son chapeau. Capuani lutte pour leur cause. Il est puissant, infaillible. Mieux vaut s'attirer ses bonnes grâces. Giovanni craint que Paolo la Débrouille ne trahisse son secret et se cache furtivement derrière Gustavo. Il ne faut pas croiser son regard. Capuani entre dans l'église le premier. L'homme de foi pose un genou à terre. Il baisse humblement la tête et ferme les yeux. « Notre père, que ton règne vienne ». On attend un instant sur le parvis. L'horloge sonne minuit. Les enfants de chœur prennent place devant l'autel. Les familles s'introduisent calmement dans l'église.

Giovanni entre au bras de Maria. Chaque fois qu'il entre dans une église, un souvenir lui revient, celui de sa chère *mamma* agenouillée devant l'autel et priant le Saint-Sauveur. Il avait regardé crédulement cet homme crucifié et couronné d'épines. Il avait demandé avec innocence :

- Qui est cet homme ?
- C'est Jésus, mon fils.

Il avait fait semblant de comprendre, mais tout cela restait encore mystérieux. Qui était donc ce puissant personnage devant lequel celle qui l'avait mis au monde montrait tant d'humilité ? Il avait ressenti une pointe de jalousie pour cet autre fils pourtant inanimé, absent et muet. Il regarde les alcôves de pierre qui le surplombent, lourdes de toute l'Histoire qui les habite. Combien de personnes sont venues prier ici ? Combien y ont célébré Noël ? Un élan de spiritualité s'empare de lui. Les voix séraphines des enfants de chœur semblent transpercer le temps. Les Italiens, réunis autour d'une même parole prient l'Esprit saint dans l'espoir de recevoir les plus belles grâces. Le curé entame la lecture du livre d'Isaïe :

- *Le peuple qui marchait dans les ténèbres a vu se lever une grande lumière, sur ceux qui habitaient le pays de l'ombre, une lumière a resplendi. Tu as prodigué l'allégresse, tu as fait grandir la joie : ils se réjouissent devant toi comme on se réjouit en faisant la moisson, comme on exulte en partageant les dépouilles de vaincus…*

Domenica écoute la messe attentivement. Pour rien au monde, elle n'aurait raté la liturgie de la naissance de l'Enfant Jésus. Ses graines de blé ont bien germé et la moisson s'annonce bonne pour l'année à venir. Elle lance un tendre regard à Maria. Elle pressent dans son cœur un heureux évènement. Maria tient discrètement la main de son amoureux. Elle écoute sérieusement les paroles de vie qui émanent du représentant de Dieu. Elle souhaite se marier dans une église avec le jeune italien. On ne sait pas ce que Dieu nous réserve. Elle, qui ne voulait que d'un Français, finira probablement ces jours avec Giovanni. Une paix emplit son âme. Elle attend quelque chose pour les jours à venir. Comme une étoile filante, elle aussi, suivra tout ce que son homme fera. Elle prie pour lui. Elle l'aimera. Son regard se tourne vers le fromager chez qui elle achète le *provolone*. Lui aussi prie le seigneur pour une année prospère parmi la communauté unie et soudée dans la foi. Il lève la paume de ses mains vers le ciel à la prière du « Notre père ». Il lance un regard furtif à Capuani. Le patron à la prière universelle se courbe sur ses deux genoux en toute humilité. Il veut justice. Personne ne se doit de toucher au *pizzo* des familles italiennes. La nuit le vengera.

Le curé conclut :

- *Allons dans la paix et dans la joie du Christ !*

À la fin de la messe, le curé vient placer comme le veut la tradition l'Enfant Jésus dans son berceau de paille. Les petites filles sont émerveillées par Marie agenouillée et vêtue d'une robe bleue et d'un foulard blanc. Les hommes comprennent la présence de Joseph, le charpentier, portant une barbe et un bâton. L'âne et le bœuf prennent leur aise en soufflant sur l'enfant sauveur. « Tu vois, c'est le bœuf qui réchauffe Jésus de son souffle puissant », dit un père à son fils qui admire tous les santons de la crèche. Les rois mages souhaitent la bienvenue au christ. « Tu vois, c'est Gaspard ! C'est lui qui a apporté de l'or au fils de Marie ! », dit une mère à ses deux fils.

Assis sur les rochers, Maria et Giovanni admirent silencieusement le ruissellement de la cascade des Aygalades. Son fracas est régulier. Maria regarde le reflet frémissant de Giovanni dans le bassin. Son visage semble auréolé par la lune et ses cheveux épais parcourus d'étoiles. Il est beau, la nuit lui va bien. Ses yeux ardents y prennent toute leur lumière. Elle respire son parfum. Elle a envie de s'engouffrer dans son odeur au creux de son cou, de se réchauffer dans ses bras. La pudeur et la timidité la retiennent. À quoi songe-t-il ? Il ne dit mot et caresse la surface de l'eau avec mélancolie. Elle ne peut deviner son bouillonnement intérieur. Il paraît si calme et pourtant il ne songe qu'à l'embrasser. Il ne sait comment s'y prendre. Il l'a emmenée jusque-là et maintenant il est complètement transi. S'il était trop brusque ? S'il était maladroit ? Lui qui ne connaît que les filles de joie, saura-t-il faire l'amour correctement à la femme qu'il aime ? Il ne sait même pas ce qui se fait et ce qui ne se fait pas dans ce genre de circonstances.

- À quoi penses-tu ?, lui demande-t-elle doucement.
- À toi, lui sourit-il.

C'est elle qui vient l'embrasser à son grand étonnement. Il est soulagé. C'est elle qui le rassure, c'est elle qui prend les devants avec un naturel qu'il n'aurait pu soupçonner. Elle a confiance en lui. Le cœur de Giovanni se serre. Est-il vraiment digne de cette confiance ? Il voudrait crier, tout lui avouer d'une traite, se débarrasser de ce fardeau. Il la prend dans ses bras, il a envie de pleurer. Elle lui murmure des mots tendres. Elle l'aime, c'est merveilleux et pourtant il a le cœur trop lourd pour s'en réjouir complètement. Lui qui joue les gros bras et le voyou, le voilà ému et malhabile. Maria se libère peu à peu de ses craintes et elle emmène Giovanni comme lui l'avait emportée à la gare Saint-Charles. Elle le fait chavirer, il oublie tout. De ses caresses, elle lave sa peine. De ses baisers, elle efface ses remords. Il se sent fort, digne, aimé. Rien n'a plus d'importance que cet instant. Leur peau se réchauffe comme une flamme qui grandit dans le froid. Elle le frôle, elle le tient, elle l'agrippe, elle électrise toute la surface de son corps. Ses yeux sont plongés dans les siens. Leur lumière blanche respire le désir. Il s'étonne de cette force fébrile. La pudeur le déchire. Il se rassoit.

- Que puis je te jouer ?
- Là maintenant ?
- Oui, j'ai envie de jouer pour toi.
- Alors du blues… quelque chose qui te ressemble.

Il joue et elle s'amuse à le déconcentrer. Elle l'embrasse dans le cou, elle le chatouille, elle lui vole des baisers. Il ne peut s'empêcher de rire. Il joue faux. Il joue n'importe quoi. N'y tenant plus, il se jette sur elle avec un cri bestial. Elle éclate de rire. La voilà étendue, les poignets tenus, riant sous son amant qui la tient prisonnière. Il la regarde. Elle ne rit plus. « Viens ».

14.

Ce jour est important pour Giovanni. Il lui faut le courage d'être quelqu'un de bien, de tenir ses promesses et ses engagements. Maria compte sur lui. Il l'imagine à son cours de sténodactylo, sérieuse comme à son habitude, mais avec le cœur inquiet et ravi à la fois. Il aimerait que sa mère soit là, elle qui a toujours espéré pour lui ce moment. Dans la religion qu'elle lui a transmise, il y avait tant de douceur et tant d'amour. Elle priait la Vierge Marie, à genoux près de son lit d'enfant et laissait le quinquet allumé toute la nuit pour qu'il s'endorme sereinement, protégé par sa voix et par la madone. Ce n'est pas un hasard s'il a choisi ce jour pour faire sa demande. C'est un hommage envers sa mère. Aujourd'hui, la statue de Notre Dame de Lorette arrive de Rome jusqu'à Paris.

Giovanni observe les Pacchiano. Ils ont les yeux rivés sur leur poste de télévision. Comme tous les Italiens, ils attendent l'arrivée de la statue bénie par le pape Pie XII. La vierge est une mère miséricordieuse, confidente des peines, consolatrice des affligés, prodiguant tous les secours et réconforts. Dans le quartier italien de Marseille, la mère du Christ prend une dimension supplémentaire. Elle est leur protectrice. Comme eux, Marie a dû s'enfuir de son pays, s'exilant en Égypte pour sauver le petit Jésus de la persécution. Giovanni est attentif aux moindres gestes des Pacchiano. Il passe la main dans ses cheveux nerveusement. Comment va-t-il s'y prendre pour demander la main de Maria ? Il ne va tout de même pas faire sa demande devant la grand-mère. Fiora et Claudio vont retourner travailler. C'est Domenica qui le dérange. Les perles de son rosaire glissent entre ses doigts avec un cliquetis répétitif. La vieille bigote attend impatiemment l'arrivée de la statue de Marie. L'avion en provenance de Rome n'a pas encore atterri. On montre à l'écran la délégation italienne qui se tient prête à accueillir la sculpture des émigrés. Les autorités françaises écartent les familles italiennes venues admirer la mère du Christ. L'avion atterrit. Domenica serre le poing autour de son chapelet. Giovanni la scrute du coin de l'œil. Va-t-elle prier toute la journée ? Il faut trouver un moyen de l'esquiver. De parler à Gustavo seul à seul. Prie-t-elle pour sa petite fille ? Maria s'est peut-être confiée à sa grand-mère. Domenica a fait un rêve cette nuit. Alors que ses amies jouaient aux cartes, elle portait le service en porcelaine que Fiora a reçu pour son mariage. Le tout est tombé par terre sous le regard émerveillé de ses amies et s'est brisé en mille morceaux. Elle garde sa vision secrète et n'en parlera à personne. Elle jette un regard inquisiteur à Gustavo. Son beau-fils n'est pas croyant et il a pris la journée entière pour l'occasion. Gustavo a le cœur serré. Maria est rentrée tard hier soir. Ce matin, elle s'est levée bien trop tôt pour le cours de sténodactylo. Sa fille tenait la main de Giovanni pendant toute la messe de minuit. Qu'est-ce qui se trame entre ces deux-là ? Il ne va pas tarder à le savoir. On va lui délier la langue et lui remonter les bretelles à ce zigoto-là.

- À quelle heure reprends-tu l'usine ?, demande-t-il à Fiora.
- Le patron m'a accordé deux heures, c'est fou, c'est-à-dire que je gagne de l'argent en ne travaillant pas. N'est-ce pas incroyable ?
- Dommage que Maria ne puisse pas assister à la cérémonie !, soupire Domenica.
- Les résultats de fin d'année ne vont pas tarder à tomber, affirme Claudio. On saura si Maria est sélectionnée pour l'administration française.

- Ça y est ! ça y est ! La voilà notre magnifique statue !, s'exclame Domenica qui ne lâche pas l'écran des yeux.
- Regarde-moi cette bande de moutons qui bêlent devant un caillou !, dit Gustavo.
- À quoi ressemble la statue ?, demande Domenica qui peine à l'apercevoir.
- Elle a une couronne d'étoiles, dit Fiora.
- Elle écrase un serpent aussi, rajoute Claudio.
- Elle porte un mioche, dit Gustavo avec un sourire amusé.
- Gustavo ! C'est l'Enfant Jésus, s'énerve Fiora.
- Qu'elle doit être belle ! Qu'elle doit être belle !, répète Domenica avec émotion.
- Elle est très belle !, confirme Giovanni.
- Chose faite, mais je dois retourner au chantier, dit Claudio qui ne s'est accordé qu'une heure de pause.
- *Mamma*, n'oublie pas d'acheter un poisson, pour ce soir, lance Fiora en claquant la porte.
- Et vous tous ! Où allez-vous ? Nous devons finir cette bouteille de vin !, s'amuse Gustavo.

Domenica sort du foyer pour acheter le poisson du soir. Giovanni se retrouve seul avec Gustavo qui sirote un verre de vin. Le moment est venu. C'est maintenant ou jamais. Gustavo s'étend sur le canapé. Il attend le jeune homme au tournant. Il ferme les yeux et fait semblant de s'assoupir. Le jeune italien se souvient des conseils de Maria. Tôt ce matin, les deux se sont parlés avant que Maria ne parte pour son cours de sténodactylo :

- S'il commence à s'endormir, n'hésite pas à t'asseoir sur le canapé comme si de rien n'était. Au moment où il ouvre les yeux, entame la conversation.
- Et s'il a bu ?
- Ne t'inquiète pas. Il garde toujours un peu de lucidité.
- Souhaite-moi bonne chance.

Giovanni s'assoit. Il est prêt. Et voilà Gustavo qui ouvre les yeux. Le poisson a mordu à l'hameçon, le voilà qui rompt le silence :

- Gustavo, j'ai besoin de te parler !, dit Giovanni.
- Tu as besoin de me parler ou tu as envie de me parler ?, demande Gustavo qui ouvre les yeux et lui esquisse un sourire complice.
- Je souhaite me confier à toi comme un fils à son père...
- *Ouffa* ! Attends, ouvrons une bouteille de pastis ! On ne peut entamer une conversation sérieuse sans alcool. Mais ne le dis pas à Fiora.

Gustavo sert un verre de pastis à Giovanni qui observe l'eau blanchir. Le père regarde le jeune homme avec suspicion. Il veut tout savoir. La vérité, rien que la vérité. Il espère que cela va lui délier la langue.

- Tu sais Gustavo... J'aime beaucoup ta fille...
- Écoute jeune homme ! Je suis déçu. Moi, je t'ai accueilli sous mon toit. Moi, je t'ai aidé à trouver du travail. Moi, je t'ai fait confiance. Je n'ai pas fini jeune homme... Et toi tu séduis ma fille ?, lui dit-il en le pointant du doigt.
- Gustavo ! Je te respecte...
- Écoute !, le coupe encore une fois le père inquiet. Maria est une fille déterminée. Elle veut aller loin dans la vie. Elle n'a qu'un seul but. C'est l'administration française. Et toi, tu la mets sur le mauvais chemin. Et toi, tu l'empêches de se concentrer. Elle rentre tard le soir. Comment veux-tu qu'elle travaille ? N'as-tu pas honte ?, s'emporte-t-il.
- Gustavo ! S'il te plaît ! Laisse-moi parler. Depuis que je suis arrivé à Marseille, j'ai toujours respecté les tiens. Et je te suis reconnaissant. Moi aussi, je veux que Maria réussisse, moi aussi je veux son bonheur. Je n'ai jamais voulu lui nuire.
- Alors, à quoi tu joues ? On t'a vu. Je t'ai vu lui tenir la main à l'église. C'est un manque de respect envers les Pacchiano.
- Que veux-tu dire ?, hésite le jeune homme qui est de plus en plus gêné.

- Maria, ma fille, n'a jamais fréquenté de garçons. Et toi, tu débarques et tu bafoues son honneur. Regarde-moi une fois que je suis sérieux. Qu'avez-vous fait ensemble ?
- Nous sommes juste allés nous promener...
- N'essaye pas de m'embobiner. Je ne suis pas né de la dernière pluie ! Regarde-moi bien dans les yeux jeune homme. J'ai tout misé sur cette fille. Moi, je n'ai pas eu l'occasion de recevoir une éducation parce que mes parents étaient pauvres. Mais Maria, elle fera tout ce qu'elle souhaite, elle s'en donnera les moyens. Et si tu la mets enceinte... tu m'entends ? Si tu la mets enceinte saligaud !

Giovanni est désemparé. Il bégaye : « Gustavo ! ». Il est sur le point de se mettre à genoux.

- Ne te mets pas à genoux jeune homme, lui dit Gustavo. Ce n'est pas mon genre. Si tes intentions étaient honnêtes, aurais-tu besoin de t'humilier de la sorte ?
- Mais Gustavo, je suis fou de Maria.
- Fou ? Est-ce que je te demande d'être fou ? Respectueux me suffirait.
- Je veux épouser Maria !, lance Giovanni avec exaspération.

Les Pacchiano sont attablés. Fiora ne comprend pas ce qui se passe. Depuis qu'elle est rentrée de l'usine, Gustavo n'a pas un comportement habituel. Il sourit aux anges. Il ne taquine personne. Il ne boit pas de vin. Il a dû se passer quelque chose de singulier, d'insolite pendant son absence. « Qu'est-ce qui se passe ? », demande-t-elle avec discrétion à Domenica qui retire le poisson cuit au gros sel du four. Domenica fait signe des yeux qu'elle n'est au courant de rien. Elle prétend ne pas savoir mais elle sait au fond de son cœur qu'un heureux évènement approche. Elle a encore sa vision ancrée dans son esprit. On s'assoit autour de la table. Giovanni est soulagé d'un poids. Il n'a pas eu le temps de parler à Maria mais elle a compris à son sourire serein que les choses ne s'étaient pas mal passées. Gustavo s'est absenté dans sa chambre, laissant sa famille l'attendre et s'interroger.

- Qu'est-ce qui se passe aujourd'hui ?, demande Claudio innocemment.
- Je n'en ai aucune idée, lui répond Maria qui ne veut pas vendre la mèche.

Elle lance un clin d'œil à Giovanni et lui tend la main sous la table. Il fait mine de ne rien remarquer, ce n'est pas le moment de badiner. Gustavo revient, une bouteille de vin à la main. Fiora regarde la bouteille avec attention. Ce n'est pas n'importe quelle bouteille. Le père avait acheté cette bouteille à la naissance de sa fille. Il s'était promis de l'ouvrir le jour où un homme demanderait la main de Maria. Fiora est émue. Elle ne dit mot mais une larme coule sur son visage. « *Mamma* ? Tout va bien ? », s'inquiète Claudio. Elle lui ordonne d'ôter son chapeau d'un geste de la main.

- Je tiens à annoncer quelque chose, dit solennellement Gustavo qui se tient debout.
- C'est quoi cette histoire ? Gustavo fait des discours maintenant ?, peste Domenica piquée qu'on lui vole sa place.
- Laisse-le s'exprimer, c'est lui l'homme de la famille, lui rétorque Fiora, impatiente d'écouter ce que son mari a à dire.

Gustavo s'interrompt et débouchonne la bouteille. Il serre tous les verres. On se tait. On attend. Claudio lève son verre.

- Interdit de boire ! Ne vois-tu pas que je vais faire un discours idiot ! À quoi veux-tu trinquer que je n'ai encore rien dit !
- Et tu n'as toujours pas enlevé ce chapeau ? Quand respecteras-tu ton père ?, s'agace Fiora.
- Mais... Tu sais que c'est pour faire comme Bogart.
- Es-tu un acteur de cinéma ? Es-tu des États-Unis d'Amérique ?
- Non, mais...
- Alors, enlève-moi ça !
- Allez-vous me laisser parler bon Dieu !, s'exaspère Gustavo.

- Pardon mon chéri, on t'écoute.
- Mon gendre est bien susceptible, soupire Domenica.
- Toi, la vieille, tu la mets en veilleuse.

Domenica, vexée, ronchonne et cherche des yeux le soutien de sa fille. Gustavo se racle la gorge et lève son verre :

- Un homme dont j'apprécie les valeurs, un homme travailleur et honnête, un homme que je considère comme mon fils, un homme que j'aime et que je respecte est venu me demander la main de ma fille Maria...
- Papa, c'est Marie.
- Je disais, un homme est venu solliciter la main de ma fille Marie. Le vin que vous allez boire aujourd'hui, dégustez-le parce que ce n'est pas un vin ordinaire. Non, c'est un symbole. Il signifie que ma fille va quitter ceux qui l'ont élevée et fonder sa propre famille. Il signifie qu'elle quittera la protection de son père pour être chérie par son mari.
- Tu ne crois pas que tu en fais un peu trop ?, s'amuse Fiora qui n'a jamais vu Gustavo aussi sérieux.
- Un peu trop ? Je marie ma fille et tu me dis que j'en fais un peu trop ?
- Il est encore long ce discours ? On a envie de trinquer nous !
- Il s'achève, il s'achève... Je disais donc : Giovanni, te voilà lié à la famille. Trinquons !

Les Pacchiano lèvent leur verre au nom de Maria et de son fiancé. Fiora verse quelques larmes de joie. Elle est émue. Sa fille a trouvé un parti. Elle qui s'inquiétait pour rien. Domenica se jette sur Giovanni et le serre dans ses bras. On est étonné et on éclate de rire. La vieille bigote appréhendait cet instant mais elle a toujours eu de la sympathie pour le jeune homme. « Prends bien soin d'elle », lui dit-elle dans l'oreille. Giovanni est intimidé. Il lui donne un baiser sur le front. Un sentiment de fierté emplit son cœur. C'est un membre de la famille. Ce sont ses proches, sa belle-famille. Si Nina était là seulement. On ne peut pas tout avoir. Claudio revêt son chapeau à la Bogart. Il fait signe à Giovanni d'embrasser Maria.

Giovanni croise son verre avec celui de Maria. Il la regarde tendrement et lui donne un baiser.

15.

Un ouvrier est ligoté à une chaise. La cordelette rentre dans sa chair douloureusement. Le soleil qui traverse la verrière de l'entrepôt tombe comme une chape de plomb sur son crâne. Son regard vitreux ne quitte pas le sol, absorbé par la poussière noirâtre qui se soulève et retombe au moindre mouvement de ses ravisseurs. L'ombre de Graziano s'étend devant lui. Il la regarde se mouvoir autour de la chaise, imposante, massive, brutale. Il passe sa langue sur ses lèvres, sa moustache a un goût de sang. Il doit saigner du nez, son visage est ankylosé par la douleur. Le sel de sa sueur vient picorer ses plaies. Cette vive sensation le rassure. Il est bien vivant. Il reçoit un coup dans la nuque. La barre de fer ébranle son corps ramolli comme un sac de blé. Il laisse s'échapper un râle. Il ferme les yeux. Un autre coup dans les jambes. La douleur électrique lui remonte le long de la colonne vertébrale. « Qui a fait ça ? Vas-tu répondre ? ». Grasso le moleste et fait tomber la chaise d'un coup de pied. « Alors ! C'est qui ? ». L'ouvrier à terre lui sourit. Il relève les yeux, son regard est provocateur. Croit-il donc qu'il va parler maintenant ? Des bastons, il en a connues, la souffrance est son quotidien. Il crache du sang sur les chaussures de la grosse brute. « Mais, c'est dégueulasse ! Tu es un porc ! Regarde ce que je fais aux porcs ! ». Grasso mord au sang le bras de l'ouvrier qui se met à hurler. Paolo la Débrouille ricane en allumant sa cigarette :

- Bouffe-le mon gros !
- Il est trop maigre et il pue !

- Tu veux de la sauce bolognaise ?
- On va lui fourrer des olives dans tous les orifices, on verra déjà ce que ça donne.
- J'aurais dit des anchois dans le nez, comme ça à l'instinct, mais c'est toi le fin gourmet.

Franz les toise avec mépris. Il fait craquer ses doigts un à un. Il est resté à distance, il veut bien marquer l'écart, la différence profonde et substantielle entre lui, le spécialiste, le pragmatique, et ces bons à rien écervelés qui ne savent que cogner et rire salement. Giovanni entend ce grincement de dents si singulier qui signifie que Franz perd patience. L'allemand s'approche. Grasso et Paolo la Débrouille s'écartent respectueusement. On se tait, on observe. Que va faire le sadique ? Il faut bien concéder qu'il a de l'imagination. Paolo la Débrouille le regarde avec curiosité sortir un couteau de sa ceinture. L'ouvrier sent que quelque chose a changé. Ce silence ne prédit rien de bon pour lui. Deux bottes lustrées s'arrêtent devant ses yeux. Il entend le cliquetis d'un canif que l'on déplie.

- Tu vas l'égorger comme un mouton ?
- Patience.
- On te fait confiance pour lui tirer les vers du nez à ce traître.
- Taisez-vous.

Un regard bleu vient glacer le sang du pauvre bougre encore à terre. Franz s'est baissé, a étendu le bras, a posé la pointe de son couteau sur la rétine de l'ouvrier : « Si tu fermes l'œil, tu le perds ! ».

Giovanni jette lestement le cadavre dans le coffre. L'ouvrier a succombé à une hémorragie. Il n'a pas avoué. Le traître brûlera comme l'image pieuse. Il a fallu nettoyer le sang et lui nouer une estrasse autour des yeux. Il ne faut pas éveiller les soupçons. Toute trace de sang est le signe d'un meurtre.

- Giovanni, démarre la voiture !

Le jeune homme s'assoit. Il attend que Paolo la Débrouille et Graziano s'installent dans le véhicule. Alors qu'il est sur le point d'enclencher la première vitesse, il se fige. Il sent une froideur métallique. C'est Grasso qui pointe une *Beretta* sur sa tempe. Son heure serait-elle arrivée ? Ses yeux ne quittent pas le parebrise. Pas un geste, pas un mot, ce n'est pas le moment de chatouiller leur susceptibilité. Et Dieu sait que les voyous ne tolèrent aucun répondant. Il faut attendre. Il se sent comme un lapin pris au piège. Paolo brise le silence :

- Giovanni, je t'avais averti.
- Qu'est-ce qui se passe ?
- Espèces de crapule, espèce de traître !
- J'ai toujours exécuté les ordres du patron !
- Tu nous prends pour des idiots ?
- De quoi parles-tu ?
- Allez démarre la voiture. On va à la déchetterie.

Le véhicule entre dans le chemin sinueux. Giovanni regarde dans le rétroviseur le visage de Graziano. Celui-ci le scrute avec ses grands yeux bovins et maintient le révolver appuyé sur sa tempe malgré les cahotements. Le porc n'a plus qu'à appuyer sur la gâchette. Ce n'est tout de même pas cette tête d'abruti qui va le buter. « Arrête-toi devant cet entassement ! », lui ordonne Paolo la Débrouille. Que vont-ils lui faire ? Giovanni sait bien à quoi sert ce lieu. Personne n'entend les coups de feu ou tout du moins nul ne s'en préoccupe dans ce dépotoir en marge de la ville. « Descends ! », meugle Graziano. Le jeune homme s'exécute dignement. On lui ordonne d'ouvrir le coffre, d'en sortir le cadavre et de le dissimuler dans les ordures. Giovanni agit comme un condamné qui marche vers la potence et voit toutes ses fautes apparaître devant ses yeux. Ses gestes se font sans lui, il est déjà entre la vie et la mort, convaincu de sa fin imminente. Le corps de l'ouvrier disparaît sous les détritus. Giovanni remet sa pelle à Paolo la Débrouille d'un air solennel. « À genoux ! ». Ça y est, c'est fichu. Giovanni ferme les yeux, serre les poings et attend. Il est sorti de sa torpeur par un bruit de moteur. C'est la voiture qui s'éloigne. Les deux petites frappes l'ont épargné. Devant lui, la montagne d'ordures prend feu. Des papillons noirs odorants s'échappent du corps de l'ouvrier. Le voilà poussière revenant à la poussière, songe le jeune homme qui s'éloigne, le cœur encore engourdi par la peur.

« Joyeux Noël Maman,

J'aurais aimé célébrer le réveillon avec toi mais je suppose que tu ne l'as pas passé seul et que Marcello et Valentina se sont joints à toi. Je compte sur eux pour veiller sur toi et sur toi pour veiller sur eux. Valentina sait te faire plaisir avec ses colifichets tout droit venus de New York. Je me souviens de ton sourire rayonnant quand tu recevais un foulard ou des gants, toujours joliment empaquetés et glissés discrètement dans ton cabas au marché. Elle aimait te faire cette surprise que tu attendais. Elle avait cette délicatesse de ne pas te faire de cadeaux devant nous qui ne pouvions t'en faire d'aussi luxueux ni même te mettre dans l'embarras, toi qui lui offrais toujours des fleurs. Le Noël à Marseille est empreint de traditions. La tradition veut d'ailleurs que l'on serve les treize desserts le soir du réveillon. Les Italiens de Marseille ont des revenus modestes et ne peuvent pas se permettre de tout acheter. Chez les Pacchiano, on s'est contenté de nougats et d'amandes et la grand-mère, Domenica, n'a même pas pu en manger. C'est pourtant elle qui a préparé le nougat mais sa dentition ne lui permet pas de manger des sucreries. Gustavo n'a pas eu autant de scrupules que moi et s'est bâfré de nougats sous son nez. Elle n'a pas relevé la provocation et a même rempli les chaussettes du sapin de bonbons en tout genre. Je crois que les sucreries lui manquent et qu'elle prend plaisir à nous voir en manger pour elle. Les bonbons préférés de Maria sont les sucettes Pierrot Gourmand, les réglisses pour Claudio et les roudoudous pour moi. Ce sont des bonbons moulés dans un coquillage, peut-être me rappellent-ils les fructueuses pêches de Livourne. On en a mangé tant que l'on est passé à table sans aucun appétit. « Vous mangez le dessert avant le plat ! », s'est énervée Fiora. Il faut dire que du poisson, ce n'était pas vraiment original. Domenica riait sous cape, fier du succès de ses petites attentions. Gustavo a ouvert quelques bouteilles de vin pour l'occasion et il faut bien t'avouer, nous avons plus bu que mangé. À l'heure de se préparer pour la messe de minuit, nous étions tous dans un piteux état. J'ai même dû nouer sa cravate à Gustavo. Heureusement, le froid nous a vite désenivrés et la promenade jusqu'à l'église nous a été bien salutaire.

Je dois t'annoncer quelque chose d'important. Je fréquente Maria depuis plus d'un mois. C'est une fille sérieuse et courageuse, tu l'aimerais, j'en suis certain. Je voudrais que tu la rencontres un jour. Elle est belle, je ne me lasse pas de l'admirer. Ce que je ressens pour elle est difficilement explicable. Je n'avais jamais ressenti ça auparavant. Après la messe de minuit, je l'ai emmenée à la cascade des Aygalades. Je lui ai dit beaucoup de choses. Elle a dit « oui ». C'était spontané. Il n'y avait même pas de bague. Tout est venu naturellement. Elle m'a murmuré de très belles choses que je n'oublierai jamais. J'ai profité du jour de l'accueil de la statue de Notre Dame de Lorette en France pour la solliciter auprès de son père Gustavo. Crois-moi maman, il n'est pas du genre à se laisser faire. Je me suis confié à lui comme un fils à son père. Au final, il a déboutonné les deux boutons de sa chemise, il m'a regardé droit dans les yeux et il a posé une main sur mon épaule : « Tu fais partie des nôtres. Occupe-toi bien d'elle ». Puis il m'a donné un baiser sur le front.

Gustavo prospecte déjà pour nous loger à la Belle de Mai. Les loyers ne sont pas élevés mais il faut se le permettre tout de même. C'est pourquoi Gustavo m'a aussi dégoté un travail permanent comme maçon et non plus comme apprenti. Ma paye va vite augmenter. Maria songe déjà aux premières dépenses pour nous faire un intérieur coquet. Bien sûr, je sais que nous pouvons vivre heureux à Marseille, mais ai-je vraiment envie de passer toute ma vie à la Belle de Mai ? Si j'ai quitté le métier de pêcheur, était-ce vraiment pour devenir maçon ? Certes, tu me diras que j'ai trouvé l'amour et que ça n'a pas de prix. Tu me diras qu'il faut bien s'établir quelque part, que le bonheur n'est pas toujours à chercher ailleurs. Mais tu connais ton Giovanni, il a de l'ambition et aucune ville n'est assez grande pour lui. Du monde que je voulais explorer, je n'aurai vu que Livourne et Marseille. Mais si Maria est acceptée à la prestigieuse administration française, je serai obligé de la soutenir dans sa carrière. C'est son rêve. Seules quatre ou cinq filles du cours de sténodactylo seront sélectionnées pour l'administration. On attend impatiemment les résultats de fin d'année. Je sais que Maria a ses chances. Elle est douée et travailleuse. Je serai fier d'elle, ma jolie femme italienne dans l'administration française... Mais quelque chose me fait souhaiter qu'elle ne soit pas retenue à Marseille. J'ai envie d'aller à Paris. Il paraît que c'est une ville magnifique. Pourquoi ne tenterions-nous pas notre chance là-bas, Maria et moi ? J'ai rencontré un artiste pianiste qui vit dans la Ville lumière. Il m'a vanté les mérites de la capitale et m'a dit de ne pas hésiter à le retrouver si j'étais de passage à Paris. Pour l'instant, je prépare le mariage et je travaille sur les chantiers. Nous verrons bien. Je t'écrirai très bientôt.

Je t'embrasse.
Ton Giogio ».

La Belle de Mai disparaît dans la tempête de neige. Les bourrasques sifflent entre les immeubles. Les familles italiennes dorlotent leurs bambins qui peinent à s'endormir. Les enfants veulent regarder la tempête par la fenêtre mais il se fait tard. Les parents les couchent et se réchauffent comme ils le peuvent. Une bûche dans la cheminée à la flamme du réchaud. Chez les Pacchiano, on commence à s'inquiéter : « Elle ne va pas tarder à rentrer, elle a dû finir ses tâches administratives », dit Giovanni à Gustavo qui fait les cent pas les poings serrés. Il est plus de minuit. Maria n'est toujours pas rentrée de son cours de sténodactylo. Ça y est, elle sort de son école et marche à vive allure sa chemise à la main. Elle n'a jamais pris autant de retard. Gustavo sera furieux. Giovanni sera énervé. Elle remonte une ruelle. Elle essaye de lire le nom de la rue. Elle n'y arrive pas. La tempête de neige l'empêche d'apercevoir la moindre plaque, la moindre enseigne ou la moindre indication. Elle s'est perdue. Elle arrive enfin devant ce qui semble être un grand boulevard. Elle ne voit rien. Pas un homme. Pas une femme. Les rues sont désertées. Elle se dépêche. Elle risque de recevoir une grande leçon de morale à la maison. Au même instant, au quartier de la Madeleine, un homme portant un long manteau noir marche à un rythme cadencé. Son regard bleu englouti sous son capuchon transperce la nuit nébuleuse. Ses pas secs font craquer la neige. Une branche craque sous le poids de la neige et tombe aux pieds de Maria. Elle l'a échappé belle. L'homme défait la ceinture de son manteau. Il sort de sa poche un calibre vingt et charge son fusil *Mossberg*. Il n'est plus très loin de sa proie. Maria cherche un commerce qui pourrait lui servir de repère. L'homme sort son fusil à pompe. La voilà. Il le pointe dans son dos. Elle se retourne. « Mon amour, c'est toi ? », murmure-t-elle. Il appuie sur la gâchette. La jeune fille tombe à terre. L'écho retentit à Marseille.

16.

La lueur pourpre qui précède l'aube crée une atmosphère de tristesse. Les pêcheurs napolitains sortent de chez eux des pelles à la main. L'accès au Vieux-Port est complètement bloqué par la neige. Les bourrasques de la veille promettent une pêche fructueuse et les pêcheurs s'évertuent courageusement, à grands coups de palots par ci et là, à se frayer un chemin pour la journée. Arrivés à la rue Toussaint, deux pêcheurs napolitains aperçoivent au loin quelque chose de sombre qui émerge de la neige.

- Qu'est-ce que c'est ?
- On dirait des vêtements.
- Tu penses ?
- Je ne pense rien, je te dis ce que je vois.
- Allons voir de plus près !

Ils s'approchent d'un pas engourdi. Ils ont peur de découvrir ce qui se cache sous la poudreuse. Marchant l'un derrière l'autre, le premier discerne quelque chose de rigide qui sort de la neige.

- Je crois que c'est une main, chuchote-t-il avec effroi.
- Vas-y toi, moi je me sens mal.
- Tu crois que je m'y connais mieux en cadavre ?
- J'ai le cœur sensible et la petite taille de cette main laisse croire que c'est une femme.
- La pauvresse a dû se faire surprendre par la tempête.

Les deux hommes se penchent au-dessus de la silhouette. On distingue un visage dans la transparence de la neige. C'est une jeune femme. Ses cheveux noirs se répandent autour d'elle. La neige est souillée de sang. Les pêcheurs la regardent, émus. Le spectacle de cette jeune fille figée par la mort les attendrit jusqu'aux larmes.

- Son visage est étrangement serein !
- Elle est belle. Elle est morte et elle est belle.
- Dégageons la neige de son corps.
- Que fait-elle à côté de la Belle de Mai ?
- Est-ce une Italienne ?
- Dieu non, je ne l'espère pas !

« Maria ! Maria ! ». Fiora se convulsionne, sa gorge se contracte, ses yeux s'abîment sur le corps de sa fille. Elle rebute Gustavo d'un geste de la main. Il est hébété, incapable de rien. Il ne peut y croire. Sa femme continue de pleurer, de crier, d'implorer le ciel. Son visage se déforme dans la douleur et l'affliction. « Maria, Maria ! », hurle-t-elle de toutes ses forces. Qu'a-t-elle fait pour mériter ça ? Sa fille, son sang, sa chair, elle est morte à jamais. Elle glisse sa main dans les cheveux ensanglantés de Maria, elle défait son chignon, elle lui ferme les yeux. Elle l'embrasse sur le front. Elle laisse ses cheveux ruisseler dans ses doigts une dernière fois. Un policier saisit l'épaule de Fiora. Il la relève : « Allez madame, nous devons emmener le corps à la morgue ! ». Les cris de Fiora se font de plus en plus perçants. Elle se déchire, sa voix s'éraille : « Ma fille Maria ! Ma fille ! ». Elle donne un coup d'épaule au policier qui la laisse pleurer sur le cadavre. Les familles italiennes qui encerclent Fiora sont secouées. La mère veut réveiller sa fille. La fille Pacchiano. Elle a été assassinée. Elle est morte. Les Italiens sont frappés de stupeur. La foule est engourdie, la foule est blessée. Cette fille était si sérieuse, si gentille. Qui a bien pu lui en vouloir ? Elle devait se marier, paraît-il. Elle était tout juste fiancée. Elle allait rentrer dans l'administration française, être la fierté de la communauté. Mourir si près du but... Fiora froisse une dernière fois le corps de sa fille avant de s'écrouler dans les bras de son mari.

La foule s'agite. « Reculez immédiatement ! », lance un policier en levant sa matraque.

Partie III

Aleksander Spielman

1.

À Paris, les longs tilleuls bourgeonnent dans les jardins et les acacias refleurissent sur les avenues. Un printemps tapageur à couleurs vives redonne le moral aux Parisiens. Ils voient s'épanouir aux balcons des immeubles haussmanniens noirs de suie les campanules violettes et les bégonias rouges. En cette fin d'après-midi, la place de l'Opéra est embouteillée ; les bicyclettes se frayent un chemin à travers les automobiles et les voitures à chevaux. Les klaxons incessants signalent l'heure de pointe. Les nounous raccompagnent les enfants au sortir de l'école. Engoncés dans leur *duffle-coat*, ils avalent joyeusement leur goûter en admirant le dôme vert de l'Opéra. Une fillette jette les miettes de son croissant au beurre pour voir s'attrouper les pigeons. L'un d'eux se pose sur sa gibecière et la voilà qui crie. Un touriste américain se retourne. Il aime ce cachet atypique de la Ville lumière. Devant lui, un couple observe les affiches de la colonne Morris. Entre le dernier film de Jean Gabin et un spectacle à Bobino, ils hésitent. La musique d'un accordéon s'élève sur la place. C'est toujours le même vieillard qui joue des musiques d'Édith Piaf. Sa voix vient couvrir celle du vendeur de journaux qui hèle les passants. Un homme lui achète le France Soir qu'il déplie tout en marchant : « Incendie dans le centre-ville », « Charlie Chaplin rencontre l'abbé Pierre », « Moulinex libère la femme », « Crise du logement : les familles s'entassent », « Échauffourée devant l'usine Citroën quai de Javel », « Chocolat Menier, éviter les contrefaçons ! ».

Au café Casse-noisette de l'Opéra, une vieille dame dispute le serveur : « Lucien ! Mais enfin Lucien ! Cela fait plus de trente ans que je fréquente ce café ! Cela fait maintenant six ans que l'on se connaît ! Je vous ai toujours dit que je voulais, après ma soupe à l'oignon, un croque-monsieur cuit au moins vingt minutes. Je veux qu'il soit doré. Regardez-moi ça, il est duveteux ! ». Le jeune serveur se confond en excuses et ramène prestement le plat en cuisine. En cette fin de journée, Lucien est débordé. Il réajuste sa cravate sous son veston, lustre ses chaussures avec un coin de serviette, rebute son tablier et inspire une bonne bouffée d'air avant de faire claquer la porte battante et de revenir dans la grande salle. Il navigue entre les autres garçons de café, armé de son plateau. Malgré le tourbillon des touristes et les exigences des habitués, Lucien se sent bien au Casse-Noisette. Il y reste quelque chose des années 1900 dans les lustres en cristal et le comptoir de cuivre. Et puis il en a vu passer des célébrités. C'est d'ailleurs la coutume de les photographier et l'on peut admirer entre deux grandes glaces la photo de Michèle Morgan et Gérard Phillipe qui boivent du champagne. On lui fait signe du fond de la salle. Lucien s'approche des joueurs de cartes qui finissent leur bouteille de côte du Rhône.

- Je voudrais une tomate s'il vous plaît, lui demande un homme tout en reprenant sa partie de cartes.
- Bien monsieur, répond poliment Lucien.

Le serveur revient quelques instants plus tard et amène sur son plateau : un jus de tomate, une salière, un moulin à poivre et une carafe d'eau.

- C'en est de trop !, s'énerve le joueur de cartes. Vous ne savez pas ce que c'est qu'une tomate ? C'est un pernod avec un soupçon de grenadine.
- Ah pardon ! Je suis confus ! Je vous avais pris pour un touriste !, s'excuse Lucien en reprenant le verre.
- Ces touristes ! C'est une calamité ! Ils ne savent pas profiter de la bonne cuisine française. Mais ça, c'est la faute du

gouvernement ! On passe notre temps, sur les prospectus de tourisme, à leur parler de châteaux de la Loire ou de la cathédrale de Chartres. Bravo ! Mais pourquoi, mine de rien, ne leur glisserait-on pas aussi la recette des filets de sole normande, hein ? C'est tout de même mieux qu'un bifteck cru au concombre !

- Hélas ! Je ne vous le fais pas dire mon bon monsieur ! Savez-vous ce que j'ai servi hier à trois touristes ? Des harengs saurs ! Avec de la confiture de mirabelle ! Et le tout arrosé d'un verre de lait !
- Mais c'est infâme !, réagit le joueur en portant sa main à sa bouche d'un air dégoûté.

Lucien pédale le long de la Seine, son béret enfoncé jusqu'aux oreilles. Les boîtes vertes des bouquinistes regorgent de livres en tout genre et de cartes postales. Il descend de sa bicyclette, entre le Pont Neuf et le pont Saint-Michel, il trouvera sans doute un livre de chevet digne de ce nom. Lucien repère un bouquin de Camus, *La peste.* Il donne quelques pièces de son pourboire au vendeur. Un croque-monsieur doré vaut bien un peu de littérature. Il est dix heures quand Lucien arrive dans le Quartier latin. Il descend de sa bicyclette et la fait rouler jusque dans la cour de l'immeuble. Il croise la concierge, pas de courrier pour lui aujourd'hui. Et pour le jeune italien ? Non plus. Il va être déçu. Lucien grimpe les escaliers jusqu'au dernier étage. La porte de la chambre n'est pas verrouillée, elle ne ferme plus depuis des lustres.

- Salut l'ami ! Tu as fini de pioncer ?
- Lucien, tu as du courrier pour moi ?, demande Giovanni en s'étirant paresseusement.
- Non, pas aujourd'hui !, répond Lucien désolé.
- Ma mère ne m'a pas écrit depuis une semaine...
- Les lettres mettent du temps à arriver. Ne te fais pas de bile !

Giovanni se lève du lit. Les draps sont sens dessus dessous. Il s'est tourné et retourné toute la nuit, toute la journée. Il n'a pas vu le temps passer. À quoi bon vivre au rythme des autres ? Les autres sont trop loin de lui. Il allume une cigarette ; il aime le bruit du clapet du briquet qui se lève sous la flexion de son pouce. Un bruit sec et métallique. Il regarde sa cigarette se consumer, faire des crépitements jaunes et rouges, devenir poussière. Il la tient fermement entre ses doigts, il s'y raccroche. Il fume trop ces jours-ci. Et quand il ne fume pas, ses poumons se déchargent de toute la fumée qu'il a avalée. Ça l'apaise, tout du moins ça le fatigue et ça l'occupe. Il ne veut pas penser. Il essaye de pousser hors de lui toute trace de souvenir, n'importe quelle phrase, n'importe quel mot, et surtout n'importe quel visage. Ne peut-on pas oublier quand on le décide ? Mais l'oublier, ce serait la trahir, la tuer encore une fois. Maria. Qu'est-ce que ce bruit ? Un pigeon roucoule à la fenêtre. Ses yeux sont parfaitement ronds. Un cercle noir dans un cercle blanc. Aucune émotion ne vient s'y loger. Ce pigeon vit dans l'instant, il ne voit les choses que par ses yeux parfaitement ronds. « Eh l'ami ! On ne peut pas vivre dans ce bordel longtemps ! ». Que lui veut Lucien ? Qu'on lui fiche la paix. Lucien l'embête avec ses futilités. Lucien ne peut pas le comprendre. Maria Pacchiano est morte. Il a envie de hurler, de tout casser. Il se retient. Ça lui demande une énergie folle. Il s'étend de nouveau sur son lit. Il regarde le plafond. Il écoute sa respiration. Lui, il est bien vivant. Malgré tous ses péchés, c'est lui qui a survécu. Ce monde est profondément injuste. Lucien revient à la charge :

- Eh habille-toi ! Tu n'as plus rien d'un homme. À ce train-là, je te retrouverai bientôt transformé en oreiller ou en pantoufle !
- Très drôle… Laisse-moi méditer.
- Méditer ? Tu te moques de moi ? Allez, ce soir, nous sortons !
- Où ça ? Avec qui ?

- Qu'est-ce que ça change ? Tu hibernes dans cette piaule depuis cinq mois.
- Non, pas cette fois.
- Il n'y aura pas d'autres fois, aujourd'hui c'est la fois où il faut sortir.
- Je n'ai envie de rien, fiche-moi la paix, laisse-moi crever si j'en ai envie, je ne te dois rien, je paye mon loyer à ce que je sache.
- Tu me cours sur le haricot avec tes tirades de tragédien ! Maria ne reviendra pas, laisse-la où elle est à bouffer les pissenlits par la racine, les vers s'occuperont d'elle.
- Tu ne respectes donc rien ?, s'emporte Giovanni.
- Je respecte tout ce qui est vivant, c'est déjà pas mal...
- Vous les journalistes, à force d'écrire des faits divers, vous n'avez plus aucun cœur.
- Journaliste, journaliste... je n'ai pas vendu une pige depuis un mois...

Le ton monte. Jean-Pierre crache à la figure de Lucien : « Oui, je suis communiste et je n'ai pas honte de le dire ! ». Et Lucien entonne une tirade sur les marxistes, les trotskistes et les stalinistes qui ne savent pas se mettre d'accord. C'est une honte, Jean-Pierre perd son sang-froid, le parti communiste a été exclu du gouvernement ! Lucien reste serein et finit la bouteille de vin sans sourciller. Claudine essaye de tempérer Jean-Pierre mais le sorbonnard à lunettes ne l'écoute pas. Le voilà qui parle de Jean-Paul Sartre maintenant. Lucien préfère Camus. Jean-Pierre préfère encore Malraux. Camus soutient la colonisation, Malraux est un héros. Il est allé se battre en Espagne, lui.

- Et ton Sartre, qu'a-t-il fait ?, lui demande Lucien d'un air goguenard.
- Il a théorisé notre responsabilité à tous, après Sartre on ne peut plus faire semblant, on ne peut plus se planquer, ce que l'on fait nous définit. Plus de dénonciation sans traîtres,

plus de paresse sans lâches, plus d'ignorance sans complices.

Claudine aime Camus. Elle trouve que Jean Paul Sartre est trop froid, sa philosophie est parfois incompréhensible. Et puis, elle préfère les romans. Elle a bien vu une pièce de Jean-Paul Sartre, elle ne se souvient plus du nom, et elle a trouvé ça trop politique. « Comment peut-on être trop politique ? », s'indigne Jean-Pierre. Giovanni ne les écoute pas. Il les regarde débattre, s'enflammer pour des idées. Justes des idées. S'ils savaient, la vie ce n'est pas de la littérature, ce n'est pas des idées. La vie, ça nous arrive comme ça et ça n'a pas de sens. Lui n'a pas beaucoup lu, c'est vrai, et il se sent à des années-lumière de ces trois amis qui pourraient déblatérer sur des fictions et des choses qui les dépassent complètement pendant des heures. Il ne connaît même pas Dante et Jean-Pierre en était choqué la dernière fois. Il avait vu la sculpture de Rodin et avait décidé que tous les Italiens devaient connaître Dante, l'idiot. Comme si les Italiens n'avaient eu que ça à faire ces dernières années, comme si à Livourne on pouvait lire la *Divine Comédie*. Il sait lire et c'est déjà bien. Claudine pose sa main sur la sienne et le regarde avec ses grands yeux pleins de compassion :

- Giovanni, tu as l'air pensif… on doit t'ennuyer avec nos histoires.
- Mais non, on ne l'ennuie pas, on lui fait découvrir ce que c'est que la littérature française !, l'interrompt Jean-Pierre d'un air victorieux.
- Tu as trop bu et tu nous les haches menu avec ton Jean-Paul Sartre !, le taquine Lucien. Je vais commander une autre bouteille.
- Non, c'est seulement que j'ai d'autres préoccupations, réplique Giovanni avec un sourire pour Claudine.
- Il paraît que tu joues de l'harmonica. Lucien m'a même dit que tu jouais du blues. J'aimerais bien t'entendre jouer, lui répond la jeune fille.

- Lucien n'aime pas du tout mes musiques, il trouve ça ringard et il m'a dit qu'il m'emmènerait écouter de la variété française.
- Lucien a des goûts très arrêtés en matière de musique. Il aime les chansons à texte. Barbara le fait pleurer parfois.
- Pas du tout ! Qu'est-ce que tu racontes ?, se défend Lucien qui est revenu avec une bouteille de Bourgogne.
- Tout le monde est au courant ! Tu ne peux plus mentir ! On t'a vu !, plaisante Jean-Pierre. Sers-moi un verre.
- C'est peut-être vrai.
- Ah ! Nous y voilà ! Il avoue !, continue Jean-Pierre en tendant maintenant le verre de Giovanni. Faisons boire l'italien qu'il rigole avec nous !
- Il faudrait aussi l'emmener à l'Opéra. En plus, tu travailles à côté Lucien. On a de bons chanteurs et un bel orchestre à Paris. Lucien, emmène donc le voir du Verdi, du Puccini, du Vivaldi ou que sais-je !, propose Claudine.
- Sortons-le de l'Italie et des histoires d'amour !, s'exclame Jean-Pierre. Alexander Spielman joue un magnifique concerto cette saison.

« Aleksander Spielman !», ce nom lui dit bien quelque chose. Giovanni le répète en appuyant sur les syllabes de sa pensée. Ce n'est pas possible, il n'aurait pas pu oublier une telle rencontre. Jean-Pierre est encore entré dans un monologue sans fin. Giovanni n'arrive pas à se concentrer. Ce devait être à Marseille, sans aucun doute, il n'a rencontré personne d'important à Paris. « Et toi, Giovanni, qu'en penses-tu ? », lui demande Claudine. Il bredouille une vague réponse. Elle le regarde avec étonnement et n'insiste pas. Giovanni passe pour un rêveur un peu simple aux yeux des amis de Lucien. Alors qu'il cherche dans les tréfonds de sa mémoire, il a tant voulu oublier Marseille qu'elle lui semble maintenant impossible à démêler, il est interpellé par la conversation. « Sartre vient d'écrire *La Putain respectueuse* qui sera jouée en novembre. Je ne louperai ça pour rien au monde », continue Jean-Pierre. « Putain respectueuse, Aleksander Spielman, il y a un lien, mais lequel ? », s'interroge Giovanni. Et tout d'un coup, ça lui revient. Le tripot, l'opium, son cauchemar interrompu par cet homme à la grâce incroyable. Il n'avait pas pu jouir dans les bras de la putain, il avait couru pour le retrouver. Et puis, le restaurant, leur conversation. Aleksander Spielman, c'était bien cet homme élégant qui lui avait fait l'honneur de l'écouter.

2.

Le grand lustre de l'Opéra s'éteint. Les conversations s'arrêtent. Assis dans le grand foyer, Giovanni goûte ce silence d'avant spectacle, ce silence si particulier ; deux mille personnes retiennent leur respiration. Il les écoute attendre. Il imagine tous ces yeux rivés sur la scène, comme les siens, attentifs au moindre mouvement du rideau. Mais le velours épais reste impassible. Il est là, écarlate, imposant comme l'éternité. Toute la belle société parisienne est réduite à une masse indistincte et muette plongée dans l'obscurité et ridiculement impuissante. Son pouvoir, son bon goût, son argent, tout ça n'est plus rien. Giovanni fait corps avec la salle. Enfin, il se sent proche des autres. Il n'avait pas ressenti ça depuis longtemps. Le rideau s'ouvre. Le silence s'emplit d'excitation. Au milieu de la scène, le piano trône dans le cercle blanc du projecteur. Rien autour, rien de plus. Aleksander Spielman abhorre le superflu. La musique doit, comme une flèche, atteindre sa cible sans rencontrer d'obstacle. Le voilà qui s'approche de la lumière d'un pas mesuré. Giovanni le reconnaît. Là, à une dizaine de mètres de lui, il croit sentir son parfum, entendre son accent polonais. Aleksander Spielman s'assoit sur le banc. Il ôte ses gants blancs qu'il lâche à côté de lui. Il promène ses mains juste au-dessus des touches, comme une caresse timide. C'est son rituel. Ses doigts se posent enfin sur le clavier. Il commence *moderato* la sonate de Schubert. Giovanni y entend un enfant qui marche dans la nuit à pas de velours. Ses pieds s'enfoncent dans la neige.

Aleksander se promène dans Kazimierz, il aime faire le mur après le dîner. Il regarde la vieille synagogue du quartier juif et du haut de ses huit ans il admire les pierres de ce lieu sacré, sans se douter qu'il lui causera tant de mal. Il aime déjà se recueillir dans la solitude de sa foi. Giovanni se souvient des prières de sa mère, des larmes qui lui venaient parfois dans l'église de Livourne, touchée par le sermon du prêtre. Il aimerait croire aujourd'hui, être porté par l'espérance, se pardonner et qu'on lui pardonne. Il voudrait tant s'absoudre de ses péchés, mais pas d'absolution sans foi. Il ne croit en rien, la vie est misérable pour les miséreux et la mort ne résout rien. Aleksander se demande si la synagogue est ouverte. Il franchit la grille et vient pousser la lourde porte de l'édifice. Elle ne résiste pas. Spielman garde en mémoire le grincement de la porte du temple qui lui semblait réservé. Les parchemins sacrés de la Torah viennent résonner contre ses tempes, l'enfant entend quelqu'un qui chante, et cette voix, il la cherchera toute sa vie. Le pianiste entame le deuxième mouvement de la sonate, *andante poco moto.* Ses cheveux bruns ruissellent sur ses épaules et la lumière du projecteur vient y mourir en quelques reflets bleus. Giovanni est fasciné par cette crinière de geais et voudrait y plonger sa main comme il plongeait sa main dans les cheveux de Maria. Il la regardait alors solennellement. Il était si sérieux dans son bonheur. Maria se moquait de lui quelquefois. Aleksander aimait Sebastian ; ils étaient adolescents et se retrouvaient en cachette le soir, après le dîner, derrière la synagogue. C'étaient des baisers interdits, ils commettaient un crime. Ces moments étaient d'une intensité naïve, résolument romantiques. Ils se retrouvèrent peut-être une dizaine de fois. Ils ne parlaient pas beaucoup et Aleksander ne savait pas grand-chose de Sebastian. Parler aurait fait exister le sacrilège, aurait brisé le charme de ces moments irréels. Aleksander ne raconta jamais à ses parents son amour pour Sebastian. Spielman commence le troisième mouvement de la sonate numéro seize, *scherzo.* Mais un jour, sa mère découvrit dans son secrétaire une lettre de Sebastian. Cette lettre annonçait son mariage, c'était une lettre d'adieu sans équivoque. Aleksander dû faire face aux cris et aux pleurs de sa mère. Il finirait en enfer, il avait souillé leur nom, brisé leur existence, si son père l'apprenait, elle ne donnerait pas cher de sa vie. Une larme coule sur la joue du pianiste. Toute la salle est en émoi. Il partit le lendemain pour le conservatoire de Varsovie. Il ne revit jamais ses parents. Il ne revit jamais Sebastian. Aleksander Spielman entame le dernier mouvement, *Allegro vivace.* Il était en France quand sa communauté fut éradiquée, un par un, famille par famille, tous envoyés vers la mort. Giovanni sent un frison le parcourir. Maria dans la neige, sa mère qui la pleure. Le pianiste lève les mains du clavier. Il attend un moment. Le silence de la fin embrasse le silence du début. Aleksander Spielman se lève. C'est un tonnerre d'applaudissements et le lustre de l'Opéra se rallume.

Dans le grand foyer, dont les miroirs se succèdent et se répondent dans la lumière des lustres, la bonne société parisienne échange ses impressions, une coupe de champagne à la main. Giovanni se promène dans la galerie, admirant les statues et les peintures du plafond à voussures. C'est grandiose. Tout ce luxe et cet apparat l'impressionnent. Il prête une oreille distraite aux conversations des femmes en robe du soir et des hommes en smoking. Aleksander Spielman est incomparable. Ce concerto restera dans les mémoires. C'est un moment historique pour ceux qui ont du goût. Ça vous change de la variété française et des paroles à faire pleurer Margot. Il se fait tard et il est temps d'aller manger des huîtres à la Coupole ou des escargots au Procope. Giovanni les regarde s'en aller peu à peu et son estomac se serre. C'est le moment de rendre visite à Spielman. Le pianiste du vallon des Auffes le reconnaîtra-t-il ? Il se dirige vers la loge quand un homme le retient :

- Monsieur, cette zone est interdite au public, on n'y vient pas sans qu'on en ait le droit.

- Qui êtes-vous ?, demande Giovanni en prenant un air sérieux. Savez-vous qui je suis ?
- Excusez-moi de vous importuner mais monsieur Spielman ne reçoit que les personnes qu'il a autorisées de recevoir et je fais mon métier d'empêcher d'entrer ceux qui n'ont pas reçu...
- ... je suis le duc de *Palarorski !*, ose Giovanni en roulant les r. Si vous ne me laissez pas entrer, vous aurez affaire à moi...
- Excusez-moi monsieur le duc, je ne vous avais pas reconnu.

Giovanni reste un moment devant la porte entrouverte et jette un œil à l'intérieur de la loge. Aleksander Spielman se démaquille devant son miroir. Autour de lui, deux jeunes gens virevoltent gaiement. Ils reçoivent les bouquets de roses tout en commentant le spectacle :

- Aleksander, tu les as conquis. Tu étais beau, tu as joué comme un Dieu, en un mot tu étais parfait. Peut-être une légère faiblesse dans le troisième mouvement, mais j'ai l'oreille fine et je suis certain que ton public te le pardonnera.
- Un Delavallère a forcément l'oreille fine, sourit Spielman.
- Mon père n'est pas directeur de plusieurs salles de spectacles pour rien !
- Bien sûr, bien sûr...

Giovanni aperçoit enfin le visage de ce jeune prétentieux. C'est un grand blond au nez aquilin et aux manières affectées. Son costume est parfait, son col amidonné soutient un nœud papillon de satin noir. Ses mains blanches et menues étincellent sous les chevalières endiamantées. Il entend le bruit d'un bouchon de champagne qui saute. Un jeune homme efféminé vient servir une coupe à Spielman.

- Merci Ambroise, je suis bientôt prêt, sers donc une coupe à notre ami Simon Delavallère. Trinquons et disparaissons d'ici. Le spectacle est fini.

À ces mots, Giovanni entre. Il sent leur regard se poser sur lui. Il ne sait pas quoi dire, il esquisse un sourire et bafouille un bonsoir.

- Qui êtes-vous jeune homme ? C'est privé ici, on ne vous l'a pas dit ?, s'agace poliment Aleksander.
- Le petit personnel est toujours décevant. On n'a qu'un œil à jeter sur ce jeune homme pour savoir qu'il n'a rien à faire ici, ajoute Simon Delavallère avec un sourire méprisant.
- Je le trouve plutôt charmant, chuchote Ambroise avec un regard complice.
- Vous êtes bien timide pour un intrus. Présentez-vous maintenant que vous êtes là !, ordonne Spielman.
- Je suis Giovanni Valci. Je suis italien mais j'ai vécu à Marseille où je vous ai rencontré monsieur. Je joue de l'harmonica et nous avons parlé musique...
- De l'harmonica ! Diantre ! Nous avons un artiste !, se moque Simon Delavallère.
- Ne fais pas ton gougeât et laisse-le finir Simon. Vous disiez jeune homme ?
- Quand je suis arrivé à Paris, j'ai entendu parler de vous et j'ai voulu vous revoir. J'ai assisté à votre concerto, ça m'a complètement retourné. J'ai aimé votre musique, elle m'a fait la même impression que la première fois que je vous ai vu.
- Mais c'est une déclaration d'amour !, s'amuse Simon.
- Qui ne rêverait pas d'entendre ça ?, ajoute Ambroise en servant une coupe à Giovanni.
- Mon ami, vous m'avez l'air d'un garçon sincère. Venez donc avec nous ce soir.
- Ça promet d'être amusant..., ironise Simon Delavallère.

Giovanni fume une cigarette au balcon de l'appartement d'Aleksander Spielman. Son regard se perd dans les rues vides du Paris au petit matin. À Livourne, c'est l'heure de partir à la pêche. À Marseille, les chantiers navals se remplissent. Une boulangerie s'éclaire au coin de la rue. Il a envie de descendre chercher un croissant et de profiter de la ville déserte et de son charme tranquille. Les éclats de voix des invités l'insupportent. Une main vient se poser sur son épaule. « Joignez-vous à nous mon cher », l'exhorte Ambroise avec un sourire amical. Giovanni le suit docilement. Après tout, maintenant qu'il est là, il peut bien faire un effort. Une femme habillée comme un perroquet fond sur lui en gesticulant :

- Il paraît que vous êtes italien ! *Roma, Venezia, Napoli* ! Vous êtes né dans le plus beau pays du monde ! J'ai pleuré devant la tour de Pise, j'ai prié au Vatican et j'ai peint Rome sous toutes ses coutures ! Savez-vous que je fais des aquarelles ? Savez-vous que j'écris des poèmes ? L'Italie est ma muse et vous êtes italien... racontez-moi ! Faites-moi rêver ! Faites-moi voyager !
- Je ne connais que Livourne et ses environs.
- Livourne ? Qu'est-ce que c'est que ça ?, lui répond-elle avec déception.
- Livourne, c'est un port de pêcheur, c'est la *fortezza vecchia*, c'est l'île de Gorgone, c'est une petite ville près de Florence. C'est là où j'ai grandi.
- Mais comment vit-on à Livourne ?
- Comment vit-on ? On y dort, on y mange, on y pêche...
- Ce doit être d'un ennui !, soupire Simon Delavallère.
- Vous ne savez pas vivre simplement mon cher Simon. Les voyages forment l'esprit, vous devriez voir ailleurs comment les hommes vivent, vous reviendriez dans votre cher Saint-Germain-des-Prés avec plus d'humilité, lui répond Spielman avec dédain.
- Je n'ai pas de temps pour les voyages d'agrément. Les hommes d'affaires ne sont pas aussi libres qu'on le croit !
- Il faut vous ménager Simon ! Profitez de votre jeunesse, elle passe en un éclair !, s'exclame la femme excentrique.

- Qui vous parle d'agrément ? Le monde n'est pas une distraction s'agace Aleksander.
- Votre chère Pologne vous manquerait-elle ?, s'enquiert Ambroise.
- Ce n'est pas la question, répond sèchement le pianiste.
- Les immigrés sont des bêtes sauvages qu'on ne saurait apprivoiser, le taquine Simon, piqué par son mépris.
- On sait où peut nous conduire l'extrême civilisation... il est dangereux de ne rien connaître que sa culture, criminel de se sentir supérieur aux autres peuples.
- On ne va pas parler de ça ce soir ! Aleksander, nous sommes là pour nous réjouir de votre succès, le tempère Ambroise.
- Vous les Français, vous avez l'art d'oublier vite ce qui vous incommode, commente Giovanni qui prend de l'assurance.
- Comment osez-vous ? Les Italiens ne valent pas bien mieux et vos compatriotes nous envahissent pour fuir votre fichue politique, s'agace Simon.
- Messieurs !, dit la femme en haussant le ton. Nous sommes là pour discuter et non pas pour disputer.
- Elle a raison !, dit Ambroise. Ouvrons une autre bouteille de champagne...

Aleksander se retire sans un mot. Il ne tient pas à s'excuser, il n'a pas à le faire. Chacun de ses amis le sait, il a ses principes et n'en démord jamais. S'il peut être mondain, léger et de bon ton, certains sujets révèlent son tempérament intransigeant. Il n'a pas honte d'être un immigré, il ne s'en cache pas, au contraire, c'est sa force et son orgueil. Il aime à rappeler son courage et son obstination ; il a une connaissance de l'Europe à faire rougir les petits prétentieux qui voudraient le mépriser pour son accent polonais et ses manières excentriques. Le pianiste ne prête plus attention au contenu des conversations, il se laisse submerger par la musique des voix et la lumière vacillante du candélabre. Les invités semblent se plaire dans cette atmosphère tamisée. C'est sa joie de les regarder à distance. Giovanni s'est assis sur la méridienne à côté d'Ambroise. Ce dernier lui parle poésie et récite des vers de lord Byron. Le jeune italien n'a d'yeux que pour le pianiste dont l'immobilité mélancolique n'est pas dépourvue de grâce. Aleksander se retourne vers lui, il a senti son regard, cette légère pression de l'âme qui vient se concentrer sur lui. Giovanni se lève et tout émotionné par l'alcool, il s'adresse à son idole :

- Je vous l'ai dit tout à l'heure et je me répète, mais votre manière de jouer m'a rappelé Marseille et notre rencontre, cet intérêt que vous avez suscité en moi, comme si je reconnaissais quelque chose de familier tout en découvrant une terre inconnue.
- Ce sont les affinités électives, comme dirait notre ami Goethe. On est toujours fasciné par ce qui nous ressemble et nous reste inaccessible. Vous avez le cœur d'un musicien sans doute, et comme moi vous êtes un déraciné. Mais de la Pologne à l'Italie et du piano à l'harmonica, il y a un gouffre particulier qui s'appelle la vie. Ma vie, votre vie, cela reste un mystère.
- J'ai envie d'en savoir plus sur vous. C'est ridicule peut-être mais je ressens une intimité entre vous et moi et j'ai envie de la remplir de mots pour la comprendre.
- Alors prenons le temps de parler… savez-vous que vous rencontrez une source intarissable ?
- Vous me paraissez pourtant pudique, si je puis me permettre.
- Bien sûr, j'ai mes secrets et mes blessures, cela n'échappe à personne et je dirais même que cela contribue à ma notoriété. Mais parler ne m'est pas douloureux, on peut parler de tout et de rien, parler expose moins que la musique. Quand on joue, on ne peut pas tricher mais surtout on ne peut pas se cacher.
- C'est ce que je crois aussi. Parfois, on m'a demandé de jouer de l'harmonica simplement pour le plaisir d'écouter n'importe quoi et de briser le silence mais jouer de la

musique n'est jamais anodin. Je sais que je ne joue pas d'un instrument noble et je passe le plus souvent pour un amuseur plus que pour un musicien.

- C'est étonnant que vous me disiez cela. Quand j'étais enfant, j'étais fasciné par le vieil accordéoniste de mon quartier. Personne ne lui prêtait attention, on lui donnait une pièce de temps en temps sans même croiser son regard. Mais moi, j'ai gardé son visage intact dans ma mémoire, cette lueur dans ses yeux quand il jouait, l'habileté délicate de ses gros doigts rougis qui sortaient de ses mitaines... et vous, qu'est-ce qui vous a poussé à jouer de l'harmonica ?
- Avant d'être un instrument, c'est avant tout un cadeau, le seul que mon père m'ait fait. Je ne connais pas l'histoire de cet objet, je ne sais même pas à qui il a appartenu et s'il a été utilisé avant moi. J'aime à croire que l'un de mes ancêtres y a joué. Mon père ne m'a jamais rien dit. Vous savez, les pêcheurs de Livourne ne sont pas de grands bavards. Ils se confient peu. Je ne sais rien de ma famille. Là-bas, seul le présent compte, on ne s'occupe pas des morts. Et pourtant les gens de Livourne prient sans arrêt. Je ne saurais vous dire la première fois que j'ai entendu ma mère à l'église. Quand elle s'adressait à Dieu, elle y mettait toute son âme et elle pleurait quelquefois. Les larmes de la foi étaient les seules que l'on pouvait accepter. Avec mes parents, les mots étaient si difficiles que je me suis plongé dans la musique pour m'exprimer. Je me rends compte aujourd'hui que je n'ai jamais cru en Dieu. Mais je reste superstitieux, et cet harmonica m'apparaît comme un signe de la Providence. Je ne connais pas sa signification, peut-être m'a-t-il conduit jusqu'à vous...
- J'aime vous écouter parler, lui sourit Aleksander. Que jouez-vous ?
- Je joue du blues. Ce que vous me dites m'étonne, vous êtes entouré de personnes si cultivées et si instruites...

- Mais sans poésie…
- Ambroise m'a pourtant déclaré du lord Byron tout à l'heure.
- Vous ne déclamez pas, vous dites, vous pensez… cela fait du bien. Du blues ? C'est étonnant de la part d'un Italien. Allons prendre l'air dehors, on étouffe ici, vous me raconterez.

3.

Giovanni s'est endormi sur la méridienne du salon d'Aleksander Spielman. Tout le monde est parti, il ne reste des festivités que quelques bouteilles vides et des bouquets de fleurs. Aleksander a ouvert les fenêtres, les bruits de la ville agitée s'engouffrent dans l'appartement. Le jeune italien dort à poings fermés. Il est beau, le sommeil lui va bien. Aleksander est d'humeur à jouer du Debussy. Il joue pour accompagner les rêves de son jeune invité. Giovanni ouvre les yeux, il regarde autour de lui avec incompréhension. Il reconnaît enfin l'appartement du pianiste et observe ce qui lui avait échappé la veille. Le portrait d'un jeune homme attire son attention ; il dénote parmi les instruments de musique accrochés au mur. C'est le seul élément qui paraît personnel et qui pourrait trahir les goûts particuliers d'Aleksander. Le jeune homme du tableau a un regard sombre et inquiet ; derrière lui, une synagogue se perd dans les flocons blancs. Giovanni ne doute pas un instant que c'est une commande de l'artiste. Il ressent une pointe de jalousie, sans se l'avouer il aimerait susciter l'intérêt d'un si grand homme. Être aimé par Aleksander Spielman, cela doit être étourdissant. Il se lève et vient s'appuyer sur le piano à queue. Aleksander lui esquisse un sourire sans s'arrêter de jouer. Giovanni observe ses mains qui dansent habilement sur le clavier. Il se souvient de sa fascination d'enfant pour Stella qui lui jouait du Chopin dans la villa florentine. Il jette un œil sur la partition. Il reconnaît les notes, lui qui n'en a pas déchiffré depuis dix ans. Tout lui revient de ses leçons d'antan. Le voilà qui pose sa main sur les feuillets, il attend la dernière note, le pianiste ne réagit pas, Giovanni tourne la page.

En cette fin d'après-midi, Aleksander Spielman et Giovanni se promènent sur le parvis de l'Hôtel de Ville. Ils marchent au gré du vent. Le drapeau français flotte dans la brise et la poussière tourbillonne au-dessus des pavés. Elle n'empêche pas ces deux filles, dont les jupes fasèyent, de jouer à la marelle. Elles sautillent entre les cases tracées à la craie comme des grenouilles volantes qui se déplacent par petits bonds sur des nénuphars. Giovanni les regarde avec amusement, il se sent le cœur léger aujourd'hui ; il est fier d'être en si bonne compagnie. Cela faisait longtemps qu'il n'avait pas ressenti ça, cette impression d'avancer les yeux grands ouverts, de se laisser charmer par l'instant. Spielman sourit, les yeux perdus dans la ville, il ne prête pas attention aux mèches de cheveux qui viennent se plaquer sur son visage. À côté des réverbères, un artiste a posé son tabouret et esquisse à grands traits l'imposant bâtiment. Le pianiste et le jeune italien s'arrêtent quelques instants pour observer le dessinateur. Il leur explique : « Tous les points doivent converger vers la ligne d'horizon. C'est comme un train qui voyage vers l'infini et ne revient jamais ». Giovanni regarde le pianiste du coin de l'œil. Il voit passer un nuage sombre dans ses yeux. Mais celui-ci se reprend vite et propose au jeune italien de goûter à quelques marrons chauds, une spécialité populaire de Paris. Il s'amuse de l'inconfort de Giovanni qui décortique les marrons du bout des ongles. « Prenez garde à ne pas vous brûler la langue ! Vous me priveriez de votre précieuse conversation ». Le jeune homme avale le fruit poudreux et manque de s'étouffer. Spielman le regarde avec tendresse, c'est un enfant. Les voilà qui se dirigent vers la grande halle, le pianiste veut trouver des fleurs pour son appartement. Les fleurs, c'est comme l'amour, elles ne sont exceptionnelles qu'en bouquets éphémères.

- Moi, je n'ai pas eu de chance en amour, soupire Giovanni. La seule femme qu'il m'a été donné d'aimer, et qui m'a aimé en retour a été assassinée. Et c'est ma faute. Je porte malheur sans doute.
- Il ne faut pas dire ça, vous êtes si jeune encore. Personne ne porte malheur, c'est la vie qui est ainsi faite, Dieu nous met à l'épreuve.
- Si vous saviez ce que je pense de Dieu... Maria existait bel et bien, elle était promise à un grand avenir ; je me refuse à croire que sa mort ait un sens.
- N'existe-t-elle pas encore dans votre cœur ? Les morts ne disparaissent qu'avec la disparition de ceux qui les ont connus.
- Je ne suis pas aussi philosophe que vous...
- Il faut bien croire en quelque chose.

Ils s'engouffrent dans la rue Saint-Eustache en pleine effervescence. Manque de place, toutes les rues adjacentes aux Halles ont été investies par les commerçants. Les Parisiens mangent leur pot-au-feu debout entre les charrettes. Les palettes s'amassent ci et là, les étals débordent de produits frais. Les choux roulent sur les pavés, on manque de glisser sur une feuille de salade ou une botte de radis. Les commerçants hèlent les passants avec bonhomie, ce sont des slogans lancés comme des chansonnettes, on fait rimer les prix, c'est plus accrocheur. Les deux amis entrent sous la verrière. Les rayons de soleil se mêlent au brouhaha des Halles. C'est immense, les allées comme des ruelles découpent le marché en îlots. Ici les poissons, là les cuirs, un peu plus loin les fleurs, à côté des fromages, derrière les viandes, et encore plus loin, ce sont les maraîchers et les boulangers. Aleksander Spielman s'arrête devant la cireuse de chaussures :

- Monsieur le pianiste veut se faire lustrer les mocassins ?
- Oui, mes Richelieu Cordovan en ont bien besoin.
- Mettez vos pieds ici !, lui dit-elle en lui indiquant l'estrade du doigt.

- Comment vont vos petits-enfants ? Vous ne les avez pas avec vous aujourd'hui ?
- Ils courent au parc, on ne les tient plus et ça grandit à vue d'œil, ça pousse comme du chiendent à cet âge-là. Et votre piano, a-t-il bien la santé ? Je ne vous demande pas autre chose... un bel homme comme vous qui n'a pas d'enfants, c'est du gâchis, les bonnes femmes ne savent pas ce qu'elles perdent.
- Je ne ferais pas un bon mari !, lui répond Spielman en faisant un clin d'œil à Giovanni.
- Votre ami, souhaiterait-il un coup de cire sur ses mocassins ?
- Je vous remercie madame, je m'abstiendrai...
- Vous savez que la première chose qu'une femme regarde chez un homme, ce sont les chaussures.
- Madame, mes mocassins ont traversé la méditerranée et la France et je m'en occupe moi-même tous les jours.

Aleksander amène Giovanni dans son endroit préféré, parmi les étals de fleurs. Il est sensible à ce désordre harmonieux, lui qui pourtant n'aime que l'ordre et la simplicité. Il caresse les tiges du bout des doigts. Les effluves sucrés des pivoines ont un goût d'enfance, les lys qui s'érigent fièrement ont quelque chose d'érotique. Giovanni observe ses doigts de pianiste, blancs et effilés comme ceux d'une femme. Tout est effleurement chez Spielman, il sait être présent, goûter le monde et l'embaumer de sa musique sans jamais s'imposer, sans jamais rien bousculer. Il est délicat et cette délicatesse, il ne l'a jamais vue chez un homme.

- Les fleurs ont un langage, elles accompagnent les hommes depuis l'antiquité, affirme Aleksander qui relève les yeux vers Giovanni.
- La dernière fois que j'ai vu des gerbes, c'était lors d'une procession de la Sainte Vierge.

- Cela est une forme d'adoration. Moi, j'aime décorer ma table d'un bouquet.
- C'est curieux mais je n'aurais jamais pensé que les hommes aimaient les fleurs. Je pensais qu'ils les offraient.
- Ce sont les plus grands hommes qui se passionnent pour les fleurs…

Il pique une rose à la boutonnière de Giovanni et le regarde d'un air satisfait : « Vous voilà plus bel homme que jamais. ». Le jeune italien rougit. « Aidez-moi à choisir les fleurs, je veux qu'elles vous plaisent, vous serez ce soir mon invité. ». Giovanni ne connaît rien aux fleurs, il ne saurait pas comment les assortir mais Aleksander le rassure : « Choisissez-les avec vos yeux, avec vos mains, avec votre nez, tout le reste n'a pas d'importance. ». Giovanni se prête au jeu, il regarde les fleurs comme un enfant. Il caresse les pétales fragiles, il porte les boutons à ses narines. Spielman explique à Giovanni le langage des fleurs et son importance dans la culture française, bien sûr ce sont des convenances que tout le monde ne respecte pas mais elles sont ancrées dans l'inconscient collectif. Chaque peuple a ses superstitions, ses rituels et ses symboles. Ce qui l'intéresse lui, ce sont justement ces subtilités dont on ne parle pas et qui forment pourtant une communauté. Une marguerite est plus significative qu'un drapeau, elle est l'amitié. Et l'amitié, ça ne divise pas, ça ne provoque pas de guerres. « Offrez-moi un bouquet de roses rouges et ma passion pourrait se déchaîner contre vous… » Aleksander continue de parler en rêvant, de philosopher en tous sens. Son discours décousu inspire pourtant Giovanni qui l'écoute.

Aleksander est étendu sur la méridienne avec une grâce romaine, un verre de vin à la main. Giovanni s'est enfoncé dans le fauteuil en face de lui. Le tourne-disque fait grésiller une musique de jazz. Aleksander a choisi ce qui pourrait plaire à son invité. Les deux hommes se regardent, un silence s'installe, ce silence de l'intimité qui peut naître entre deux inconnus, ce silence complice et maladroit qu'il est bien difficile de briser sans en ôter le charme.

- Votre rose est fanée. Connaissez-vous le poème ? Mignonne, allons voir si la rose..., murmure Spielman.
- Non, de quoi parle-t-il ?
- Du temps qui passe, de la jeunesse dont il faut profiter... Venez donc vous asseoir à côté de moi, vous êtes si loin, on ne peut même pas trinquer.

Giovanni s'exécute comme un enfant docile, il ne sait pas dire non au pianiste, il est trop impressionné. Pour dissimuler son embarras, il sort son harmonica de sa poche et le montre au musicien. « Il vous faut jouer maintenant... on ne sort pas un instrument sans lui faire honneur. ». Un frisson parcourt le corps du jeune italien. Il a peur de ne pas être à la hauteur. Lui, le pêcheur de Livourne, jouer du blues devant un si grand pianiste. Le jeune homme relève le bras du tourne-disque. Il pose ses lèvres sur l'instrument sans réfléchir. Après tout, le blues est ce qu'il connaît, ce qu'il joue. Le pianiste prend un air désinvolte. Giovanni amorce un morceau de Sonny Boy. Le blues s'insinue dans l'appartement comme un souffle d'ailleurs. Spielman ferme les yeux, il est déjà loin, il voyage. Il est dans ce train qu'il avait pris à Varsovie vers un monde meilleur, et le chant des esclaves rejoint les paroles sacrées de la Torah, c'est l'espoir du nouveau, c'est la force de réclamer, de s'insurger. Giovanni croit que le pianiste s'est assoupi, et comme ce dernier avait joué pour accompagner ses rêves, il accompagne ses songes par cette musique teintée de son histoire, de la guerre, de l'Italie, de la pêche, de ses rêves d'enfants, de ses ambitions d'une gloire dans le Nouveau Monde. Qu'arrivera-t-il à prouver ici à Paris ? Il s'est cherché à Marseille sans se trouver. Il a vu cependant cette noirceur de son âme qu'il n'aurait pu imaginer, lui l'enfant candide de Livourne. Les tripots, les prostituées, les coups donnés à ces pauvres gens pour quelques billets... Mais son cynisme, cette désillusion qu'il a pu porter envers l'espèce humaine a pris une allure tragique et sublime aujourd'hui qu'il regrette Maria et qu'il joue devant celui qu'il admire. Il voudrait pouvoir composer une ode à la mémoire de cette Italienne arrêtée dans son ambition et dont la vie a été volée. Depuis des semaines qu'il dort jour et nuit, il ressasse cet instant précieux de la gare Saint-Charles. Il avait senti une vie possible avec Maria, toutes ses craintes s'étaient brisées comme les vagues contre les rochers, à la vue de cette jeune fille qui se donnait sans retenue au son de son harmonica. Son corps n'était pas seulement de chair, il avait sous ses mains quelque chose de divin. Faire l'amour à Maria, c'était toucher à un monde sensible et tendre, à un monde de partage quasi spirituel, et ce monde-là il l'avait tant espéré à Livourne quand il regardait Stella de ses grands yeux innocents. Il a connu la trahison, mais elle ne l'a pas rendu méfiant. Au contraire, si Stella lui a échappé, c'était le destin qui le menait vers d'autres horizons. Aurait-il eu la force de partir sans cela ? Spielman ouvre les yeux, ils sont noirs et impénétrables et pourtant si présents. Giovanni s'y engouffre sans peur. Là, rejoignez-moi Aleksander Spielman, là, vous me voyez, je suis nu devant vous sans armes, et votre regard ne m'impressionne plus. La pudeur n'existe que pour les faibles, que pour ceux qui n'assument pas leur part sombre et violente. Ne se sont-ils pas rencontrés dans un tripot de Marseille ? Aleksander, comme lui, était venu fumer de l'opium pour s'échapper de cette vie plate et collante, de ces affres du quotidien qui vous empêchent de créer, de suspendre l'instant pour l'offrir à la beauté. Il aimerait voler à son idole cette inspiration qui lui permet de survivre à l'atrocité de ses souvenirs. Cette dignité qu'il porte dans chacun de ses gestes, dans chaque morceau qu'il interprète. Surmonter la douleur, la sublimer dans l'art, c'est son ambition pieuse. Qu'a-t-il trouvé à Paris ? Rien de bien digne, rien de bien profond. Est-il encore un enfant qu'il faut protéger ? Est-il encore ce jeune naïf vierge des épreuves de la vie qui admirait son père ? Spielman incarne tout ce qu'il voudrait être. Sera-t-il un mentor ? Sera-t-il celui qui l'aidera à sortir de cette prison de culpabilité ? La musique s'achève, son souffle s'éteint. Il regarde le pianiste sans bouger. Qu'attend-il ? Ce ne sont pas des applaudissements, aucune reconnaissance, seulement peut-être un retour quelconque qui lui donne l'impression d'exister. Là maintenant, il a besoin de ce soutien, de se reposer sur l'épaule d'un grand homme. Spielman doit lui rendre la confiance qu'il lui a livrée en jouant un air de blues. « Vous m'avez conquis, vous m'avez terrassé. Comment ne pas succomber devant cette force qui vous anime ? », lui dit-il.

4.

Giovanni s'est laissé emmener dans une cave à chansons du Paris populaire. Lucien y tenait : « Tu vas voir ou plutôt tu vas écouter. Ces musiques-là, c'est l'âme de la France. ». Les voilà donc assis devant l'estrade. On attend le jeune guitariste qui chantait dans les rues de Montmartre aux passants et aux touristes. Aujourd'hui, un public, certes peu nombreux, est venu l'écouter. Un pied sur son tabouret, il commence à gratter les cordes du bout des ongles et sa voix gouailleuse habillée de moustaches raconte l'histoire d'une pauvre catin qui a perdu la santé. « C'est joyeux l'âme de la France », plaisante Giovanni. Lucien fronce les sourcils et lui fait signe de se taire. Giovanni ne comprend pas la solennité de son ami. On n'est pas à l'Opéra, ici on écoute d'une oreille, on commande une pinte que l'on boit au comptoir. On vient là pour oublier, pour se distraire. Le jeune italien a du mal à comprendre les paroles, l'argot et les calembours lui échappent. Le chanteur raconte maintenant l'histoire d'un jeune immigré qui construit des maisons et vit dans un bidonville. Giovanni pense à Maria et à son amour pour Charles Trenet. Il n'aurait jamais chanté cela, il peignait la France en rose, il ne parlait que d'amour et de lendemains qui chantent. Sans doute avait-elle besoin d'être réconfortée dans cette affection aveugle qu'elle portait envers son pays. Elle écartait tout ce qui aurait pu ternir l'image de la France, c'était son eldorado. Comment peut-on rêver sa vie à ce point ? Le destin est cynique... le guitariste tire sa révérence et s'allume une cigarette avant même de sortir de scène. Lucien applaudit comme un enfant, le plus fort possible. On annonce une femme au piano qu'un vieil homme est en train d'accorder. Ce genre de spectacle n'a pas de coulisses. La jeune femme monte sur l'estrade en relevant sa jupe, dévoilant ses bas résille. Elle s'approche du piano avec un déhanché appuyé. Giovanni la déshabille du regard. Il désire immédiatement cette femme aux formes voluptueuses. Il avait oublié cette sensation. Son corps le rappelle à la réalité, il est encore jeune, il est encore bien vivant. La jeune femme secoue la tête et quelques mèches gracieuses s'échappent de son chignon pour venir se perdre sur sa poitrine. Elle pose ses doigts vernis de rouge sur le clavier et le fait roucouler. Ses petites mains menues et grasses, blanches comme un dessert à la crème, mettent en appétit le jeune italien. Sa voix suave et grave entame le premier couplet. Cette voix est rassurante, elle a quelque chose d'une escapade interdite pourtant. Mais Giovanni remarque à son annulaire un diamant blanc. Elle n'est pas libre. Que vient-elle faire ici ? Les mœurs parisiennes sont ainsi faites qu'il s'en étonne chaque jour. Elle termine son refrain sous les applaudissements des habitués. À la grande surprise de Giovanni, elle vient s'asseoir à côté de Lucien :

- C'est un plaisir de te revoir Lucien ! Je n'aurais jamais pensé que tu serais là ce soir, lui dit-elle avec douceur. J'espère que tu as aimé mon histoire…
- Le plaisir est pour moi. Ta voix m'enchante chaque fois un peu plus !
- Tu n'es qu'un flatteur ! Et qui est ce bellâtre qui t'accompagne ?
- C'est mon ami Giovanni. Ami et colocataire ma chère.
- Je suis bien enchantée de faire votre rencontre, glisse-t-elle en un murmure chaud.
- Moi aussi…, bégaye le jeune homme embarrassé.
- Que fais-tu ce soir ?, demande-t-elle en se tournant vers Lucien.

- Je rédige une pige, je ne peux pas en parler. Elle me coûterait trop cher.
- Tu devrais profiter du bon temps ! Tu te réfugies dans ton travail ! Pour les piges qui rapportent gros, il faut s'aventurer sur le canal de Suez ou en Algérie. La guerre fait parler dans les journaux.

La femme caresse d'un revers de la main le bras de Lucien : « Mon chou ! ». Une pointe de jalousie s'empare du jeune italien. La sensualité de la chanteuse lui est montée à la tête. Et lui dans tout ça ? Il leur tient la chandelle. « Je ne peux pas ! », murmure Lucien. Le jeune italien réfléchit. Il est vivant et rien ne lui manque, même le *pizzo* de Capuani. Il a envie de vivre, de profiter de Paris, de respirer l'air librement. Qu'est-ce qui l'en empêche ? À Paris, personne ne le connaît et il passe inaperçu. Il a passé des mois à dormir dans le remords et l'amertume. Pas un devoir, pas une tâche. Il dormait. Il fumait des cigarettes comme un pompier. Être un étranger à Paris soulage. Quand on se sent coupable, c'est libérateur. Les Parisiens sont occupés par leur quotidien et leur routine. Personne ne vous juge, personne ne vous regarde. Lui avait tellement envie de découvrir Paris avec Maria Pacchiano. Son rêve s'est effondré, s'est fané. Aleksander Spielman lui a redonné le goût de vivre, il a éveillé son envie de découvrir Paris sous toutes ces facettes. Lui aussi était un étranger et il a réussi tout de même à intégrer ce milieu. Cet entourage où Giovanni est mal à l'aise : celui de la politesse extrême, de la diplomatie, des bons mots, des jeux d'esprit, de la belle culture et du langage châtié. Cela empêche tout étranger de s'intégrer à leur cercle. Pourquoi ne fréquenterait-il pas plutôt les caves ? Elles ont une ambiance chaleureuse et les gens viennent comme ils sont. Ils repartent joyeux. Ils se réunissent pour partager du bon temps. C'est tout ce dont il avait besoin pour sortir de son désespoir et de son chagrin. Le désir lui revient. Il n'y a que l'insouciance du lendemain et le corps d'une femme qui lui fera oublier un instant Maria Pacchiano. La chanteuse se lève :

- Messieurs les sérieux, je vous laisse à vos préoccupations. Je suis d'humeur festive ce soir et ce sera sans vous !

Elle s'échappe en empruntant le minuscule escalier qui mène à la rue. Lucien fronce les sourcils et la suit du regard. Giovanni sirote son vin et demande avec curiosité :

- Qui est cette femme ?
- C'est une longue histoire. Nous avons eu une liaison. On se fréquente parfois.
- Mais c'est une femme mariée !, s'indigne Giovanni.
- C'est vrai… mais que veux-tu mon gars, je ne crois pas en l'impératif de la fidélité. L'amour, c'est autre chose. Les bourgeois voudraient nous faire croire qu'un fichu contrat, qu'un papelard qu'on signe à la mairie, et quelques stupidités du curé peuvent contraindre tout ce désir, toute cette liberté nécessaire aux sentiments humains. Mais moi, je respecte trop les femmes et l'amour pour les enfermer. Et puis, il y a pire que d'être volage, une femme adultère vaut bien plus qu'une méchante frustrée qui reproche à son mari de ne pas la satisfaire et qui souhaite en secret le voir partir pour retrouver enfin le plaisir de vivre.
- Tu ne crois donc pas à l'âme sœur et aux liens sacrés du mariage ?
- Bien sûr que non ! Je suis chaque jour un autre homme et je suis parfaitement étranger à celui que j'étais la semaine dernière. Comment veux-tu que dans dix ans la femme que je pourrais épouser maintenant puisse encore me plaire, me comprendre et me faire bander ?
- Mais j'y crois ou du moins j'y croyais…
- Je sais bien, tu es un rêveur, un petit gars fleur bleue…
- C'est peut-être une question d'éducation. J'ai vu ma mère aimer mon père jusqu'à sa mort. Et je voulais vivre la même chose avec Maria.
- C'est justement ça, tu n'y as jamais trop réfléchi. Moi, ça me turlupine, ça me trotte dans la tête, j'ai envie de faire

autrement que mes ancêtres, je n'ai pas envie de subir ma vie. Mes choix sont mes choix et je les veux éclairés.

- Je pense que mon ami Spielman est comme toi...
- Ton ami déjà !, s'étonne Lucien avec un sourire narquois.
- C'est un immigré polonais qui s'est installé à Paris avant la guerre. Lui et moi, on se comprend. Nous avons le même vécu, le même ressenti.
- Où habite-t-il ?
- Dans les quartiers chics de Paris. Son piano fait face à la fenêtre. On peut même apercevoir la tour Eiffel. Ses amis ne sont pas comme toi...
- C'est-à-dire ?, demande curieusement Lucien.
- Ils sont assez particuliers. Ils te regardent pour la plupart de haut en bas comme s'ils se demandaient ce que tu faisais en France.
- Tu devrais te méfier de Spielman. Si j'étais toi, j'y repenserais deux fois avant de fréquenter cet homme. On n'arrive pas là où on est arrivé sans se salir les mains.

Le lendemain, Giovanni entre dans la boutique d'instruments de musique du quartier Saint-Michel. Aleksander Spielman l'a sollicité pour récupérer des partitions. Au mur, les saxophones en laiton et les clarinettes s'alignent de haut en bas. Devant lui, deux batteries acoustiques flambantes neuves lui font envie. Aucun vendeur n'est présent. Le jeune italien se saisit de la baguette et frappe deux coups sur la cymbale. « J'arrive, j'arrive ! », lance le commerçant en descendant la caracole qui mène à l'étage des pianos.

- Que puis-je pour vous ?, demande-t-il avec courtoisie.
- Je suis venu chercher les partitions de monsieur Spielman, répond Giovanni.
- Attendez-moi là, je vais les chercher.

Le vendeur s'échappe dans l'arrière-boutique. Cela risque de prendre du temps. Il s'absente. Pendant ce temps, Giovanni se rince les yeux devant les guitares. À l'étage, des notes mystérieuses s'échappent d'un piano à queue pour venir s'évanouir dans les oreilles du jeune italien. D'un coup, il est transporté. Quand de l'enfance, rien ne subsiste, après la mort du père et son départ pour la France, plus loyaux et plus immatériels, les premiers émois de la musique demeurent. Dans les hauteurs de Livourne, la villa Palomi semblait l'attendre et il passait avec fierté la grande grille qui lui était laissée ouverte. Le petit Giovanni devait se présenter à quatre heures précises. Alors qu'il marchait sur l'allée qui le menait à ce qu'il percevait comme un château, l'un des molosses se mit à aboyer. Fort heureusement, la gouvernante sortit sur le porche pour l'accueillir, ses jambes tremblaient mais l'émotion du cœur l'emplissait de courage. Il allait assister à une séance de piano avec Stella. Giovanni ne comprend pas le monde dans lequel il est immergé. La symphonie a envahi la boutique. Il est loin. Il est ailleurs. « Entrez jeune garçon », lui avait dit la domestique avec un sourire amusé. Elle le savait pauvre, elle le connaissait innocent. Sa mère Nina l'avait habillé simplement : une chemise blanche, un pantalon et des mocassins. Il avait même une ceinture. Il entra donc dans cette villa féérique et admira les chandeliers. Il emprunta timidement le grand escalier en marbre blanc et en colimaçon. Il voulait vérifier une dernière fois qu'il était bien coiffé et s'arrêta devant un miroir style Napoléon III. « Les garçons élégants et bien élevés portent la raie au milieu. », lui avait appris sa maman. Il n'était pas encore arrivé à l'étage que Stella avait commencé à jouer au piano. Son cœur frémissait. Il allait voir Stella. Peu importe ce qu'elle jouait, il était amoureux. C'est cette flamme qui ne s'éteint pas, qui reste vacillante par les souvenirs de l'enfance, qui éclaire encore avec les épreuves de la vie. À l'étage, la mélodie harponne son cœur comme un appel d'ange. Il se sent mystérieusement attiré. Il ressent l'inexplicable. « Viens t'asseoir », lui avait dit Stella avec douceur. La fenêtre était grande ouverte et le voile blanc flottait dans la brise. « Tiens-toi bien et sois sage », lui avait murmuré sa mère quand il refermait la porte du foyer. Il s'approcha du banc. Elle était belle et jolie. Elle avait la grâce. Giovanni voulait lui parler mais il s'assit sur le banc du piano, à côté d'elle. Le jeune italien décide de monter la caracole. Qui est cette personne qui joue ? D'où vient tout cet envoûtement ? Le voilà qui arrive à l'étage. Au fond de la salle, dos à lui, une femme glisse ses doigts sur le clavier. Elle n'a pas remarqué sa présence. Ses cheveux sont noués en chignon. La magie s'éteint dans l'esprit du jeune homme quand elle termine son refrain. Il attend quelques instants. Ce n'est qu'un songe. Il se prépare à descendre. Il lance un dernier regard. Elle s'agite et range ses partitions dans son sac. Elle se retourne. C'est Stella. Il reste là, hébété. Elle le dévisage. Elle connaît cet homme, elle ne le reconnaît pas pourtant. Où aurait-elle pu rencontrer ce jeune homme aux traits durs qui se tient devant elle dans son costume râpé ? Il n'est certainement pas une connaissance de son mari. Est-ce un musicien ? « Ciao Stella », lui murmure-t-il avec un sourire embarrassé. Elle observe un peu mieux ces deux yeux noirs qui se sont posés sur elle, leur lumière est étrangement familière, il lui semble qu'elle l'a rencontré maintes fois, dans une autre vie. Ne serait-ce pas Giovanni ? Mon Dieu, qu'il a vieilli. La vie ne l'a pas épargné. Elle se sent vieille tout à coup elle aussi. L'enfance ne se retrouvera donc jamais.

5.

C'est Stella, celle qu'il a tant aimée, celle qu'il a tant désirée pendant tant d'années. Quand enfant il n'osait pas croiser son regard, quand il ne savait jamais quoi lui répondre de peur de la décevoir, comment aurait-il pu imaginer qu'un jour ils se retrouveraient là, avec elle, à l'orée du lit et de ses plaisirs ? Il s'avance vers elle et l'étreint vigoureusement. Elle est à lui. Enfin, il peut tenir son corps entre ses bras, il peut respirer le parfum de son cou, il peut embrasser sa bouche, plonger ses yeux dans les siens sans aucune crainte. Il laisse glisser la bretelle de sa robe le long de son épaule, et la voilà nue, offerte, vulnérable, tombée de son piédestal. Il s'émerveille de la rondeur de ses seins, de la douceur de ses hanches, il parcourt sa peau de baisers et elle, sans bouger, se laisse faire et lui sourit. Elle dénoue son chignon et la voilà gracieuse, animale, une femme sans apparat. Il n'ose y croire. Ses rêves d'adolescents, ses nuits de désir et d'inquiétudes lui reviennent. Il la jette sur le lit, il va lui montrer, il a perdu l'innocence de ses vingt ans, il ne se laissera plus impressionner. Elle n'est pas la première, même s'il l'avait aimé, et ce ne sera pas la dernière.

Stella s'est endormie. Giovanni se dégage de ses bras en prenant soin de ne pas la réveiller. Elle gémit et se retourne. Le jeune homme sort du lit et s'allume une cigarette à la fenêtre. Il ouvre le rideau et jette un coup d'œil à la rue. Les réverbères s'éteignent, il doit être six heures. Il reconnaît dans la chambre le piano de Stella. Il l'a suivi jusqu'ici. Elle n'aurait pu imaginer s'en défaire, c'est la seule chose matérielle qui lui tienne à cœur. « Les bijoux, les fourrures, les sorties mondaines, tout ça me lasse, tout ça m'ennuie… tu vois, Gio, ce qui devrait m'émerveiller m'exaspère », lui avait-elle confié un peu ivre la veille. Il n'avait pas compris sa détresse jusqu'alors. Cette chambre est triste, luxueuse mais triste. Rien n'y est personnel, tout y est démonstration de richesse. Ce piano blanc de la villa de Livourne brille comme un caillou innocent dans cet appartement. Giovanni s'en approche pour en caresser le dos. Il a aimé cet instrument autant qu'il a aimé Stella. Les deux sont indissociables. Stella est la musique de son enfance. Stella, les premières notes qui l'ont ému. Il la regarde. Comment y croire ? Comment a-t-il pu la retrouver dans ce Paris peuplé d'inconnus ? C'était son chemin sans doute de se réconcilier avec Livourne. De sa ville natale, ne lui parviennent que les lettres de sa mère. Livourne a-t-elle changé autant qu'il a changé ? Que reste-t-il du port ? Sans son père, rien n'a pu demeurer pareil. Et pourtant, cette ville lui a paru inerte pendant des années. Seule la mort du père pouvait la bousculer. S'il avait su que l'ennui des vingt ans lui apparaîtrait aujourd'hui si paisible et si charmant… il a la nostalgie tout à coup de son *gozzo*, de son port, de sa maison. Et sa mère… sa chère mère… à quoi ressemble son visage maintenant ? Il remarque accrochée au-dessus du lit une photo du mariage de Stella. Un homme d'une quarantaine d'années serre par la hanche cette jeune fille timide et embarrassée dans sa robe blanche. Il reconnaît ce sourire, le sourire de Stella quand elle est contrainte. Loin du sourire de l'île de Gorgone, loin du sourire de cette nuit. Il n'est même pas jaloux. Pourquoi le serait-il ? Ce petit moustachu ridicule ne doit pas la satisfaire. Stella semble se réveiller enfin. Elle s'étire :

- Tu es déjà levé ? Tu n'es pas fatigué ?
- Non… et je n'en ai pas fini avec toi…
- Alors viens !, lui répond-elle en riant et en ouvrant les bras.

Il est peut-être midi, ils ne sont pas sortis de la chambre. Giovanni glisse sa main dans les cheveux de Stella, il répète ce geste indéfiniment pour marquer son empreinte. Elle est collée contre lui, son visage à quelques centimètres du sien. Il s'amuse de la voir d'aussi près. Elle est belle, les yeux gonflés par la fatigue, sa bouche qui ne cesse de sourire et de rire, cette petite bouche mobile et dansante qu'il a tout le temps envie d'embrasser. Mais tout à coup, la Florentine se lève et vient s'asseoir au piano. Elle lui joue quelque chose qu'il ne connaît pas, quelque chose de mélancolique. Stella est inspirée, elle ferme les yeux. Sa vie lui a échappé. En a-t-elle jamais été actrice ? Elle a appris la musique, les langues anciennes et modernes, la grande littérature et les beaux-arts. Mais à quoi bon ? Elle ne peut rien en faire, seule dans tous les appartements de son mari, seule à en crever dans ces capitales où elle ne rencontre jamais personne qui la comprenne et qui l'attende. Elle n'a pas un ami à qui ouvrir son cœur. Elle ne rencontre que des hommes d'affaires et leur épouse. Elle n'a rien à leur dire. Pourtant, ce sont les gens de son milieu. Pourtant, ils ne doivent pas être si différents d'elle. Pourquoi ne peut-elle pas se conformer à ce qu'on attend d'elle ? Elle rêverait de travailler, de se sentir utile. Elle aurait été artiste, archéologue, traductrice, et même peut-être mathématicienne... qui sait ? Si on lui avait laissé une chance... elle aurait pu reprendre les affaires de son père. Elle aurait pu faire ses preuves. Tant de vies possibles, tant de vies impossibles. Elle sera mère et s'occupera de ses enfants, cela donnera un sens à sa vie. Sera-t-elle une bonne mère ? Est-ce important d'aimer le père de ses enfants ? Ce ne sera peut-être pas lui le père... avec un peu de chance, ses enfants ressembleront à un homme qu'elle estime et qu'elle aimera retrouver dans sa progéniture. Elle termine le morceau et se retourne. Elle demeure silencieuse. Les deux amants se dévisagent. Elle pourrait l'aimer, se dit-elle. Elle a besoin de sa gentillesse plus que jamais. Lui ne comprend pas ce qui traverse l'esprit de la jeune femme. Aurait-elle des remords ? Aimerait-elle son mari plus qu'elle ne le prétend ?

Stella vient rejoindre Giovanni dans le lit et le serre fort, du plus fort qu'elle le peut. Il sent une larme couler le long de son dos. La larme descend jusqu'au creux de ses reins. Il ne lui pose aucune question. Quelques heures défilent, le jour décroît à la fenêtre. Ils n'ont plus aucune notion du temps. Eux qui tentent de le remplir sans y parvenir depuis des mois, ils se retrouvent bienheureux de le voir s'échapper.

- Dis-moi, ce n'est peut-être pas le moment mais j'ai toujours voulu savoir. Pourquoi as-tu choisi Luca ?, demande Giovanni d'un air faussement absent.
- Je savais que j'allais me marier. Je voulais vivre avant d'être prisonnière, je voulais connaître autre chose… je ne voulais pas perdre ma virginité par contrainte. Ça, je voulais le choisir, choisir qui, choisir le moment…
- Mais pourquoi lui ?
- Tu veux dire pourquoi pas toi ?, lui répond-elle avant de l'embrasser.
- Oui… pourquoi pas moi ?
- Je ne suis pas si cruelle, je ne t'aurais pas donné de faux espoirs, je n'avais rien à t'offrir. Avec Luca, c'était simple. Il ne m'a pas demandé de lui promettre quoi que ce soit. Il n'a rien attendu de moi. Avec Luca, je savais que je pouvais m'oublier. J'avais besoin de cette légèreté-là.
- T'oublier dans le phare ? Être traité comme une conquête de plus, comme n'importe qui ?, s'agace Giovanni.
- Oui, comme n'importe qui pour une fois… comme une femme, comme quelqu'un de libre…
- Ça a duré combien de temps entre vous ?
- Pas bien longtemps, Luca s'est senti coupable quand tu es parti.
- Tu ne me feras pas croire ça ! Il aurait dû y penser avant ! Il n'a même pas pris la peine de venir à l'enterrement de mon père. Tu te rends compte ? L'enterrement de mon père ! Il

m'a laissé seul, sans un ami, et pour ça je ne lui pardonnerai jamais.

- Calme-toi, tout va bien maintenant..., l'apaise-t-elle en lui caressant le front.

La lune transperce le voile blanc de la fenêtre. Un rêve envahit Giovanni. Il voit ses mains s'enfoncer sur les touches d'un piano d'où s'échappe un nuage de fumée. Du sang lui picore les doigts. C'est le sang de la culpabilité. Effrayé, il veut retirer ses mains du piano mais une force l'en empêche. L'instrument se cambre et frétille comme un poisson. Il n'arrive pas à maîtriser cet animal qui glapit une musique assourdissante. La bête remue sa tête et sa crinière se déploie. Giovanni reconnaît les cheveux de Maria Pacchiano. Ils viennent s'enrouler comme des cordes autour de lui. Ils l'enserrent de plus en plus, jusqu'à couper sa respiration. Le visage de Maria émerge du clavier liquide. Ses yeux sont fermés et ses lèvres couvertes d'hématomes. Giovanni frissonne, un torrent électrique remonte le long de sa colonne vertébrale. Il veut consoler sa fiancée assassinée. Lui murmurer de tendres paroles. Il n'arrive pas à parler. Les cheveux l'étranglent, s'introduisent dans sa bouche, lui coulent des oreilles. La mélodie s'échappe du piano encore plus fort. Il veut faire cesser cette cacophonie. La bouche de Maria s'approche de la sienne pour l'embrasser. Au seuil du baiser, le corps de Maria s'amenuise et disparaît. Le tintamarre s'est arrêté. Giovanni se lève, plus d'un millier de spectateurs l'observent. Le public est debout et l'assourdit d'un tonnerre d'applaudissements. Giovanni est confus et ses jambes tremblent. « Mais, mais, ce n'est pas moi ! Je n'ai rien fait ! Je n'ai pas joué ! », bégaye-t-il innocemment. Les battements de mains retentissent encore plus fort. Il essaye de reconnaître son public mais les lustres l'aveuglent. Au premier rang, une vieille femme s'égosille : « Giogio, mon Giogio ! ». C'est sa mère Nina. Ses cheveux sont devenus entièrement blancs, ses petits yeux noirs se sont enfoncés dans leur orbite, ses lèvres sont sèches comme les planches d'un cercueil, elle a tant vieilli. Giovanni s'avance sur la scène et tend la main, il veut toucher celle de sa mère. À mesure qu'il se penche vers elle, son visage se transforme. C'est Stella. Ses lèvres bougent mais il ne l'entend pas. Elle a l'air terrifiée et semble vouloir l'avertir d'un danger. Le public est en transe, les applaudissements ressemblent aux fracas des vagues des nuits de tempêtes. Le cristal des lustres éclate et tombe comme une pluie tranchante. Aux premières lueurs du matin, Stella se lève pour préparer le café. Elle dépose un morceau de brioche et sert le café dans un grand bol. Elle revient dans la chambre. Elle s'assoit au banc du piano et le jeune italien se réveille en sursaut :

- Où est ton mari ?
- Ne t'inquiète pas, il ne risque pas de débarquer ici !, répond-elle en éclatant de rire. Il est à une réunion du conseil d'administration à Florence.
- Il ne rentre jamais pour te voir ? Tu restes souvent seule comme ça ?, demande-t-il en recouvrant ses esprits.
- Il rentre et il repart. Parfois, je découvre sur ma table de nuit un petit mot. Il me dit qu'il est parti et qu'il reviendra bientôt, sans aucune autre précision. J'ai de la chance, je sais où il est aujourd'hui. Il m'a passé un coup de téléphone il y a quelques jours. C'est vide, dépourvu de réalité. Rien ne pousse dans notre relation. C'est comme une graine qui n'a pas germé et n'a pas donné ses bourgeons. Mon mari est dans la finance et travaille sans relâche pour gagner plus d'argent. Il gère le capital de grandes familles italiennes. Et moi alors dans tout ça ? Ne suis-je pas sa famille ? Peut-il prendre soin de moi autrement que par l'argent ? C'est vrai que je ne suis pas mal ici, à Paris, mais je ne sais plus comment m'occuper, je suis lasse de dîner seule, de dormir seule, de n'avoir personne pour faire la conversation...
- Depuis combien de temps vis-tu à Paris ?
- Mon mari a hérité de cet appartement cet hiver. Il lui vient de ses parents. Ça fait trois mois que je m'y suis réellement installée. Mais je n'ai pas encore eu le temps de m'y ancrer,

de me faire des amis... j'essaye d'installer une routine. J'essaye d'avoir au moins un cadre, quelques habitudes rassurantes. Les habitudes comblent la solitude, on fait les choses machinalement, sans réfléchir, on ne prend pas le temps de se demander comment la vie serait si... alors je vais dans les musées. Je vais au Louvre, au musée d'Orsay, à l'Orangerie. J'aime beaucoup le jardin des Tuileries mais quand je vois les familles qui s'y promènent, les petits garçons avec leurs cerceaux, les mères qui leur courent après, les bateaux dans le bassin, toute cette vie, tout cet amour, j'ai envie d'une famille moi aussi. Ne connaîtrais-je donc jamais ça ? Et puis, je me balade sur les quais, je regarde la Seine. Et le soir, je marche sans compter mon temps. Je passe devant les terrasses des cafés illuminés, je passe devant les restaurants, je passe devant les fenêtres et je vois les gens qui dînent. Peut-être aurais-je dû rester à Florence... Mais il y a ma famille et leurs conventions. Ils ne comprendraient pas que je suis malheureuse en mariage, pour eux ça n'a pas d'importance d'ailleurs. Je crois qu'ils ne se sont jamais posé la question de leur propre bonheur. On ne peut pas être malheureux quand on a de l'argent et on n'en a pas le temps quand on a des responsabilités et des obligations mondaines. J'ai voulu en parler à ma mère. C'était pour les fêtes de Noël, mon mari était absent. Bien sûr, j'avais reçu un joli bracelet Cartier qu'il m'avait fait apporter par l'un de ses domestiques. Ma mère a vu ma déception quand j'ai reçu le paquet et le télégramme qui l'accompagnait. Il ne pourrait pas rentrer, il était en Allemagne. Je savais qu'il était avec l'une de ses maîtresses... ma mère n'a pas voulu m'écouter, je ne sais pas si elle voulait me rassurer ou encore une fois m'intimer de me plier aux conventions. Souris, sois belle et ne t'en fais pas.

- Tu es sûre qu'il a des maîtresses ?

- Oui, ce sont des choses qui se sentent… Au sens propre d'ailleurs !, ajoute-t-elle en riant. Ses chemises portent quelque fois l'odeur d'une femme. Il ne se préoccupe pas de ce que je ressens. Je crois qu'il ne se rend pas compte que cela me blesse. Pour lui, c'est normal. Le mariage est un contrat où l'amour n'a pas sa place. Je crois bien que l'amour n'a pas grande place dans son cœur d'ailleurs. Pour lui, les femmes sont des distractions et son épouse… que dire ? Son épouse, c'est moi qu'il emmène dans les dîners. Et même alors, il me laisse seule. Les hommes sont avec les hommes, les femmes avec les femmes. Ce ne sont pas des couples qui dînent ensemble, ce sont des hommes d'affaires et leur épouse. Ils s'empressent de dîner avant de se retrouver au fumoir et de jouer aux cartes en fumant un cigare. Et les femmes vont coucher les enfants… moi je n'ai pas d'enfants à coucher. Encore faudrait-il que mon mari pense au devoir conjugal.
- Il ne t'a jamais touchée ?
- Si, bien sûr. Au début, il semblait se distraire en ma compagnie. On riait, on sortait tous les deux… ça n'a pas duré longtemps. Pas seulement un mois. Notre voyage de noces a été écourté par ses affaires. J'aurais pu l'aimer peut-être, j'aurais voulu l'aimer, j'aurais voulu que ce soit possible. Tu sais, ce n'est pas par gaieté de cœur que je l'ai épousé, je le trouvais laid et creux. Mais très vite, je me suis attachée à lui, mais encore plus vite il m'a déçu. Déçu ? Non, blessée, meurtrie dans ma dignité.
- Et toi, as-tu des amants ? Enfin… À part moi ?
- J'en ai eu. Quelques-uns. Ça te choque ?
- Non, ça ne me choque pas. Rien ne me choque chez toi. Je te connais mieux que personne et je ne te juge pas. J'ai envie de comprendre, de connaître tout ce qui s'est passé depuis la dernière fois, de savoir ce que tu es devenue en somme.

- Mes amants n'ont pas tellement d'importance. Je veux dire, à part toi ! Je ne les ai pas aimés. C'était du dépit et de l'orgueil. Je voulais rendre à mon mari la monnaie de sa pièce. Je ne voulais pas être plus prisonnière que lui de ce mariage.
- Il faudra que tu me racontes. Je veux tout savoir, tout ! Mais il faut vraiment que je m'en aille...
- Maintenant ? Déjà ? Mais je n'ai même pas eu le temps de profiter de toi !
- Je reviendrai !, dit-il en riant.
- Tu me le promets ? Qu'as-tu donc à faire ?
- Je dois travailler pour Aleksander Spielman...
- Aleksander Spielman ? Tu m'as dit que tu travaillais pour un pianiste mais je n'imaginais pas que ce pouvait être lui !, s'étonne-t-elle.

6.

Giovanni ouvre les yeux. La chambre est sombre. Quelle heure est-il ? Où est Stella ? Les ronflements de Lucien lui font recouvrer ses esprits. Il ne va pas tarder à s'apprêter pour aller travailler au Casse-Noisette. Le jeune italien profite de ce moment de tranquillité pour fumer une cigarette à la fenêtre. Il jette un regard au-dehors. Le jour se lève et les étoiles s'éteignent. Le facteur est au bout de la rue. Il la descend sans pédaler, sa gibecière remplie de lettres bringuebalant et sa casquette enfoncée sur son front. Il est le porteur des nouvelles, il est le lien des séparés, ce petit homme à vélo. Apportera-t-il des nouvelles de Stella ? Elle lui manque, elle est à Florence, auprès de son mari. Loin de lui, elle paraît encore plus parfaite. Chaque fois qu'il se souvient d'elle, il la peint de couleurs plus vives. Que fait-elle à Florence ? Que peut-elle faire sans lui ? Il lui semble qu'elle ne peut pas vivre en dehors de lui, qu'elle n'existe que pour lui. Et pourtant, il lui faut s'y résoudre, elle est avec son mari, dans cette grande ville qui l'a vue grandir et que lui ne connaît pas, parmi les siens, parmi les bourgeois aux idées étriquées qui l'ont éduquée. Ne va-t-elle pas l'oublier ? Ne va-t-elle pas lui préférer les gens de son milieu ? Osera-t-elle encore aimer ce pauvre fils de pêcheur à son retour ? On va lui rappeler sa classe et son devoir. Son mari peut-être sera plus doux et plus présent, et elle lui retrouvera les premières qualités qu'elle lui avait prêtées au début de leur mariage. Tout peut changer si vite, en amour rien n'est joué. On ne peut s'assurer de rien, le sol peut se dérober sous les pieds à n'importe quel moment. Et que ferait-il s'il se retrouvait seul à aimer ? Il aurait dû lui dire avant qu'elle ne parte... il a bien essayé mais ça ne sortait pas. Elle était assise devant les colonnades du parc Monceau. Elle balançait ses jambes. Qu'elle était belle... il avait envie de lui crier qu'il l'aime. Mais rien, rien ne voulait se dire, c'était trop difficile d'être vulnérable devant elle. Cela fait bien dix jours qu'il ne l'a pas vue, et il n'a reçu aucune nouvelle. « Je reviens bientôt ! », lui avait-elle promis avant de disparaître dans l'embouchure du métro. Le facteur s'arrête en bas de l'immeuble. Giovanni sursaute. Il jette sa cigarette par la fenêtre et dévale l'escalier de service. Il tombe sur la concierge qui l'attend dans la cour avec un sourire inquisiteur, une enveloppe à son nom dans la main. Elle essaye de lui tirer les vers du nez, son enthousiasme ne lui a pas échappé. Il veut s'en dépêtrer, le plus vite possible, il est impatient. Elle a compris, tant pis. Que veut savoir de plus cette vieille commère ? Si Stella vient le voir comme elle l'a promis, ça va jacasser... ça y est, il a réussi à clôturer cette conversation. Il déchire l'enveloppe en remontant l'escalier. C'est bien Stella, elle a pensé à lui :

« Giovanni..., si tu savais comme j'aime écrire ton prénom... je me sens bête, comme une écolière qui noircit les pages de son cahier avec le nom de son amoureux... tu m'as rendue idiote, je devrais t'en vouloir ! Je ne vaux pas mieux que ces écervelées dont je me moquais autrefois. Peut-être était-ce par jalousie ? Parfois, je me demande si t'aimer n'est pas ma façon de braver l'ennui. Et je repense à ton odeur, à ta voix, à ton rire quand tu me taquines. J'erre dans le hasard des rues de Florence. Tout me rappelle à toi, les rues te ressemblent, autant qu'une rue peut te ressembler. Quand je vois un jeune homme brun qui marche un peu comme toi en roulant des épaules, j'espère toujours que c'est toi, j'espère toujours que tu es venu me rejoindre, que tu as pu faire cette folie... mais non, ce n'est jamais toi, c'est toujours un autre, un indésirable. Que mon mari me lasse ! Que ma famille m'exaspère ! Je les fuis sans arrêt ! Je suis une adolescente depuis que je te connais. Sans toi, je n'aime que ma solitude, une solitude pour penser à toi. Giovanni, je me libère en t'écrivant de ce que je garde pour moi ces derniers jours.

Je t'embrasse,
Stella ».

« Elle m'aime ! Stella m'aime ! », hurle Giovanni en claquant la porte. Lucien se réveille en sursaut. Il jette un regard inquiet autour de lui, bougonne quelques grossièretés et se retourne dans sa couette. Giovanni est heureux, le voilà rassuré et soulagé. Ces derniers jours, il ne pouvait pas se concentrer, il ne pouvait pas tenir en place. Son esprit était tout absorbé par Stella. Il ne voulait pas sortir avec Lucien, il obéissait aux consignes d'Aleksander à contrecœur. Quel plaisir de se retrouver le soir seul dans son lit et de pouvoir songer à elle tranquillement. Il attendait ce moment toute la journée. Il regrettait parfois le glissement trop rapide de ses pensées vers l'endormissement, il aimait prolonger ses rêveries le plus possible. Ses yeux se tournent vers la table de chevet et son euphorie retombe à la vue de la photo de Maria. Quel traître ! Comment peut-il lui faire ça ? Il a osé l'oublier un instant. Comment pourrait-il être heureux en amour après ce qu'il a fait ? Le destin ne peut pas lui être si clément, il le punira sans aucun doute, si Dieu existe… il y a une justice sur cette terre.

On frappe à la porte. Giovanni sursaute sur sa chaise, il s'était endormi, sa cigarette à la bouche. Lucien est parti, il ne l'a même pas entendu. On frappe encore. Giovanni se précipite. Serait-ce elle ? Mince ! La photo de Maria Pacchiano ! Il la camoufle sous le duvet. Il ouvre la porte. C'est Stella. C'est la réalité qui se superpose à un rêve de dix jours. Giovanni l'a tellement idéalisée qu'il est légèrement déçu. Mais il est heureux. Il la serre dans ses bras, très fort, son corps lui a tant manqué. Stella blottit son visage dans son cou. Elle cache ses yeux émus, elle se sent timide et pudique, elle ne se veut pas acquise, son amant doit la croire forte et indépendante, capable de vivre sans lui, capable de se réserver, et même capable de ne plus l'aimer un jour. Elle regrette à présent de lui avoir envoyé cette lettre. Elle n'aurait pas dû se donner ainsi. Et si elle lui avait donné trop de pouvoir ? Et s'il se lassait d'elle maintenant qu'elle semble conquise ? Elle sort de ses bras et vient s'asseoir sur le lit.

- C'est ici que tu vis !, dit-elle avec une pointe de dédain.
- C'est ici que j'ai pensé à toi !, lui répond-il légèrement piqué. Je viens de lire ta lettre, on dirait que je t'ai manqué.
- Pourtant, je l'ai envoyée il y a six jours. Le service postier a dû prendre du retard. Je crois que ce voyage m'a tourné la tête. En Italie, j'ai le sens du mélodrame !
- Tu ne pensais donc pas ce que tu as écrit ?
- Je n'irais pas jusque-là mais j'ai sans doute exagéré… je n'avais rien à faire à Florence et tu connais mon goût pour les jolies phrases. J'ai quelque chose de Madame Bovary.
- Je vois… tu as besoin d'aimer pour te sentir vivante, moi ou un autre… tu veux du café ?
- Oui, je suis bien fatiguée, je suis venue ici directement, dit-elle en s'étendant lascivement sur le lit.

Giovanni remplit la cafetière à l'italienne. Stella s'est donc empressée de lui rendre visite. Elle doit tenir à lui plus qu'elle ne veut l'avouer. Qu'a-t-elle à se reprendre ? Pourquoi ne veut-elle pas laisser intact ce qu'elle a écrit ? De quoi se défend-elle ? Elle est sans doute déçue, il n'a pas eu le temps de se faire beau, son appartement est un vrai taudis, la réalité a dû lui sauter aux yeux. Son cœur se serre. Ce qu'il craignait arrive donc si vite… Il n'a pas eu le temps de s'y préparer. Après tout, il n'a pas osé se déclarer au parc Monceau et il n'a rien répondu à sa lettre. A-t-elle peur ? Il remplit les tasses et les apporte au chevet. Il s'allonge à côté d'elle dans le petit lit, au-dessus de la photo de Maria. Ils se regardent en souriant. Ils sont embarrassés.

- Qu'as-tu fait ces derniers jours ?, demande-t-elle.
- J'étais très occupé, j'avais beaucoup à faire. Quand on est le bras droit d'Aleksander Spielman...
- Le bras droit ? Je ne savais pas qu'il jouait d'une seule main !
- Il me fait confiance, il m'emmène partout avec lui, répond-il très sérieusement.
- Connais-tu son cercle intime ?
- Bien sûr, même si je n'ai pas tellement d'affinités avec eux. Ce sont des flatteurs superficiels.
- Raconte m'en plus ! Qui sont-ils ? Et les soirées ?
- Ils aiment fréquenter le milieu artistique et ils se targuent de savoir découvrir des talents, d'être des mécènes, d'avoir un œil critique, d'avoir du goût... Bref, ils sont très imbus de leur personne et pourtant ils ne savent rien faire. Ils ont juste de l'argent, de l'éducation et un peu de culture. Ils n'ont aucune curiosité, ils n'aiment que ce qu'ils connaissent et ce qu'il est bon d'aimer, eux qui sont censés être sensibles à l'art et à la création... Ce sont des parasites pour le milieu ! Et ce sont eux qu'on écoute, ils font la pluie et le beau temps, ils ont tellement d'influence... Si tu savais, ce sont des caricatures ! Ils ont tous les défauts de la haute société. Pour te donner un exemple, il y a Simon Delavallère, le fils du directeur des plus grands théâtres de Paris. Celui-là n'est aimable qu'avec ceux qui peuvent lui apporter quelque chose : de l'argent, du prestige, de l'admiration... Pour le reste, il est hautain et désagréable. Il est devenu aimable avec moi depuis qu'il s'est assuré de l'attachement d'Aleksander pour moi. Avant cela, il me traitait comme un sous-fifre indigne de la moindre courtoisie.
- Et les autres ?, demande Stella curieuse.
- Ils sont tous du même acabit... Il y en a un qui sort du lot pourtant, et je l'ai rencontré récemment. On l'appelle le mignon de Saint-Germain. C'est un enfant de dix-huit ans

beau comme une poupée de porcelaine. Personne ne connaît son histoire, il est très discret. Il boit bien plus de champagne qu'il ne parle. Mais il est toujours sobre, doux comme un agneau. Il se présente comme un artiste, mais je ne sais pas vraiment ce qu'il crée. Il a fait les Beaux-Arts m'a dit Spielman, c'est la plus grande école d'art de Paris. Parfois, il fait un croquis sur un coin de nappe au restaurant et puis il le déchire nerveusement. Je pense que c'est lui qui a peint le tableau de l'appartement d'Aleksander. Mais tous deux n'en parlent pas, comme s'il y avait un secret là-dessous.

- Et les soirées mondaines ? Où se passent-elles ?
- Chez les uns et chez les autres, aux restaurants, à l'Opéra, ça dépend ! Ces messieurs se lassent vite, ils aiment le changement. La semaine dernière, nous étions chez Simon Delavallère. Chez lui, rien n'est beau et tout est cher. On dit qu'il change d'intérieur tous les ans. Mais il a des tableaux de maîtres et quelques croquis de Renoir qu'il aurait achetés en Suisse.
- Si tu ne les aimes pas, pourquoi les suis-tu partout ?
- Je n'ai pas le choix, il faut bien accompagner Aleksander.
- Je crois que tu y trouves ton plaisir. Tu fais semblant de les mépriser mais au fond tu les admires. Moi je connais bien ce milieu et je ne le supporte pas.
- Tu ne connais rien ! Tu ne connais que Florence. Tu ne connais pas Paris !
- Regarde-toi les défendre ! Je suppose que tu n'oses même pas jouer du blues avec eux. On ne peut être soi-même avec ces gens-là.
- Je n'en joue pas mais la raison est différente. J'apprends le piano et je ne veux pas m'emmêler les pinceaux. Je suis le conseil d'Aleksander en ne m'éparpillant pas.

- Tu lui obéis comme un enfant. Je croyais avoir à faire à un homme. N'as-tu donc pas changé depuis Livourne ?, s'agace-t-elle en sortant du lit.
- Ne t'en vas pas, je t'en prie.

Aleksander Spielman est sorti. Giovanni ouvre grand la fenêtre. Un vent mystérieux traverse l'appartement. Plus tôt, Aleksander s'exerçait au piano et le jeune italien lui tournait les pages. Il range les opus éparpillés sur la table. Spielman aime l'ordre et la rigueur. C'est un perfectionniste. Schumann doit être rangé entre Schubert et Strauss. Giovanni termine l'ordonnancement et s'assoit au banc du piano. Il veut composer une symphonie à la mémoire de Maria Pacchiano. Il écoute le bruissement des arbres et le crépitement des oiseaux. Quelques voix du dehors s'élèvent et s'éteignent aussitôt. Il pose sa main sur le clavier. C'est la main de l'homme qui cherche à rejoindre celle de Dieu. Le passé lui revient. Le vent siffle à ses oreilles, il entend une musique qu'il répète sans réfléchir. Que faisait Maria à cette heure-là dans les rues de Marseille ? Elle était trop consciencieuse. Elle est restée à l'école, elle n'a pas vu l'heure passer. Elle a dû s'étonner de la tempête quand elle est sortie. Elle ne l'entendait pas, plongée dans son travail, elle n'y avait pas prêté attention. Elle n'a pas peur, Maria n'a peur de rien et elle connaît la ville comme sa poche. Les cheveux de Maria se remplissent de flocons. La neige fouette ses yeux. Elle avance à tâtons. Elle chantonne pour se rassurer. Elle se donne du courage. Giovanni se souvient de cette manie qu'elle avait de chanter quand elle avait peur, et parfois quand elle était en colère. Il se souvient de son léger accent italien, des fausses notes qu'elle camouflait en baissant la voix. Elle chantait faux, c'était adorable. La porte de la fenêtre claque. Le lustre se balance. Giovanni ne sait plus ce qu'il joue, ses mains continuent à pianoter ; elles ne lui appartiennent plus. Tout est blanc et impénétrable. Aucune lueur n'arrive à percer la bourrasque. Elle ne croise personne. Est-elle seule ? Elle se demande si elle va y arriver. Elle a envie de s'arrêter, de s'asseoir et d'attendre. Elle en a assez. Giovanni voudrait la consoler, la prendre par la main et lui montrer le chemin. À deux, ils sont invulnérables. Ses mains s'empressent sur le clavier. Son cœur bat comme un métronome affolé. Il ressent sa chaleur entre ses côtes. Rien ne peut arriver quand ils sont ensemble. Mais il n'est pas là, il est au chaud, il l'attend. Peut-être l'appelle-t-elle ? A-t-elle pensé à lui ? Elle continue de braver la tempête. C'est un petit soldat bien courageux. Un pied devant l'autre, elle avance tout droit. On verra bien. Elle entend des pas qui se rapprochent. Serait-ce lui ? Giovanni a-t-il pu la retrouver ? Inquiet, il aura traversé la ville pour la rejoindre. Elle lui parle, il ne répond pas. L'entend-il ? Il se rapproche, il l'éblouit de sa lampe torche. La lumière en plein visage illumine ses grands yeux remplis de frayeur. Ce n'est pas lui. Un grand fracas, si rapide, et la mort est là. C'est Giovanni qui sonne le glas.

7.

La grande salle de l'Opéra est vide. Face aux centaines de sièges rouges, Aleksander Spielman s'entraîne et Giovanni l'assiste en tournant les pages debout à côté du piano. Il est songeur. Tôt ce matin, la concierge lui a remis une lettre. Il a reconnu l'écriture de sa mère et l'a précieusement rangée dans sa poche. Il peine à se concentrer et à suivre le rythme du pianiste. Sa mère est-elle entre de bonnes mains ? Giovanni n'a pas eu de ses nouvelles depuis plusieurs semaines. Elle doit souffrir de sa solitude quand lui profite de la belle vie : les leçons d'Aleksander Spielman, les dîners mondains, son idylle avec Stella et les sorties dans les cabarets avec Lucien. Il se sent coupable. Pourquoi ne lui a-t-elle pas écrit ces derniers jours ? Il a peur de lire une mauvaise nouvelle. Il a pourtant pris la peine de lui écrire chaque semaine. Il n'avait pas toujours la tête à ça, il écrivait entre deux rendez-vous, mais c'est son devoir de fils. Il ne manquera pas à tous ses devoirs, il l'a abandonné à Livourne et aujourd'hui il lui doit bien de la tenir informée. Il veut prendre le temps qu'il faut pour lire les mots de sa chère *mamma.* « Vous allez plus vite que la musique comme on dit », plaisante Spielman. Il sent que Giovanni n'est pas avec lui. Il n'est pas rêveur aujourd'hui comme à son habitude, il est tracassé.

- Je crois que vous avez fini pour aujourd'hui, s'arrête Aleksander.
- Nous n'avions pas convenu de travailler jusqu'à dix-huit heures ?

- Je vous laisse le temps de vous préparer pour le dîner de ce soir.

Giovanni est assis à la terrasse du café de l'Opéra. Lucien accoste les passants : « Nous avons des huîtres arrivées aujourd'hui tout droit de Cancale ! Et pour vous monsieur, notre steak tartare à la sauce du chef ! Les plus grandes stars l'ont goûté ! Michelle Morgan Madame, Jean Gabin monsieur ! Et notre escalope est tendre comme un nouveau-né ! ». Une passante s'arrête et jette un œil furtif sur les prix. Elle ne va pas s'asseoir. C'est beaucoup trop cher. Lucien s'agace, qu'imagine-t-elle dans ce quartier ? N'a-t-elle pas vu l'emplacement ? N'a-t-elle pas vu la devanture ? Une vue sur l'Opéra, ça n'est pas donné à tout le monde ! Lucien se retourne, il remarque Giovanni. Il ne vient pas souvent le voir. Il se dirige vers lui avec un grand sourire et de son air le plus solennel, une main rangée dans son dos :

- Qu'est-ce que je te sers l'ami ?
- Je vais prendre un café, répond Giovanni.

« Mon cher fils,

Même si tu es un homme maintenant, même si tu es loin de moi et que tu n'as plus besoin de ta chère *mamma*, tu restes mon enfant. Tu ne peux pas l'oublier, tu ne peux pas le renier. Ni ta famille ni ton pays ne peuvent être abandonnés. On croit toujours que l'on peut grandir hors des siens, mais c'est une grave erreur et ce que l'on fait à l'âge adulte porte toujours la trace de l'enfance. Et quel enfant tu étais ! Un rêveur doux comme un agneau. Tu aimais mes histoires, elles te faisaient voyager. Ah mon fils ! Tu devais partir un jour, c'était écrit dès le début ! Le monde est-il si différent où tu es ? Y as-tu trouvé ce que tu cherchais ? J'espère que oui parce que je ne souhaite que ton bonheur, je souhaite que non parce que les rêves d'enfants sont bien trop naïfs et sans saveur pour une vie complète. J'espère que tu as échoué parfois, que tu as été déçu, que tu as souffert et que tu as pu te relever. C'est par la force que l'on se découvre quand on échoue que l'on devient un homme. Mais j'ai confiance, car tu n'étais pas seulement un rêveur, tu étais aussi un travailleur acharné comme ton père. Moi je suis bien différente de vous deux, votre ténacité me manque et j'ai du mal à supporter mon vieux corps ces jours-ci. Et ma tête ne va pas bien fort, comme tu peux le voir je suis d'humeur mélancolique, je ressasse les bons vieux jours. Mais que me reste-t-il d'autre que mes souvenirs ? La vie est derrière moi, la tienne est devant toi et c'est avec plaisir que je suis tes aventures. Je ne reçois pas assez de lettres, mais ce n'est pas un reproche, je ne me lasse pas de te lire. Tu ne me parles plus de Maria. Tu devais m'envoyer une photo. Je suis certaine que tu l'as bien choisie. Je rêve parfois que vous venez tous les deux à Livourne me rendre visite. Et qui sait ? Vous venez avec un bel enfant qui a tes grands yeux noirs. Ah ! J'attends ce jour impatiemment. Quand le vent fait battre la porte, j'ai la folie de croire que c'est toi qui l'ouvres à coup de pied comme au bon vieux temps. Quand je bois mon café le matin et que j'ai le visage plongé dans mon bol, j'espère en relevant la tête vous revoir, ton père et toi, assis en face de moi. Que fais-tu à Paris ? Il paraît qu'il pleut souvent en France. Ici, il fait beau comme toujours. Il n'y a plus que le soleil pour me voir vieillir. Si tu savais, je suis une bien vieille femme maintenant. Depuis la mort de ton père, le temps ne m'a pas épargné. La solitude n'aide pas à surmonter le temps. Heureusement, Marcello et Valentina restent des amis présents. Mais que valent les amis quand on se couche seule, quand on dîne seule, quand on n'a plus personne à serrer dans ses bras ? Ta tendresse me manque mon fils. Je n'aurai pas cru que c'est ce qui me manquerait le plus. C'est vrai que ton père et toi vous étiez plutôt farouches et indépendants mais vous m'apportiez votre poésie, votre chaleur, votre manière à vous de m'aimer. Tu dois t'étourdir à Paris de toutes les lumières, de tous les spectacles, du beau monde... j'aimerais être avec toi pour voir tout cela. J'aurais aimé, comme toi, parcourir le monde et voyager. Mais comme tu le sais, j'ai passé toute ma vie à Livourne et je ne connais rien d'autre. Mais je n'ai aucun regret, c'était mon destin et cette vie je l'ai aimée chaque jour. Je n'ai pas été malheureuse mon fils. Et puis, quand je lis tes lettres, il y a une part de moi qui est avec toi et qui découvre Paris.

Je veux te raconter une histoire, comme lorsque tu étais enfant. Cette histoire, c'est celle de ton harmonica. J'aurais pu te la raconter avant mais ton père ne voulait pas entendre parler de la Grande Guerre. C'était trop douloureux pour lui. Tu sais, lorsqu'il est rentré de la guerre, il était bien changé. Il n'a pas toujours été cet homme sec et peu bavard que tu as connu. La première fois que je l'ai rencontré, c'était il y a trente ans au bal de Livourne. Il était comme toi, un beau jeune homme fringuant qui rêvait les yeux ouverts. Je l'ai tout de suite aimé, il était différent de tous ceux que j'avais connus. On avait dix-sept ans, on était des gamins. À cette époque, on était innocents à dix-sept ans. Ton père ne se préoccupait pas de la politique quand il était jeune et pourtant elle prenait beaucoup de place dans la vie de Livourne. L'Europe était déchirée. On ne parlait que de ça dans les cafés, sur le port, au marché, partout au village. Les journaux nous tenaient informés chaque jour de la guerre qui sévissait dans les pays frontaliers. On avait peur pour notre patrie. Qu'adviendrait-il de nous ? Tu sais, le royaume était encore jeune, il avait quoi ? Cinquante ans. On avait adhéré à la Triple-Alliance mais on restait neutres, on suivait de loin les évènements. Mais on se doutait que ça allait nous tomber dessus à un moment ou un autre. On ne pouvait pas rester là sans rien faire, mais quand même, on n'avait pas envie de servir de chair à canon. Les hommes se disputaient, ils se battaient dans la rue. Ils étaient impliqués, ils avaient des idées. Ils voulaient montrer ce qu'ils avaient dans le ventre. Mais ton père, il ne voulait pas prendre parti, il voulait juste aller à la pêche, vivre insouciant. Bref, ce qui a tout déclenché c'est l'assassinat de l'héritier de l'empire d'Autriche-Hongrie. Enfin, c'est ce qu'on disait dans la presse. On disait aussi au village que c'était une histoire d'argent, une histoire de pouvoir, de territoire, de politique, et que nous les petites gens, on se ferait bien avoir. On n'avait conscience de pas grand-chose, mais au moins ça, on le savait. Et puis finalement, l'Italie décida en mai 1915 qu'elle se rangerait auprès de la France et de la Grande-Bretagne. Il faut dire qu'on avait envie de récupérer la Dalmatie et Trieste. Alors voilà, le roi Victor Emmanuel III recruta des hommes à travers tout le pays. Et ainsi, à Livourne, un matin, les hommes furent appelés en renfort. C'était officiel. On était atterrés. Les hommes de Livourne devaient participer à l'effort de guerre au nom de l'honneur et pour leur patrie. Ils devaient se sacrifier pour les valeurs du pays et pour protéger leurs familles. Seuls les infirmes, les enfants et les vieux étaient dispensés. Ton père, comme les autres, fut appelé sur le front du nord. Tu aurais dû voir la gare lorsque je l'ai accompagné. Elle n'avait jamais été aussi triste. Les adieux étaient déchirants. Les mères étaient inconsolables, les épouses se voyaient déjà veuves. Je ne voulais pas que ton père voie mon inquiétude, je devais être rassurante. Mais j'avais tellement peur. J'ai scruté son visage jusqu'au dernier instant pour essayer de le garder en mémoire. Il m'a embrassé rapidement, les effusions de sentiments il n'aimait pas ça, et il est entré dans le wagon avec les autres, son balluchon sur l'épaule. C'était le wagon numéro six. Il m'a fait signe de la fenêtre. On n'a pas pleuré, l'un pour l'autre on se devait de ne pas craquer. Il était beau, en quelques jours il était devenu un homme, il avait arrêté de rêver, il était fort. Son regard avait changé. Je le regardais, si fier et si dur, et je l'admirais. Cet homme-là, il devait revenir. Cet homme-là, c'était l'amour de ma vie. Le chef de gare a sifflé ; le train a soufflé une fumée noire, il s'est éloigné au début tout doucement par petites saccades et puis il a filé et ça y était, ton père était parti. On s'est retrouvées là, penaudes, entre femmes sur le quai. On s'est regardées sans rien dire. Voilà, on n'avait plus qu'à attendre. On était impuissantes, déboussolées, il n'y avait plus rien à faire. Je n'ai pas reçu de lettres de ton père pendant plusieurs semaines. Je n'avais aucune nouvelle. C'était abominable, je ne savais plus que croire ni espérer. Attendre sans savoir est pire que de savoir. Il était peut-être mort. Fallait-il le pleurer ? Je n'osais pas, je voulais continuer de le soutenir aussi loin que j'étais. C'est ce qui m'a aidé à traverser ces semaines-là, mon devoir de ne pas trahir sa confiance et d'attendre son retour. Et pourtant, les nouvelles du front n'étaient pas bonnes. Je voyais chaque jour des femmes prendre le deuil. Elles avaient reçu une lettre officielle et elles attendaient qu'on rapatrie le corps de leur fils ou de leur époux. Le cimetière de Livourne dut être agrandi, les cadavres s'entassaient, on n'avait plus de place. Les familles assistaient à la décomposition des soldats. On leur mettait un drap dessus pour ne pas voir leur visage ravagé. Et encore, tous n'étaient pas retrouvés. Comme d'autres volontaires, j'ai soigné les quelques blessés qui nous étaient revenus. Ils étaient dans un piteux état, peu survécurent. C'était notre manière, à nous les femmes, de nous sentir utiles. Le temps devenait long, puis je reçus une lettre. J'étais soulagée. Ton père me racontait l'horreur du front. C'était une boucherie. Il fallait courir, éviter les balles et les obus. Dans les tranchées, ils attendaient les ordres tout le jour durant, ils se morfondaient, ils crevaient de faim et de soif. Ils se disputaient un quart d'eau croupie, une boîte de conserve, du pain rassis. Ils ne pouvaient pas se nettoyer ni même se déchausser. Ils restaient dans leur crasse, souvent même dans leur urine, attaqués par les mouches et la vermine qui se développait. Aucune végétation dans cet enfer. À part des moignons de troncs d'arbres ci et là. C'était un charnier. L'odeur de la mort régnait. Mais ton père se fit un compagnon, c'était un pauvre gars de Turin qui n'avait pas vingt ans. Il avait apporté son harmonica et il jouait pour apaiser les cœurs. Il jouait la nuit quand personne n'arrivait à trouver le sommeil, il jouait le jour quand on somnolait malgré la peur. Il apportait un peu de douceur, de la joie italienne comme on sait la mettre dans notre musique. Ce n'était pas un héros mais un bon gars, ce genre de gars qui a le cœur gros comme ça, qui est généreux sans réfléchir, qui a la force de l'espérance, tu vois, ce genre d'homme que pouvait admirer ton père. Ton père n'aimait pas les têtes brûlées qui ne pensaient qu'à combattre, les héros à la petite semaine, les sadiques et les criminels. Non, ceux qu'il pouvait admirer c'étaient ceux qui voulaient survivre et qui ne baissaient pas les bras. La seconde lettre que je reçus m'annonçait la mort du jeune gars de Turin. Ton père ne m'expliqua pas les circonstances. Il écrivit ça dans une phrase, sans détails, sans émotion. C'était trop dur pour lui. Et quand il revint du front, il n'en dit pas davantage, mais il rapporta l'harmonica. Alors voilà, à ta naissance, il te joua un air d'harmonica et il déposa l'instrument à côté de ton lit. Il serait à toi quand tu aurais l'âge d'en jouer. C'était une manière pour ton père de te transmettre les valeurs qui lui tenaient à cœur. Et toi mon fils, tu t'emparas de cet instrument avec un plaisir qui lui donna l'impression de faire revivre ce cher compagnon de la guerre. Il était ému de t'écouter jouer, je le regardais rêver les yeux ouverts, il n'était plus vraiment avec nous, sans doute voyait-il encore les soldats tomber dans la terre battue et les mines exploser. Et puis tu jouas du blues, tu t'appropriais ton harmonica. Ton père ne broncha pas, après tout, la vie devait prendre le dessus. La première fois qu'il t'entendit jouer du blues, je vis l'étonnement et la déception traverser ses yeux, et puis il se mit à rire. Tu n'as pas compris pourquoi il riait, tu as cru qu'il se moquait de toi. Je me souviens, tu n'as pas voulu jouer devant lui pendant une semaine. Il était fier de toi, il me le disait parfois, il n'aurait jamais osé te le dire. Je crois que tu lui rappelais le jeune homme de Turin, toi que seule la musique apaisait, toi qui pouvais braver la vie et la mort en soufflant dans ton harmonica.

Il se fait tard. Le ciel est dégagé. Je regarde la pleine lune. Elle est belle et sa lueur éphémère veille sur nous. Toi aussi de ton côté, tu peux l'admirer. Tu me manques. Je voudrais te serrer fort dans mes bras.

Je t'embrasse très fort
Ta chère mère
Nina »

Une vieille femme s'est installée à côté de Giovanni. Ce jeune homme a l'air ému, ses yeux sont rivés sur une lettre depuis plus d'un quart d'heure. Il n'a même pas bu son café, il a dû refroidir. Les jeunes sont bien sensibles, ils ont les nerfs à fleur de peau, ils ne savent pas que tout va-et-vient en son temps et qu'au fond rien n'a vraiment d'importance. Elle sirote sa grenadine, c'est son petit plaisir de l'après-midi. Elle n'aime que le sucre, son médecin s'en agace mais c'est comme ça, de toute façon elle est bien trop vieille pour s'en préoccuper. Giovanni lève les yeux de sa lettre, enfin. Il regarde autour de lui, comme au sortir d'un rêve tout lui semble confus. S'il avait connu cette histoire avant... Son père n'aimait décidément pas parler. Pourtant, ce sont les histoires qui construisent le sentiment d'être une famille. Son père vivait toujours le moment présent, il n'avait jamais rien à raconter. Lui qui ne joue plus de blues, il a envie tout à coup de sortir son harmonica. Sa mère a raison, on ne doit pas renier son passé. Il se met à jouer un air. On se retourne à la terrasse. Lucien le regarde avec amusement. Qu'il joue ! Ça lui redonnera le sourire !

8.

Stella se promène dans l'appartement de son rival. C'est à contrecœur qu'elle est venue ce soir. Monsieur Spielman retient Giovanni loin d'elle chaque jour. Et il faut entendre Giovanni quand il parle de lui, ce ne sont qu'éloges et compliments. Quand il s'agit du grand homme, il est plein d'ardeur, ses yeux brillent et ses mains s'agitent. Elle est jalouse, mais elle n'oserait pas le dire à son amant, n'est-elle pas mariée ? Elle s'approche de la pièce centrale du salon : le piano. Il doit être accordé à la perfection. Elle rêverait d'avoir un aussi bel instrument ou tout du moins de pouvoir s'y exercer quelquefois. Elle imagine Aleksander transporté par la musique, ses jolies mains de femmes parcourant le clavier, son corps de dandy stoïque et droit. Giovanni est étendu sur la méridienne, il lit un livre que lui a prêté Lucien. C'est un recueil de poèmes qui parle de la guerre, de l'amour, et de la vie d'artiste. On ne comprend pas tout, c'est alambiqué, mais on y trouve une certaine grâce. Stella vient s'asseoir à côté de lui pour lire par-dessus son épaule : « C'est joli, dis-moi ! ». Aleksander Spielman interrompt leur lecture silencieuse en sortant de la cuisine, son fameux *kneidler* dans les mains. Il le pose au centre de la table : « Le dîner est servi chers convives ! ». La gêne du début du repas fait place à une conversation animée et sincère, le vin aidant. Stella découvre un artiste sensible et cultivé qui n'a rien de cet homme prétentieux qu'elle imaginait. Il parle à cœur ouvert, encouragé par les deux jeunes gens qui l'écoutent avec bienveillance et, il faut bien l'avouer, une pointe d'admiration.

- Je m'en souviens comme si c'était hier. J'avais l'impression d'être l'homme le plus recherché de Varsovie. Je sursautais à chaque bruit suspect et je traversais la gare en longeant les murs comme un mauvais espion. J'entrai finalement dans le train sans me faire interpeller et m'installai au wagon-bar parmi la populace pour me laisser le temps de me cacher si un contrôleur entrait, je n'avais pas mon billet. Le voyage me parut interminable. Je n'ai pas fermé l'œil de la nuit. Je changeais de wagon toutes les demi-heures pour ne pas me faire attraper. Je crois que même si je n'avais pas fraudé, l'excitation de l'aventure qui m'attendait ne m'aurait pas laissé dormir. Je n'avais rien avec moi que quelques partitions et ma Torah. J'ai pourtant été élevé dans un milieu assez bourgeois mais être démuni ne m'effrayait pas, au contraire, c'était une chance pour moi de me prouver que j'étais capable d'affronter le monde tout seul. Après quelques heures, je peinais à tenir debout. Je trouvai finalement un siège libre en troisième classe et somnolai à côté d'une famille fort sympathique qui m'assura de me prévenir en cas de danger. Aux premières lueurs du jour, j'admirais les rais du soleil s'étendre sur les champs de betteraves. Je n'arrivais pas à réaliser mais j'avais quitté mon pays. Il n'y avait plus rien à espérer de la Pologne, ce pays m'apparaissait comme une mère indigne, incapable de préserver ses enfants.
- Vous avez laissé votre famille derrière vous sans vous en inquiéter ?, ose demander Stella.
- De mes parents, je n'avais plus de nouvelles depuis des années. Ils m'avaient chassé de Cracovie à cause de mes inclinations. Ce fut ma tante qui m'hébergea. C'était une marginale, cette vieille veuve vivait modestement de sa rente et composait tout le jour durant. Elle était musicienne,

elle était passionnée et elle sortait très peu. Elle avait d'ailleurs quelques amis haut placés au Conservatoire ; elle avait été belle et talentueuse, certains en avaient gardé le souvenir. J'eus le cœur déchiré en la quittant mais, elle me facilita la tâche en m'encourageant, comme à son habitude, souhaitant le meilleur pour moi et me présageant un avenir glorieux.

- Pourquoi êtes-vous parti pour Paris ?
- J'avais entendu parler de Paris, quelques-uns de mes camarades y avaient étudié. Ils me la décrivaient comme la ville la plus foisonnante et la plus lumineuse que l'on puisse imaginer. « C'est une ville de musique, une ville de culture, une ville en plein essor », me disait-on. Vous savez, je n'ai même pas pu finir mes études au Conservatoire de Varsovie, et ce en dépit des amis de ma tante. J'ai reçu une lettre un beau jour qui m'intimait de ne plus revenir. Il n'y avait pas d'explications mais je devinais bien la raison. Je me suis enfermé chez moi quelques semaines pour composer, j'avais la rage au cœur, j'avais envie d'incendier ce Conservatoire que j'avais tant aimé. Mais revenons à ce voyage, j'étais donc dans ce train à m'imaginer les jours à venir. Je parlais le polonais, le russe, le yiddish et un peu d'anglais mais je ne connaissais pas un mot de français. Comment allais-je me faire comprendre ? Finalement c'était un détail, j'étais libre ! La musique me permettrait de communiquer. Quand le train s'est engouffré dans la gare de l'Est, c'était le petit jour. Je suis resté à contempler la grande verrière toute la matinée. Je voulais marquer ce moment, le graver dans ma mémoire. J'ai toujours été attentif à rendre certains moments symboliques et à m'imprégner des lieux. C'est ainsi que je donne du sens à ma vie et que je trouve mon inspiration. Puis je repris le cours tranquille de mon existence et allai m'asseoir à la terrasse de la Brasserie de l'Est. J'ai allumé une cigarette, je

fumais à cette époque, et le serveur s'est approché de moi et a commencé à me parler. Il ne s'arrêtait pas et je ne comprenais pas un traître mot. Tout à coup, il s'est arrêté, je crois qu'il a compris que je n'étais pas français en voyant mon paquet de cigarettes. Je lui ai souri, je ne savais pas quoi dire. Il est revenu avec un café et un croissant, il a dû penser que c'était l'essentiel quand on arrivait à Paris.

- Quelle histoire !, réagit Stella. Vous avez tout laissé derrière vous ! Et vous êtes monté dans ce train !
- J'en découvre plus sur vous chaque jour, dit Giovanni impatient de connaître la suite.
- Votre histoire n'est pas commune non plus ! Nous sommes tous les deux des aventuriers !, s'amuse Aleksander.
- Mais monsieur Spielman, ne coupez pas court à votre histoire. Continuez, je suis impatiente de savoir comment vous en êtes arrivé là aujourd'hui, s'enthousiasme Stella en serrant la main de Giovanni.
- J'avais annoncé ma venue à un ancien ami du Conservatoire qui travaillait alors pour l'orchestre de l'Opéra de Paris, continue Aleksander Spielman. Il était pianiste comme moi et nous avions tous deux le goût des jolis garçons, ce qui nous faisait quelques points communs. Il m'a accueilli chez lui à bras ouverts et sans aucune contrepartie. J'étais fauché mais il avait la courtoisie de ne jamais me le faire sentir. Mon caractère n'est cependant pas celui d'un assisté et j'ai vite cherché du travail. J'ai alors joué dans des cafés, dans des gares et dans des cinémas de quartier qui passaient encore des films muets. Je ne gagnais pas grand-chose mais assez pour quelques cornichons polonais que j'avais dégotés dans une épicerie du Quartier latin et pour offrir des fleurs chaque soir de concert à mon ami. C'était la vie de bohème. Andrei, mon hôte, m'emmenait quelquefois au Dôme pour rencontrer d'autres artistes qui venaient y boire jusqu'au petit jour. Les

peintres venaient y échanger leurs tableaux et quelques mécènes se chargeaient de leur en acheter quand ils avaient de la chance. J'ai aussi fait la connaissance de plusieurs poètes et écrivains qui n'ont pas connu la gloire malgré leur talent. Je ne me souviens même pas de leur nom, ils sont tombés dans l'oubli et sans doute dans la débauche qui les guettait déjà. J'ai eu des amourettes de passage, rien de bien sérieux, mais cela me permit d'améliorer mon français. On n'apprend jamais aussi bien une langue que dans l'amour.

- Vous avez dû en connaître des hommes, votre français est parfait !, plaisante Stella.
- J'en ai connus tellement que certains sont inconnus.
- Vous êtes très amusant monsieur Spielman, dit-elle en terminant sa flûte de champagne. Je ne l'aurais jamais imaginé. Mais vous n'avez pas fini enfin ! S'il vous plaît, continuez.
- Je vous parlais du Dôme, c'était le premier café de Montparnasse, mais le Dôme n'est plus ce qu'il était... à l'époque, on pouvait y manger une saucisse de Toulouse et une assiette de purée pour moins de trois francs. C'était une aubaine pour les artistes fauchés comme moi. Andrei y venait surtout pour compléter sa collection de nus.
- Mais comment êtes-vous devenu célèbre ?, demande Giovanni. Même moi je l'ignore.
- Ce fut un coup de chance pour moi et un coup de malchance pour mon ami Andrei. Il m'avait désigné comme son remplaçant à l'orchestre de l'Opéra. Son goût pour les jeunes artistes l'affligea malheureusement de ce qu'on appelle la maladie de l'amour : la syphilis. Il fut hospitalisé quelques semaines et je pris sa place dans l'orchestre. Je voulais faire mes preuves et, il faut bien l'avouer, surpasser le talent de mon ami. Cela ne manqua pas, quelqu'un me repéra. Son nom était Simon Delavallère. C'était le fils du

directeur des plus grandes salles de spectacles de Paris. Il vint à ma rencontre au Procope, alors que l'on fêtait la dernière représentation entre musiciens. Il était dur et méprisant, il me fit comprendre que ce n'était pas par gaieté de cœur qu'il faisait appel à moi, je n'avais aucun renom et pas une once de grâce mais il avait absolument besoin d'un pianiste pour accompagner une chanteuse de variété pour le spectacle du lendemain. J'acceptai immédiatement, c'était une opportunité incroyable. J'ai travaillé plusieurs années en collaboration avec cette chanteuse, je composais pour elle et je la suivais en tournée dans toute la France. Elle devint une réelle amie et c'est elle qui me permit de prendre mon envol bien qu'elle eut besoin de moi. Elle me présenta ainsi au milieu très fermé des musiciens classiques et de fil en aiguille…

- N'avez-vous pas trop souffert de l'occupation ?, s'enquiert Stella.
- Si, évidemment. J'ai dû faire quelques sacrifices que je n'aime pas beaucoup raconter.

Aleksander ne trouve pas le sommeil. La conversation du dîner a fait ressurgir le passé. Le voilà seul avec ses souvenirs. Il va jouer, c'est sa seule échappatoire. Il est d'humeur à jouer la symphonie inachevée de Schubert. Elle est douce et violente, toutes en suspens et en tâtonnement, elle sait le conduire sur le chemin du pardon. Il sort le dossier de sa bibliothèque et fait tomber un ensemble de papiers froissés qu'il découvre à ses pieds. Il les ramasse : « Le sang de l'innocente ». Giovanni a composé quelque chose. Qu'est-ce que c'est ? La curiosité l'emporte, voilà ce qu'il va jouer. Il pose ses mains sur le clavier et suit la partition des yeux tout en écoutant ce que ses mains révèlent. Il entre peu à peu dans l'imaginaire du jeune italien. Il reçoit sa sensibilité à fleur de peau, maladroite et brutale parfois, délicate aussi. Alors qu'il songe à son ami au moment de tourner la page, des vagues de souvenirs déferlent devant ses yeux à son insu. Il est à Varsovie, sortant du Conservatoire. La tête remplie de musique, il n'aperçut pas tout de suite celui qui l'attendait. Mais quand ses yeux se posèrent sur lui, il sentit ses jambes se dérober. Son amour n'avait pas changé, l'expression de son visage s'était quelque peu endurcie, sa barbe était devenue drue et ses cheveux étaient coiffés au peigne fin mais derrière tous ces apparats de la virilité, il retrouvait la candeur et la tendresse de son ami d'antan. Il le prit dans ses bras sans réfléchir. Il retrouva le réconfort de son odeur et de sa peau. Aleksander Spielman regarde le tableau qui lui fait face, c'est l'image du Sebastian de ses quinze ans, du Sebastian qui ne l'avait pas encore trahi. Il soupire, les larmes ne coulent plus depuis longtemps. Il tourne une nouvelle page et entre dans le second mouvement. Son long peignoir de soie lui colle à la peau. Ce fut le début de leurs retrouvailles, ils se virent en cachette assez régulièrement, sa tante les laissant complaisamment occuper la chambre d'ami quand elle sortait faire ses emplettes. Ils faisaient quelque chose de mal, ils étaient des pêcheurs, bafouant les lois du mariage et de leur religion. Cela dura quelques saisons. Un jour, alors qu'il se promenait avec sa tante, il entrevit Sebastian accompagné de ses deux enfants. Ses mains se crispent. Il a toujours cette vision de Sebastian qui enlaçait ses enfants au parc. C'était un homme choyé. Aleksander Spielman eut le cœur brisé. Il était l'amant qui se morfondait. « Le bonheur n'est jamais éternel », lui avait dit sa tante. Elle-même s'inquiétait de sa tranquillité. Le nationalisme l'emportait en Pologne. Quelques semaines plus tard, il fut expulsé du Conservatoire. Il était enragé. Il en connaissait la raison. Il décida de quitter la Pologne. Les doigts d'Aleksander s'adoucissent à nouveau. Ce qu'il vient de jouer est magnifique. Il doit le retravailler. Il faut qu'il s'exerce avant son prochain concert.

9.

Giovanni et Stella se baladent au jardin des Tuileries, la plus belle des promenades de Paris, le plus ancien jardin à la française de la capitale. Il y a un peu moins de trois siècles que Louis XIV ordonna que le jardin soit redessiné et agrandi de la Place de la Concorde jusqu'au Palais du Louvre en longeant la rue de Rivoli. On y parlait d'affaires, de mariages et de toutes les choses qui se traitent plus convenablement dans un jardin que dans une église. On disait que les jardins du roi étaient si grands et si spacieux que tous les enfants de la ville pouvaient s'y promener en même temps. Giovanni et Stella s'amusent de la lourde tâche des enfants d'aujourd'hui : le sable à creuser, le ballon à atteindre, le cerceau à diriger. Stella se rappelle son enfance. À Livourne, qui n'a jamais joué à la toupie ? Elle aimait la voir dessiner des formes régulières, des gribouillis, des bizarreries dans un espace libre. Aussi légère qu'une plume d'oie, la toupie semblait capable d'écrire dans la poussière. Le vent érafle le sable du jardin des Tuileries et les vieillards peinent à lire le journal. En ce dimanche après-midi, les Parisiens ont envahi la Grande Allée ensoleillée. Stella souhaite bifurquer dans l'une des petites allées du jardin, à l'abri des regards, là où les âmes paisibles et amoureuses passent le temps. Giovanni et Stella tournent dans l'allée de Castiglione. Le chahut disparaît. Le calme fait surface. Stella saisit la main de Giovanni :

- Il faut qu'on parte !, dit-elle avec détermination.
- Mais où veux-tu aller ?, s'étonne-t-il.

- N'importe où, quelque part loin d'ici. Qu'est-ce qui nous retient ? J'étouffe à Paris, j'étouffe dans mon mariage, j'ai envie d'insouciance, de liberté ! Ne veux-tu pas m'avoir toute à toi ? Arrêtons de vivre cachés, retournons en Italie ! Nous n'avons rien à faire ici, nous sommes des étrangers, et j'ai le mal du pays, et je veux du sens dans ma vie, s'emporte-t-elle.
- Écoute, sois raisonnable…
- Je n'en peux plus d'être raisonnable. Je l'ai été toute ma vie et voilà où j'en suis maintenant.
- Tu ne connais pas la misère et je ne sais pas si tu t'en accommoderais. Si nous partons tous les deux maintenant, de quoi vivrons-nous ?
- Mais d'amour et d'eau fraîche !, rit-elle.
- Tu dis ça maintenant, tu ne te rends pas compte… et il faut bien l'avouer, j'aime ma place auprès d'Aleksander, j'aime la vie que je me suis construite à Paris.
- Voilà donc tout l'amour que tu me portes !
- Ne fais pas l'enfant. Nous verrons en temps voulu ce qu'il adviendra de nous… pourquoi veux-tu précipiter les choses ?

Stella s'écarte de Giovanni avec déception. Elle reste silencieuse jusqu'à la place de la Concorde. Elle marche sans faire attention à sa promenade, absorbée par ses préoccupations. Giovanni la laisse rêveuse, il se sait maladroit, il ne saurait la rassurer. Il connaît la mélancolie de son amante, elle est passagère mais profonde, elle arrive de temps en temps sans crier gare, en réponse à ses envies romanesques inconsidérées. Stella regarde Giovanni à la dérobée, elle cherche quelque trace de cet aventurier qui la transportait vers tous les possibles. Mais elle ne voit qu'un homme résigné, affadi par la désillusion. Elle n'a pas eu la chance de le connaître à Marseille, c'est Maria qui a volé toute la fièvre de Giovanni. Est-il réellement plus ardent que son mari ? Il est bien trop sage pour un amant. À quoi sert l'adultère si ce n'est pour s'échapper ? Le jeune homme la prend par l'épaule, Stella sent de nouveau son réconfort.

Aleksander s'exerce à l'Opéra. Son travail demande beaucoup de rigueur. L'humilité est essentielle dans le monde de la musique. Chaque représentation doit être exceptionnelle, on n'a pas droit à l'erreur. Quel travail de titan ! Giovanni n'aime pas se sentir inutile, il se sent vite désœuvré. Il s'ennuie dans l'appartement du pianiste. Il va reprendre sa composition, il faut bien l'achever, il faut bien faire le deuil. Qu'est-ce qu'un hommage imparfait ? Et Stella le presse, elle sent certainement ce qui l'habite. Il n'est pas entièrement vivant, encore happé par les souvenirs. Il lui faut venir et revenir vers le passé, il lui faut le dompter pour le rendre acceptable. Mais à Schubert, entre « La symphonie inachevée » et « La jeune fille et la mort », il ne trouve rien. Ce n'est pas possible, elle devrait être là. Se serait-il trompé, étourdi par l'émotion ? Il cherche frénétiquement dans tous les dossiers. Il les vide, les empile çà et là dans le salon, les reprend, les délaisse, fait les cent pas et y revient. C'est impossible ! A-t-il perdu la mémoire ? Alors qu'il désespère, le front appuyé contre la bibliothèque, son regard est attiré par quelque chose d'inhabituel. Le tiroir du secrétaire d'Aleksander est entrouvert. Il est pourtant toujours fermé à clé. Giovanni est curieux, il jette un coup d'œil furtif autour de lui et ouvre grand le tiroir. Il n'y trouve rien d'intéressant, quelques articles de presse et photos de famille. Il regarde de plus près la photo d'Aleksander qui se tient fièrement sur son vélo d'enfant. Giovanni sourit, le petit homme avait déjà l'air bien téméraire. Alors qu'il referme le tiroir, il entend un bruit sourd. Quelque chose vient d'y tomber. Qu'est-ce que c'est ? Le jeune homme a entre ses mains un carnet de cuir gravé aux initiales d'Aleksander Spielman. Il s'assoit sur la méridienne et l'ouvre sur ses genoux. C'est le journal de l'artiste.

21 Juin 1940
Pétain est président. Paris est occupé. L'appel du général de Gaulle changera-t-il quelque chose ? Andrei et son réseau sont de plus en plus actifs. Ils ont placardé des affiches de l'appel du général sur l'hôtel de Chimay place Vendôme. La résistance saura-t-elle prendre de l'ampleur et renverser l'occupant ? Les boches sont partout et le drapeau nazi a flotté au-dessus de l'Arc de Triomphe. Quel symbole ! La dignité française est souillée, rien ne peut plus être beau. J'ai vécu ce soir l'expérience la plus humiliante de ma vie. Je devais jouer, je n'avais pas le choix. Quand le concert s'est achevé et que je me suis levé face à la salle, j'ai fait ma révérence devant une centaine d'officiers allemands. Ils avaient envahi l'Opéra. J'étais face à l'ennemi. Pendant trois heures, j'avais joué sans lever les yeux de ma partition, j'étais sorti de moi-même. Je ne pouvais pas être là, comme un pantin j'ai obéi sans réfléchir. Mais j'ai vu au milieu des applaudissements le visage effrayé de Sebastian, de ma tante, de ma mère, de mon père et de toute ma communauté, des visages pourfendus par le bruit des mains criminelles qui me récompensaient. J'ai tué Kazimierz, j'ai tué la synagogue, j'ai tué mon enfance et je n'arrive pas à pleurer. Que ne suis-je pas en colère au moins ! J'attends Andrei, il peut m'aider à fuir cet enfer. Je ne peux pas trahir mon honneur à ce point et on ne tardera pas à me dénoncer. L'histoire recommence, la musique n'est pas un refuge quand on est juif, il faut la mériter, la quémander, quitte à la détester parfois. Quand j'ai été banni du conservatoire de Varsovie, j'ai cru naïvement que ce sentiment de rancœur et d'injustice ne me reviendrait plus jamais. Il fallait bien le croire, je n'aurais pas eu la force de continuer sans cela.

24 Juin 1940
Andrei m'avait obtenu un rendez-vous à l'imprimerie Paul Dupont dans la rue de la Victoire. Je devais me procurer de faux papiers pour fuir vers le sud. Je me présentai donc aujourd'hui à l'imprimerie. Je fus étonné de découvrir une enseigne flambant

neuve. Je m'attendais naïvement à une couverture moins sophistiquée. Deux machines tournaient à plein régime sous l'œil d'un petit homme en costume gris. Il se retourna vers moi et me dévisagea en caressant sa moustache. Il n'avait pas la tête de l'emploi, il ne respirait pas le courage et la rébellion, on lui aurait donné le Bon Dieu sans confession. C'était un Français, et même un Parisien des plus banal. Étais-je au bon endroit ? Le petit homme évinça mes doutes en s'adressant à moi comme prévu : « Attendez-vous les faire-part ? ». J'acquiesçai et il insista. « Je viens les chercher pour ma tante », devais-je répondre. Il sourit de mon inconfort et me fit signe de le suivre dans l'arrière-boutique. Je découvris un ingénieux système : il appuya sur la boiserie de la bibliothèque qui révéla une porte secrète. Nous entrâmes dans un cagibi et descendîmes un escalier qui me sembla interminable. L'odeur des égouts remontait, de plus en plus piquante au fur et à mesure que la faible lumière de la cache apparaissait. On entendait les grésillements d'une radio et quelques mots en anglais me firent penser que le réseau communiquait avec Londres et le Général. Deux hommes écoutaient la radio en prenant des notes. Je regardai autour de moi. Une grande carte de Paris punaisée sur le mur indiquait les lieux de cache et les itinéraires sécurisés. Quelques photographies commentées apparaissaient çà et là sur le plan. Une presse, un bureau, un poste de radio, du papier épais et de l'encre noire, c'était tout ce qu'il y avait dans ce réduit puant. Le petit moustachu remonta rapidement dans l'imprimerie et les deux hommes se mirent au travail sans un mot. Je pus repartir deux heures plus tard avec une fausse carte d'identité. Je m'appelle désormais Bernard Pichet et je suis né à Boulogne le 28 Mai 1914.

27 Juin 1940
J'ai une répétition ce soir. Je dois y aller pour ne pas éveiller les soupçons. Dans une semaine, je serai à Marseille. Andrei m'a trouvé un contact qui pourra me loger quelques jours. Je n'arrive

plus à trouver le sommeil, je joue toute la nuit durant, c'est la seule chose qui peut calmer les nerfs, s'entraîner sans relâche.

29 juin 1940
J'ai ouvert ma Torah. Elle est restée chère à mon cœur. Je la lis ou plutôt je l'écoute, j'entends encore la voix rugueuse et monotone du rabbin de Kazimierz. Je vois maman à côté de moi, je vois mon petit frère... que sont-ils devenus ? La Torah m'enveloppe de ses mots rassurants, la loi est douce dans ce temps de chaos. Le futur éclaire le passé, le temps n'existe pas dans la Torah, et je suis transporté dans toutes les époques de ma vie en m'imprégnant de son enseignement. Je me répète « Celui qui frappe un homme et le fait mourir sera puni de mort », et cela m'apaise.

1 Juillet 1940
L'horloge de la gare de Lyon était à l'heure allemande et les officiers nazis avaient envahi le parvis. J'ai marché devant eux, le regard fixé sur les aiguilles pour garder la tête haute et l'esprit occupé. Il me fallait ensuite passer le contrôle de sécurité gardé par deux sentinelles armées et leurs chiens. Les bêtes m'effrayaient, j'avais la peur irrationnelle qu'elles puissent me trahir. Les chiens savaient-ils sentir le juif ? Je me suis mis docilement dans la file et posais ma valise sur les pavés. Je ne pouvais plus rebrousser chemin. Mon sort se jouait. J'écoutais du Wagner, la musique résonnait ardemment contre mes tempes pour m'encourager. J'avais l'impression d'être un général en guerre. Mais la voix autoritaire de la sentinelle me sortit de mes rêveries. Je n'étais qu'une proie impuissante. Il m'ordonna de sortir ma carte d'identité et je lui cédai mes faux papiers d'une main assurée. Son collègue m'arracha ma valise des mains et la vida par terre. J'avais pris soin de laisser ma Torah chez Andrei et il ne trouva rien de suspect. Mes partitions s'envolèrent en un coup de vent. Je ne réagis pas, mon travail n'avait plus d'importance. Le premier observait scrupuleusement les papiers, il devait sentir ma peur. Il me

dévisagea pendant de longues secondes. Je rassemblai toutes mes forces pour lui esquisser un sourire. J'avais peine à me tenir debout. « Bernard Pichet, *Es ist gut* », conclut-il en me rendant ma carte. Je ramassai mes vêtements, malgré l'humiliation je ne m'étais jamais senti aussi libre. Me voilà au bord de la méditerranée, assis à un café du port, j'attends l'ami d'Andrei.

Une clé tourne dans la serrure et le loquet de la porte s'ouvre. Giovanni sursaute et cache instinctivement le journal dans sa veste. Il n'a pas eu le temps de mettre de l'ordre, quelle explication va-t-il donner au pianiste ? Les partitions sont dispersées sur le tapis et le tiroir du secrétaire est resté ouvert. Le voilà debout, pétrifié comme un lapin, incapable de la moindre initiative. Aleksander lui jette un regard amusé. De quoi a-t-il peur ce garçon ? Le salon est sens dessus dessous, il a dû chercher sa composition. Le pianiste l'a gardé dans son porte-document mais le jeune homme ne semble pas l'accuser. Que lui cache-t-il ? Giovanni bredouille quelques mots d'excuse en s'approchant du secrétaire. Spielman comprend alors ce qui le préoccupe. Il est tombé sur son journal. Après tout, c'est de bonne guerre, une indiscrétion en vaut bien une autre. « Je vais chercher des fleurs aux Halles, tâchez de m'arranger tout ça avant mon retour. », ordonne-t-il sèchement avant de partir. Giovanni l'a échappé belle. Il se met au travail, soulagé. Mais tout à coup la réaction d'Aleksander lui paraît suspecte. Il ne lui a fait aucun reproche, lui le perfectionniste, lui le méticuleux. Pourquoi ne s'est-il pas emporté ? Pourquoi ne lui a-t-il même pas demandé la raison de ce charivari ? Ce n'est pas possible... Et pourtant, c'est la seule explication... Aleksander Spielman lui a volé sa composition.

10.

Giovanni monte les escaliers en colimaçons de son immeuble. Il avait rendez-vous ce soir avec Stella mais il ne pensait qu'à une chose : reprendre la lecture du journal d'Aleksander Spielman. Quand il ouvre, il ne reconnaît pas les lieux. Lucien a mis de l'ordre. Même les lits sont faits. Il s'inquiète, il a caché le journal sous son oreiller. Il n'est plus là, Lucien a pris soin de la ranger dans le tiroir de sa table de chevet. L'a-t-il ouvert ? L'a-t-il lu ? Il décide finalement de faire confiance à son ami. Il s'étend sur le duvet et reprend sa lecture.

3 Décembre 1940
Le sommeil est mon pire ennemi. Je dors d'une oreille, hanté par la peur que l'on débarque chez moi en pleine nuit, comme il se fait sous le régime de Vichy. Les voisins se dénoncent, et ils viennent piller les appartements sans aucun scrupule. On essaye de tirer profit de la situation, c'est le régime des opportunistes. Les coupables sont bien plus coupables de faire envie que de quoi que soit d'autre. Mais je suis bien Bernard Pichet. Je me le répète silencieusement toute la nuit. C'est devenu une prière morne et traîtresse. Je suis Bernard Pichet et on ne peut rien lui reprocher à cet homme toujours poli et souriant, cet homme discret mais comme il faut. Je me sens lâche, beaucoup de Juifs ont été dénoncés et déportés. J'ai peine à jouer le jeu sans me dégoûter. Aujourd'hui, c'est donc à contrecœur que j'ai assisté au défilé du

maréchal Pétain sur la Canebière. Je devais donner le change, Bernard Pichet est un bon Français patriote et catholique qui honore le héros de la Grande Guerre. Comment décrire le spectacle d'aujourd'hui ? Tout Marseille était en liesse. Des milliers de banderoles à la gloire du maréchal Pétain flottaient dans les rues. On acclamait ce héros qui avait sauvé la France de l'invasion allemande. Pétain galvanisait la foule de quelques gestes de la main. Son sourire bonhomme et son allure martiale fascinaient ce peuple soumis. Accueilli par les Arlésiennes, Pétain passa les troupes en revue. Un défilé militaire occupa quelques heures le quai des Belges. On admirait ces fiers patriotes dans leur beau costume ; les enfants sur les épaules jetaient des fleurs aux soldats. Cette réjouissance m'affligea plus que je ne l'eusse imaginé. Je me sens seul ce soir, de cette solitude des marginaux lucides et secrètement détestés.

8 Juillet 1942
Avant la guerre, j'étais très discipliné quant aux cigarettes. Je n'en fumais que trois par jour. Une le matin, une le midi et une le soir. Chacune ponctuait alors une partie de la journée. C'était mon rituel et je m'y tenais. Mais maintenant je fume compulsivement dès qu'un paquet me tombe entre les mains. Je ne fais aucune réserve, je consume mon stock le plus vite possible. J'ai épuisé un paquet entier ce matin entre huit heures et dix heures. Assis à la terrasse d'un café du port, j'ai accompli ce plaisir coupable avec un verre de pastis. J'ai reçu aujourd'hui une ration bien intéressante, en plus de ce paquet déjà terminé, puisque l'on m'a donné cinq œufs et un peu de lait. J'ai pu me procurer du thym et de la ciboulette aussi. Cela fait longtemps que je n'ai pas mangé une omelette. Je vais me délecter de chaque bouchée comme si c'était la dernière.

Alors que Giovanni s'est assoupi à la lecture du journal, Aleksander Spielman perfectionne la symphonie du jeune homme. Il faut se débarrasser de la maladresse sans ternir la spontanéité.

L'intensité du morceau est d'autant plus charmante qu'elle paraît bancale dans un premier temps et qu'elle s'affermit ensuite jusqu'à devenir entêtante. Aleksander réécrit sans relâche, se corrige, se reprend. Il n'y arrive décidément pas. Il va fumer sa cigarette du soir sur le balcon. Il lui faut prendre du recul. Il se doit de percer le mystère de Giovanni. Il se doit de coller à la peau de sa sensibilité, sinon rien de grand ne sortira de cette symphonie. Giovanni se réveille. Il sent le journal sur son ventre. Il s'étire et reprend sa lecture.

14 Juillet 1942
Je ne suis pas seul. La France résiste à l'occupation. C'est ce que m'a montré la journée d'aujourd'hui. J'avais ouï dire qu'il se tramait quelque chose et que la radio de Londres avait donné des consignes aux résistants. La curiosité m'a donc poussé hors de chez moi. Les rues étaient populeuses en ce jour férié mais l'ambiance était morose. Cela faisait peine à voir. Je me souvenais des 14 juillet à Paris avant la guerre, des gens qui dansaient sur les bords de Seine, des enfants qui couraient joyeusement dans les rues… Mais maintenant, comment fêter la République quand la moitié de la France est occupée ? Je me promenais ainsi avec nostalgie sur le quai des Belges quand je sentis quelque chose se profiler. Tout à coup, je vis une dizaine d'hommes s'empresser vers la Canebière. D'autres les rejoignirent et la marche grossit rapidement. Je les suivis en gardant mes distances. Ils se regroupèrent devant le *Grand Café Glacier,* à côté du siège du Parti populaire français où les collabos montaient la garde. La foule était très dense et les forces de l'ordre peinaient à contenir le tumulte. Elles étaient dépassées par cette agitation soudaine. Les manifestants emboutirent la porte du parti populaire et les deux camps s'affrontèrent. J'assistais à une tragédie grecque. Le chaos s'acheva par deux coups de feu. Deux manifestants trouvèrent la mort et la foule se dissipa. Je suis rentré chez moi sonné et bouleversé. J'aurais aimé jeter des pierres sur les bureaux du parti

populaire français. J'aurais aimé hurler ma haine contre l'occupation. Mais j'ai eu peur que l'on me découvre ou que l'on me dénonce.

5 Septembre 1944
Mon appartement parisien est resté intact et j'ai retrouvé mon cher ami Andrei. Le métro tarde à reprendre son service. Le gaz est distribué avec parcimonie. Le marché noir persiste et les journaux annoncent quotidiennement la liste des collaborateurs. Ce matin, je me fais une joie de brûler ma fausse carte d'identité. Le nom de Bernard Pichet se consume en fumée. Je reprends avec difficulté les séances de piano.

10 Septembre 1944
« Paris outragé, mais Paris libéré ! », ce sont les mots du général de Gaulle lui-même. Mais la libération apporte de nouveaux outrages qui sont du fait cette fois des Parisiens eux-mêmes. On punit les femmes, c'est une vengeance facile et hypocrite. Toute femme soupçonnée de relation avec un Allemand est tondue et humiliée sur la place publique. Mes concitoyens me répugnent. J'ai assisté hier à cet odieux spectacle de femmes tondues que l'on promenait dans la ville. On les huait, on leur crachait dessus, c'était de la colère basse et sale. Mais l'homme est ainsi fait qu'il doit trouver un bouc émissaire, si ce n'est un Juif ce sera une femme. Qu'est-ce que la trahison de l'amour quand certains ont mené des hommes, des femmes et des enfants vers la mort ?

Le journal s'achève ainsi. Aleksander n'a jamais mentionné cet épisode de sa vie. Il est passé par la honte et le renoncement jusqu'à renier son identité la plus profonde : son nom. À quoi peut-on prétendre lorsque l'on abandonne ce qui nous définit ? Cela explique sans doute cette volonté qu'il a désormais d'affirmer sa singularité. Aleksander Spielman n'a plus honte de rien, il est fier au contraire de tout ce qui peut le distinguer du commun. Cette

France occupée, Giovanni ne l'a pas connue mais ce n'est pas la première fois qu'il tente de l'imaginer. Les Pacchiano en parlaient quelquefois. Maria n'aimait pas s'en souvenir, elle avait de la France une trop haute opinion pour admettre qu'elle ait pu être conquise. Il imagine ainsi son ami, celui qu'il admire tant aujourd'hui, à la déroute dans cette ville pourtant symbole de la résistance et de la lutte. Aleksander s'est-il aventuré jusqu'à la Belle de Mai ? A-t-il croisé ceux que Giovanni a rencontrés par la suite ? Ce sont encore pour lui deux mondes distincts. Il n'a vu de la cruauté de Marseille que la mafia italienne et ses combines sombres. Mais comment imaginer la délation, la traîtrise et la collaboration ? Comment imaginer la venue de Pétain et la joie populaire ? Les enfants qui admiraient le maréchal hier ne parlent que du général aujourd'hui. Les fleurs lancées sur leur héros ont été piétinées par l'Histoire. Celui qui fut acclamé fut vite décrié. Ainsi va la roue du temps qui tourne sans logique. Ce sont les vainqueurs qui remportent les lauriers, quoi qu'on en dise l'Histoire est toujours réécrite. Ces mêmes gens si sympathiques de l'après-guerre ont peut-être dénoncé leurs voisins quelques années auparavant. Qui sait ? Comment les reconnaître ? N'a-t-il jamais serré la main d'un monstre en croyant serrer la main d'un ange ? Les mafieux avaient ce mérite-là de paraître ce qu'ils étaient. Au moins, il savait à quoi s'attendre. Aleksander Spielman retire ses mains du piano. La symphonie sera parfaite pour le prochain concerto. Il fait craquer ses doigts et ferme le clapet du piano en lui tendant une dernière caresse signe de sa satisfaction.

Le lendemain matin, Giovanni se rend à l'appartement d'Aleksander Spielman. Mais alors qu'il sort de l'ascenseur, il entend le piano résonner à l'étage. À cette heure-ci pourtant, l'artiste n'est jamais réveillé. Comment va-t-il faire pour ranger le journal dans le tiroir du secrétaire ? Il a hâte de se débarrasser de ce fardeau, il n'aime pas l'idée d'un secret qui le sépare de son ami. Il le replace alors soigneusement dans le revers de sa veste et entre sans sonner ; Aleksander lui a laissé un trousseau de clés tant il lui fait confiance. La gorge du jeune homme se serre à cette pensée. Au salon, Giovanni découvre Aleksander en peignoir qui joue frénétiquement, une cigarette aux lèvres. Il n'a plus rien de sa superbe habituelle, ses cheveux sont ébouriffés comme si la nuit les avait tirés en tous sens. Ses insomnies lui seraient-elles revenues ? Giovanni s'approche à pas de velours pour ne pas le brusquer. L'artiste ne lève pas ses yeux rougis et ses mains étonnamment crispées continuent de s'abattre sur le clavier comme pour l'achever. « Non ! Non ! Et non », hurle-t-il avec nervosité avant de refermer le clapet du piano. Giovanni s'inquiète. Que se passe-t-il ? Spielman se retourne enfin vers lui et répète trois fois en atténuant sa voix diminuendo :

- Pas de session aujourd'hui !
- Qu'avez-vous mon ami ?
- Lisez-moi ce torchon ! Vous ne savez pas ? Tout le monde sait pourtant…, s'agace Spielman en lui tendant Le Parisien.
- Qu'est-ce que ça signifie ?

Aleksander quitte le salon avec irritation. Le jeune homme s'assoit sur la méridienne, abasourdi, et commence à tourner les pages du Parisien. Il lit les gros titres : « Les *crainquebilles* font la grève ! », « Les Français ont peur d'une troisième guerre mondiale ». Le jeune homme ne comprend toujours pas. Il feuillette le quotidien un peu plus loin. « Les communistes contre la colonisation », « Aleksander Spielman met son génie au service de la collaboration ! ». Giovanni est sous le choc et commence à trembler. Il reconnaît aux premières phrases du chapeau la plume de son ami Lucien. Le traître !

« Qui l'aurait pensé ? Et pourtant la liste des collaborateurs est longue. On ne finit pas d'en découvrir tous les jours dans les quotidiens. Aleksander Spielman aurait joué pour les soldats allemands à l'issue de l'invasion de Paris. Parmi eux, de hauts rangs de l'armée allemande auraient assisté au talent encore méconnu de l'artiste. Qu'en est-il ? On attend les explications du pianiste avec impatience. Le compositeur juif polonais saura-t-il nous convaincre de sa bonne foi ? Aleksander Spielman serait assez vite réfugié à Marseille lors de l'occupation sous un faux nom. Aurait-il eu peur que l'on découvre sa confession ? Aurait-il répondu à une opportunité que l'on ignore ? L'artiste est toujours resté très discret sur son activité pendant la guerre et sur les conditions de son ascension rapide après celle-ci. En effet, dès les prémisses de la libération, le pianiste Spielman a été acclamé sur les plus importantes scènes artistiques parisiennes. Et son succès ne cesse de croître. Aleksander Spielman devrait d'ailleurs se représenter très bientôt à l'Opéra Garnier pour son prochain concert. L'élite parisienne est attendue et les places partent comme des petits pains. Quelle sera la réaction de son public face à cette stupéfiante découverte ? ».

Lucien, le perfide, le déloyal ! Tout ça pour une poignée de sous. Un vrai Judas celui-là ! Giovanni n'en revient pas. Comment peut-on piétiner l'honneur d'un homme à ce point ? Il n'a pas perdu de temps, il a écrit son article dans la nuit et le voilà paru ce matin. Il n'a pas eu beaucoup de scrupules, il n'a même pas dû hésiter un instant. Giovanni se souvient de sa réflexion d'hier, on ne peut se fier aveuglément à personne. Les plus malhonnêtes savent gagner la sympathie des autres mieux que quiconque. Aleksander sort de la cuisine une tasse de thé à la main. Il constate la désolation du jeune homme :

- Vous devez vous sentir coupable ?
- Oui, j'ai pris votre journal à votre insu, c'est mon entière faute. J'ai été curieux... Je suis tombé dessus par hasard et je n'ai pas pu m'en empêcher... Vous savez, je l'avais toujours sur moi, dans le revers de ma veste, je le gardais précieusement. Un soir seulement je l'ai laissé à l'appartement. C'est ce satané Lucien qui en a profité pour

le lire et dévoiler au quotidien votre vie intime. Que puis-je faire pour me faire pardonner ?

- Rien, ce n'est pas votre faute et votre ami vous a trahi. Ces journalistes ! Je me sens bafoué, je suis indigné ! Et s'ils connaissaient les circonstances ? Qu'auraient-ils fait à ma place ? J'ai fait ce que j'ai pu mais je ne pouvais pas rester à Paris. J'ai dû fuir. Je n'ai pas eu le choix encore une fois. Les journalistes appellent ça de la collaboration ! Ma vie était en péril, je devais agir et je devais me soumettre. Ils ne peuvent pas comprendre. Cette pige est un couteau dans le dos. Bien sûr, c'est facile. Au moindre faux pas, quand on est célèbre, les journalistes se ruent sur vous comme des chiens affamés.

Giovanni marche sur les quais, les mains enfoncées dans les poches. Quelques pièces de monnaie, un ticket de bus et son précieux harmonica lui chatouillent les doigts. Il cherche l'ombre d'un platane, le soleil est agressif. Il est devenu un noctambule, le soleil de midi ne lui est plus supportable. Il s'arrête sous un arbre quand un vieux bouquiniste l'interpelle. Il le connaît bien, ce beau garçon à l'accent étranger qui passe souvent par ici. Il lui propose un beau livre de collection qu'il lui a mis spécialement de côté. C'est un livre pour les connaisseurs et les esthètes. Giovanni refuse poliment, il n'a plus le train de vie qu'il avait avant, il ne peut plus se permettre ce genre de plaisirs. « La prochaine fois ! La roue tourne vite ! », le rassure le vieil homme en lui tapant dans le dos. Giovanni rit tristement. Peut-être a-t-il raison, il a bien vécu, il doit savoir de quoi il parle... Mais lui n'a pas le moral, il n'ose croire à un retour de chance. Il s'occupe à vagabonder dans les rues de Paris. Il erre en découvrant de nouvelles rues, en respirant d'autres quartiers, en observant les Parisiens dans leur routine. Il n'a que des promenades à faire. Un mois s'est écoulé depuis la dernière fois qu'il a vu Aleksander. Sa mémoire est hantée par ce regard furieux que lui avait lancé l'artiste en lui tendant l'article. Ce jour-là,

Spielman était resté très poli, il avait gardé son sang-froid. Pas un mot plus haut que l'autre et même un vague pardon qui s'était échappé sans conviction, simplement parce qu'il n'est pas homme à se mettre en colère et à faire des reproches. Non, pire que cela, un malaise s'était installé entre les deux hommes. Giovanni était revenu le soir pour s'enquérir de son état mais Spielman l'avait congédié avec beaucoup de diplomatie. La politesse excessive d'Aleksander est la plus grande preuve de son mépris et de son mécontentement. Giovanni le savait, il l'avait vu faire. Il avait compris, c'était un adieu. Le temps passe à une vitesse ahurissante. Giovanni continue sa marche vers Notre Dame de Paris. Il serre son harmonica dans sa poche, il a toujours été son talisman. Mais la bonne étoile a filé. Il aimerait tant implorer le pardon de son ami. Mais ses lamentations paraîtraient ridicules... Ce n'est pas lui qui a été trahi. Il imagine Aleksander le rassurer avec pitié, et ça, ce serait insurmontable. Comment pourrait-il se défendre et se faire aimer de nouveau ? La logique n'est pas suffisante et aucun argument ne saurait réparer cette blessure. D'ailleurs, Aleksander lui a certainement pardonné, il n'est pas de ceux qui nourrissent de la rancœur, il ne veut plus entendre parler de lui, simplement, il ne veut plus avoir affaire à lui. Il doit l'avoir déjà remplacé. Giovanni arrive devant la cathédrale. Elle est toujours aussi majestueuse, il en est toujours aussi impressionné. Ses yeux se posent sur ce mendiant sur le parvis qui nourrit les pigeons. Donner des graines, c'est toute son existence. Il aime sa vie, elle est simple. Il est heureux. Giovanni est malheureux, il a été trop satisfait pour se satisfaire maintenant du peu qu'il lui reste. Stella le presse de partir avec elle mais il en est incapable. Tout ça à cause de ce crétin de Lucien ! Leur bagarre s'est conclue en cocard aussi bien pour Lucien que pour lui. Ce fut inutile. Il n'a trouvé aucun réconfort. Il est resté le voyou de Marseille, lui qui pensait s'être anobli à Paris. Il n'a pas changé. Il vit maintenant dans une piaule dans le nord-est de la capitale. Il a honte de sa misère. Stella n'a rien dit, elle a épargné sa sensibilité. Il faut croire qu'elle l'aime. Faut-il s'enfuir avec elle ?

Il n'est pas prêt à prendre une décision pour le moment. Seule une réconciliation avec Spielman apaiserait sa conscience.

11.

Giovanni remonte le boulevard Raspail vers le fameux quartier de Montparnasse. Il aime ses ruelles animées par les crêperies, les théâtres populaires et les cafés. C'est un lieu de culture et de fête où l'on respire la douce odeur des galettes de sarrasin. Mais le plaisir de Giovanni est teinté d'inquiétude, il se rend ce soir à l'anniversaire d'Aleksander Spielman à la Coupole. Il a été surpris de recevoir un carton d'invitation. Mais ce ne pouvait pas être une erreur, le pianiste élabore chaque année avec beaucoup d'attention la liste des convives. Il va falloir faire bonne figure et affronter les moqueries de Simon Delavallère... Mais il est heureux, incommensurablement heureux, de revoir l'artiste. Il arrive devant la célèbre enseigne rouge. Il souffle un bon coup et pousse la porte de la prestigieuse brasserie. Un grand buffet trône sous la coupole illuminée. Les invités boivent du champagne entre les pilastres. Giovanni assiste à un ballet de soieries, de fourrures, de plumes et de diamants. Les femmes resplendissent au milieu des chandeliers. Plus discrets, les hommes ne sont pas moins élégants. Seuls quelques énergumènes comme Simon Delavallère ou le mignon de Saint-Germain ont osé les couleurs vives et les tissus chatoyants. Giovanni se fraye timidement un chemin jusqu'au buffet et se fait servir une coupe de champagne. Il fuit les regards et tente de rendre sa présence invisible. Aleksander n'est pas encore arrivé, il aime à se faire désirer et à soigner son entrée. Nul ne semble l'attendre pourtant, on discute joyeusement des dernières nouvelles du beau Paris. Giovanni croise le regard brillant d'Ambroise qui vient le saluer :

- Je suis ravi de vous voir ! J'ai moi-même insisté pour que vous soyez présent !, lui dit-il chaudement en lui serrant la main. Il faut faire place à la réconciliation mon cher Giovanni. C'est l'occasion, ajoute-t-il avec un clin d'œil.
- Je suis de votre avis. Mais laissons le temps au temps…
- Cela s'arrangera, Aleksander n'est pas rancunier. Cependant il a été profondément blessé. Il n'est pas aussi invulnérable qu'il y paraît.
- Je vois que notre ami Giovanni ne tourne plus les pages, il a préféré tourner les talons !, plaisante Simon Delavallère qui s'est immiscé dans la conversation comme à son habitude.
- Il vaut mieux les tourner que de vous les mettre dans le derrière mon cher !, renchérit le jeune italien avec un sourire.
- Cela peut ne pas me déplaire !, s'amuse Simon. Vous avez pris du tempérament ces derniers jours ! La culpabilité vous va comme un gant, vous en deviendriez presque intéressant…
- Il me semble que c'est le premier compliment que je reçois de votre part.
- Profitez-en ! Chacun sait qu'ils sont rares !, dit-il avant de s'éloigner.
- Cet homme est décidément un courant d'air glacial… Ambroise, votre amitié avec lui me surprend.
- Il m'amuse, ses provocations me désennuient. Cette amitié est-elle plus surprenante que celle qui vous lie à Aleksander ? Les amitiés, vous savez, sont plus perverses qu'on ne le croit, on cherche souvent bien plus les défauts des autres que leurs qualités !
- Vous aimez les paradoxes ! Eh bien sachez que je ne trouve aucun défaut à Aleksander. Sauf son habituel retard peut-

être ! Quand donc arrivera-t-il ? Cela fait plus de deux heures que tout le monde l'attend.

Aleksander arrive enfin au bras d'un jeune inconnu au visage d'ange. Leur boutonnière est assortie, leurs manières aussi. Giovanni ressent une pointe de jalousie. Il applaudit comme les autres la venue du roi de la soirée. L'artiste tire sa révérence et remercie ses convives dans un discours bien préparé. « Mais il est temps de commencer les festivités ! », conclut-il, et un quatuor de jazzmen commence à jouer du fond de la salle. Le bellâtre sourit avec satisfaction, il est celui que le grand homme a choisi. Giovanni l'observe minauder çà et là pendant qu'Aleksander s'avance vers chacun de ses invités pour échanger quelques mots courtois.

- Je suis honoré de vous avoir parmi nous ce soir !, s'exclame-t-il à la vue du jeune italien
- C'est un plaisir d'avoir été invité à votre anniversaire...

Aleksander est heureux, il semble oublier ses déceptions ce soir, et il s'éloigne de Giovanni le sourire aux lèvres. Après tout, ce n'est pas le moment de se lancer dans de longues explications, songe Giovanni que cette aimable salutation a décontenancé. Ceci étant fait, il craint à présent de s'ennuyer. Il n'a pas de grandes affinités avec les invités et Aleksander ne prendra pas la peine de s'en préoccuper. Il aurait dû venir avec Stella. Elle l'aurait aidé à s'amuser, elle est à l'aise dans ce genre de soirées, elle a toujours un mot piquant ou un trait d'esprit en tête, on la trouve charmante et spirituelle. Lui se sent pataud et étranger. Sans la tutelle du pianiste, il n'a aucune légitimité et aucune contenance. Il se tient donc en spectateur, sa coupe de champagne ne désemplissant jamais. Il oublie qu'il est réellement là et s'amuse des gens comme s'il était à l'Opéra-Comique. Ainsi, il regarde ce couple qui valse à côté des musiciens. Peu leur importe que la musique ne s'y prête pas. Le cavalier est droit comme un i et il est presque étonnant qu'il arrive à tourner. Quant à sa partenaire, elle porte une robe américaine des plus osées et des plus élégantes. Son dos est entièrement nu et une fente dévoile ses jambes jusqu'aux cuisses. Des diamants scintillent dans sa nuque. Giovanni est charmé, c'est une Marlène Dietrich que cette femme-là. « Quelle grâce ma chère ! », la complimente Aleksander. Elle lui lance un regard charmeur. Aleksander vient ensuite se mêler à la conversation des quatre hommes qui discutent à côté du buffet. Ce sont les amis de ses premières années à Paris, ils se mêlent peu aux invités et sont heureux de se retrouver pour parler du bon vieux temps. On avait vingt ans et la vie était devant eux, que de rêves inachevés et de surprises depuis… À côté d'eux, les serveurs ouvrent une bouteille de champagne et versent doucement le liquide pétillant du haut d'une pyramide de flûtes. « Aleksander, le premier verre à vous Spielman ! », insiste Ambroise. Aleksander ne veut pas s'enivrer. Il saisit un verre sous quelques applaudissements attentionnés et trempe ses lèvres dans la flûte de cristal. « Mais enfin Aleksander, vous n'avez rien bu, je vous surveille mon cher ! », lui susurre la Marlène Dietrich qui a fini sa valse. Il éclate de rire et s'éloigne, embarrassé. Il aperçoit Giovanni qui discute avec la plus excentrique de ses amies. Ce soir, elle porte un manteau de fourrure qui dévoile une longue robe sertie de paillettes et un masque vénitien.

- Ma chère ! Vous me faites voyager, comme toujours. J'ai devant moi le grand canal et ses gondoles, la place Saint-Marc, le Palais des Doges !, lui dit-il avec enthousiasme.
- Comme vous êtes romantique Spielman, ronronne-t-elle en relevant son masque. Vous avez l'esprit flatteur ! Êtes-vous en train de dire que je suis déguisée ?
- Ne l'est-on pas toujours ? Certains le font avec plus de panache que d'autres…
- Je ne connais pas Venise et son grand canal mais j'ai compris que c'était une ville de charme. Qu'elle était aussi belle que vous ce soir madame, la flatte naïvement Giovanni.
- Enfin un compliment ! Ce soir, on ne manque pas de me regarder de travers !

- Faites très attention à ce jeune Italien, c'est un coureur de jupons !, plaisante Aleksander
- Vous côtoyez des hommes amateurs de jupons maintenant ? C'est qu'il doit être bien particulier celui-là...
- Je vous laisse en juger par vous-même, répond Spielman pour écourter la conversation. Giovanni, j'ai failli oublier de vous remettre une chose précieuse, ajoute-t-il en sortant une enveloppe de sa veste. C'est une lettre à votre nom que j'ai reçue chez moi il y a deux jours.

Tout à coup, les lumières s'éteignent et la Coupole est plongée dans l'obscurité. Les invités se regroupent autour du pianiste. Les portes battantes des cuisines s'ouvrent pour laisser sortir un chariot resplendissant des lumières d'une quarantaine de bougies. Les serveurs et les cuisiniers entonnent une chanson d'anniversaire, suivis rapidement par les convives dont certains, fameux chanteurs d'opéra, font résonner leur voix avec grandiloquence. Spielman est ému et sort son mouchoir de flanelle pour sécher ses yeux. « Chantez une autre fois ! », supplie une dame. On se met donc à chanter encore une fois. Aleksander Spielman souffle les bougies. Les applaudissements retentissent et le lustre de la Coupole se rallume. Le chef pâtissier, un grand homme en tablier blanc et au visage pincé surmonté d'une toque, monte sur un escabeau pour faire ruisseler le chocolat noir sur une pyramide de profiteroles. Le geste est précis et spectaculaire. Le commis ôte les bougies de l'opéra poudré et commence à servir les invités. Les serveurs apportent les cadeaux dans l'enthousiasme général. Aleksander les dépaquette avec bonne humeur : « Que de merveilles ! Vous m'avez gâté ce soir ! ».

Le champagne a coulé à flots, l'aube a paru et la fatigue se fait sentir. On se retire, titubant, après avoir remercié le pianiste pour cette belle soirée. « Vous êtes comme le bon vin », « Vous rajeunissez de jour en jour », pas une banalité ne lui est épargnée, mais Aleksander salue poliment chacun de ses amis sans ironie. Il n'a pas le cœur à la provocation ce soir. Son bellâtre s'est assoupi sur une chaise, il n'a pas l'habitude de boire autant. Aleksander le regarde avec tendresse, il a le goût de la beauté assoupie, une beauté innocente. Il songe à Giovanni qui s'endormait souvent sur sa méridienne. Où est-il d'ailleurs ? Serait-il parti sans prévenir ? Giovanni s'est absenté depuis plus longtemps que prévu. Sur le parvis de la brasserie, assis sur les marches, il lit la lettre de sa mère.

« Mon fils,

C'est une bonne nouvelle que je t'annonce aujourd'hui puisque je suis sortie de l'hôpital hier. Je n'ai pas voulu t'inquiéter, et je t'ai menti, c'est vrai, ou tout du moins je ne t'ai pas tout raconté. Je suis restée alitée un mois. Je me suis évanouie un beau matin au marché et on m'a immédiatement emmenée à l'hôpital le plus proche. On s'occupe bien de moi à Livourne. Je ne suis pas seule, loin de là. À l'hôpital j'ai eu mon lot de visites, Valentina venait chaque jour et Marcello et Lucas quelquefois, et les infirmières étaient très prévenantes. Je n'ai pas souffert, j'étais sereine. Je n'ai pas peur de la mort, je suis une bonne catholique et je respecte les voies du seigneur. Mais ce n'était pas mon heure, et je m'en réjouis, car cela me donnera l'occasion de prier pour toi et de veiller sur toi encore un peu. Le médecin m'a trouvé une faiblesse au cœur. Je n'ai pas compris tout ce qu'il me racontait, je ne l'ai pas vraiment écouté il faut dire. Ma seule faiblesse c'est ton absence, mon fils. Viens me voir, tu peux bien trouver le temps de venir voir ta chère mère ? Rien que quelques jours et mon cœur se fortifiera pour plusieurs années au moins ! Tu pourrais voir comme ton ami Lucas est heureux, il veille sur sa petite fille comme sur la prunelle de ses yeux, c'est un homme bien changé ! Il me parle souvent de toi, il s'enquiert de ta vie à Paris. Il veut que je lui fasse le récit de chacune de tes lettres. Tu es son héros, son aventurier, n'est-ce pas ironique ? Je crois qu'il est quelque peu envieux parfois, mais comme je te le dis, il a trouvé sa part de bonheur sur cette terre, un bonheur simple et équilibré. C'est peut-être ce qui manque à ton existence, mon fils. Je sais que tu aimes Stella depuis ton plus jeune âge et sans doute connaît-elle à présent le chemin de ton cœur. Mais c'est une femme mariée, comment pourrait-elle t'offrir une famille ? Le temps ne se rattrape pas et les amourettes ne doivent pas durer trop longtemps. Il te faut songer à la vie que tu veux te construire.

Je t'embrasse
Nina, ta chère maman. »

Les garçons débarrassent la salle. Aleksander reste seul un instant. Il regarde les flûtes et les assiettes vides s'empiler sur les plateaux et les nappes blanches disparaître des tables. Assis à la fenêtre, il veut achever la soirée avec un whisky. Il se regarde dans le reflet de la vitre. Cet homme au visage sillonné de rides et aux sourcils grisonnants, c'est bien lui, comment est-ce possible ? Il ne ressemble pas à ce qu'il voit, il n'a pas mérité de se voir changer ainsi. Hier, il était frais comme un gardon et ses yeux respiraient l'insouciance. Hier, il rêvait de mettre le monde à ses pieds, de prouver à sa famille qu'il valait quelque chose. Hier, il était plein d'espérances folles et d'énergie. Plein de vigueur et de rage aussi. Aujourd'hui le voilà fatigué, bien que plutôt satisfait, il ne regarde plus sa vie qu'en arrière. Il contemple les souvenirs à la lumière de sa sagesse et de son expérience. La nouveauté le lasse, il a pris le goût des habitudes et des plaisirs répétés. Son amant est inconsistant, fade comme du pain. Mais peut-il attendre autre chose maintenant ? Son amant est trop jeune et lui n'a plus la vigueur de ses vingt ans. La musique est tout ce qui lui reste. Ses yeux se dessillent. Il aperçoit un invité qui attend toujours sur les marches de la brasserie. C'est Giovanni. Il a l'air préoccupé. Il sort pour lui dire au revoir :

- Vous n'êtes pas parti ?
- Non, je suis toujours là. J'ai passé une merveilleuse soirée.
- Que faites-vous ici, seul, dans l'obscurité ? Il est tard, vous devriez rentrer...
- Je lisais la lettre que vous m'avez donnée. Ma mère était malade, elle va beaucoup mieux.
- Je suis désolé pour vous...
- Je dois rentrer, Livourne me manque. Je suis un étranger depuis cinq ans. Qu'ai-je trouvé de mieux en France ?
- Je ne vous savais pas malheureux. Rentrez. Il est rare de savoir rentrer, c'est plus difficile que de savoir partir.
- Et Stella ? Et... vous ?
- Vous trouverez une réponse, j'en suis certain.

12.

Aleksander Spielman ouvre les yeux. Il observe les premières lueurs du jour traverser la fenêtre de la chambre. Les rais blonds se déroulent sur le parquet comme les touches d'un piano. Il laisse son esprit divaguer, jouant à faire vibrer la lumière, à la faire chanter. Son amant dort à côté de lui, il a le sommeil lourd de la jeunesse. Lui ne dort que quelques heures, il n'aime pas le temps perdu et préfère la nervosité de la fatigue à cette mollesse d'un corps trop reposé. L'âge l'a aidé en cela. Il est heureux de se lever aux aurores et de se mettre au travail aussitôt. Mais ce matin il prend le temps de songer au creux du lit. Aujourd'hui tous les Juifs du monde fêtent le cinquième anniversaire de la création d'Israël. Il aura l'honneur ce soir de donner un spectacle à l'Opéra de Paris. Le ministre l'a mandé de composer une symphonie spéciale pour le grand évènement. « La France soutient Israël et le peuple juif que vous incarnez et représentez par votre talent et vos convictions, et par votre religion bien sûr ! », a-t-il plaisanté, enfoncé dans son fauteuil comme un animal repu, son cognac balançant entre ses gros doigts. Il était répugnant. Mais Aleksander accepta sans hésiter, qu'importait l'homme, la cause était trop importante. Il prépare ainsi sa prestation depuis six mois, chaque jour plus exigeant et plus assidu. Il se lève enfin, la radio a prévu de rediffuser le discours que fit David Ben Gourion, l'un des fondateurs d'Israël. Aleksander s'est procuré du thé et des pâtisseries yiddish pour vivre ce moment avec nostalgie.

- *Eretz Israël est le lieu où naquit le peuple juif. C'est là que se forma son caractère spirituel, religieux et national. C'est là qu'il réalisa son indépendance, créa une culture d'une portée à la fois nationale et universelle et fit don de la Bible au monde entier. Contraint à l'exil, le peuple juif demeura fidèle au pays d'Israël à travers toutes les dispersions, priant sans cesse pour y revenir, toujours avec l'espoir d'y restaurer sa liberté nationale... La Shoah, qui anéantit des millions de Juifs en Europe, démontra à nouveau l'urgence de remédier à l'absence d'une patrie juive par le rétablissement de l'État juif dans le pays d'Israël, qui ouvrirait ses portes à tous les Juifs et conférerait au peuple juif l'égalité des droits au sein de la famille des nations.... L'État d'Israël sera ouvert à l'immigration des Juifs de tous les pays où ils sont dispersés ; il développera le pays au bénéfice de tous ses habitants ; confiants en l'éternel tout-puissant, nous signons cette déclaration sur le sol de la patrie... tenue la veille de Chabat.*

La magie opère et Spielman se voit plonger à Varsovie, du temps où sa tante l'hébergeait, où il étudiait au Conservatoire et ne s'occupait guère de politique. Il songeait trop à Sebastian et à la musique pour réfléchir sur la condition de sa communauté. Quand sa tante recevait pour le thé quelques intellectuels afin de débattre sur un état juif, il dévorait les pâtisseries et n'écoutait que d'une oreille. Et pourtant, il se souvient parfaitement de ce qui se disait. On parlait souvent de cette fameuse lettre d'Arthur Balfour, le *foreign secretary* de Sa Majesté, qui écrivit en 1917 à lord Rothschild, éminence de la communauté juive britannique, afin de l'informer que le gouvernement était en faveur de l'établissement d'un foyer national juif en Palestine. Cette lettre fut incorporée à la conférence de San Remo qui plaça en avril 1920 la Palestine sous le joug britannique. Mais les hommes débattaient sur l'ambiguïté d'un foyer national contre un état juif. Pour ces intellectuels, il était clair que le gouvernement n'avait pas voulu semer la zizanie au sein du cabinet en partie anti sioniste. Depuis, des Juifs du monde entier se réfugièrent par milliers en Palestine. Mais l'Agence juive a été contrainte de passer un accord avec les nazis et l'immigration est devenue clandestine. Il est bien difficile pour les Polonais de rejoindre la terre sainte. S'il s'était agi d'un état juif, il en aurait été bien autrement ! On citait souvent les écrits de Théodore Herzl, défendant au début du siècle dernier l'idée d'un état autonome juif. C'était un précurseur, un grand penseur ! Ah, il s'en est fallu de peu que la face du monde changeât. Les conversations étaient animées. Aleksander se demandait quel plaisir ils tiraient de ces bavardages stériles et de ces plans sur la comète. Il les trouvait ridicules, il ne comprenait pas. Mais après son expulsion du Conservatoire, il commença à se poser des questions, à être en colère et à espérer. Que reste-t-il de ces émotions et de ces idéaux de sa jeunesse ? Aleksander sourit, il est décidément trop vieux pour se battre pour un monde meilleur. Il a fait ce qu'il a pu, il a honoré sa communauté par son talent et sa célébrité. Il se repend de son orgueil à cette pensée. Il lui faut être à la hauteur ce soir, il lui faut sensibiliser le peuple français, la guerre n'est pas si loin. Et surtout, il lui faut rendre hommage à sa tante. D'où elle est, elle l'écoutera, il en est certain. Il s'assoit à son secrétaire. Il veut rédiger son discours d'ouverture.

C'est un public bien particulier qui assistera au spectacle. Les places étaient très prisées, depuis plusieurs mois tout est réservé. Devant l'Opéra, le beau monde parisien se mêle aux riches bourgeois sémites, aux journalistes et aux politiciens. Giovanni et Stella les écoutent avec intérêt. Que pense-t-on de cet évènement ? « Le ministre de la Culture est un grand amateur d'Aleksander Spielman, il paraît qu'il l'a fermement défendu auprès des journalistes suite au fameux article... », explique un bourgeois à un autre qui acquiesce avec contentement : « Il était temps mon cher, il était temps que l'on reconnaisse notre talent ». À côté d'eux, les journalistes débattent de l'importance de l'évènement. « C'est un symbole fort. », « Non, c'est de la poudre aux yeux, c'est de l'hypocrisie. », « La France soutient Israël, il ne faut pas l'oublier. La France fait ce qui l'arrange. ». La sonnerie de l'Opéra retentit, il est temps de rejoindre sa place. Giovanni et Stella sont au premier balcon, face à la scène, à côté d'hommes politiques éminents et de journalistes de renoms. Ce privilège les interpelle.

- Non seulement nous sommes invités, mais nous sommes aussi parmi l'élite. Pourquoi tant d'honneur ?, demande Stella embarrassée
- Je n'en sais pas plus que toi. C'est peut-être pour me remercier d'avoir travaillé à ses côtés ces dernières années. En tout cas, il a su préserver le mystère autour de ce concert, c'est une surprise qui m'attend...
- Tu n'as rien entendu de ce qu'il jouera ce soir ?
- Absolument rien, j'ai été totalement écarté.
- C'est étrange, il devait avoir besoin de soutien pour une prestation aussi importante.
- Je le voyais ouvrir des livres religieux, regarder de vieilles photos... Il était tourmenté, comme si le passé le rattrapait malgré lui. Il était plus perfectionniste que jamais, il faisait ses gammes comme un enfant des heures durant, il reprenait les grands maîtres, puis me demandait brusquement de sortir sur le champ, et je n'avais plus de nouvelles pendant des jours, il me passait un coup de fil enfin et me demandait un livret, un bouquin, le journal, des fleurs, n'importe quoi pour l'inspirer, et de nouveau il me congédiait. Et quand l'article a paru, alors ce fut le couperet final. Mais il a su se relever, il se relève toujours...

Le grand rideau rouge se lève. C'est le directeur de l'Opéra en personne qui ouvre le concert : « Mesdames, messieurs, l'Opéra Garnier a l'honneur de célébrer ce soir le cinquième anniversaire de la création d'Israël. Je vous prie de recevoir dans la solennité et le respect qui lui est dû, le célèbre Aleksander Spielman. » Le pianiste le rejoint sur scène et les deux hommes se serrent la main. Les flashs des appareils photo perforent l'obscurité et le silence du public. C'est un grand moment. On sait que l'artiste a été contraint de jouer sur cette même scène devant l'ennemi nazi, on sait que les musiciens juifs de l'Opéra ont été dénoncés par dizaine, on sait que l'alliance française avec le peuple juif est fraîche et précaire. C'est un instant ô combien symbolique, et ô combien émouvant même si tant attendu. Le directeur se retire et l'artiste entame son discours :

- Il m'est impossible d'être à la hauteur ce soir. Il m'est impossible de rendre l'hommage qu'il se doit de rendre. Quelle musique peut apaiser la douleur de mon peuple ? Quelle beauté peut émerger de tant d'horreurs ? Vous me direz que c'est la joie qui nous réunit ce soir, que le désastre est passé, que les crimes ont été punis et que les morts ne reviendront pas. Vous me direz qu'il ne faut pas remuer les fautes, qu'il faut espérer et croire en l'avenir. Vous aurez en partie raison, sans doute, le passé est passé. Mais l'histoire se répète, mais les morts ne sont jamais complètement enterrés, et nous portons en nous les fantômes de ceux qui ont souffert. Notre père, notre mère, notre frère, notre sœur, notre oncle, notre tante, notre enfant, notre ami, tous ont été assassinés. Et la terre sainte nous promet une protection, Israël fait fuir les persécuteurs du monde entier par sa force et sa solidarité. Mais Israël est né de la douleur, et cette douleur ne s'oubliera jamais. Je ne suis pas un homme politique, je ne saurais pas vous parler de paix, d'accords et de projets, je ne peux vous parler qu'en tant qu'artiste, qu'en tant que Polonais, qu'en tant que Français... qu'en tant que juif. Connaissez-vous Kazimierz ? Peu d'entre vous ont déjà entendu ce nom. Kazimierz est le quartier de mon enfance. Dans cet humble quartier juif de Cracovie, j'ai découvert la musique. Puisqu'il m'est impossible d'exprimer l'ineffable tristesse et l'ineffable réconfort qui m'habite ce soir, puisqu'il m'est impossible de graver l'épitaphe de nos morts, c'est au vieil accordéoniste de Kazimierz que je m'adresse aujourd'hui, ce vieillard piteux et miséreux qui avait le regard brillant quand il jouait dans le parc de la synagogue. Cette âme pieuse et dévouée à la musique a toujours été pour moi source d'inspiration et de courage. Mes sœurs, mes frères, soyez autant habités que moi par la persévérance de ce vieux juif. Les artistes célèbres comme moi sont des usurpateurs et la paix restera une chimère tant que l'on ne croira pas en la beauté des êtres invisibles et pieux.

Aleksander essuie une larme du revers de sa main. Il observe son public un long instant. Stoïque et impassible, il dévisage les gens qui lui font face. Son regard s'est teinté de ténèbres. Il est plus froid que jamais. Méritez-vous de m'écouter ce soir ? Il tire une révérence. Le public s'accroche à chacun de ses gestes, chacun de ses mouvements est dur et pénétrant. Il s'assoit à son piano, fait craquer ses doigts, lève le clapet, caresse le clavier dans toute sa longueur, pour en retrouver l'espace, pour se l'approprier. Il pose ses mains, enfin, avec puissance. Il conquiert son territoire. La musique déchire l'Opéra de son éclat de fouet. Elle est violente et brutale. On ne reconnaît pas les douces harmonies d'Aleksander Spielman. On est pris d'effroi. Le pianiste lance ses bras comme un toréador. Ses mains agiles se font de plus en plus vives. Et le rythme ralentit, et la symphonie s'apaise. Il la promène le long d'un rêve. Giovanni serre la main de Stella. Il est trahi. C'est lui qui devrait être sur scène. Aleksander lui a volé une part de lui-même, sa création la plus intime. Mais n'est-ce pas un honneur ? L'artiste a fait de quelques bribes éparses un ensemble parfait. Il a donné sa grâce au morceau. Et qui l'aurait écouté, lui le pauvre italien inconnu ? Il n'aurait pu rêver d'un hommage plus grandiose pour sa Maria. Aleksander l'a recueilli alors qu'il ne pouvait pas sortir seul de son désespoir, et aujourd'hui il vient clore ce chapitre à sa façon. Giovanni n'a plus de dettes envers lui, les voilà quittes. Il n'est plus le tourneur de pages qui gémissait sous l'aile du grand artiste, il est l'auteur de la composition qui rend honneur ce soir au talent d'Aleksander Spielman. Aleksander lui a appris cela que le génie se trouve en chacun et que la prétention de ne reconnaître que le talent des gens célèbres nuit à la création. Mais Giovanni sait aussi que ce n'est pas son destin de briller sous les projecteurs, mais qu'importe, il le vit ce soir par procuration. Il se rappelle de ses rêves d'enfants à Livourne, la gloire lui semblait être le seul bonheur possible. Il voulait que ses parents le regardent avec fierté mais surtout, il voulait attirer l'attention de l'inaccessible Stella. N'est-elle pas à ses côtés ce soir ? Elle l'a soutenu et aimé alors qu'il n'était personne. Il n'a rien d'autre à offrir que lui-même et cela semble lui convenir. Sa mère avait bien raison, les rêves d'enfants ne sont pas à la hauteur des accomplissements de la vie adulte. Il a découvert l'amour sans s'y attendre. L'amour qu'il partage avec Stella n'a certes pas la candeur de celui qu'il vivait avec Maria. Mais il est plus solide. Plus rien ne le retient, il lui faut partir avec elle.

Remerciements

Camille Ferey, Joséphine Fletcher, Simon Averous, Sofia Sadaï, Olmo Beltran, Anastasia Fletcher, Joyce Péronne-Gourdin

Mise en page

Alan Alfredo GEDAY

29535344R00210

Printed in Great Britain
by Amazon